「作品」として読む

古事記講義

山田　永

藤原書店

「作品」として読む　古事記講義／目次

四時間目　スサノヲとアマテラス

七時間目　ホヲリ・ウカヤフキアヘズ・神武天皇 …………… 239

放課後――反省会もかねて　269

◆脱線します

●**挿　絵**

図1「髻」（仁和寺の聖徳太子像）、荻原浅男・鴻巣隼雄校注『古事記　上代歌謡（日本古典文学全集1）』（小学館）　63／**図2「湯津々間櫛」**（古墳時代の櫛）、町田章「装身具の意義と歴史」『季刊　考古学』第五号所収（雄山閣出版）　63／**図3「勾玉」**（弥生時代の勾玉）、小林行雄『日本考古学概説』（創元社）　95／**図4「鳴鏑」**（古墳時代の鳴鏑）、同前　141／**図5「火鑽りの方法」**（火鑽臼・火鑽杵）、荻原浅男・鴻巣隼雄校注『古事記　上代歌謡（日本古典文学全集1）』（小学館）　211／**図6「頭椎の大刀」**（時代不明）、同前　223

「作品」として読む

古事記講義

オリエンテーション——授業をはじめるにあたって

古事記《こじき》の神話を読んだことはありますか。部分的には知っていても、全部を通して読んだことのある人は、少ないかもしれません。たとえば、イナバノシロウサギ（稲羽の白菟）の神話があります。唱歌や絵本になっているから、誰でも内容は知っているでしょう。ところで従来は、「この神話は独立した動物神話である」とか「後になって古事記に挿入された」などといわれてきました。たしかにそうかもしれません。では、「なぜ古事記の中に取り入れられたのか」と問うと、何も答えがありません。理由なく古事記に挿入したのではないはずです。

これまでの古事記神話の研究は、個々の神話に分解して、一つ一つの神話の解釈をすることが主流でした。しかし、個々の神話の研究はあくまで個々の神話しか解明しません。スサノヲという神は諸書に記され各地で祭られていますから、今はスサノヲを例にあげてみましょう。Aという作品のスサノヲとBという書物のスサノヲ、またC町で祭られるスサノヲとD村で信仰の対象となっているスサノヲが、全て同じはずがありません。それらを統合して原《げん》スサノヲともいうべき原像を究明するのを伝承論的研究とすれば、古事記という「作品」の中でスサノヲはどういう機能をはたしているかということを考えるのが作品論的研究といえます。最近になって、ようやくこの古事記の作品論的研究もされるようになってきました。私の専攻は国文学で、古事記神話を研究対象にしています。私は古事記そのものに魅力を感じ、古事記を読み解きたいのです。古事記以前の、原神話・原伝承・原スサノヲではありません。よって、この授業では古事記神話の作品論をお話ししてゆくことになります(1)。

ところで、主役よりも脇役のスサノヲやオホクニヌシの方に多くの筆を費やしているのが、古事記神話の特色の一つです。主役はあくまでアマテラスです(2)。そのため、そこにはいくつもの工夫がなされています。もちろんそれ以外の場面でも、様々な工夫がされていて、それが実によくできています。私が古事記に惹《ひ》かれるのは、そのようなところにもあります。そして「古事記は面白い」と痛感するのは、その工夫がわかった時なのです。このような工夫は、この面白さを皆さんにも伝えたいというのが、この授業の第一の目的です。ちなみにいえば、このような工夫は、いつも古事記全体を視野に入れて部分を読まないと、つまり作品論の読み方をしないとわからない場合が多いと思われます。

初対面の人に、「私は神話を勉強しています」と挨拶することがあります。その人が国文学とかかわりのない人だと、大抵は驚きます。そして、「面白そうですね」ととりあえずはいってくれます。社交辞令と思いつつも、意外に興味だけはあるのだと独り合点しています。古事記の神話に限らず、「神話」というと何だか怪しげなものを連想するのでしょうか。荒唐無稽・宗教的・オカルト……。「面白そうですね」とは、「怪しげなものを『研究』と称してやっていて、さぞかし楽しいでしょうね」という冷やかし半分と、誰でも怪しげなもの（こと）には多少の興味をいだくからでしょうか。でも、これは誤解です。古事記は怪しげなものではなく、すぐれた文学作品です。また、昭和二〇年まで、古事記が政治的に利用されてきたこともあり、古事記は思想的に危険な書物だと連想する人はまだ多いようです。古事記の名誉のためにいっておけば、古事記は軍国主義に利用されたにすぎません。むしろ被害者です。先の誤解ともあわせ、このように現代人にみなされている古事記が、作品としてすばらしいものであるということを説くのも、古事記研究にたずさわる者の一人としての義務にちがいありません。

（1）**学生**「質問なんですが、作品論的研究の歴史はそんなに新しいんですか？」

山田「昭和四一年、西郷信綱《さいごうのぶつな》氏が雑誌『日本文学』第一五巻第九号に発表した論文「神話の言語」がそのはじめです。昭和五八年の神野志隆光《こうのしたかみつ》氏『古事記の達成』（一）以降さかんになりつつあるとはいえ、歴史は浅いというのは事実です。そのあたりは、拙稿をご覧ください」

（2）**学生**「さっきから気になっているんですけど、神様の名前はカタカナで書くんですか？」

山田「たとえばスサノヲだと、古事記では『須佐之男命《すさのをのみこと》』だけでなく『須佐能《の》男命』『建速《たけはや》須佐之男命』などと書かれ、日本書紀《にほんしょき》では『素戔嗚尊《すさのをのみこと》』など、表記が様々なのです。それに、漢字がややこしいということもあって、カタカナが習慣になっています。もちろん今の仮名遣いではスサノオ・オオクニヌシなのですが、旧仮名でないと神名の意味が損なわれるおそれがあるのでそうします。読めますよね」

偉そうなことをしゃべってしまいました。けれど、これがこの授業の第二の目的です。このような誤解をしている方々は、多分通して古事記神話を読んだことがないのかもしれません。これまでにその機会がなかったからでしょう。あるいは、むずかしそうだと敬遠していたからでしょうか。以上のことから本授業は、はじめて古事記を読む人にもわかりやすくお話しします。ただし逆の場合もあるでしょう。「この箇所をもう少し詳しく知りたい」と願う人のために、参考文献を紹介します（「（一）」で示します）。レポートや卒業論文を書く人で、さらに調べたいと思った時これを利用してください（巻末にあります）。また、この授業に限り、授業中でも質問を受けつけます（「（1）」で示しています）。先ほどもありましたように、途中でも構いませんからどんどん尋ねてください。古事記はじめてという人が多いでしょうから、質問に答えることも、そんな人たちのためになりますので。もちろん、私の話にヤジやツッコミを入れてくれても構いません。むしろ、何らかの反応があった方がしゃべりやすいものです。もっとも、途中の質問が邪魔に感ずる人もいると思います。そんな人には邪魔にならないような細工をしておきます。

もう一つついでにいっておきます。私の授業では、途中で「脱線します」と宣言する時があります。脱線は、長時間座っている皆さんをあきさせないためとか、緊張をほぐすためなど、理由は色々あります。しかし私は、どうしても脱線せざるをえない、つまりしゃべりたくて仕方のないことを思いついた時に脱線することが多いようです。これまでにも、ウケないネタもあれば脱線の内容しかノートにとらない人もいて、逆にこちらが笑ってしまうこともありました。今回の脱線もつまらないものになるかもしれません。脱線してほしくない方や、脱線の内容をきいて興味のない方はこの時間寝ていていてください。

古事記のテキストについて触れておきます。七一二年に成立した古事記ですから、当時のものが残っているはずはありません。「写本」といって、当時の古事記を書写したものが今に伝わっているのです。[3]古事記の写本は現在約四〇本あるとされています。その中で最も古いものは、名古屋の真福寺《しんぷくじ》で発見されたので一般に「真福寺本《しんぷくじぼん》」と呼ばれています。七一二年はまだ平仮名がありませんから、この写本も漢字ばかりで書かれています。「、」や「。」もなく、改行すらほとんどされていません。つまり、普通の人ではまず訓《よ》めないのです。[4] そこで、専門家がこれを漢字平仮名混じりに訓《よ》み下《くだ》し、その本文に注や句読点などを加えた本が書店に並んでいます。現在でも入手できるものは、文庫も含めれば十数種類あります。この授業では、その中で最も新しい古事記のテキスト――小学館の『新編日本古典文学全集』の中の一冊である山口佳紀《やまぐちよしのり》氏・神野志隆光《こうのしたかみつ》氏校注『古事記』(一九九七年)を使用することにしました。以下、このテキストを『新全集　古事記』と呼ぶことにします。ちなみに、このテキストも真福寺本を底本《そこほん》[5]としています。授業中で使う古事記の段落分けや小見出しも、基本的にこの『新全集　古事記』に従っています。

この授業では、一時間目で古事記全体についての説明をします。二時間目から、この『新全集　古事記』をテキストとしてまず古事記の本文を板書し(一部、表記や訓みをあらためた箇所があります)、次にその本文を解説してゆくという形式をとります。古事記本文は、現代語訳だけを提示することも考えました。けれども、やはり古典そのものを味わってもらうため、書き下し文ではありますが本文を書くことにしました。わかりにくい箇所

---

(3) **学生**「当時の古事記を写して、それをまた別の人が写して、さらにそれが写されて……今に伝わったんでしょうね」
山田「その通り」

(4) **学生**「『訓《よ》む』と『読む』はちがうのですか?」
山田「漢字ばかりの原文を、今のような漢字平仮名混じりにすることを『訓む』といいます。『訓《よ》み下《くだ》す』『訓読《くんどく》する』ともいいます。漢文の授業でもならったでしょう」

(5) **学生**「『ていほん』ともいいますよね?」
山田「いいます。ただ『ていほん』では『定本』と混同するので、『そこほん』と呼んだ方がよいでしょう。『底本』とはもちろん、もとにした本のことです」

は（　）で言葉を補ったり、下段に現代語訳をのせておきます（「（＊一）」で示します）。なお、参考としてあげる日本書紀は小島憲之《こじまのりゆき》氏ほか校注『日本書紀（新編日本古典文学全集）』（小学館　一九九四年）を、風土記は植垣節《うえがきせつ》也《や》氏校注『風土記（新編日本古典文学全集）』（小学館　一九九七年）を、萬葉集は中西進《なかにしすすむ》氏校注『萬葉集　全訳注原文付』（講談社　昭五九年）をテキストとして使います。

既述のように、私の専攻は国文学で、研究対象は古事記そのものです。よって、古事記神話から当時の何らかの歴史的事実を導き出そうとか、奈良時代の宗教・民俗・思想などをさぐることを目的としているわけではありません。そのようなことをなさっている研究を否定するつもりはもちろんありません。けれども、私はちがうということをここであらためて述べておきたいのです。古事記研究の第一人者西宮一民《にしみやかずたみ》氏の『古事記の研究』（おうふう　平五年）の冒頭にそのことが触れられています。「古事記の研究」とは古事記そのものの研究であって、ほかのことを研究するわけではない。「古事記で研究」するのではない、というのです。本授業もこの姿勢に従いたいと思います。「古事記神話を読む」と「古事記神話で（ほかのことを）読む」とは異なるのです。この講義名を『「作品」として読む　古事記講義』とした理由はここにあるのです。

私は、前著『古事記スサノヲの研究』（新典社　平一三年）でも何度もこのことを繰り返しました。自分の立場と目的をはっきりさせるためです。拙著を読んでくれた友人の一人に「そんなことは当たり前なのに、国文学の世界ではまだこのようなことでもめているの？」といわれた時は、国文学徒のはしくれとして反省させられました。以来、自分の考えているところをもっと多くの方に知ってもらいたいと思うようになりました。これが、このようなちょっとかわった形で授業をする第三の理由です。

最初のオリエンテーションにしては長くなりすぎました。では、皆さんを古事記神話の世界へ誘《いざな》いましょう。

一時間目
古事記とは何か

（1）書名

古事記を何と読むのか、実はわかっていません。平仮名のない時代ですから、ルビもないのです。江戸時代の本居宣長《もとおりのりなが》はフルコトブミとしています。明治時代になって、神学者田中頼庸《よりつね》が音読することをとなえて以来、コジキが通称となりました。ただあくまで通称であって、古事記成立当時の呼び方は不明といわざるをえません。

古事記とは、「古いことを記したもの」というくらいの意味です。では、何を指して「古い」といっているのでしょうか。古事記の「古」について、西宮一民氏が明快に説いています[一]。次の（2）でみるように、古事記は推《すい》古《こ》天皇33[1]までのことが記されています。古事記の成立は（3）で触れるように、天武《てんむ》天皇40が発案し、元明《げんめい》天皇43の時代に完成しています。そのあたりの系譜を図示すると次のようになります[2]。

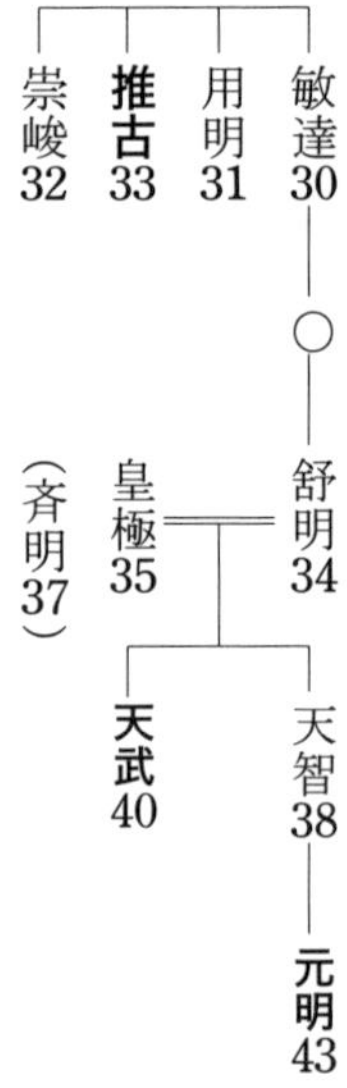

古事記成立当時、元明天皇の時代が「今」となります。彼女（女帝です）にとって舒明《じょめい》天皇は祖父にあたるから、認識できる天皇です。ところが、その前の天皇である推古天皇は、曾々祖父母の世代の人になります。現代のような長寿社会でも、ひーじいさん・ひーばあさんを覚えている人は少ないでしょう。まして、ひーひーじい

さん・ひーひーばあさんともなると、なおさらです。認識できない世代なのです。発案者天武天皇からみても、推古天皇は曾祖父母の世代の天皇で、やはり認識しがたい。つまり、古事記にとってそして天武・元明天皇にとって、「今」は舒明天皇までであり、推古天皇以前が「古」に属することになるのです。

(2) 構成

古事記は、上巻・中巻・下巻の三巻から成っています。上巻には序文もあります。便宜上、序文は今おくとして、三巻を登場人物でまとめてみると次のようになります。

上巻
　アメノミナカヌシ～ウカヤフキアヘズ
中巻
　神武《じんむ》天皇1～応神《おうじん》天皇15
下巻
　仁徳《にんとく》天皇16～推古天皇33

上巻が「神々の物語」であり、一般に「神話」と呼ばれています。だから、上巻と中巻・下巻との間にはたしかな境目があることがわかります。「初代神武天皇は人間だ」といってしまうと問題は残るけれど、少なくとも上

(1) **山田**「算用数字は、何代目の天皇であるかを示しています」
(2) **山田**「○は省略したことを、二重線は結婚したことを示します。皇極《こうぎょく》天皇は譲位した後、斉明《さいめい》天皇として二度目の即位をしました」

巻の神々とはちがう描かれ方がされています。中巻・下巻は基本的に人の代《よ》のことが記されています。[3] では、中巻と下巻とをわける基準は何か。倉野憲司《くらのけんじ》氏は次のようにいいます。[二] 中巻は人の代とはいえ人が神と交流する物語も多いことから「神と人の物語」、下巻を神々から解放された「人の物語」と名づけました。ただ、下巻でも雄《ゆう》略《りゃく》天皇21には葛城山《かつらぎさん》の一言主大神《ひとことぬしのおおかみ》とのやりとりの話をのせています。この点に疑問はあるものの、氏の見解は基本的に認められているし、私も従っています。ほかに、この三巻を「神々の時代」「英雄の時代」「その子孫の時代」とする西郷信綱《さいごうのぶつな》氏の説もあります。[三]「神々の時代」と「人間の時代」とは直接につながらないから、間に「英雄の時代」を媒介にしたというのです。[4] つまり、西郷説も倉野説を踏まえたところで考察されていることがわかります。単に、中巻と下巻とを等分するためだという見方もあります。けれども、やはりそこには、中巻と下巻は内容が異なるから区別するという意識があったと考えた方がよいでしょう。

(3) 成立

古事記の成立については、上巻冒頭の序文がその経緯を語っています。それを箇条書きにすると次のようになります。

- 天武天皇が「諸家が伝えている系譜を中心とした記録（帝紀《ていき》）や、物語を主とした記録（本辞《ほんじ》）にはあやまりが多いときいている。今のうちに真実を定めて後世に残したい」と命令を下す。
- 稗田阿礼《ひえだのあれ》に命じて、正しい記録を誦み習わせたけれども、[5] 天武天皇の死によりこの事業は中断する。
- 元明天皇の時に再開される。稗田阿礼が誦み習わした記録を、太安萬侶《おおのやすまろ》が書き留めて、和銅《わどう》五年（七一二年）正月二八日に、天皇へ献上する。

正直いって、実にわかりにくい。いきなり出てきて「誦習」する稗田阿礼とは何者でしょう。「帝紀」「本辞」にしても、最近新しい解釈も出され、序文のこの箇所はますます混乱しています。ここを一々説明する暇《いとま》はありません。(6) ただ、文字を持たないアイヌ民族の中には、カムイユーカラという長大な神謡《しんよう》を正確にとなえることのできる長老がいました。昔話の語《かた》り部《べ》と呼ばれる人は、何百という昔話を語ることができました。彼ら(7)は、文字を読んで覚えたのではなく、耳で何度もきいて暗記したのだそうです。そのような日本人が最近までいたのです。

もう一ついいたいのは、天武天皇の時代にやっと、隣の大国である中国のように、我が国も歴史書を編纂《へんさん》しようという気になったということです。

では、なぜ天武天皇はその気になったのでしょうか。そのため節をあらためます。

(4) 天武天皇の意図

このことについて、古事記は明確に語ってくれません。けれどもこの意図は、二時間目以降で古事記を読んで

(3) **山田**「上巻を『神代《かみよ》』、中巻・下巻を『人代』と区別する人もいます」
(4) **山田**「神々や英雄の時代が歴史上存在したというのではなく、古代人の歴史意識の問題です」
(5) **山田**「原文は『誦習《しょうしゅう》』で、暗記していたものをとなえることとか、何度も繰り返し読むこととか、諸説あります」
(6) **山田**「本当は『能力がない』のですが、こんな時は『暇がない』とか『余裕がない』とか『別の機会に譲りたい』といって誤魔化《ごまか》すのです」
学生「なるほど！」
(7) **学生**「男性だけですか？」
山田「いや。正確にいうと、『彼女ら』の方が多いでしょう」

ゆくうえで大事な事柄となります。そこで、これまでに多くの学者が明らかにしつつあることを、二つの視点から略述してみます。

一つは、東アジア世界における日本という視点です。古代中国の『後漢書《ごかんじょ》』によれば、日本はすでに一世紀に中国と交渉があったことがわかります。(8) とはいえ、相手は大国です。交渉というよりは、「いかに中国に認めてもらえるか」が目的だったのでしょう。当時、日本が中国より下位であったことは理解できますよね。耶馬台国《やまとこく》(9)の卑弥呼《ひみこ》にしても、中国に「倭王《わおう》」として任ぜられることがみずからの地位を確実なものにすることだったのです。(四)大国はすぐ隣にあるから、文化・思想などの影響は受けやすい。学び、真似ることも多かったにちがいありません。それどころか、ぼやぼやしていたら、属国にされかねないとおそれていたと思われます。そうこうするうちに六六三年、朝鮮半島の白村江《はくすきのえ》で大敗します。唐・新羅《しらぎ》の連合軍に攻められた百済《くだら》を救援するため、日本は大軍を派遣したものの惨敗におわりました。あの白村江の戦いです。東アジアにおける日本の地位は、いよいよ危うくなったのです。

すぐに、次は国内で大事件が起きます。これがもう一つの視点です。六七二年の壬申《じんしん》の乱です。天智《てんち》天皇38の後の皇位継承争いで、天智の子大友《おおとも》皇子と天智の弟大海人《おおあま》皇子とが戦ったのです。

天智天皇38——大友皇子
大海人皇子（後の天武天皇40）

結局、大海人皇子の勝利により、次帝天武天皇40として即位します。(10) 壬申の乱のことは、古事記の序文でも紹介されています。古事記が献上された先は元明天皇なのに、この天皇の紹介はごくわずかです。それに比べ天武天皇は、いかに壬申の乱に勝利し、ふさわしい天皇として位についたかが詳述されています。古事記の成立に壬申の乱が大きな要因になっていることはすでに認められている通りです。

さて、西郷信綱氏が「王位継承の内乱は……王権を廃止するためではなく、むしろ更新するためにたたかわれた」のだと述べているように、(五)新しい天皇は次々に聖域なき構造改革にのりだしました。誰かさんとちがって、本気で新国家としての確立を目指したのです。叔父《おじ》さんと甥《おい》っ子という醜い争いによってさがってしまった皇室の権威も回復させなければなりません。その対策の一つに我が国の歴史書の編纂があったのです。中国にあったそれにならったことはまちがいないでしょう。大国には歴史認識があり、歴史書がさかんに編纂されていたのです。その最初が古事記であったと考えられます。

唐突ながら萬葉集《まんようしゅう》(11)によれば、天武天皇は神格化されていったことがわかります。

壬申の年の乱の平定せし以後の歌二首

大君《おほきみ》は神にし坐《ま》せば赤駒《あかごま》の匍匐《はらば》ふ田井《たゐ》を都《みやこ》となしつ（巻一九―四二六〇番歌）

---

(8) **学生**「金印《きんいん》をもらったというアレですね」
山田「そうです。江戸時代に、福岡県の志賀《しかの》島で発見されました」
(9) **学生**『やまたいこく』では？」
山田『やまとこく』が正しいと近年いわれています」
(10) **学生**「三九代目の天皇は誰ですか？」
山田「大友皇子が後世、三九代弘文《こうぶん》天皇として認められ天皇の列に加えられたのです。実に明治三年のこと。つまり、今使っている数字は、明治時代になって決定したものなのです」
(11) **山田**「八世紀後半、大伴家持《おおとものやかもち》が編纂したといわれている最古の歌集。最近は『万葉集』と書くのが一般的だが、正確には『萬葉集』です」

大君は神にし坐せば水鳥《みづとり》のすだく水沼《みぬま》を都となしつ（巻一九―四二六一番歌）

「農耕用の馬が腹まで浸かるほどの泥だらけの田」「水鳥が多く群れている沼」――そんなとんでもない場所にさえ都を建設してしまった。まさに神業《かみわざ》だ。「天武天皇は神でいらっしゃるので」（初句・第二句）、そのようなこともできたのだという歌です。この「大君は神にし坐せば」という表現は萬葉集に六首（巻三―二三五番歌の異伝歌を含む）あり、いずれも天武天皇とその妻子（つまり、持統《じとう》天皇41か天武天皇の皇子）に限られて使われています。すなわち、天皇即神思想は天武天皇にはじまるのです。

また、草壁《くさかべ》皇子（天武天皇の皇子）が亡くなった時柿本人麿《かきのもとのひとまろ》が作った歌に、地上を統治するため天から降《くだ》ってきた「日《ひ》の皇子《みこ》」が「飛鳥《とぶとり》の　浄《きよみ》の宮《みや》に　神《かむ》ながら　太敷《ふとし》きまして」（巻二―一六七番歌）とあります。飛鳥浄《あすかきよみ》原《はら》宮とは、天武天皇が営んだ都のこと。だから、ここで出てくる「日の皇子」とは天武天皇のことです。そこを「神ながら　太敷きまして」つまり「神として統治なさった」というのです。しかも天武天皇は、天から降りてきた神（後に紹介するように、高千穂に降ったニニギに相当する神）と重ねられています。以上のことも、壬申の乱の勝者であり改革家でもある天武天皇だからなのです。(六)

憶測《おくそく》を述べると、(12)天武天皇は周囲の人によって神格化されたのではなく、みずから神になろうとしたのかもしれません。『大君は神にし坐せば』と詠《よ》め」と命じたかどうかはともかく、自分が神になることによって、内憂《ないゆう》外患《がいかん》の危機をのりきろうとしたのではないでしょうか。はやりの言葉でいえば、カリスマたらんとしたのです。そして国家を新生させ、東アジアでの日本の地位を確立し、失墜した皇室の信用も回復させようと考えたのでしょう。

なぜこのような「憶測」をするのかというと、天武天皇は「自分の祖先は神である」というからです。そして、それこそが古事記神話の内容だからです。

ここまできて、ようやく次の節へ移れます。

(5) 古事記神話とは何か

そもそも神話とは何か。この問いから考えてゆきます。これまでに提出された説は数知れません。最近の私はもっぱら、三浦佑之《みうらすけゆき》氏が起源譚《たん》について考察したことを応用してしゃべることにしています。(七) 最もうまく説明できるからです。氏はいいます。あるものの起源を語ることは、それの〈今〉と〈未来〉を保証することになる、と。起源譚でわかりやすい例は昔話でしょう。「海の水はなぜ塩辛いか」を語った昔話を例として引いておきます。(八)

昔々、爺と婆が釣りの好きな男の子と三人で暮らしていました。「浜辺の岩陰に笠をかぶった一寸・二寸の子供一〇〇〇人がいて宝物を持っている」という噂をきいた男の子は、釣った鯛《たい》と交換し臼《うす》を授かりました。さっそく家に帰って爺と婆と臼を回し、食物や銭を出して大喜びしていると、泥棒がその話をききつけ、夜中に盗み出して舟で逃げてしまいました。泥棒は海の上で「塩出ろ」と臼をまわしたところ、山のような塩が出てついに舟を沈めてしまいました。今でも臼は海の中で回り続け、塩を出しているのだそうです。それ以来、海の水は塩辛くなったとさ。

三浦氏にならっていえば、「海の水が塩辛い」という現実が〈今〉で、「これから先も海は塩辛い」というのが

(12) **学生**『憶測』とは、辞書に『いい加減な推測』とあります。ならばいっそのこと『いい加減な推測を述べますが』といえばいいのに、どうしてわざとむずかしそうにいうのですか？」
山田「たしかにヘンな習慣ですね。もっとすごいのは、『憶測を逞《たくま》しゅうすれば』であって、たくましくした『憶測』ほどいい加減なものはありません」

〈未来〉です。海の水が塩辛いのは当たり前。ところが、はじめは〈今〉とちがう状態（海の水は塩辛くない）でした。ある出来事が〈今〉の状態にしたのです。それを説明するのが起源譚なのです。そう語られることで、「海の水は塩辛い」という〈今〉は保証され、「これから先も塩辛いだろう」という〈未来〉も保証されるのです。

「昔々（ある所に）」というのは昔話の語りはじめの常套句《じょうとうく》です。神話ならこうは語りません。「昔々」よりももっと昔、といっても「昔々のそのまた昔」でも物足りない。これ以上さかのぼれないこの世の一番最初を舞台としなければならないからです。「まだ海の水が塩辛くなかった時代」なのです。それは、誰もみたこともきいたこともない時代です。「始源」ともいうべきはじまりの時代に起こった出来事だから、登場人物も爺・婆……ではいけない。人以前の存在にすべきです。まして、最後の「海の水を塩辛くした人物」が泥棒では信頼できません。最も信頼でき、保証となるような存在として「神」が考えられたのです。神がした行為だからこそ、それは〈今〉まで続いているのです。私は、昔話は価値がないといいたいのではありません。昔話と神話とは似通ったあらすじのものも多いけれど、それを支える人々への役割はまるで異なるのです。端的にいえば、昔話は信じられていない話で、神話（伝説も）は信じられているのです。(13) そして、みてきたように、時代設定がちがい、登場人物が異なるのです。

以上のことから、古事記神話を説明しましょう。私は次のように考えています。天武天皇を〈今〉とします。古事記の成立時は元明天皇だったとはいえ、発案者天武天皇を〈今〉とする見方は、古事記序文の記述からも確認しました。日本を新国家として確立させようとしていた天武天皇には、なぜ新国家建設をするのか（できるのか）という理由づけが要《い》ったはずです。そのため、「どうして〈今〉の天皇が日本を統治するのか」ということの起源譚が求められたのです。そして、最も保証となりうる神を主人公にし、最も最初の時代からはじまる物語が作られたのです。だから古事記は、天武天皇からはじまるのではありません。初代神武天皇からでもなく、始源ともいうべき世のはじめにまでさかのぼったところから筆が起こされたのです。古事記はこれを「天地初発之時」と設定しました。何と訓《よ》むのかわかりません。これは、現在の訓詁注釈《くんこちゅうしゃく》(14)でも解明されていません。あたかも、訓詁学の守備範囲よりももっと以前の時代を表わしているかのごとくです。この訓みや始源のことは二時間目の（1）で再述します。ここでは、それくらいはじめの表現なのだということをいっておきます。

始源の神々の中に、天皇の始祖《しそ》にあたる「天《あま》つ神《かみ》」という特別な神がいました。天つ神は、国を作るようにほかの神々に命じます。中断があったものの、国作りはさらに続けられました。そこへ天つ神の子孫にあたる神が天の世界から降臨《こうりん》し、統治することになります。その曾孫《ひまご》にあたるのが初代天皇です。簡単にいえば、これが古事記神話のあらすじです。天武天皇は四〇代目の天皇とはいえ、天つ神と血のつながりを有しています。つまり、天武天皇も天つ神の子孫なのです。天つ神が国を作り（作らせ）そこを統治していたのだから、その子孫である自分（天武天皇）が日本を統治するのは当然なのです。それを当然たらしめるために、起源譚があったともいえるのです。古事記の場合でいえば、この起源譚が神話なのです。

天武天皇は、だから神格化されたのかもしれません。いや、逆か。神格化され、あるいはみずから神になろうとしたため、このような神話が作られたのかもしれません。ニワトリか卵かの議論よりも、大事なのはこの神話が「天武天皇が日本を統治する」という〈今〉と、「これから先も天皇は日本を統治する」という〈未来〉の保証

---

(13) **学生**「これを最初にいったのは柳田國男《やなぎたくにお》氏ですね。民俗学でならいました」
山田「ただ柳田氏は、古事記の上巻は『神話』ではないとおっしゃるからややこしい。詳しくは、柳田氏『口承文芸史考』をご覧ください」

(14) **山田**「古典語の一字一句を解釈し、古典の意味するところを理解しようとすること。最近の国文学者はあまりこれをやりません。今流行のワークシェアリング（分業制）なのか、語釈は国語学者の仕事になっています」
学生「昨年（平成一六年）から、国語学会は日本語学会と名前がかわったので『日本語学者』と呼ぶんでしょう？」

になっているということです。(15)

神話は作られたと述べてきました。(16)この時全てが作られたわけではなく、すでに存在していたもの(17)も加えて編纂し脚色をほどこしたのかもしれません。神話が作られる時に、天武天皇の意志を反映させたとみることはまずまちがいないでしょう。天武天皇に不都合なことは削られ、都合のよいことで固められたのです。天皇の保証のための神話なら、そう考えるのは自然でしょう。古事記神話は、古代の人の大らかでのんびりしたお話ではありません。一見、素朴でほほえましい話もあるけれど、全編緊張がみなぎっているのです。ヘタをすると首がはねられるかもしれない稗田阿礼と太安萬侶(18)は、必死だったのではないでしょうか。そのため、いくつもの既存の話をいい加減なやり方で編《あ》んだのではないはずです。ここに様々な工夫がされていて、今からみるとよくできた「物語《フィクション》」になっていると私は思います。そして、その工夫を読み取りたいのが本授業のねらいの一つでもあります。

---

(15) **山田**「残念ながらといっては何ですが、この〈未来〉も昭和二〇年まででした。もっともこれは、憲法上のことにすぎません。別の意味では継続中といってよいかもしれません」

(16) **山田**「こう断言しても、今の時代なら捕まらないと思います」
学生「戦前なら、ブタ箱行きですね」

(17) **学生**「そんなもの実際あったのですか？」
山田「『原《げん》神話』と呼ばれていて、現《げん》神話のもとになったといわれています。もっとも、原神話は現存しないのでその存在すらもわからないというのが正解です」

(18) **山田**「もちろん、ほかにもいたでしょう」

二時間目

初発の神々

（1）天《てん》地《ち》初《しょ》発《はつ》とアメノミナカヌシ

天地《あめつち》初めて発《あらは》れし時に(＊一)、高天原《たかあまのはら》に成《な》りし(＊二)神の名は、天之御中主《あめのみなかぬしの》神《かみ》。次に、高御産巣日《たかみむすひ》神。次に、神産巣日《かむむすひ》神。此《こ》の三柱《みはしら》の神は、並《とも》に独神《ひとりがみ》(＊三)と成り坐《ま》して、身を隠《かく》しき。

(＊一)この世のはじまりの時に
(＊二)化成《かせい》した
(＊三)男女の対《つい》を成さない単独の神

これが古事記上巻の本文の冒頭です。のっけから、はなはだ曖昧なことをいわなければなりません。冒頭の一文は訓《よ》めないのです。前述のように、古事記は全て漢字で書かれています。この時代にはまだ平仮名がなかったからです。「天地初発之時於高天原成神名……」となっていて、その最初の四文字とりわけ「初発」を何と訓むのか定説がありません。「天地の初発《はじめ》の時」「天地初めて発《おこ》りし時」「天地初めて発《ひら》けし時」のほか、板書した『新全集　古事記』の「天地初めて発《あらは》れし時に」がその主な訓みの説です。本授業は原則として『新全集　古事記』の訓みを書きますが、実はそれが定訓《ていくん》(1)ではないのです。以下にもこのような場合はしばしばあります。

「徒然《つれづれ》なるままに」「行く河の流れは絶えずして」「月日は百代《はくたい》の過客《かかく》にして」などなど、「古典文学の冒頭は名文だから暗唱しなさい」と教えられた人も多いでしょう。ところが、我が国最古の作品である古事記の冒頭は、「声に出して読みたい」のに訓めないのです。これは残念なこととしかいいようがありません。とはいえ、もはや決定的な証拠がない限り、訓むことは無理なのかもしれません。証拠とは、たとえば「初発」の訓み方を記した古事記と同時代の文献の発見です。でも、この可能性はきわめて低い。あとは、墨書《ぼくしょ》土器や木簡《もっかん》(2)などで出土することを願うしかありません。

のっけから曖昧なのは、「天地初発」の訓みだけではありません。最初に登場する神も誠に曖昧なのです。このアメノミナカヌシは、この後二度と古事記に登場しません。つまり、物語の展開に何の影響もおよぼさないといってもよいのです。このように、名前だけでまったく活動せずという神は、私見では古事記に二一一神もいます（中巻・下巻も含む）。全体では三〇七神だから、三分の二以上の数です。この点も謎ですけれど、アメノミナカヌシがなぜ曖昧なのかが当面の問題となります。この問題が、「天地初発」の訓みが曖昧なのとどうも連動しているように思えるのです。

決定的な証拠が出てほしい、何とかして冒頭部を訓みたいと願いながらも、国語学者ではない私は、訓詁注釈をそっちのけにして、以下のようなことを最近考えるようになりました。どうやら「天地初発」はわざと訓みにくくして曖昧にしようとしたのではないか、と(3)。古事記の訓読を五〇年以上研究している西宮一民《にしみやかずたみ》氏は、ことあるごとに「古事記は訓読できるように書かれている」と繰り返し説いています。これは大方認められている考えであるし、私もそう思います。

だとしたら、「天地初発」に関しては、次の二つのことが考えられるでしょう。一つは、当時この四文字は誰で(4)もまちがいなく訓めたということ。だから太安萬侶《おおのやすまろ》はこう書いたのだ。これで皆が訓めると判断したのです。な

（1）**山田**「訓《よ》み方の定説のことです」
（2）**山田**「紙の代わりに使われた薄い木の札のこと。当時紙は貴重品だったから。でもそのお陰で腐敗せずに残ったのです」
（3）**山田**「この『曖昧』は、すでに吉井巌《よしいいわお》氏が指摘しています(二)。氏は、古事記にとって天地創成の具体的なあり方は重要でなかったからと述べています。しかし、後述するように、『天地初発之時』だからここは『時』を曖昧にする工夫と私は考えています」

ぜなら、古事記の原文には、訓みあやまりが起こりそうな箇所には注がついているからです。たとえば、「天地初発之時」の次の「高天原」には、「訓高下天云阿麻下効此」という注が、真福寺本では二行割注《わりちゅう》[5]の形でつけられています。この注も訓読すれば、「高の下の天（の字）を訓みてアマと云ふ。下《しも》は此《これ》に効《なら》へ（以下この訓み方に従え）」となります。「阿麻《あま》」は平仮名がない時代だから、「高天《あま》原」のルビの代わりにこう記したのです[6]。訓み方の注なので、「訓注《くんちゅう》」と呼んでいます。なぜ「天」に訓みの注が要《い》ったのかというと、「天」はアマともアメとも訓めるからです。どちらかわかりづらいからです。ならば、「天地初発」に訓注がないのは、誰もがまちがえるはずもない当時の常識だったことになります。それにしても、常識ならば、この字がほかのところにももっと出てきてもよさそうなのに、さっぱり。だからもめているわけです。

もう一つ考えられることが、わざと訓めなくし曖昧にしたのではないかということです。それがアメノミナカヌシとかかわっていると思われます。そのため、一時間目にお話ししたことと重なる部分もあるけれど、古事記の成立について再述しておきます。天武《てんむ》天皇の発案によってはじめられた古事記編纂の目的は、端的にいえば「なぜ今の天皇（天武）が日本を統治しているのか」ということを証明するためでした。そのために、どうすれば説得力があるのか、色々と作戦を考えたでしょう。「天武天皇がいつ・どこで、どのような状況下で即位したか」から筆を起こしてもよかった。「その前の天智《てんち》天皇は実兄だから、そこからはじめるべきだ」という反対意見もあったかもしれません。「いや、もっとずっと前の初代神武《じんむ》天皇からではどうだろう」と神武天皇の物語[7]の採用が検討され、「いっそのこと、人以前の時代からはじめたら……」というように、さらにさかのぼっていったのではないでしょうか。このあたりを試みにまとめると次のようになります。

①天武天皇の条から開始する。

←②天智天皇の条から開始する。
←③神武天皇の条から開始する。
←④ニニギから開始する。
←⑤アマテラスから開始する。
←⑥イザナキ・イザナミから開始する。
←⑦アメノミナカヌシから開始する。

（4）**学生**「誰でも？」
山田「もちろん、識字能力のある人に限りますが」
（5）**山田**「本文の字の四分の一のサイズで書いた注のこと。一行の本文に対して二行ずつで書いてゆくことになるので、こう呼んでいます。たとえば、こんなふうなのですが、読みにくいのでこの授業では一行書きにします（二時間目（2））」
（6）**学生**「『表音文字』と呼ばれているヤツですね」
山田『音仮名《おんかな》』『萬葉仮名』ともいいます。先に、『訓み方を記した文献』のことを話しました。その『訓み方』とは、このような注のことを指します」
（7）**山田**「この天皇が実在ではないことは、今や常識。この時に作られたのか、すでに神武天皇の物語（今でいう伝説に近いもの）があったのかはわかりません。原神話と現神話の関係と同じです」

数字は便宜上つけただけであって、この七段階だというつもりはありません。①ではまずいと判断されました。②でも物足りず、もっと以前が求められました。③よりも「神」を主人公とした物語がよいという案が出されました。「人」よりも「神」の方が保証は強いからです。そこで、神話が初代天皇の前におかれることになりました。その神話も、最初に地上に降臨したニニギからはじめてもよかったのです（④）。しかし、「ニニギに降臨を命じた神がいるので、その神アマテラスから」と⑤が要求されました。「では、アマテラスはどうやって生まれたのか。父神・母神がいるのではないか。いるのなら、その世代から」とさらに⑥のイザナキ・イザナミにまでさかのぼらせました。このように、古ければ古いほど、由緒正しいとか伝統と歴史があると思うのは現代でも同じでしょう。「創業元禄《げんろく》年間」とか「老舗《しにせ》」「元祖」「本家」などは、今でもよくあるお店の宣伝文句です。我々現代人も、何だかそういう文句に惹《ひ》かれるところがあります。

どの神からはじめるにしても、その神の両親の方が前世代になるから、いっそのこと両親のいない神、出産という形態ではない誕生の仕方をする神からはじめればよいと考えたのかもしれません。それが化成する神です。次の（2）でみるように、イザナキ・イザナミには両親がいません。「生まれた」のではなく、「成った」神なのです。その「成る」神の最初がアメノミナカヌシです（⑦）。次がタカミムスヒ・カムムスヒとなっています。タカミムスヒ・カムムスヒは、物語の展開に重要な役割をはたします。三神で一組《ひとくみ》なのに、アメノミナカヌシだけ前述のように二度と登場しないし、この誕生場面でも何もせずにすぐ身を隠しています。名称も、「天の真ん中の主」という抽象的なものです。

さて「天地初発」はどうか。この世のはじまりをどう表現するか、やはり苦心したでしょう。「今から一万年前に最初の神が誕生した」というより、「二万年前」とした方が古い。これもキリがない話です。数字では表わせません。始源ともいうべき一番最初の時、つまり誰もみたこともきいたこともないこの世のはじまりです。映画なら、スクリーンに何かが映る前、真暗闇の中で「オギャー」という泣き声だけで表現するかもしれません。絵画なら、真白なカンバスの中央に出現した小さな生命体を描くかもしれません。周辺には何もない。草木の一本もありません。木があれば、始源神よりその木の方が先に誕生したことになってしまうからです。一切の具象物を排した絵画にならざるをえません。「天地初発」とアメノミナカヌシがともに抽象的で曖昧なのは、それによってこれ以上の「前」はない一番最初を表わしたかったからではないでしょうか。

(1)でもう一ついわなければならないのは、高天原についてです。高天原はどうやってできたのかが語られていません。最初からあったのです。古事記を読み進めると、この高天原が古事記にとって大事な国[8]であることがわかります。最高神アマテラスが統治する国で、古事記上巻の前半はここが主要な舞台となっています。なのに、どうやってできたのかをいいません。

このことについては、神野志隆光《こうのしたかみつ》氏の見解があります[二]。古事記の高天原は、はじめから無条件ですでにあるものとして書かれているのです。この点が大事だと氏は述べます。つまり、絶対の国としての高天原の存在に文句をいわせない態度なのです。どうしてこのようなことを気にするのかといえば、日本書紀《にほんしょき》[9]とは随分ちがうといいたいからです。そもそも、日本書紀には高天原がありません。神々は「天」に誕生します。そして、日本書紀は「天」の形成過程を語るのです。つまり、古事記とは冒頭からして異なるのです。両書を比べてみると、古事記の

(8) **学生**「『高天原』は『国』ですか?」
山田「『高天原』の名称に『国』はついていません。けれども、アマテラスはここを『我が国』と呼んでいます」
(9) **山田**「日本書紀の成立は七二〇年。七一二年の古事記と近く、似たような話ものっていますから、従来一緒に論じられることが多かったのです。しかし、内容も目的も随分異なると近年いわれています。たとえば、日本書紀には「高天原」はなく、「天」あるいは「天上」と記すのみです[三]」

方がアマテラスの君臨する国（高天原）の絶対性を強調していることがわかります。さっきからいっている「工夫」とは、こんな箇所にもみられるのです。

（2）別天《ことあま》つ神《かみ》と神世七代《かみよななよ》

次に、国稚《くにわか》く浮《う》ける脂《あぶら》の如くして、くらげなすただよへる(＊一)時に、葦《あし》牙《かび》(＊二)の如く萌《も》え騰《あが》れる物に因《よ》りて成《な》りし(＊三)神の名は、宇摩志阿斯訶備《うましあしかび》比古遅神《ひこぢのかみ》。次に、天之常立《あめのとこたち》神。此《こ》の二柱《ふたはしら》の神も亦《また》、並《とも》に独神《ひとりがみ》(＊四)と成《な》り坐《ま》して、身を隠《かく》しき。

　上《かみ》の件《くだり》の五柱《いつはしら》の神は、別天《ことあま》つ神《かみ》(＊五)ぞ。

次に、成りし神の名は、国之常立《くにのとこたち》神。次に、豊雲野《とよくもの》神。此の二柱の神も亦、独神と成り坐して、身を隠しき。次に、成りし神の名は、宇比地邇《うひぢに》神。次に、妹須比智邇《いもすひぢに》(＊六)神。次に、角杙《つのぐひ》神。次に、妹活杙《いくぐひ》神〈二柱〉。次に、意富斗能地《おほとのぢ》神。次に、妹大斗乃弁《おほとのべ》神。次に、於母陀流《おもだる》神。次に、妹阿夜訶志古泥《あやかしこね》神。次に、伊耶那岐《いざなき》神。次に、妹伊耶那《いざな》美《み》神。

　上の件の、国之常立《くにのとこたち》神より以下《しも》、伊耶那美神より以前《さき》は、并《あは》せ

(＊一)海月《くらげ》のように国が漂っている
(＊二)生命力旺盛な葦の芽《め》
(＊三)発芽するものによって化成した
(＊四)対《つい》を成さない単独の神
(＊五)特別な天つ神
(＊六)「妹《いも》」は女神のこと

て神世七代《かみよななよ》と称《い》ふ〈上の二柱の独神は、各《おのおの》一代《ひとよ》と云《い》ふ(＊七)。次に双《なら》べる十《と》はしらの神は、各二《ふた》はしらの神を合《あは》せて一代と云ふ(＊八)〉。

(＊七)クニノトコタチ・トヨクモノはそれぞれ一代ずつに数えて計二代
(＊八)次の一〇神は男神・女神一組《ひとくみ》で一代と数え計五代

注とそれに類するものを先に説明しておきます。「上の件の」ではじまり、本文よりもややさげて書きはじめられている二つの文は、いってみればナレーターの解説です。現代でいえば、ドラマが展開しているところへ声だけのナレーションが入ることがありますよね。それと似ています。この二箇所の「上の件の」の文は、注みたいですが現在は注とは呼ばれていません。訓注のところで述べたように、注はいつも二行割注の形になっています。注を（2）の中で指摘すれば、真中あたりの〈二柱〉、おわりの〈上の二柱の独神は……と云ふ〉の二例がそれです。『新全集　古事記』は〈　〉でくくってあるので、本授業もそれにならっています。また、活字のポイントをやや小さめにして一行で記すのが、最近の古事記のテキスト類のやり方です。そのまま二行割注の形にすると小さすぎて読みづらいからです。〈二柱〉を計数注《けいすうちゅう》、〈上の二柱の……〉を語注《ごちゅう》と呼んでいます。先の訓注やまた音注[10]といわれるものは、漢字ばかりの原文にあって意味をなします。けれども、訓読文では意味をなさないので、現行のテキストでは省略するのが一般的です。

さて、（2）では一五神が化成しています。前の（1）の三神も同じで、この長い神名の羅列にまず戸惑ってしまいます。「神様の名前が覚えられないから読みにくい」とはよくきく感想です。ロシア文学を読んだ時、ラスコーリニコフやアレクセイ＝フョードロウィッチ＝カラマーゾフはたしかに覚えられず苦労しました。だから私は、

（10）**山田**『音注』とは、『この字は音読みしなさい』という注のことです」

はじめて古事記を読む人に（2）の場面を説明する時、「ともかくイザナキ・イザナミだけは覚えてください」ということにしています。神の名には意味があることは承知しています。けれども、一神ずつ解説していては長時間かかるし、全てに定説があるわけでもありません。しかも、ロシア文学の登場人物とちがって、物語の展開にもかかわらない神が多いのです。（1）ではタカミムスヒとカムムスヒ、（2）ではイザナキ・イザナミ、計四神だけが再登場するのです。専門家ならともかく、はじめて古事記を読む人が神名を覚えるのに苦労していては、物語のあらすじをとらえる妨げにすらなってしまいます。だったらまずは、物語の展開上必要な神以外は気にとめずに読んでいってもかまわないと私は思っています。

ただ、これだけはいっておきます。なぜ不必要とも思われる神々をこれほど多く登場させたのか、ということです。理由は色々研究されています。ここでは、（2）の最後に「七代」とあったこととかかわらせて述べておきます。はやい話が、長くして例の由緒正しさを示そうとしたのでしょう。「三代続いたお店」よりも「七代続いたお店」の方が歴史があるのです。一〇〇代、二〇〇代としなかったのはなぜでしょうか。（1）の三神と（2）の「別天つ神」五神・「神世七代」の七代とで三・五・七になり、ここは中国の陽数にあわせたといわれています。そのことと関係すると考えられます。肝心なタカミムスヒ・カムムスヒとイザナキ・イザナミとの間に、名前だけで活動しない神々をたくさん入れました。それで由緒正しさを示すとともに、神の数も三・五・七の形式にしたのです。それが今の形になった第一の理由でしょう。

（1）からはじまった独神《ひとりがみ》は、（2）の途中まで続いています。ところが、ウヒヂニ・イモスヒチニ以降は二神一組の形になります。五組で合計一〇神になります。「妹《いも》」は女性を表わします。[11] ならば、妹がつかないウヒヂニたちは男神[12]なのでしょう。すると、男女で一組を形成していることがわかります。それまでの独神とちがって男女対遇神《たいぐうしん》が登場するようになると、それまでの化成ではなく出産という誕生の仕方を我々は予想します。次の三時間目でやりますが、はじめての出産をするのはイザナミです。その重要なイザナキ・イザナミの前に何もない四組八神をおいたのも、例の作戦でしょう。独神の直後に、いきなりイザナキ・イザナミの対遇神をおかないのです。はじめて出てきた男女一対の神が〈結婚→性交→出産〉となると唐突ですから。その「唐突」さを少しでも解消する工夫が、その前に四組八神を設定することだったと思われます。

さて、「妹《いも》」は妹《いもうと》のことなのか、妻の意味なのか。

その前に、脱線します。

「妹」はイモかイモウトか（その一）

大学の講義は一コマ九〇分もあります。実験や実習とちがって、国文学の授業は教員がほぼ一方的にしゃべるだけ。きいている学生の皆さんは、そんな長い間我慢できるわけがありません。そこで私も、台本（講義ノート）に書いてないことをしゃべり、笑いをとったりあるいはすべったりしています。私の場合、この脱線というのは前もって考えていたことではなく（それならば台本にあります）、その場で思いついて話してみたくなったことばかりです。ということは、まんざら講義内容と無関係というわけでもありません。そこで、学生の中には、私の授業に対して「どこまでが本題で、どこからが脱線なのかがわかりません」と嘆く人もいます。ある時、「脱線する前に『今から脱線するぞ』と宣言するか、合

(11) **山田**「萬葉集ではわんさと使われる言葉。大抵は、男性から妻や恋人を呼ぶ時に用いられています」
(12) **学生**「『女神』がメガミなら、『男神』は何と読むのですか？」
山田「えーと、知りません。読み方はないみたいです。男の神は重視されていなかったからかもしれません」

図の踊りをするかしてくれませんか」といわれたことがあります。さすがにアメノウズメではない私は前者を選びたいのですが、しゃべりには流れというものがありますから、なかなかそうもゆきませんでした。本講義をするにあたってそのことを思い出しました。今回の、この特殊な授業ではそれができそうです。

前置きが長くなりました。今から脱線します。

以下は、私がまだ大学院生のころの話です。私は柳《やなぎ》田《た》國《くに》男《お》氏に興味があって、氏の著作もいくつか読んでいました。なのに、名著『妹の力』の「妹」の字を「いもうと」と読むと思い込んでいたのです。読み方がどこにも書いてなかったからです。それをうっかり授業中に「いもうとのちから」としゃべってしまい、大学院の先輩に『いものちから』だ」とすぐ様訂正されました。知ったかぶりしていわなければよかったと冷汗ものだった二五年前のことを今でも覚えています。ところが最近、鎌《かま》田《た》久《ひさ》子《こ》氏（柳田氏の秘書もしていた民俗学者）の著書『女の力　女性民俗学入門』（青娥書房　一九九〇年）を読んでいて、ハッとさせられました。『妹の力』の「妹」は「いもうと」なのではないかというのです。沖縄とくに八重山地方に、オナリ神信仰が今もあります。姉妹（沖縄の言葉でオナリ）の霊力が兄弟（エケリ）を守護する信仰のことです。女性の霊力は、「夫に対する妻の霊力のこと」と変化してゆく場合も一部にあったとはいえ、この兄弟を守る姉妹の力こそが本来のものなのです。やはり「いもうとのちから」でよかったのだ。鎌田氏の著書によって、二五年前の汚名が返上できたような気分になりました。

では、「妹イザナミ」とは何なのでしょうか。

古事記の時代、「妹」を「いもうと」と訓《よ》んだ例はありません。[13] ただ、イザナキの化成（誕生）直後にイザナミは化成しているので、イザナキにとってイザナミは妹《いもうと》です。しかも、結婚しているから妻でもあるのです。つまり「妹」には、今でいう「妻」と「妹《いもうと》」という二重の意味が込められていると考えられます。始源の時代における最初の結婚は、兄と妹《いもうと》との結婚でした。今でいうと、近親婚になります。古橋信孝《ふるはしのぶよし》氏は、兄妹婚《けいまいこん》は最も理想的な神々の結婚であるから人間にとって禁忌なのだといっています。(四) そう考えると、たしかにわかりやすくなるでしょう。

再び、脱線します。

「妹」はイモかイモウトか（その二）

一〇年以上も前のことです。卒業論文で萬葉集の高橋虫麿《むしまろ》の歌をやりたいという学生が私のところへきました。

「どの歌をやりたいの？」

「テジナの歌です」

「……？」

「テジナの歌ですよ」

「そんなのあったっけ？」

「勝鹿《かつしか》の真間《まま》のテジナです」

(13) **山田**「表音文字で書かれたものや訓注がつけられた例はないということです」

というわけで、「勝鹿の真間の手児奈《てこな》」（巻九―一八〇七〜八番歌）をマリックさんのように思っていた彼女は、ある日真顔でこう尋ねたのです。

「先生。萬葉集で奥さんや彼女のことを『妹《いも》』というのは、これは、妹《いもうと》のようにかわいいからなのでしょうか」

その時の私は、ただただ驚くばかりでした。けれども今思うと、ひょっとして正しいのかもしれません。一年後、彼女がなかなかいい論文を提出したことはいうまでもありません。

三時間目　イザナキとイザナミ

（1）おのごろ島《しま》

是《ここ》に、天《あま》つ神《かみ》諸《もろもろ》の命《みこと》以《もち》て(＊一)、伊耶那岐命《いざなきのみこと》・伊耶那美命《いざなみ》の二柱《ふたはしら》の神に詔《のりたま》はく(＊二)、「是《こ》のただよへる(＊三)国を修理《つくろ》ひ固《かた》め成《な》せ」とのりたまひ、天《あめ》の沼矛《ぬほこ》(＊四)を賜《たま》ひて(＊五)、言依《ことよ》し賜ひき(＊六)。故《かれ》、二柱の神、天《あめ》の浮橋《うきはし》(＊七)に立《た》たして(＊八)、其《そ》の沼矛を指《さ》し下《おろ》して画《か》きしかば(＊九)、塩《しほ》こをろこをろに画《か》き鳴《な》して(＊一〇)、引き上げし時に、其の矛の末《すゑ》より垂《しただ》り落《お》ちし塩は、累《かさな》り積《つも》りて島と成りき。是《これ》、淤能碁呂島《おのごろしま》ぞ。

（＊一）天つ神全ての仰《おお》せによって
（＊二）命令を下して
（＊三）海月《くらげ》のように
（＊四）立派な矛《ほこ》
（＊五）授けて
（＊六）ご委任なさった
（＊七）高天原と地上とをつなぐ浮いている梯子《はしご》
（＊八）お立ちになって
（＊九）海水をかきまわすと
（＊一〇）海水をかきまぜコロコロ鳴らして

おのごろ島とは「自凝島《おのごろ》」で、「おのずから凝《こ》り固まった島」のことです。三時間目（3）でみるように、イザナミは出産によって国や島を出現させます。それとは区別するために、「自然にできあがった島」の意味でこのように名づけられたのでしょう。

（1）で肝心なのは、イザナキ・イザナミは国生みをし国を作ったことになっているけれど、みずからの意志でそうしているのではないということです。二神はあくまで天《あま》つ神《かみ》の命令によってそうしているのです。ここで、天つ神について、もう少し説明しておきます。一般に「天つ神」というと、天に住む全ての神様を指すようです。いわゆる「天神地祇《てんじんちぎ》」や「神祇《じんぎ》」(1)は、訓読みでは「天神地祇《あまつかみくにつかみ》」「神　祇《あまつかみくにつかみ》」で、そのアマツカミのことです。ところが古事記ではそうではない。（1）のように、高天原にあって命令を下す神のことなのです。（一）命令を受けるこのイザナキ・イザナミは天つ神と呼ばれていません。なお、「地祇《くにつかみ》」「祇《くにつかみ》」もやはり古事記の国つ神とは異なります。古事記の国つ神は、地上の神全般を指しての呼称ではありません。詳しくは本文に出てきた時にしましょう。

この天つ神は、中巻以降の天皇へ系譜がつながってゆくのです。古事記において天つ神は、天上界でも特別な存在なのです。イザナキ・イザナミはその天つ神の命令によって国生み・国作りをしてゆきます。このことは、高天原に限らずこれからできる「国」も天つ神のものであったことを示しています。これから先この国が完成してゆくのに、古事記は膨大な量の物語を用意しています。その最初がここなのです。

（2）イザナキ・イザナミの結婚

其《そ》の島（＊一）に天降《あまくだ》り坐《ま》して、天《あめ》の御柱《みはしら》（＊二）を見立て、八尋殿《やひろどの》（＊三）を見立てき。是《ここ》に、其の妹伊耶那美命《いもいざなみのみこと》を問《と》ひて曰《い》ひしく、「汝《なむち》が身は、如何《いか》にか成《な》れる」といひしに、（イザナミは）答《こた》へて白《まを》ししく、「吾《あ》が身は、成《な》り成りて成り合《あ》はぬ処《ところ》（＊四）一処《ひとところ》在《あ》り」とまをしき。爾《しか》くして、伊耶那《いざな》

（＊一）おのごろ島
（＊二）神聖な柱
（＊三）広い御殿《ごてん》
（＊四）まだ完成せず凹《へこ》んだ部分が

（1）**学生**「『いわゆる』の次には、大抵よく知らない言葉が続きますよね。なぜですか？」
山田「誰も知らないことを述べる時に、『周知のように』というのもあります。誰も知らないのに誰もが知っているように話して、自分の説もあたかも正しいぞと導く技術の一つでしょう」
学生「なーんだ。『いわゆる』や『周知のように』に続く語句を知らなくても恥ずかしいことではないんだ」

岐《き》命の詔《のりたま》ひしく、「我《あ》が身は、成り成りて成り余《あま》れる処一処在り。故《かれ》、此《こ》の吾が身の成り余れる処を以《もち》て、汝《なむち》が身の成り合はぬ処を刺《さ》し塞《ふさ》ぎて、国土《くに》を生《う》み成《な》さむと以為《おも》ふ(＊五)。生むは、奈何《いか》に(＊六)」とのりたまひしに、伊耶那美命の答へて曰《い》ひしく、「然《しか》、善《よ》し(＊七)」といひき。爾《しか》くして、伊耶那岐命の詔《のりたま》ひしく、「然《しか》らば、吾《あれ》と汝《なむち》と、是《こ》の天の御柱を行き廻《めぐ》り逢《あ》ひて(＊八)、みとのまぐはひを為《せ》む(＊九)」とのりたまひき。如此《かく》期《ちぎ》りて(＊一〇)、乃《すなは》ち(イザナキは)詔ひしく、「汝は、右より廻《めぐ》り逢《あ》へ。我《あれ》は、左より廻り逢はむ」とのりたまひき。約《ちぎ》り竟《をは》りて(＊一一)廻りし時に、伊耶那美命の先《ま》づ言《い》はく、「あなにやし、えをとこを(＊一二)」といひ、後《のち》に伊耶那岐命の言ひしく、「あなにやし、えをとめを」といひき。各《おのおの》言ひ竟《をは》りし後に、其の妹《いも》に告《の》らして曰ひしく、「女人《をみな》の先づ言ひつるは、良《よ》くあらず」といひき。然《しか》れども(＊一三)、くみど(＊一四)に興《おこ》して生みし子は、水蛭子《ひるこ》(＊一五)。此《こ》の子は、(悪《あ》しき子として)葦船《あしぶね》(＊一六)に入《い》れて流《なが》し去《さ》りき。次に、淡島《あはしま》を生みき。是《これ》も亦《また》(失敗だったので)、子の例《つら》には入《い》れず。

是《ここ》に、二柱《ふたはしら》の神の議《はか》りて云《い》はく、「今吾《わ》が生める子、良《よ》くあらず。猶《なほ》天《あま》つ神《かみ》の御所《みもと》に白《まを》すべし(＊一七)」といひて、即《すなは》ち共に参《ま》ゐ上《のぼ》り、天つ神の命《みこと》を請《こ》ひき。爾くして、天つ神の命以《もち》て、ふとまにに(＊一八)卜相《うらな》ひて

(＊五)思う
(＊六)どうか
(＊七)それはいいわね
(＊八)左右に別れて柱を回りめぐりあって
(＊九)セックスしよう
(＊一〇)このように約束して
(＊一一)約束しおわって
(＊一二)あら何て素敵な男性《ひと》
(＊一三)にもかかわらず
(＊一四)寝床
(＊一五)蛭《ひる》のような不具児《ふぐじ》
(＊一六)葦で作った船
(＊一七)失敗のことを申し上げよう
(＊一八)占《うらな》いの一種(詳細不明)

詔《のりたま》ひしく、「女《をみな》の先《ま》づ言《い》ひしに因《よ》りて、良くあらず。亦《また》、(地上へ)還《かへ》り降《くだ》りて改《あらた》め言へ」とのりたまひき。故爾《かれしか》くして、返《かへ》り降《くだ》りて、更《さら》に其の天の御柱を往《ゆ》き廻《めぐ》ること、先《さき》の如《ごと》し。

冒頭の「あまくだり」にまず苦笑してしまいます。この時代からあった言葉です。もちろん現代の役人とは関係なく、古事記では高天原から降下することを表わします。「降《くだ》り」だけでも同じ。これには例外がありません。

さて、古事記神話の中で、最も色っぽい条です。(2)の見出しを「結婚」としましたが、はやい話がセックスそのもの。男神と女神の、これから日本の国や神を生んでゆくための生殖行為です。ところが、暗さやいやらしさはまるで感じられません。何しろ、最初の男女の最初の行為ですから、互いの体がどうなっているのか、どうすればうまくゆくのか、わかっていません。だから「私の体の余った部分を、お前さんの体の足りない部分へ刺し塞いで」と、ユーモラスな表現がされています。

まず、天の御柱をめぐることから説明しましょう。これまでに二つの説があるといえます。一つは、近親婚を正当化しようとしたという考えです。外国に似た神話がたくさんあります。洪水などで人類が滅亡し、兄と妹《いもうと》のたった二人が残されました。兄妹なので結婚するわけにもゆかず、二人は互いの伴侶を求め、島(あるいは山)を一周します。それでも誰とも出会わず、仕方なく(あるいは、一周する間に年《とし》をとって容姿もかわってしまったので別人と出会えたと思って)二人は結婚し、人類が繁栄したという神話です。これを古事記神話に応用すれば、イザナキ・イザナミの御柱めぐりも近親婚の正当化のためとみなすことができます。生まれた子が不具児《ふぐじ》だったことにも結びついてゆきます。しかし、その見解に従うためには、以下の事柄も解決せねばなりません。不具児が近親婚のためだというのなら、ほかにも多くの不具児がイザナキ・イザナミから生まれるはずなのにそうはなっていません。しかも不具児の生まれた原因は、イザナミが先に声をかけたことだと本文にあります。それとも合致しません。二時間目の最後に、古橋信孝《ふるはしのぶよし》氏の考察を紹介しました。神々にとって兄妹婚は禁忌ではなく、神聖で理想的な結婚だと考えるべきでしょう。何しろ、一番最初の結婚なのですから。

すると、天の御柱めぐりのもう一つの解釈に私は傾きます。すなわち、この柱を男性性器の象徴とみなし、それをめぐる豊作儀礼を子孫繁栄に結びつけた考えです。イギリスの人類学者フレイザーが五月柱《メイポール》の儀礼を紹介したのがそのはじめかと思います。[二] 柱や樹木がすっとそびえ立つ様が豊饒力を象徴するとみなされたのでしょう。祭礼の日に選ばれた男女がそれをめぐって結婚の所作を演ずることが、その村の豊作と子孫繁栄を祈願することになるといわれています。農耕と人間の生殖行為は、しばしば同次元のものとみなされています。「種《たね》（ドイツ語でザーメン）」が種子だけではなく人の精子をも表わすように。

御柱めぐりは古事記の中にほかに例がなく、それに比べて外国には多くの神話や儀礼が残っているので、大抵の古事記の注釈書はそれを紹介しています。もっとも、そればかりしていては古事記本文から離れていってしまうのでこれくらいにとどめておきましょう。肝心なのは、イザナミが多産であるということです。一度目は失敗でしたが、二度目からは一回の性交で実に多くの国々・神々を出産することになります（三時間目（3）以下で取りあげます）。その点からも、ここは近親婚ではなく、豊饒・多産を表わす神話だといえるでしょう。そのための儀礼として、御柱をめぐったのだと考えられます。

なお、ヒルコを不具児ではなく「日《ひ》の子《こ》」とする説が江戸時代の曲亭《きょくてい》（滝沢）馬琴《ばきん》以来あります。日本書紀（神代《かみよ》第五段正文《せいぶん》）では、日の神アマテラスはオホヒルメノムチとも呼ばれています。そのヒルメが「日《ひ》の女《め》」つまり女性の太陽神で、それに対する「日の子」が男性の太陽神だというのです。船は神の乗り物だからそれに入れたというのも、なかなか魅力的な考えです。けれどもこれは、古事記の本文から離れたところでの議論です。「我々が生んだ最初の子は、良くなかった」とはっきり本文に示されていますから、やはりよくない子ととらえるべきでしょう。葦船の箇所の本文を、私は「悪《あ》しき子として葦《あし》で作った船にのせて流した」としました。これは、西郷信綱氏・阪下圭八《さかしたけいはち》氏の説です。(三)「悪しき子」を「葦船」で流したのは言語遊戯だというのです。この点からも私は、ヒルコはやはり「日の子」ではないと考えます。

次に、「女性から先に声をかけるのはよくない」のはなぜでしょうか。「女神は右から御柱をめぐり、男神は左から」というのが左尊右卑《さそんうひ》の考えに基づくから、同様に男尊女卑の思想によるともいわれています。この箇所に限ればそういえるのかもしれません。けれど、アマテラスという最高神が女性であることを考慮すると、古事記の中で女性の地位が男性よりも低いとは必ずしもいえません。当時の結婚とは、男性が女性に申し込む（お願いする）ものであり、諾否の返事は女性の権限だったという人もいます。結婚の最終的な成立は女性の決定によるのに、イザナミは先に声をかけてしまった。それがまずかったのだというのでしょう。面白い考えですけれど、やはり証明はむずかしいでしょう。

本文に即して読めば、次のようになると思います。御柱めぐりの前に、すでにイザナキは「私の体の余った部分をお前さんの体の足りない部分に刺し塞いで国をもうけようと思うがどうだ」といっています。これは結婚の申し込みでもあります。それに対しイザナミは「それはいいわね」と返事すなわち最終的決断を下しています。次に御柱めぐりがあって、イザナミから「あら、何て素敵な男性《ひと》」と先に声をかけています。この二回目の求婚が一回目の〈男→女〉の順序とは逆になっているのです。失敗の原因はここにあるのでしょう。ところで、「あら、何て素敵な男性」という言葉は、初対面でもないのに妙な台詞《せりふ》です。これは、御柱めぐりすることでイザナキ・イザナミは別人格(2)になったか、あるいは形式的に別人となって、あらためて求婚の言葉が交わされたことを表わすのでしょう。つまりこの求婚は二つの段階から成っているのです。どちらに重きがおかれていたかはわからないものの、第二段階の方が儀礼的・形式的な印象を受けます。御柱めぐりが儀礼的だと前に述べておきました。イザナキの「あなにやし、えをとめを」が、決まり文句を繰り返した形式的な話し方なのに対して、次の「女人の先づ言ひつるは、良くあらず」の言葉は、形式的になる以前のもとのイザナキに戻った物言いだからです。

どうしても「あなにやし」云々の方に注目してしまうから、誤解してしまう人も多いかもしれません。けれども最初の求婚は、女神からだったのではありません。男神からです。以下の古事記神話の結婚譚は、求婚の過程が記されている時は、いずれも男神からの求婚です。だから、イザナミの「あなにやし、えをとこを」が当時の求婚の習俗に反すると考えるのではなく、古事記における求婚の規則に反するというべきでしょう。この「規則」とは、イザナキ・イザナミの第一段階の求婚も含むことはいうまでもありません。

(3) 国生《くにう》み（その一）

いつもとちがって、本文を板書する前にいっておきたいことがあります。三時間目（3）～（7）に一四の島と四〇の神が誕生します。島（国）にも神様の名前がつけられ、別名をもつ神もいますから、神名は膨大な数になります。二時間目（2）の別天つ神の条とは比べものになりません。はじめて古事記を読む人にわずらわしい思いをさせたくありません。せっかくここまできたのに、投げ出されても困ります。サボルことを勧めはしませんけれど、島（国）・神の名を一々覚えることはありません。そこで、以下再登場する神は**ゴチック体**で記すことにします。[四] 大きな声ではいえないのでこっそりしゃべりますが、[3] 解説だけでも本文の内容がわかるようにしますから、本文は真面目に読まなくてもかまいません。

是《ここ》に、伊耶那岐命《いざなきのみこと》の先《ま》づ言《い》はく、「あなにやし、えをとめを」といひ、後《のち》に妹伊耶那美命《いもいざなみ》の言ひしく、「あなにやし、えをとこを」といひき。如此《かく》言ひ竟《をは》りて御合《みあひ》(*一)して、生みし子は、淡道之穂之狭別島《あはぢのほのさわけのしま》(*二)。次に、伊予之二名《いよのふたな》(*三)島を生みき。此《こ》の島は、身《み》一つにして面《おもて》(*四)四《よ》つ有《あ》り。面ごとに名《な》有り。故《かれ》、伊予国《いよのくに》は愛比売《えひめ》と謂《い》ひ、讃岐国《さぬき》は飯依比古《いひよりひこ》と謂ひ、粟国《あは》(*五)は大宜都比売《おほげつひめ》と謂ひ、土左国《とさ》は建依別《たけよりわけ》と謂ふ。次に、隠伎之三子《おきのみつご》(*六)島を生みき。亦《また》の名は、天之忍許呂別《あめのおしころわけ》。次に、筑紫《つくし》(*七)島を生みき。此の島も亦、身一つにして面《おもて》四《よ》つ有り。面ごとに名有り。故、筑紫国は白日別《しらひわけ》と謂ひ、豊国《とよ》は豊日別《とよひわけ》と謂ひ、肥国《ひ》は建日向日豊久士比泥別《たけひむかひとよくじひねわけ》と謂ひ、熊曾国《くまそ》は建日別《たけひわけ》と謂ふ。次に、伊岐《いき》(*八)島を生みき。亦の名は、天比登都柱《あまひとつはしら》と謂ふ。次に、津《つ》(*九)島を生みき。亦の名は、天之狭手依比売《あめのさでよりひめ》と謂ふ。次に、佐度《さど》(*一〇)島を生みき。次に、大倭豊秋津《おほやまととよあきづ》(*一一)島を生みき。亦の名は、天御虚空豊秋津根別《あめのみそらとよあきづねわけ》と謂ふ。故、此の八《や》つの島を先《ま》づ生めるに因《よ》りて、大八島国《おほやしま》と謂ふ。

(*一)セックスして
(*二)淡路島《あわじ》
(*三)四国
(*四)顔が
(*五)阿波国《あわ》
(*六)隠岐島《おきの》
(*七)九州全土
(*八)壱岐島《いきの》
(*九)対馬《つしま》
(*一〇)佐渡島《さどが》
(*一一)本州全土

(2)**学生**「神様なのに『人格』とは、これいかに?」
山田「神話なのに『主人公』というがごとし。もう一つ、『登場人物』ともすでにしゃべっちゃいました」
(3)**学生**「先生。よくきこえません」
山田「きこえなくてもいい時は小声になるのです」

まず生んだのが淡路島です。今でも淡路島に行くと、「日本で最初に生まれた島」を観光の宣伝文句にしています。次が四国。四国の語源はもちろん四つの国で成っているからです。「四つの顔があって」と擬人法が使われているのも面白い。「愛比売《えひめ》」は愛媛県の語源です。基本的に「〜ヒコ」「〜ヒメ」が多いようです。もちろん、ヒコは男神、ヒメは女神のことです。三番目が島根県の隠岐島《おきのしま》。四番目が九州です。「筑紫」というと、今の福岡県のこともいえば、九州全土も指します。ここは「筑紫島（九州）」と「筑紫国（福岡）」と書きわけています。筑前・築後、豊前・豊後……と別れる以前の名称が使われています。五・六番目が長崎県の壱岐島《いきのしま》と対馬《つしま》。七番目が一気に北へ移って新潟県の佐渡島。最後が本州となっています。全部で八島なので「大八島と呼ぶ」とあります。「大八島（国）」で、日本全土を指すこともあります。(4) 今とちがって、北海道は入っていません。佐渡島が最北で、東北地方も含まれていなかったともいわれています。

なお、（3）には**ゴチック体**の神はいません。

（4）国生み（その二）

然《しか》くして後《のち》(＊一)に、還《かへ》り坐《ま》しし時(＊二)に、吉備児島《きびのこしま》(＊三)を生みき。亦《また》の名は、建日方別《たけひかたわけ》と謂《い》ふ。次に、小豆島《あづき》(＊四)を生みき。亦の名は、大野手比売《おほのてひめ》と謂ふ。次に、大島《おほ》(＊五)を生みき。亦の名は、大多麻流別《おほたまるわけ》と謂ふ。次に、

(＊一)そうして後に
(＊二)お帰りになった時に？
(＊三)児島《こじま》半島
(＊四)小豆島《しょうど》
(＊五)屋代島《やしろ》？

女《をみな》島（＊六）を生みき。亦の名は、天一根《あまひとつね》と謂ふ。次に、知訶《ちか》島（＊七）を生みき。亦の名は、天之忍男《あめのおしを》と謂ふ。次に、両児《ふたご》島（＊八）を生みき。亦の名は、天両屋《あめのふたや》と謂ふ〈吉備児島より天両屋島に至るまでは、并《あは》せて六《む》つの島ぞ〉。

（＊六）姫島？
（＊七）五島列島
（＊八）男女群島？

急に「?」が増えました。まだよくわかっていないからです。冒頭の「還り坐しし」も、どこからどこへ帰ったのかわかりません。皆さんの中で、いい考えがあったら教えてください。生まれた島は六つ。岡山県の児島《こじま》半島はかつて島でした。続いて、香川県の小豆島。次の山口県の屋代島と大分県国東《くにさき》半島沖の姫島は定説ではありません。五番目が長崎県の五島列島。ここは、肥前国風土記《ひぜんのくにふどき》(5)の松浦《まつら》郡値嘉郷《ちかのさと》の条に紹介され、萬葉集にもこの島のことがのっています。(6)それらによると、この島から朝鮮半島・中国大陸へ渡ったことがわかります。最後の「両児島」は、五島列島の西にある男女群島（男島・女島などから成る）といわれていますが、これまた詳細は不明です。

三時間目（3）の八島、（4）の六島、合計一四島となります。なお、（4）にも**ゴチック体**の神はいません。

（4）**山田**「古事記序文には、天武《てんむ》天皇のことを『飛鳥清原大宮《あすかのきよみはらのおほみや》に（おいて）大八州《おほやしま》を御《をさ》め（治め）たまひし天皇』と呼んでいます」
（5）**山田**「肥前国から朝廷へ提出した報告書のこと。地名の由来や産物などが書かれています。八世紀前半ころ成立」
（6）**山田**「萬葉集巻一六—三八六九番歌の注に『肥前国松浦県美祢良久《あがたみねらく》の崎より船を発《い》だし』とあり、今の福江島の三井楽《みいらく》町のことといわれています」

（5）神《かみ》生《う》み（その一）

（イザナキ・イザナミは）既《すで》に国を生み竟《をは》りて、更《さら》に神を生みき。故《かれ》、生みし神の名は、大事忍男神《おほことおしをのかみ》。次に、石土毘古《いはつちびこ》神を生みき。次に、石巣比売《いはすひめ》神を生みき。次に、大戸日別《おほとひわけ》神を生みき。次に、天之吹男《あめのふきを》神を生みき。次に、**大屋毘古《おほやびこ》神**を生みき。次に、風木津別之忍男《かざもくつわけのおしを》神を生みき。次に、**海の神、名は大綿津見《おほわたつみ》神**を生みき。次に、**水戸《みなと》の神**、名は速秋津日子《はやあきつひこ》神を生みき。次に、妹速秋津比売《いもはやあきつひめ》神〈大事忍男神より秋津比売神に至《いた》るまでは、并《あは》せて十《と》はしらの神ぞ〉。此《こ》の速秋津日子・速秋津比売の二はしらの神の、河・海に因《よ》りて持《も》ち別《わ》けて、(*一)生みし神の名は、沫那芸《あわなぎ》神。次に、沫那美《あわなみ》神。次に、頬那芸《つらなぎ》神。次に、頬那美神。次に、天之水分《あめのみくまり》神。次に、国之水分《くにのみくまり》神。次に、天之久比奢母智《あめのくひざもち》神。次に、国之久比奢母智神〈沫那芸神より国之久比奢母智神に至るまでは、并せて八《や》はしらの神ぞ〉。

（＊一）二神が一方は河を他方は海を受け持って

やっと**ゴチック体**の神が、三神とはいえ出てきました。オホヤビコは、ずっと後にオホアナムヂを助ける神として再登場します（五時間目（3））。水戸の神はもっとずっと後、オホクニヌシの国譲《くにゆず》りの条に出てきます（六時間目（9））。ともに、物語の展開上はあまり重要ではありません。海の神をワタツミと呼ぶことは現在でも行なわれています。ワタツミは一般名詞と考えてもよいでしょう。このオホワタツミが、ホヲリ（ヤマサチビコのこと）が兄ウミサチビコの釣り針をなくした時に助けてくれたワタツミ（七時間目（3）（4）（5））と同一神かどうか、意見が別れるところです。念のため、**ゴチック体**にしました。

さて、最初に誕生したのがオホコトオシヲという神で、西宮一民氏は「これから神生みという大事業をすることの総括的な名として冒頭に置かれている」と考察しています。(五) 結末を先に述べ、その経緯を続けていうのは古事記によくある型です。これからもこの型のことは何度か触れます。イハツチビコ以下の神はよくわかっていないものがほとんどです。よって一々を解説しません。岩・土・風・海など自然と関係のある神々だということだけにとどめておきます。

「河・海に因りて持ち別けて」も謎の表現で定説はありません。ここでは『新全集　古事記』に従っておきます。それまでのイザナキ・イザナミの出産に代わって、ハヤアキツヒコ・ハヤアキツヒメが主語になっています。それぞれが河・海を受け持って、水に関する神々を生んでゆきます。イザナキ・イザナミからいえば、孫にあたります。

（6）神生み（その二）

次に、（イザナキ・イザナミは）風の神、名は志那都比古神《しなつひこのかみ》を生みき。次に、木の神、名は久々能智《くくのち》神を生みき。次に、野《の》の神、名は鹿屋野比売《かやのひめ》神を生みき。亦《また》の名は、野椎《のづち》神と謂《い》ふ〈志那都比古神より野椎に至るまでは、并《あは》せて四《よ》はしらの神ぞ〉。**山の神、名は大山津見《おほやまつみ》神**を生みき。此の大山津見神・野椎神の二はしらの神の、山・野に因《よ》りて持《も》ち別《わけ》けて（＊一）、生みし神の名は、天之狭土《あめのさづち》神。次に、国之狭土《くにのさづち》神。次に、**天之狭霧《あめのさぎり》神**。次に、国之狭霧神。次に、天之闇戸《あめのくらと》神。次に、大戸《おほと》或子《まとひこ》神。次に、大戸《おほと》或女《まとひめ》神〈天之狭土神より大戸或女神に至るまでは、并《あは》せて八《や》はしらの神ぞ〉。

（＊一）二神が一方は山を他方は野を受け持って

再びイザナキ・イザナミによる出産に戻って、風・木・山・野の神を生んでゆきます。**ゴチック体**のオホヤマツミは、前の（5）のオホワタツミ同様一般名詞とみなしてよいでしょう。この山の神は、何度か後の神話にも出てきます。（6）の後半は、（5）の後半の同じ。イザナキ・イザナミに代わって、オホヤマツミ・ノヅチ[7]が主語になっています。

（7）神生み（その三）

次に、（イザナキ・イザナミが）生みし神の名は、鳥之石楠船神《とりのいはくすふねのかみ》。**亦の名**《また》**は、天鳥船**《あめのとりふね》と謂《い》ふ。次に、**大宜都比売神**《おほげつひめ》を生みき。次に、火之夜芸速男神《ひのやぎはやを》を生みき。亦の名は、火之炫毘古神《ひのかかびこ》と謂ひ、**亦の名は、火之迦具土神**《ひのかぐつち》と謂ふ。此《こ》の子を生みしに因《よ》りて、(＊一)（イザナミは）みほとを炙《や》かえて病《や》み臥《ふ》して在《あ》り。(＊二)たぐり(＊三)に成《な》りし神の名は、金山毘古神《かなやまびこ》。次に、金山毘売神《かなやまびめ》。次に、屎《くそ》(＊四)に成りし神の名は、波邇夜須毘古神《はにやすびこ》。次に、波邇夜須毘売神《はにやすびめ》。次に、尿《ゆまり》(＊五)に成りし神の名は、弥都波能売神《みつはのめ》。次に、和久産巣日神《わくむすひ》。此の神の子は、**豊宇気毘売神**《とようけびめ》と謂ふ。故、伊耶那美神《いざなみ》は、火の神を生みしに因《よ》りて、遂《つひ》に神避《かむさ》り坐《ま》しき〈天鳥船より豊宇気比売神に至るまでは、并《あは》せて八《や》はしらの神ぞ〉。

凡《おほよ》そ伊耶那岐《いざなき》・伊耶那美の二はしらの神の共に生める島は、壱《とを》拾肆《あまりよつ》(＊六)の島ぞ。又《また》、神は、参拾伍《みそはしらいつ》(＊七)はしらの神ぞ〈是は、伊耶那美

(＊一)生んだことが原因で
(＊二)性器を火傷《やけど》して
(＊三)嘔吐物《おうとぶつ》
(＊四)大便
(＊五)小便
(＊六)一四
(＊七)三五

（7）**学生**「ノヅチがあの幻のツチノコだという説がありますよね？」
山田「うーん。きいたことはありますがどうでしょうか。ノヅチは、〈野《の》＋ツ（＝の）＋霊《ち》〉で『野の精霊』のこと。ツチノコのツチは語頭にあるから、ノヅチのヅチとは異なると思われます」

神の、未《いま》だ神避《かむさ》らぬ以前《さき》に、生めるぞ。唯《ただ》に、意能碁呂《おのごろ》島のみは、生めるに非《あら》ず。また、蛭子《ひるこ》と淡島《あは》とは、子の例《つら》には入《い》れず〉。

イザナミの最後の出産場面です。火の神を生んだイザナミは火傷《やけど》を負って倒れてしまいます。それでもなお、その時の嘔吐物・排泄物から神々が化成しています。何とも多産な神です。それまでの「生む」から「成る」にかわったことに注意してください。出産と化成は区別されています。

四つの**ゴチック体**の神について説明しましょう。一・三番目のアメノトリフネとヒノカグツチは「亦《また》の名」の方を**ゴチック体**にしました。これまでの「亦の名」を有する神は、いずれも再登場しませんでした。ところが「亦の名」を有する神で再登場する時は、「亦の名」の方が使われるのが古事記の原則です。このことはすでに本居宣長『古事記伝《こじきでん》』が気づいています。その後も、小野田光雄《おのだみつお》氏・菅野雅雄《すがのまさお》氏の研究があります。[六] 例外はあるものの、再登場からは「亦の名」が使われるので、板書した（7）でも「亦の名」の方を**ゴチック体**にしました。二番目の**ゴチック体**のオホゲツヒメは、ゲが食物を表わすから「偉大な食物の女神」のことです。三時間目（3）で紹介した「四国の阿波国はオホゲツヒメ」と同名の神です。二度誕生するのはおかしいので、別の神と考えられています。この後もオホゲツヒメは二度登場します（四時間目（10）・五時間目（12））。まだ明解な答えは得られていないものの、この（7）のオホゲツヒメがこの後の二回のオホゲツヒメと同神と私は考えています。[七] トヨウケビメは伊勢神宮の外宮《げくう》に祭られている神として再登場します（六時間目（12））。

ところで、イザナミの生んだ（7）の神々は、それまでの自然神（風・山・海など）とちがって、船の神・食物神・火の神です。火ももともとは自然のものなのでしょう。しかし、それを入手して手もとにおくことは文化です。つまり、（6）までの神と（7）の神は区別されていることがわかります。

おわり近くに、段下げで記した「凡そ伊耶那岐……」のことは、二時間目（2）で述べたナレーションです。一四の島と三五の神を生んだと、その合計数を記しています。このまま読み進んでも気づかないかもしれませんけれど、実は三五神は数が合致しません。三時間目（3）から（7）までで四〇神です。これも諸説あって未解決の問題です。イザナキ・イザナミが「共に生める」神だから、二神の孫にあたる神と化成した神とを除くと一七神、それに島の別名として出てきた神一八神を加えると三五となる説が有力です。

（8）イザナミの死

故爾《かれしか》くして、伊耶那岐命《いざなきのみこと》の詔《のりたま》はく、「愛《うつく》しき我《あ》がなに妹《も》の命《みこと》（＊一）や、子の一つ木《き》に易《かは》らむと謂《い》ふや（＊二）」とのりたまひて、乃《すなは》ち御枕方《みまくらへ》に匍匐《はらば》ひ（＊三）、御足方《みあとへ》に匍匐ひて哭《な》きし時に、御涙《みなみた》に成《な》れる神は、香山《かぐやま》の畝《うね》尾《を》の木本《このもと》に坐《いま》す、名は泣沢女神《なきさはめのかみ》（＊四）ぞ。故、其《そ》の、神避《かむさ》れる伊耶那美《いざなみ》神は、出雲国《いづものくに》と伯伎《ははき》国との堺《さかひ》の比婆《ひば》の山（＊五）に葬《はぶ》りき。是《ここ》に、伊耶那岐命、御佩《みは》かせる（＊六）十拳《とつか》の剣《つるぎ》（＊七）を抜《ぬ》きて、其の子迦具《かぐ》土《つち》神の頸《くび》を斬《き》りき。爾くして、其の御刀《みはかし》の前《さき》に著《つ》ける血、湯津石《ゆついは》村《むら》（＊八）に走り就《つ》きて（＊九）、成れる神の名は、石析《いはさく》神。次に、根析《ねさく》神。次に、

（＊一）いとしい我が妻よ
（＊二）我が子火の神一人とお前さんの生命とを交換しようというのか
（＊三）イザナミの枕もとで這《は》い回って
（＊四）橿原《かしはら》市木之本《きのもと》町の畝尾都多本《うねおのつたもと》神社の神である
（＊五）現在地未詳（広島県比婆郡に比婆山があるが伯伎国〈鳥取県〉との境ではない）
（＊六）お持ちになっている
（＊七）長い剣（「拳《つか》」は長さの単位）
（＊八）近くの神聖な岩群
（＊九）飛び散って

石箇之男《いはつつのを》神〈三《み》はしらの神〉。次に、御刀の本《もと》に著ける血も亦《また》、湯津石村に走り就きて、成れる神の名は、甕速日《みかはやひ》神。次に、樋速日《ひはやひ》神。次に、**建御雷之男《たけみかづちのを》神**。亦の名は、建布都《たけふつ》神。亦の名は、豊布都《とよふつ》神〈三《み》はしらの神〉。次に、御刀の手上《たかみ》（＊一〇）に集まれる血、手俣《たなまた》（＊一一）より漏《く》き出《い》でて、成れる神の名は、闇淤加美《くらおかみ》神。次に、闇御津羽《くらみつは》神。

上《かみ》の件《くだり》の、石析神より以下《しも》、闇御津羽神より以前《さき》、并《あは》せて八《や》はしらの神は、御刀《みはかし》に因《よ》りて生める神ぞ。

（＊一〇）刀の柄《つか》（握る部分）
（＊一一）指の間

我が子といえども、妻の命を奪ったからには容赦しない。これがイザナキの態度です。泣きっぷりも尋常ではありません。もっとも死者に対して泣く時は、このように涙（当時は「なみた」）・動作（「匍匐《はらば》ふ」）・声（「哭《なく》」は声を出して泣くこと）の三者が揃うことが多かったようです。「匍匐《ほふく》」という字を「腹這《はらば》ふ」と訓《よ》んでいます。動作を伴ったこの泣き方は、悲しみのあまり体を震わせたようにもみえます。けれど私は、本来は死者がみずからの魂振《たまふ》り(8)のために体を動かしたことで、その代わりに近親の遺族が行なった儀礼と考えています。つまり、泣くことは死者の蘇生儀礼なのです。

涙にも、そのことはいえます。現代でもお葬式の時に、いくら悲しいとはいえ、涙を仏さんの顔の上に落としてはいけないという地方は多いでしょう。三途の川が氾濫してあの世に行けなくなるからともいわれています。逆にいえば、涙はこの世へ引き戻す力があったことを示しています。涙から化成したナキサハメという女神は、萬葉集の高市皇子《たけちのみこ》が亡くなった時の挽歌《ばんか》にも出てきます。

泣沢《なきさは》の神社《もり》に神酒《みわ》すゑ祷祈《いの》れどもわご大君《おほきみ》は高日知《たかひし》らしぬ（巻二—二〇二番歌）

一首は、「泣沢神社にお神酒《みき》を捧げて祈るけれども、我が大君はお亡くなりになってしまった」の意味。左注《さちゅう》(9)に「檜隈女王《ひのくまのおおきみ》が、泣沢神社を怨んだ歌」とあります。泣沢神社に蘇生をお祈りしたのにかなえられず、そのことを怨んだ歌と解せます。

古事記中巻垂仁《すいにん》天皇の条にも、涙のこんな話があります。皇后沙本毘売《さほびめ》の膝枕で寝て夢をみていた天皇が、皇后の涙が顔にかかって目覚めた話です。夢をみることは異界《いかい》との交流といわれていて、涙によって異界からこの世へ戻されたことがわかります。(八)

なぜここでイザナミを蘇生させようとしたのでしょうか。愛《うつく》しき妻が亡くなったのだから当たり前です。ところがどうもそれだけではないようです。このことは、次の文、イザナミの死体を比婆の山に葬ったことと関係があるようです。黄泉国《よみのくに》の条でまとめて述べることにします。（三時間目（11））

イザナキはカグツチの首をはねます。我が子でありながら妻の仇《かたき》を討ったわけです。この後にも、殺害をもって復讐する話はいくつかあります。その血から神々が化成するというのもすさまじい内容です。例によって、**ゴチック体**を使いました。タケミカヅチノヲのみが再登場する神です（「亦の名」ではなく本名で再登場する珍しい例です）。名前の真中に「雷」の字があり、雷の神であることがわかります。刀の神でもあります。この神に限らず、雷の神格と刀の神格は同一視されることがよくあります。稲光《いなびかり》が、キラリと光る刀剣を連想させるのでしょう。

（8）**山田**「衰弱した霊魂を活性化し、生命力を強化するための行為。『触れる』『みる』など、様々な方法がありますが、ここは振動を与えたものと考えられます」

（9）**山田**「歌の左側につけられた注のことです」

（9）火の神カグツチの死体

殺《ころ》さえし（＊一）迦具土神《かぐつちのかみ》の頭《かしら》に成《な》れる神の名は、正鹿山津見《まさかやまつみ》神。次に、胸に成れる神の名は、淤縢山津見《おどやまつみ》神。次に、腹に成れる神の名は、奥山津見《おくやまつみ》神。次に、陰《はぜ》（＊二）に成れる神の名は、闇山津見《くらやまつみ》神。次に、左の手に成れる神の名は、志芸山津見《しぎやまつみ》神。次に、右の手に成れる神の名は、羽山津見《はやまつみ》神。次に、左の足に成れる神の名は、原山津見《はらやまつみ》神。次に、右の足に成れる神の名は、戸山津見《とやまつみ》神〈正鹿山津見神より戸山津見神に至るまでは、并《あは》せて八《や》はしらの神ぞ〉。故《かれ》、（イザナキがカグツチを）斬《き》れる刀《たち》の名は、**天之尾羽張《あめのをはばり》と謂《い》ふ。亦《また》の名は、伊都之尾羽張《いつのをはばり》**と謂ふ。

（＊一）殺された
（＊二）性器

前の（8）はカグツチの血から神が化成した話でした。イザナミの嘔吐物・排泄物から化成した話はそのまた前の（7）でした。ここ（9）はカグツチの死体からです。神々の生命力の強さを感じさせます。とりわけ、再生する力は強大です。死体から化成する話はこの後も二回あります。それをまとめると、次のような表になります。

①カグツチの死体	②イザナミの死体	③オホゲツヒメの死体
頭	頭	頭
胸	胸	目
腹	腹	耳
陰	陰	鼻
左の手	左の手	陰
右の手	右の手	尻
左の足	左の足	
右の足	右の足	

②からは八種の雷の神が（三時間目（10））、③からは蚕《かいこ》と穀物の種《たね》が化成します（四時間目（10））。①と②の体の部分は全く同じです。①②に対し③の描写がやや貧弱なのですが、目は「二つの目」・耳は「二つの耳」だからやはり計八箇所、上半身から下半身へ向かっての順序も一致します。型が存在したのだろうと想像できます[九]。

日本に限らず、外国にも殺された神（とくに女神）の死体の各所から色々なものが化成する神話があります。縄文時代の土偶《どぐう》も、ばらばらにされ（殺され）埋められて再生するという儀礼のために作られたと考えられています[一〇]。神の死はそれでおわりではなく次のものを生み出すという神話的想像力は、汎世界的といってよいでしょう。古事記の神々もまさにその通りです。「転んでもただでは起きない」という慣用句にならっていえば、「死んでもただでは再生しない」のです。
（9）では、化成した個々の神のことよりも、死体から神が化成することを中心に述べてきました。この八神には**ゴチック体**の神がいないこともその理由です。最後のアメノヲハバリ「亦の名」イツノヲハバリは刀の名前です。しかし、再登場する時は神として、（8）のタケミカヅチノヲの父神として出てきます。本名と「亦の名」の両方が再登場する時に記される珍しい神です。よって、二つとも**ゴチック体**にしました。刀とその刀で切った時に出た血から化成した神とが親子というのも、面白い神話表現です。「刀があった。その刀から血が誕生した」といえば、何となくわかる気もします。「血」のつながりがある親子なのかどうか、そんなことをさぐるのは、あまり意味がないことでしょう。
このタケミカヅチノヲは、古事記上巻の後半でとても活躍する重要な神ですので覚えておいてください。

⑽ 黄泉国《よみのくに》（その一）

是《ここ》に、（イザナキは）其《そ》の妹《いも》伊耶那美命《いざなみのみこと》を相見《あひみ》む（＊一）と欲《おも》ひて、黄泉国《よみのくに》に追《お》ひ往《ゆ》きき。爾《しか》くして、（イザナミは）殿《との》の縢戸《さしと》より（＊二）出《い》で向《むか》へし時に、伊耶那岐《いざなき》命の語《かた》りて詔《のりたま》ひしく、「愛《うつく》しき我《あ》がなに妹《も》の命《みこと》、吾《あれ》と汝《なむち》と作《つく》れる国、未《いま》だ作り竟《をは》らず（＊三）。故《かれ》、還《かへ》るべし」とのりたまひき。爾くして、伊耶那美命の答《こた》へて白《まを》さく、「悔《くや》しきかも（＊四）、速《はや》く来《こ》ねば（＊五）、吾

（＊一）あいたい
（＊二）御殿《ごてん》の閉《と》ざした戸の所で
（＊三）まだ作りおわっていません
（＊四）残念です
（＊五）はやくきてくれなかったので
（＊六）黄泉国の食事
（＊七）ここへやってきてくださったことは

は黄泉戸《よもつへ》喫《ぐひ》(＊六)を為《し》つ。然《しか》れども、愛《うるは》しき我《あ》がなせの命の入《い》り来坐《きま》せる事(＊七)、恐《かしこ》きが故《ゆゑ》(＊八)に、還《かへ》らむと欲《おも》ふ。且《しまら》く黄泉神《よもつかみ》と相論《あひあげつら》はむ(＊九)。我《あれ》を視《み》ること莫《なか》れ」と、如此《かく》白《まを》して、其の殿の内に還《かへ》り入《い》る間《あひだ》、(イザナキは)甚久《いとひさ》しくして、待つこと難《かた》(＊一〇)し。故《かれ》、左の御《み》髻《みづら》に刺《さ》せる湯津々《ゆつつ》間櫛《まくし》の男柱《をばしら》(＊一一)を一箇《ひとつ》取り闕《か》きて、一つ火を燭《とも》して(御殿の中を)入《い》り見《み》し時に、うじたかれころろきて(＊一二)、頭《かしら》には大雷《おほいかづち》居《を》り、胸には火《ほの》雷《いかづち》居り、腹には黒雷《くろいかづち》居り、陰《ほと》には析雷《さくいかづち》居り、左の手には若《わか》雷《いかづち》居り、右の手には土雷《つちいかづち》居り、左の足には鳴雷《なるいかづち》居り、右の足には伏雷《ふすいかづち》居り、并《あは》せて八《や》くさの雷《いかづち》の神、成り居《を》りき。

(＊八)おそれ多いことですので
(＊九)相談したい
(＊一〇)待ちきれなくなった
(＊一一)爪の形をした神聖な櫛《くし》の歯
(＊一二)死体にゴロゴロと蛆虫《うじむし》がたかり

図1．髻

図2．湯津々間櫛

「黄泉国」はヨミノクニ・ヨモツクニの訓《よ》み方があり、どちらかまだわかっていません。ここでは一般的な名称に従っておきます。

イザナキはイザナミを連れ戻すために黄泉国を訪問します。どうして連れ戻したいのかというと、「私とお前さんとが作った国はまだ完成していないから」と述べています。三時間目（1）での、天つ神の命令を思い出してください。「この漂っている国を繕《つくろ》って、堅固なものにしなさい」という命令が完遂できていないというのです。それを第一にイザナミにしゃべっているので、国作りは重要なことだったとわかります。つまりイザナミの死は、イザナキとの断絶だけでなく、国作りの中断をも意味するということです。

天つ神の最初の国作りの命令は、古事記にとって大事なことです。「天皇の祖先神ニニギが地上に降り、作られた国を統治する」という上巻の主題へ直結するからです。なのに、こんなにもはやく国作りの中断が起こってしまいました。再開されるのはオホクニヌシの国作り（五時間目（6））ですから、随分後のことです。これはなぜでしょうか。国作りという大事業をイザナキ・イザナミの次に担うことになるオホクニヌシが、本当に国作りするにふさわしい神であるかを延々と説くためと考えられます。イザナキ・イザナミの国作りの中断とオホクニヌシの国作りとの間にある話は、スサノヲとアマテラスの物語・スサノヲとオホクニヌシの物語です。オホクニヌシは、天つ神から直接国作りの命令を受けたわけではなく、スサノヲの命令によって国作りをします（五時間目（6））。だから、命令を出すスサノヲにも多くの筆を費やすのです。スサノヲはアマテラスの弟で、国作りするオホクニヌシの祖《おや》で、オホクニヌシを成長させる神です。かつオホクニヌシに命令を下す神でもあるのです。

古事記上巻の主題（ニニギの統治）以前に膨大な量のアマテラス・スサノヲの物語を古事記がのせている理由を、菅野雅雄氏は次のように考察しています。(二)それは、オホクニヌシの国作り以前に玉・鏡・剣（三種の神器《じんぎ》）の出現を語らねばならなかったからで、そのためオホクニヌシが国作りしても三種の神器を所有していないので国の支配者にはなれないというのです。大変スケールの大きな論考です。しかし私は、どうもそれだけではないように考えています。それを、「スサノヲのアマテラスへの協力」「オホクニヌシの成長」という観点から四時間目以降話してゆきたい思っています。つまり、国作りの「国」のことはイザナミの死でしばらく中断し、代わりに国作りする（予定の）「神」のことに内容がかわってゆきます。一見すると、「国はどうなったの？」「主題はどこへいったの？」と思うかもしれません。けれど、主題にかわりはないのです。国作りの中断に関し、大事なことでしたので、オホクニヌシの国作りのことまで先回りして紹介しました。

さて、イザナキの誘いにもかかわらず、イザナミは残念そうに「すでに黄泉戸喫《よもつへぐい》をしてしまったので帰れません。もっとはやく迎えにきてほしかった」といっています。黄泉戸喫の「戸《へ》」はヘッツイ（かまど）のことといわれています。その国で作った料理、しかもその国の火を使った料理を食べるとその国の人になってしまうらしい。「なってしまう」のは現代の我々には信じられないとしても、何となく近づいた気分になることは今でもあるでしょう。「同じ釜《かま》の飯《めし》を食《く》った仲」というのがそれです。

ところで、脱線します。

「蚊に食べられる？」

「同じ釜の飯を食った仲」はひょっとして死語《しご》でしょうか。若者の間では使わないかもしれません。文字通り、一つの釜で炊いて、家族以外の人と食べる経験がなくなったからでしょう。

ところで、この慣用句を「同じお釜のご飯《はん》をいただいた仲」と話す女性がいたと本で読みました。この女性は、「釜《かま》」「飯《めし》」「食う」という下品な言葉をそのまま使う気になれなかったからでしょう。その気持ちはわかります。けれども、慣用句のようにもう決まっている表現には敬語はつきません。こんな人は、「蚊に食《く》われた」といわずに「蚊に食べられた」とでもいうのでしょうか。

突然ですが問題です。次の語句は敬語の誤用によりおかしな表現になったものです。一体何のことでしょうか？

①お釜《かま》ご飯《はん》
②おにぎり

答　①釜飯《かまめし》　②(お寿司の)にぎり

それでも帰りたいイザナミは、「黄泉神と相談するからしばらく待ってほしい。けれども、その間私を覗かないでください」といって、御殿の奥へ入ってゆきます。「覗くな」といわれても覗きます。「覗くな」といわれたから覗くのでしょうか。機《はた》を織っていた鶴女房も、出産中の蛇女房も、料理を作っていた蛤《はまぐり》女房も、覗かれて正体がばれ、破局となるのです。全て、女性を男性が覗いています。昔話の異類婚姻譚《いるいこんいんたん》(10)における覗きは、出産・授乳・入浴・排泄など、女性の裸を男性が覗くことが多いと関敬吾《せきけいご》氏は指摘しています。(11)自分の羽根をむしって機を織る鶴女房も、きわめて裸体に近い状態です。小松和彦《こまつかずひこ》氏は、覗きの禁忌《タブー》は女性から男性へ与えられるもので、「女の本性を知ること」が禁忌の内容であったと考察しています。(12)古事記にはほかにも、覗いて本性を知ってしまった話はあります。では、イザナミの本性とは？　何と、蛆虫《うじむし》がたかり、腐敗した死体だったのです。「ころろきて」は、蛆虫の鳴声とも、コロコロと転がる擬態語ともいわれています。いずれにせよ、これは効果的な一句です。死体の各所からの化成についてはすでに述べました。ここで化成したのは雷の神です。そのためでしょうか。死体の音がきこえてくるようです。

(11) 黄泉国（その二）

是《ここ》に、伊耶那岐命《いざなきのみこと》、見畏《みかしこ》みて(*一)（黄泉国から）逃げ還《かへ》る時に、其《そ》の妹《いも》伊《い》耶那美《ざなみ》命の言《い》はく、「吾《あれ》に辱《はぢ》を見《み》しめつ」(*二)といひて、即《すなは》ち予母都志《よもつし》

(*一)イザナミの姿をみておそれをなして
(*二)恥をかかせましたね

許売《こめ》(＊三)を遣《つかは》して、追《お》はしめき。(＊四)爾《しか》くして、伊耶那岐命、黒《くろ》き御縵《みかづら》(＊五)を取りて投げ棄《う》つるに、(＊六)乃《すなは》ち蒲子《えびかづらのみ》(＊七)生《な》りき。是《これ》を摭《ひり》ひ食《は》む(＊八)間《あひだ》に、逃げ行《ゆ》きき。猶追《なほお》ひき。亦《また》、其の右の御髻《みみづら》に刺《さ》せる湯津々間櫛《ゆつつまくし》を引《ひ》き闕《か》きて投げ棄《う》つるに、乃ち筍《たかみな》(＊九)生《な》りき。是《これ》を抜き食《は》む間に、逃げ行きき。且《また》、後《のち》には、其の(＊一〇)八《や》くさの雷《いかづち》の神に、千五百《ちいほ》の黄泉《よもつ》軍《いくさ》を副《そ》へて追《お》はしめき。爾《しか》くして、御佩《みはか》しせる(＊一一)十拳《とつか》の剣《つるぎ》を抜きて、後手《しりへで》にふきつつ、(＊一二)逃げ来《き》つ。猶追《なほお》ひき。黄泉比良坂《よもつひらさか》の坂本《さかもと》(＊一三)に到《いた》りし時に、其の坂本に在《あ》る桃子《もものみ》を三箇《みつ》取《と》りて待《ま》ち撃《う》ちしかば、(＊一四)(追《お》っ手《て》は)悉《ことごと》く坂を返《かへ》りき。爾くして、伊耶那岐命、桃子《もものみ》に告《の》らさく、「汝《なむち》、吾《あれ》を助《たす》けしが如《ごと》く、葦原中国《あしはらのなかつくに》(＊一五)に所有《あらゆ》る、うつしき青《あを》人草《ひとくさ》(＊一六)の、苦《くる》しき瀬《せ》に落ちて患《うれ》へ惚《なや》む時に、助《たす》くべし」と、告《の》らし、名を賜《たま》ひて意富加牟豆美命《おほかむづみ》と号《なづ》けき。最《もと》も後《のち》に、其の妹《いも》伊耶那美命、身自《みづか》ら追《お》ひ来《き》つ。爾くして、千引《ちびき》の石《いは》(＊一七)を其の黄泉比良坂に引《ひ》き塞《ふさ》ぎ、其の石《いは》を中に置き、各《おのおの》対《む》き立ちて事戸《ことど》(＊一八)を度《わた》す時に、伊耶那美命の言ひしく、「愛《うるは》しき我《あ》がなせの命《みとこ》、如此《かく》為《せ》ば、汝《なむち》が国の人草《ひとくさ》を、

(＊三)黄泉国のおそろしい女(「黄泉醜女《よもつしこめ》」のこと)
(＊四)追いかけさせた
(＊五)植物などで作った髪飾り
(＊六)捨てると
(＊七) 山ブドウの実 (髪飾りの材料が山ブドウの蔓《つる》だったとがわかる)
(＊八)拾って食べる
(＊九)タケノコ(櫛の素材が竹だとわかる)
(＊一〇)イザナミの死体に化成していた
(＊一一)お持ちになっている
(＊一二)後方で剣を振りながら
(＊一三)黄泉国との境界である坂の麓《ふもと》
(＊一四)待ち構えて投げつけたので
(＊一五)こちら側の世界
(＊一六)生きている人々が
(＊一七)一〇〇〇人の力で動く大岩
(＊一八)絶縁の言葉

(10) **山田** 「人間と異類が結婚する話。昔話では、動物が人間に化けて結婚する例がほとんどです。男性が異類の場合 (異類婿《むこ》) と女性が異類の場合 (異類女房) とがあります。『蛤女房』は馴染みがないかもしれません。作る料理があまりにもうまいので夫が覗いたところ、女房の蛤は鍋につかって入浴し (あるいは鍋にまたがってオシッコをして) うまいダシをとっていることがわかったというお話。私の好きな昔話の一つです」

一日《ひとひ》に千《ち》頭《かしら》絞《くび》り殺《ころ》さむ(＊一九)」といひき。爾くして、伊耶那岐命の詔《のりたま》ひしく、「愛《うつく》しき我《あ》がなに妹《も》の命《みこと》、汝然為《なむちしかせ》ば、吾《あれ》一日《ひとひ》に千五百《ちいほ》の産屋《うぶや》を立《た》てむ(＊二〇)」とのりたまひき。是《ここ》を以《もち》て、一日《ひとひ》に必ず千人《ちたり》死《し》に、一日《ひとひ》に必ず千五百人《ちいほたり》生《うま》るるぞ。故《かれ》、其の伊耶那美神命を号《なづ》けて黄泉津《よもつ》大《おほ》神《かみ》と謂《い》ふ。亦云《またい》はく、其の追《お》ひしきしを以《もち》(＊二一)て、道敷大神《ちしきのおほかみ》と号《なづ》く。亦、其の黄泉坂《よもつさか》を塞《ふさ》げる石《いは》は、道反之大神《ちがへしのおほかみ》と号《なづ》く。亦、塞《ふさが》り坐《ま》す黄泉戸大神《よもつとのおほかみ》と謂ふ。故《かれ》、其の所謂《いはゆ》る黄泉比良坂《よもつひらさか》は、今、出雲国《いづものくに》の伊《い》賦夜《ふや》坂《さか》(＊二二)と謂ふ。

(＊一九)一〇〇〇人の命を奪います
(＊二〇)出産のための小屋を建てよう
(＊二一)イザナキに追いついたことにより
(＊二二)島根県東出雲町揖屋《いや》にある坂

昔話「三枚のお札《ふだ》」は、山姥《やまんば》に追われる小僧がお札を投げて山・川・火などを出現させて逃げる話です。「山姥は川の水を飲み干して、さらに追いかけてくる」という場面があります。川を飛びこえてではなく、わざわざ水を飲み干すのです。昔話「牛方《うしかた》と山姥」の山姥の方は、牛方（牛を使って荷物を運ぶ人）が投げた鯖《さば》を食べながら追いかけてきます。で、結局は牛方に逃げられてしまいます。これは、山姥の大食いの性格を利用した小僧・牛方の、知恵による勝利なのでしょう。

さて、脱線します。

牛方はなぜ山姥の餅を食べるのか？

昔話「牛方と山姥」は、「鯖や牛を置いて逃げた牛方は、一軒の家をみつけて逃げ込んだ……」と続きます。何とそこは山姥の家。「牛方を食い損なった」といいながら帰ってきた山姥は、まだ食べ足りないのか餅を焼きはじめます。ところが、天井裏に身を潜めていた牛方は、この餅を盗《と》って食べようとするのです。萱《かや》をつないで長くして、天井裏から餅に突き刺す、と語るパターンが多いようです。なぜそんな危険を冒してまで、餅を食べようとするのでしょうか？　長年、この箇所がわからずにいます。ご存じの方はお教えください。「あまりの空腹で、このままだとお腹がグーッと鳴って隠れているのがばれるから」といった一文が加わった昔話がみつかれば納得できます。あるいは、「かつては食《しょく》に対する執着心が今とは比べものにならなかったからだ」という意見もあるでしょう。「食物が目の前にあれば、たとえそれが山姥のものであろうとも食べるのだ」とでもいうのでしょうか。ならばこの牛方は山姥とあまりかかわりありません。餅という霊力ある食物に答えを求めることにも、今一つ積極的になれません。どなたかご存じありませんか。あるいは、ご意見はありませんか。

昔話研究の分野では逃竄譚《とうざんたん》と総称されています。その元祖が（11）なのです。神話が昔話に与えた影響ははかりしれません。[一四] それはともかくとして、（11）をみてみましょう。黄泉国からの追っ手は三段階になっています。①ヨモツシコメ・②八くさの雷の神と千五百の黄泉軍・③イザナミです。①にはブドウの実とタケノコを食べさせて逃げます。②に対しては、剣を後方で振ることと桃の実を投げつけることで退散させます。③が追ってきた時

は、黄泉比良坂《よもつひらさか》を大岩で塞いではばむのです。追っ手の「追」とイザナキの「逃」が繰り返し本文に出てくることを気にとめて読んでほしいので、追っ手と「追」「逃」の箇所とに左傍線を付しました。まことに、はらはらドキドキの場面です。

追っ手①②をはばむ方法はわかりづらいので、簡単に解説しましょう。①への食物は、知恵による逃走のためと前述しました。今なら、現金をばらまきながらというのがアニメでありそうです。餓鬼《がき》と化した無縁仏へ食物をほどこす施餓鬼《せがき》という仏教行事との類似を読み取る意見もあります。[11]櫛を投げるとタケノコが生えたというと、まるで荒唐無稽な話のようです。しかし、当時の櫛は竹製が主流だったことを踏まえると、カボチャが馬車になる話よりも理解しやすいのではないでしょうか。髪飾りと山ブドウの関係も同じです。①に対しては知恵の勝利といったものの、櫛がタケノコになるためには呪術《じゅじゅつ》（広義のまじない）の要素も加わっています。それが②に対する方法へと続いてゆくのでしょう。

普通、剣は体の正面で構えます。それを後方で振るのですから、戦うつもりははじめからないのでしょう。ただし、逃げるだけならとっとと走ればよいのですから、ここは「後手《しりへで》」の意味が問われるべきです。普段とちがうやり方（後手）ですることは、呪術的方法だと広くいわれています。ホヲリ（ヤマサチビコ）が兄ウミサチビコの釣り針を返す時も「後手」に渡し、呪いの言葉をかけています（七時間目（5）（6））。桃も呪術的な木（果物）で、魔除けになるとみなされています。古代中国の考えがもとのようで、「桃」は「逃」に通じ、悪霊邪鬼は桃をみて逃げるというのです。[12]

黄泉比良坂《よもつひらさか》は、黄泉国と葦原中国の境界にある坂のことです。「坂」は境《さかい》のこと。それはよいとして、「比良」には定説がありません。坂の角度が急なのかなだらかなのかで、まず意見がわかれます。「比良」を崖《がけ》（今も方言としてあります）とするか平《ひら》とするか、です。次にどちら側へ傾いているかという議論があります。これは、黄泉国が地下世界か否かという長年の問題ともかかわってくるのです。諸説の紹介とその検討については私の別稿をご覧ください。(一六)ここでは結論のみを記すことにします。黄泉比良坂は、黄泉国側へやや登りになっている坂のこと。ヨミの語源はヤマ（山）とする説(一七)に従うべきでしょう。黄泉国は地下世界であるという考えがまだ主流ですけれど、本文に従う限り、地下にある死後の世界とは認められません。

地下世界でないといいました。それに加えて、どうやら死後の世界でもないようです。(11)の最後に、「黄泉比良坂は出雲《いずも》国にある伊賦夜坂《いふやさか》のことだ」とあり、突然現実に存在する地名が出てきました。(13)たしかに、先の(10)の前半までは黄泉国は死後の世界（現世ではない観念上の世界）のようで、イザナキは現世へ再び連れ戻そうとあの世のイザナミと言葉をかわしているようにみえました。ところが、(10)の後半で死体が出てきたのです。あの世に死体があるとはおかしな話です。黄泉国も黄泉比良坂（伊賦夜坂）と同様、現実に近い場所ではないでしょうか。ならば、黄泉国とは一体どこなのでしょう。

この問題を、三時間目（8）にあった比婆《ひば》の山とかかわらせて考えてみましょう。(8)(9)(10)の話の展開を必要最小限箇条書きにしてみると、

①イザナミは火の神を生んで死ぬ。
②イザナキは匍匐《ほふく》儀礼をする。

---

(11) **山田**「その食物のことを散飯《さば》といい、先の『牛方と山姥』の鯖は散飯だと指摘したのは五来重《ごらいしげる》氏です(一五)」

(12) **学生**「まさか、桃太郎の鬼退治とは関係ないでしょうね」

山田「関係あると思いますよ。すでにいわれている説です。もちろん、桃から誕生したことにはほかに色々な理由もあったのでしょうが（五時間目（5））」

(13) **山田**「古事記と同じ八世紀に成立した出雲国風土記《いずものくにふどき》に『伊布夜《いふや》社』とあり、当時イフヤという地名が実在したことがわかります」

③イザナミは比婆の山に葬られる。
④イザナキは火の神を殺害する。
⑤イザナキはイザナミにあうため黄泉国へ行く。

となります。ここで変だと感ずるのは、二箇所あります。

(a)イザナキは、イザナミを葬ってから火の神を殺したのか？
(b)イザナミは比婆の山に葬られたのに、なぜイザナキは黄泉国へあいに行ったのか？

どうして、火の神への復讐は妻を葬った後なのでしょうか。④は、①か②の直後にあるべきではないでしょうか。これが、(a)の疑問です。(b)は、比婆の山が墓所で黄泉国があの世ならば、黄泉国に死体があるのは変だという疑問です。黄泉国が横穴式古墳の描写としても、[14] 比婆の山と二つの墓所があることになってやはりおかしい。

このように、話の展開におかしな点があると必ず出てくるのが、「黄泉国神話はもともとここにはなかった神話だからだ」という説です。「別々に存在していた神話を今ある形にまとめた結果、おかしな展開になった」というのです。古事記神話を解体してゆくこうした方法は、今も根強くあります。しかし、私はこの方法をとりません。

古事記全体の中でこの神話を読みたい（読むべきだ）と考えているからです。仮に、もともとは別に存在していたとしましょう。それらを少々無理してつなぎあわせて、つじつまがあわなくなってしまったとします。それでも編纂者は、そのままにしておくでしょうか。古事記編纂者がいい加減な人物で、元明天皇に献上されたほどの古事記が杜撰《ずさん》な書物だったとは考えにくいことです（一時間目（５））。つまり、話の展開におかしい箇所を現代の読者がみつけても、それは現代の常識から判断されたものであって、当時の編纂者の判断は「おかしい」ではなかったということです。ならば、当時の常識や判断はいかなるものだったのかということが次に問われます。

それは、古事記の問題です。ならば、古事記のことは古事記に尋ねるべきなのです。[15]

話を戻しましょう。どう読めば、(a)(b)の疑問は解消するのでしょうか。私は次のように考えています。[一八]「結論を先に述べ、経緯を後に説明する」という古事記の常套手段がありました。それをここでも使ったものと思われます。③が、①~⑤の話の結末になります。イザナミは最終的に比婆の山に葬られたのです。

イザナキは殺された妻のもとへ行き（②）、すぐに殺した火の神の所へ行って復讐する（④）。あきらめきれないイザナキは黄泉国へ連れ戻しに行くけれど、腐敗した死体を目のあたりにして連れ帰るのをやめる（⑤）。死が確定したのでイザナミは比婆の山に葬られた（③）。

現代でもわかりやすい順序にすると、以上のようになります。それを古事記は、いつもの手段で結末③を先に述べたのです。結末が簡単で経緯が長い時に、この手がよく使われるようです。これが、(a)(b)を解消する読み方だと私は考えています。

では、黄泉国とは一体どこなのでしょうか。埋葬前なのですから、それは殯《もがり》の場だと考えられます。殯とは、死が確定するまでの一定期間、亡骸《なきがら》を安置しておくこと（あるいはその場）で、蘇生儀礼が行なわれたと考えられています。当時一般に行なわれていた儀礼です。[一九]現代でも死の判定は、臓器移植の問題もからんでむずかしいといわれています。古代ではどうだったでしょうか。蘇生した話もいくつかみられますから、死の判定には慎重だったと思われます。そんな中で、死体の腐敗は決定的な判定材料になったにちがいありません。イザナミの場合も死体に蛆虫がたかっていたので、イザナキは連れ戻すのを断念して逃げ帰っています。死が確定したら、最

（14）**山田**「黄泉比良坂が横穴式古墳の羨道《えんどう》（センドウとも）に、（10）の「殿《との》」が古墳の玄室《げんしつ》に似ていることなどから、黄泉国は横穴式古墳の描写だと以前からいわれています」

（15）**学生**「芭蕉《ばしょう》ですか？」

山田「あれ。ばれましたか。『松の事は松に習《なら》へ、竹の事は竹に習へ』（三冊子《さんぞうし》）にならったのです。この名言は、『私意私情を加えるな』という意味でもあります」

後は埋葬です。[16] そこが比婆の山だったというのです。

　黄泉国神話を長々としゃべってきました。もう少し、念のため付け加えておきます。私は古事記神話を読むという授業をしているのであって、(10)(11)から当時の葬制を追究しているのではありません。黄泉国神話は、たしかに色々な要素から成り立っているのでしょう。死体と話をするのは蘇生を願ってのこと、死体に追いかけられたのは死体への恐怖のため、山ブドウやタケノコは殯の場へ供える食物のこと、などです。これらは、殯の習俗からたしかめられます。けれども、その要素を一つ一つさぐってゆくことは、神話自体を解体してゆくことになりかねません。「(a)(b)を解消する読み方をすると、黄泉国は埋葬以前の遺体置場だ」という結論は、あくまで文脈の中で黄泉国の場のことを述べたまでです。また、古代文学や古代史に詳しい方になら、「埋葬前に遺体を安置していた」と話しても通じます。けれども、多くの方はとても奇異に感じるでしょう。そこで、この儀礼を説明したのです。儀礼自体に興味を持ってもらうことは一向に構いません。しかし、本授業は国文学です。目的はあくまで読みにあります。どう読むべきか、どう読むべきだと古事記本文は示しているか、を問題にしているのです。

　念のためにもう一つ。黄泉国や黄泉比良坂は「現世的」なものといいました。そもそも神話とは物語《フィクション》です（何もないところからできたのかという議論は、今ここではしません）。その中で、「黄泉国は観念上の世界（つまり物語《フィクション》の中の物語《フィクション》）ではなく、現世的なものだ」といっているのです。この「現世的」がすなわち物語を飛び出しての現実（歴史的事実）だというのではありません。

(12) ミソギ(その一)

ここでも、本文を板書する前に解説します。黄泉国から葦原中国へ帰ったイザナキは、「きたない国へ行っていたものだ。その穢《けが》れを水で洗い清めよう」とミソギをします。ミソギするため身に着けていたものや衣服を脱ぎ捨てた時に一二神が化成し(〈12〉)、体を洗った時に一〇神が化成します(三時間目(13))。例によって**ゴチック体**を使うことにします。けれども(12)はなし、(13)は五神ありますがおわり近くの三神(アマテラス・ツクヨミ・スサノヲ)だけが肝心です。だから、ミソギの条(12)(13)は、この三神を中心に解説します。

是《ここ》を以《もち》て、(黄泉国から帰った)伊耶那伎大神《いざなきのおほかみ》の詔《のりたま》はく、「吾《あれ》は、いなしこめ、しこめき(＊一)穢《きたな》き国に到《いた》りて在《あ》りけり。故《かれ》、吾は、御身《みみ》の禊《みそぎ》(＊二)を為《せ》む」とのりたまひて、竺紫《つくし》の日向《ひむか》(＊三)の橘《たちばな》の小門《をど》のあはき原《はら》(＊四)に到《いた》り坐《ま》して、禊祓《みそぎ》しき。故《かれ》、投げ棄《う》つる(＊五)御杖《みつゑ》に成《な》れる神の名は、衝立船《つきたつふな》戸神《とのかみ》。次に、投げ棄つる御帯《みおび》に成れる神の名は、道之長乳歯《みちのながちは》神。次に、投げ棄つる御嚢《みふくろ》に成れる神の名は、時量師《ときはからし》神。次に、投げ棄つる御衣《みけし》に成れる神の名は、和豆良比能宇斯能《わづらひのうしの》神。次に、投げ棄つ

(＊一)とても醜く、醜い
(＊二)洗い清めること
(＊三)九州の宮崎県?(「日向国」ではないから、国名ではない可能性も高い。六時間目(13)で再述)
(＊四)現在地未詳
(＊五)捨てた

(16) **学生**「この時代、土葬ですか?」
山田「記録のうえでは、七〇〇年に日本最初の火葬が行なわれたとありますが(続日本紀《しょくにほんぎ》 文武《もんむ》天皇四年)、この時代は土葬が一般的だったようです」

る御《み》褌《はかま》に成れる神の名は、道俣《ちまた》神。次に、投げ棄つる御《み》冠《かがふり》に成れる神の名は、飽咋之宇斯能《あきぐひのうしの》神。次に、投げ棄つる左の御手《みて》の手纏《たまき》(＊六)に成れる神の名は、奥疎《おきざかる》神。次に、奥津那芸佐毘古《おきつなぎさびこ》神。次に、奥津《おきつ》甲斐弁羅《かひべら》神。次に、投げ棄つる右の御手《みて》の手纏《たまき》に成れる神の名は、辺疎《へざかる》神。次に、辺津那芸佐毘古《へつなぎさびこ》神。次に、辺津甲斐弁羅《へつかひべら》神。

右の件《くだり》の、船戸神より以下《しも》、辺津甲斐弁羅神より以前《さき》の、十《とはしらあまり》二《ふた》はしらの神は、身に著《つ》けたる物を脱《ぬ》きしに因《よ》りて生《う》める神ぞ。

(＊六)腕輪

(13) ミソギ（その二）

是《ここ》に、（イザナキは）詔《のりたま》はく、「上《かみ》つ瀬《せ》は、瀬《せ》(＊一)速《はや》し。下《しも》つ瀬は、瀬弱《よわ》し」とのりたまひて、初めて中《なか》つ瀬に堕《お》ちかづきて滌《すす》(＊二)ぎし時に、成《な》り坐《ま》せる神の名は、八十禍津日神《やそまがつひのかみ》。次に、大禍津日《おほまがつひ》神。此《こ》の二《ふた》はしらの神は、其《そ》の穢《けが》れ繁《しげ》き国(＊三)に到《いた》れる時に、汚垢《けが》れしに因《よ》りて成れる神ぞ。次に、其の禍《まがこと》を直《なほ》さむ(＊四)と為《し》て成れる神の名は、神直毘《かむなほび》神。次に、

(＊一)流れが
(＊二)身を水中に沈めて
(＊三)黄泉国
(＊四)邪悪なことを直そう

大直毘《おほなほび》神。次に、伊豆能売《いづのめ》〈并《あは》せて三《み》はしらの神ぞ〉。次に、水底《みなそこ》に滌《すす》ぎし時に、成れる神の名は、底津綿津見《そこつわたつみ》神。次に、底箇之男命《そこつつのをのみこと》。中に滌ぎし時に、成れる神の名は、中津綿津見《なかつわたつみ》神。次に、中箇之男《なかつつのを》命。水《みづ》の上《うへ》に滌ぎし時に、成れる神の名は、上津綿津見《うへつわたつみ》神。次に、上箇《うはつつ》之男《のを》神。此《こ》の三柱《みはしら》の**綿津見《わたつみ》神**は、阿曇連《あづみのむらじ》(＊五)等《ら》が祖神《おやがみ》と以《も》ちいつく(＊六)神ぞ。故《かれ》、阿曇連等は、其の綿津見神の子、宇都志日金析《うつしひかなさく》命の子《あな》孫《すゑ》ぞ。其の底箇之男命・中箇之男命・上箇之男命の三柱の神は、**墨江《すみのえ》の三前《みまへ》**(＊七)**の大神《おほかみ》**ぞ。是《ここ》に、左の御目《みめ》を洗《あら》ひし時に、成れる神の名は、**天照大御《あまてらすおほみ》神**。次に、右の御目を洗ひし時に、成れる神の名は、**月読《つくよみ》命**。次に、御鼻《みはな》を洗ひし時に、成れる神の名は、**建速須佐之男《たけはやすさのを》命**。右の件《くだり》の、八十禍津日神より以下《しも》、速須佐之男命より以前《さき》の十《と》柱《はしら》の神は、御身《みみ》を滌《すす》ぎしに因《よ》りて生《う》めるぞ。

(＊五)福岡県志賀島《しかの》を本拠地とした海人族《あまぞく》
(＊六)祖先神として祭っている
(＊七)大阪市住吉《すみよし》大社(一説に、福岡市の住吉神社)

次は、水中で体を洗った時に化成した神々です。肝心な最後の三神の解説の前に、三つのことを片づけておきます。最初の**ゴチック体**前後に、「三柱のワタツミの神は、阿曇《あずみ》氏たちが祖先神として祭っている神だ」とあります。また、ワタツミが出てきました。三時間目（5）と同じで、念のために**ゴチック体**にしました。さてこのように、当時存在した氏族のご先祖のことを記したものを始祖《しそ》伝承といいます。神話の場合は、「ご先祖は神だった」とするのです。実は古事記神話は、天皇家の始祖伝承といってもよいのです。にもかかわらず古事記は、天皇家以外の二〇一もの氏族の出自や由来をのせています。[二〇]その理由はそれぞれの場合があって、一概にはいえないでしょう。でも、のせてもらった氏族は大変名誉だったろうし、一族が存在する保証になりえたと考えられます。阿曇氏の場合は、自分たちの祖先神がアマテラスと並んで誕生したのですから。多分、当時の阿曇氏の活躍はめざましかったのでしょう。重要な役職についていた人もいたのでしょう。古事記編纂者もそれを無視できなかったか、あるいは阿曇氏の方から圧力をかけたか、はたまた太安萬侶《おおのやすまろ》に一杯おごって「我々のご先祖のことも古事記にのせてよ」と頼んだか。こんな想像も楽しいのですが、あまり古事記本文から離れないようにしましょう。

二つ目の**ゴチック体**「墨江の三前の大神」は、上巻ではなく中巻（神功皇后《じんぐうこうごう》が新羅《しらぎ》遠征の時に祭った神）に再登場します。ただ、本授業は中巻までやりません。

最後の二行は、例のナレーションです（三時間目（12）にもありました）。ところで、その末尾に「御身を滌ぎしに因りて生めるぞ」とあります（（12）の最後も「生める」）。三時間目（7）で、「成《な》る」と「生む」は区別されていると述べました。ただし、ナレーションのように誕生した神の数をまとめて述べる時はこの区別はされず「生む」を使っています。

さて、肝心のアマテラス・ツクヨミ・スサノヲについてです。イザナキが左の目を洗った時に化成したのがアマテラス、同様に右目からツクヨミ、鼻からスサノヲが成ったとあります。つまり、顔を洗ったのでしょう。とてもかわったこの神の化成の仕方については、古代中国の盤古《ばんこ》神話に学んだといわれています。「盤古は死後、体から色々なものを生じさせました。息は風雲を、声は雷を、左目は日を、右目は月を……」とあります。左右の目は全く一致します。息は鼻でするからでしょうか。息から風や雲が生じたというのは、中国らしい（「白髪三千《はくはつさんぜん》丈《じょう》」らしい）スケールの大きな話です。スサノヲは、ここから嵐神であるといわれたことがありました。この三神の神格については追い追い話してゆきます。今は、左右の目・鼻のことを考えてみましょう。たしかに、盤古神話とは大変似ています。けれどもそれでおしまいにしないで、「ではなぜ中国神話の表現を借りてまで、このような誕生の仕方を描いたか」が問題なのです。

三浦佑之《みうらすけゆき》氏『口語訳　古事記』（文藝春秋　二〇〇二年）は話題になりました。古老《ころう》の語りによるユニークなものです。時々この古老は古事記本文を逸脱し、ボソボソと独り言めいた感想を話すくだりがあります。もちろん三浦氏の見解を代弁しているのでしょう。ここの（12）（13）について、古老は次のように語っています。

　それにしても、イザナキは男《お》の神じゃで、一人で子を生むことはできぬはずじゃが、黄泉の国に行き、そこから戻って生む力を身につけたのかのう。

こういう広い視野に立った読み方が必要でしょう（ただし、「生む」はどうかなと思いますが）。黄泉国に行かなければ、イザナキが二二神を化成させることはなかったのです。四時間目以降主人公となるアマテラス・スサノヲの誕生もありませんでした。なお、本居宣長はすでにこのようなことをいっています。

　ミソギで化成した神々のもとをたずねると、皆イザナミの穢《けが》れより起こったものである。……（黄泉国の穢れとミソギの清浄とは父と母のごとくである）[二二]

また、イザナキが目と鼻だけを洗い、口と耳は洗わなかったことについて、

　目には、黄泉国でみた穢れが宿っている。鼻にも、嗅いだ穢れが宿っている。そこのものを食べなかったので、口は穢れていない。黄泉国の声をきいた耳ではあるが、日本には声に穢れがあるという考えはない。[二三]

と述べています。宣長は時々とても面白いことをいいます。神話の内容を実際に起こったことだとみる宣長は、神話の表現も現実のものに引きつけて解釈しようとするからです。宣長の古事記観はまた別の授業で話すとして、（12）（13）での二二神とくに最後の三神と黄泉国との結びつきは注意しておいてほしいと思います。

四時間目　スサノヲとアマテラス

（1）三貴子《さんきし》の分治《ぶんち》

> 此《こ》の時に(＊一)、伊耶那伎命《いざなきのみこと》、大《おほ》きに歓喜《よろこ》びて詔《のりたま》はく、「吾《あれ》は、子を生《う》み生みて、生みの終《を》へに三《み》はしらの貴《たふと》き子を得《え》たり」とのりたまひて、即《すなは》ち其《そ》の(＊二)御頸珠《みくびたま》の玉の緒《を》(＊三)、もゆらに取りゆらかして(＊四)、天照大御《あまてらすおほみ》神《かみ》に賜《たま》ひて、詔ひしく、「汝《な》が命《みこと》は、高天原《たかあまのはら》を知《し》らせ(＊五)」と、事依《ことよ》して賜ひき(＊六)。故《かれ》、其の御頸珠の名は、御倉板挙之神《みくらたなのかみ》と謂《い》ふ。次に、月《つく》読《よみ》命に詔ひしく、「汝が命は、夜《よる》の食国《をすくに》(＊七)を知らせ」と、事依しき。次に、建速須佐之男《たけはやすさのを》命に詔ひしく、「汝が命は、海原《うなはら》を知らせ」と、事依しき。

(＊一)アマテラス・ツクヨミ・スサノヲの三神が誕生した時に
(＊二)イザナキの
(＊三)玉を貫《ぬ》いた紐《ひも》を
(＊四)音が出るほどに取ってゆすって
(＊五)統治しなさい
(＊六)ご委任なさって玉をお渡しになった
(＊七)夜の世界

では、四時間目の授業に入ります。一般には、「アマテラスとスサノヲ」とする見出しが多いと思います。姉ですし、最高神でもあるアマテラスをはじめにもってくることは当然です。けれども、実際はスサノヲの活躍の方が目立っているのです。しかも、アマテラスは途中から姿をみせなくなります。私は、この四時間目（スサノヲ系譜まで）から次の五時間目までの話（葦原中国《あしはらのなかつくに》平定の条まで）を大きな一括《ひとくく》りとし、「スサノヲの物語」と名づけています。そして、四時間目を「スサノヲとアマテラスの物語」とし、五時間目を「スサノヲとオホクニヌシの物語」とすべきだと考えています。

さて、イザナキは「私は、子をずっと生み続けて[1]きて、その最後に三はしらの貴き子を得た」といっています。傍点部は原文が「三貴子」となっているので、この三神を三貴子《さんきし》と呼んでいます。よく、スサノヲは悪神だという意見があります。でもそれでは、この表現とあいません。日本書紀（神代《かみよ》第五段正文《せいぶん》）では、たしかに「スサノヲは残忍な性格であった」と誕生時に地の文で記し、両親から[2]も「お前は大変な乱暴者だ」といわれています。「三貴子」の語もありません。けれども、その記述と古事記とを一緒にしてしまうことには問題があります。古事記のスサノヲと日本書紀のスサノヲとはそれぞれの作品において役割が異なるのです。古事記のスサノヲが悪神ではないこと、古事記と日本書紀はちがう書物であることは、今後も繰り返しお話しします。

アマテラスに高天原の統治がまかされます。ツクヨミには夜の食国、スサノヲには海原です。これを「分治《ぶんち》」と呼び慣わしています。「夜の食国《をすくに》」の「食」は「食《を》す」。「食べる」の尊敬語です。その土地でとれたものを食べることは、その土地を治めることになるというのが原義です。古代の天皇が日本の国のことを「食国」と呼ぶこともあります。それにしても夜は時間なのに、まるで空間のように表現しています。時間と空間を混同することは当時よくあったようです。それよりも、夜という時間（空間）は、日常とは全く異なる別世界と認識されていたといった方がよいでしょう[一]。高天原も夜になったらツクヨミが支配者になるのかという質問があるかもしれません。残念ながら、古事記はそのあたりのことを明確に語ってはくれません。それどころかツクヨミは、この後全然姿をみせないのです。私は、そもそも古事記神話は基本的に昼のことを語るからだと考えています。神話に

（1）**山田**「ここもまとめて述べる場面ですので、『成《な》る』神も含めて『生む』を使っています」
（2）**山田**「日本書紀のスサノヲは、イザナキ・イザナミから生まれています。この点からも、古事記と日本書紀とは内容が異なることがわかります」

も夜の時間は存在するのですが、別世界であるためか詳しく描かないのです。といっても、ツクヨミが活動しない問題は、謎のままです。

ツクヨミは「月」の字を含みますし、夜の世界を統治するのだから、月の神とわかります。アマテラスは天上界である高天原を統治します。（1）ではまだ何ともいえませんけれど、四時間目（8）で天《あめ》の石屋《いわや》に隠れると世の中が暗くなるとありますから、太陽の神格化だとわかります。スサノヲについては、もう少し後で考えてみましょう。ちと、ややこしいのです。

分治について、まだ問うべきことがあります。なぜ葦原中国が出てこないのかわかりますか？　やがて天皇が統治するからこの段階では誰にも与えられなかったのだとか、国作りの中断により未完だったので、などの意見があります。この問題に決着をつけたのは金井《かない》清一《せいいち》氏の論考です。[二] 四時間目（8）において、「アマテラスが石屋にこもり高天原が暗くなると、葦原中国も暗くなった」とあり、四時間目（9）で「アマテラスが出てくると、高天原と葦原中国が明るくなった」と記されています。高天原での事件なのに、葦原中国にも同様なことが起こっているのです。そこから氏は、アマテラスが高天原を統治することは葦原中国をも治めることになると述べています。その通りでしょう。だから、オホクニヌシが葦原中国の国作りをしても自分のものにならないのです。また、六時間目の冒頭で取りあげるように、「葦原中国は我が子が統治する国だ」というアマテラスの発言もあるのです。この発言は唐突のように感ずるかもしれません。けれども、すでにこの分治の命令において決まっていたことなのです。唐突ではありません。六時間目（1）を読む時に思い出してください。

三貴子に分治命令が下される時、アマテラスだけが別格の扱いがされていることがわかります。首にかけてあった玉飾りを渡されていますよね。王権のシンボルとしての玉です。玉《たま》は魂の象徴、というより本来目にみえない魂を示すためにあったものですから、魂そのものといえます。それを振って渡していますから、これも魂振《たまふ》りなのでしょう（三時間目（8））。魂を活性化させてから授けているのです。ここからも、アマテラスそして高天原が別扱いされていることがわかります。これ以降、高天原の統治者はアマテラスになります。そして、基本的にアマテラスの名において高天原から命令が下ることになります。三時間目（1）に、高天原の神からイザナキ・イザナミに下した「天つ神全ての命令」という言葉がありました。「天つ神」が誰のことを指すのかわからないこのような曖昧ないい方は、もうなくなります。

(2) スサノヲの涕泣《ていきゅう》

故《かれ》、各《おのおの》依《よ》し賜《たま》ひし命《みこと》の随《まにま》(＊一)に知《し》らし看《め》せる中に、速須佐之男命《はやすさのをのみこと》は、命《おほ》せらえし国を治《をさ》めずして、八拳須《やつかひげ》心前《こころさき》に至《いた》るまで(＊二)、啼《な》きいさちき(＊三)。其《そ》の泣く状《かたち》は、青山《あをやま》を枯山《からやま》の如《ごと》く泣き枯《から》し、河海《かはうみ》は悉《ことごと》く泣き乾《ほ》しき。是《ここ》を以《もち》て、悪《あ》しき神の音《こゑ》、狭蠅《さばへ》(＊四)の如《ごと》く皆満《みなみ》ち、万《よろづ》の物の妖《わざはひ》(＊五)、悉《ことごと》く発《おこ》りき。故、伊耶那岐大御神《いざなきのおほみかみ》、速須佐之男命に詔《のりたま》ひしく、「何《なに》の由《ゆゑ》にか、汝《なむち》が、事依《ことよ》さえし国を治めずして、哭《な》きいさちる」とのりたまひき。爾《しか》くして、答《こた》へて白《まを》ししく、「僕《やつかれ》は、妣《はは》の国(＊六)の根《ね》の堅州国《かたすくに》に罷《まか》らむ(＊七)と欲《おも》ふが故《ゆゑ》に、哭《な》く」とまをしき。爾くして、伊耶那岐大御神、大《おほ》きに忿怒《いか》りて詔はく、「然《しか》らば、汝《なむち》は、此の国(＊八)に

(＊一)アマテラス・ツクヨミはイザナキのご命令通りに
(＊二) ヒゲが胸のあたりにのびる年齢になるまで（「拳《つか》」は長さの単位）
(＊三)泣きわめいていた
(＊四)五月《さつき》の蝿《はえ》（梅雨時の活動的な蝿）
(＊五)災いが
(＊六)亡き母イザナミの国（黄泉国のこと）
(＊七)参りたい
(＊八)葦原中国

住むべくあらず」とのりたまひて、乃《すなは》ち神《かむ》やらひにやらひ賜ひき。(＊九)
故《かれ》、其の伊耶那岐大神は、淡海《あふみ》の多賀《たが》(＊一〇)に坐《いま》す。

(＊九)徹底的に追放なさった
(＊一〇)滋賀県多賀《たが》町の多賀大社(一説に、淡路島の伊奘諾《いざなぎ》神宮)

何だか急に難解な語句が増えたようです。下段がにぎやかになってきました。はじめて読む人にはとても読みづらいかもしれません。まがりなりにも読み慣れている私には、実はここは読みやすいのです。なぜなら、(2)には当時の常套句が多く、暗記している表現もあるからです。

「八拳《やつか》須《ひげ》心前《こころさき》に至るまで」は全く同じ表現が古事記中巻垂仁《すいにん》天皇の条にあるほか、日本書紀・出雲国風土記《いずものくにふどき》などに類似表現がみられます。「拳《つか》」は拳《こぶし》のことで、長さの単位です。「握《つか》」「束《つか》」「掬《つか》」の字をあてることもあります。(3) 一拳で約一〇センチほどでしょうか。「八」は多数を表わす言葉です。実数ではありません。すでに、三時間目(2)冒頭に「八尋殿《やひろどの》」がありました(「尋」も長さの単位)。今後、「八雲《やくも》」「八重《やへ》」のほか、「八十神《やそかみ》」「八百万《やほよろづ》の神」というのも出てきます。現代でも「八百屋《やおや》さん」があります。

「悪《あ》しき神の音《こゑ》、狭蠅《さばへ》の如く皆満《みなみ》ち、万《よろづ》の物の妖《わざはひ》、悉《ことごと》く発《おこ》りき」も、類似表現が四時間目(8)天の石屋の条にあります。「悪い神々の声が五月の蝿のようにあたりに満ちあふれ」とはどんな声でしょうか。蝿一匹とは思えません。だから、「ブーン」ではないでしょう。黒くかたまって、ぐじゃぐじゃになってうごめいているのでしょう。さらに、「全ての物の災い」が発生すると続きます。これは、世の中が混沌状態になったことを表わしています。「悪しき神」「狭蝿」「妖」という世に害を与えるものたちが、「皆」「満」「万」「悉」なのですから、徹底的です。徹底的といえば、「神《かむ》やらひにやらひ」もそうです。語句の一部を繰り返すのはよくある表現で、この後「さがみにかみて(歯でかんで)」「神集《かむつど》ひ集ひて(神々が集まって)」「根《ね》こじにこじて(根っこごと取って)」などがあります。

「徹底的に～する」「繰り返し～する」という意味です。

さて、スサノヲの泣き方は普通ではありません。木々が繁茂している山もハゲ山にしてしまうほど、川は涸《か》れ海も干上がってしまうくらいに泣くのです。世の中の水がスサノヲの涙として吸い取られてしまったからだという解釈があります[三]。それほど合理的に考えなくても、世界を不毛にし、無秩序状態におとしいれたとみなせばよいでしょう。続いて「悪しき神の声……」とあるのです。これは、スサノヲのエネルギーのすさまじさを表わしているわけです。泣くだけで（「だけ」といっても、生まれた時からヒゲがのびるまで何年間も泣き続けたのですが）、世の中をこんなにしてしまうのです。スサノヲについては、まずこの点に注意しておくべきでしょう。

では、なぜ泣いているのでしょうか。「妣《はは》の国の根《ね》の堅州国《かたすくに》に参りたいから」と述べています。「妣の国」とは、イザナミの国（黄泉国）か母国（祖国・本国）のことか、古来論争があります。私は四つの理由から、前者だと考えています。まず、「妣」は亡き母の意味であり、母国ならわざわざこの字を使わないだろうと思われること。次に、たしかにスサノヲはイザナミから生まれたのではないけれど、三時間目（13）で触れたように、スサノヲ誕生と黄泉国は強く結びついているから。血のつながりだけで親子関係を説くのは、あまりに近代的ではないでしょうか。神話では鼻から神が誕生するくらいなのです。第三は、根の堅州国の描写（五時間目（6））を読めばわかります。根の堅州国にも黄泉比良坂《よもつひらさか》があると書かれています。第四は、泣くこととかかわります。三時間目（8）で、死者が泣く話をしました。死者は、自分の生命に欠如があるから泣くのです。生きている人もやはり欠如がある時に泣き、欠如の補充をしてくれる相手（多くは近親者）を呼ぶのです。赤ん坊は、お腹がすいた時に泣き、オムツをかえてほしいから泣いて母を求めるのです。スサノヲの場合、欠如はイザナミです。だから、妣

（3）**山田**『束《つか》の間《ま》』の『束』と同じです」

の国へ行きたいといって泣いたのでしょう。(四)

私は別稿で、「妣の国の根の堅州国」は「妣の国（＝黄泉国）の中の根の堅州国」の意味であること、スサノヲが根の堅州国へ行ってもイザナミと対面していない理由は比婆《ひば》の山に葬られた後だったから、などのことを述べましたのでご参照ください。(五)

古代中国の盤古《ばんこ》神話を応用し、この場面からスサノヲを嵐神とする説があることはすでに紹介しました（三時間目（13））。それは、明治時代からあります。(六) なるほど、ここの（2）だけみているとそうみなしてもあやまりではないでしょう。けれども、「スサノヲ物語」全体を読んでみると、そう決めつけてしまうことには問題があります。スサノヲはまだ登場したばかりです。一部分だけみて、あれこれいうのは考えものです。私の意見は追い追い述べてゆきます。まずここでは、スサノヲのエネルギーはすごいということと、「妣の国の根の堅州国」がスサノヲの目的地だったこととをおさえておきます。

（3）スサノヲの昇天

故是《かれここ》に、速須佐之男命《はやすさのをのみこと》の言《い》はく、「然《しか》らば、天照大御神《あまてらすおほみかみ》に請《まを》して(＊一)罷《まか》らむ」といひて、乃《すなは》ち天《あめ》に参《ま》ゐ上《のぼ》る時に、山川《やまかは》悉《ことごと》く動《とよ》み、国土《くにつち》皆震《みなふる》ひき。爾《しか》くして、天照大御神、（大地が震動する音を）聞き驚きて詔《のりたま》はく、「我《あ》がなせ(＊二)の命《みこと》の上《のぼ》り来《く》る由《ゆゑ》は、必ず善《よ》き心ならじ。我《あ》が

（＊一）挨拶を申し上げてから妣《はは》の国の根《ね》の堅州《かたす》国《くに》へ
（＊二）弟

国(＊三)を奪《うば》はむと欲《おも》へらくのみ(＊四)」とのりたまひて、即《すなは》ち御髪《みかみ》を解《と》き、御《み》髻《みづら》を纏《ま》きて(＊五)、乃ち左右《ひだりみぎ》の御髻に、亦《また》、御縵《みかづら》(＊六)に、亦、左右の御手《みて》に、各《おのおの》八尺《やさか》の勾璁《まがたま》の五百津《いほつ》のみすまるの珠《たま》(＊七)を纏《ま》き持《も》ちて、そびら(＊八)には、千入《ちのり》の靫《ゆき》(＊九)を負《お》ひ、ひら(＊一〇)には、五百入《いほのり》の靫を附《つ》け、亦、いつの竹《たか》鞆《とも》(＊一一)を取り佩《は》かして、弓腹《ゆばら》を振り立てて(＊一二)、堅庭《かたには》は、向股《むかもも》に蹈《ふ》みなづみ(＊一三)、(その土を)沫雪《あわゆき》の如《ごと》く蹶《く》ゑ散《ちら》して(＊一四)、いつの男《を》と建《たけ》ぶ(＊一五)。(足を)蹈《ふ》み建《たけ》びて、待ち問《と》ひしく、「何《なに》の故《ゆゑ》にか上《のぼ》り来《き》たる」ととひき。爾《しか》くして、速須佐之男命の答へて白《まを》ししく、「僕《やつかれ》は、邪《あ》しき心無し。唯《ただ》し、大御神《おほみかみ》の命以《みこともち》(＊一六)て、僕が哭《な》きいさちる事を問《と》ひ賜《たま》ふが故に、白《まを》しつらく(＊一七)、『僕は、妣《はは》の国に往《ゆ》かむと欲《おも》ひて、哭《な》く』とまをしつ。爾くして、大御神(＊一八)の詔《のりたま》はく、『汝《なむち》は、此の国に在《あ》るべくあらず』とのりたまひて、神《かむ》やらひやらひ賜《たま》ふが故に、罷《まか》り往《ゆ》かむ状《かたち》を請《まを》さむと以為《おも》ひて(＊一九)、参《ま》ゐ上《のぼ》れらくのみ(＊二〇)。異《け》しき心無し(＊二一)」とまをしき。爾くして、天照大御神の詔ひしく、「然《しか》らば、汝《なむち》が心の清《きよ》く明《あか》きは、何《いか》にしてか知らむ」とのりたまひき。是《ここ》に、速須佐之男命の答へて白《まを》ししく、「各《おのおの》うけひて(＊二二)子を生《う》まむ」とまをしき。

(＊三)高天原
(＊四)思ってのことだ
(＊五)左右に髪を束ねて(男性の髪型にして)
(＊六)髪飾り
(＊七)たくさんの大きな勾玉《まがたま》を紐《ひも》で貫《ぬ》いたもの
(＊八)背中
(＊九)一〇〇〇本入る矢筒《やづつ》
(＊一〇)腹
(＊一一)立派な弓の防具
(＊一二)射る格好をして
(＊一三)堅い庭の土に腿《もも》が埋まるほど踏み込んで
(＊一四)蹴散らして
(＊一五)勇ましく雄々《おお》しく振る舞う
(＊一六)イザナキの命令によって
(＊一七)私《わたくし》め(スサノヲ)が父(イザナキ)に申し上げたことには
(＊一八)イザナキ
(＊一九)私めが妣の国へ参る経緯をあなた(アマテラス)へ申し上げようと思って
(＊二〇)参上しただけです
(＊二一)他意はありません
(＊二二)神意を占って

だんだん面白くなってきました。前の(2)もそうでしたが、このようにスサノヲが何かをしでかすと物語が大きく展開するのです。高天原へやってくるだけで大地は揺れ動き、アマテラスを驚かせてしまうのですから。ここもスサノヲの強大なエネルギーの表われです。体も巨大だったのでしょう。ところが、その荒々しさとは逆に、スサノヲは姉アマテラスに対してとても低姿勢なのです。これは、最後まで貫いている態度です。(3)においては、まずそのことをお話ししましょう。

泣きわめくほど妣の国へ行きたいといっていたスサノヲなのに、目的地に行かず姉の所へ暇乞《いとまご》いの挨拶に寄るのです。スサノヲの台詞《せりふ》の中に、「請《まを》す(申す)」「参る」とアマテラスに対しての謙譲語があることに気づきましたか。自分のことを「僕《やつかれ》」と呼ぶのも、古事記においてはへり下《くだ》った表現です[七](スサノヲはイザナキに対しても謙譲語を使っていますが、今はアマテラスへのそれについてを注目してください)。

それなのにアマテラスは、端《はな》からスサノヲを疑ってかかっています。「弟は高天原を奪いにきたにちがいない」と。そして男装し武装して迎え撃とうとします[4]。(3)の真中あたりに、難解な単語が並んでいます。あまり、一語一語にとらわれすぎないようにしましょう。全体の把握に支障を起こしかねません。ここは、男装し武装したととらえればよいでしょう。それにしても、変身したアマテラスのパワーもすごいもんですね。踏ん張ると太腿まで地面に埋まり、足にかかった土を沫雪《あわゆき》[5]のように蹴散らすのですから。強大なスサノヲに立ち向かうためだということがよくわかります。

だからスサノヲは、懸命に自分の本心を伝えようとしています。(3)には「〜心」が多く、四箇所に傍線を付しておきました。スサノヲは「邪しき心はない」「異しき心はない」と繰り返しています。アマテラスは「善い心ではないだろう」と疑い、「お前の清く明るい心なんて、どうやって知ることができようか」とさえいっています。このスサノヲ昇天の場面から、スサノヲはアマテラスと対決して高天原を奪おうとした悪い神だとする見方があります。でも、本文をよく読むとそうではないことがわかります。どうも、私はスサノヲに同情してしまいます。姿形や振る舞いだけで、姉に信用されない弟。現在ではスサノヲに、「悪神だ」「罪の化身《けしん》だ」というレッテルさえ貼られているので、なおさら気の毒でなりません。まあ、こういう感情は学問的ではないからここだけの話としても、誤解されているスサノヲを正しく評価したいという私の気持ちだけは皆さんに伝えておきます。

そこで、ウケヒ[6]をしようということになります。占いの一種です。ウケヒを説明する時によく引きあいに出されるのがコイントスです。こうみえても私はラグビーをやっているから、やはり試合前のコイントスを使って話しましょう。表が出るか裏が出るかをあらかじめ決めておいてコインを投げます。予想があたった方が、ボールをとるなり陣地を選ぶなりできるのです。ウケヒはそれと似ています。ここでは子を生む方法がとられています。次の（4）の前に、この場面に即した説明をしておきましょう。「生まれた子が女子なら勝ち、男子なら敗け」、あるいは「男子なら勝ち、女子ならば敗け」とあらかじめどちらかに決めておかないと、後でもめてしまいます。これをウケヒの前提の言葉と呼びます。

それにしても、子を生むことで勝敗を決めるとは不思議な話です。しかも、どうやって各々が別々に子を生むというのでしょうか。そのやり方ももちろん、結果も楽しみです。はやく次を読みましょう。

（4）**山田**「男装と武装の間に、たくさんの勾玉を身に着ける所作があります。これは男女共にやりますが、ここは戦いに際して呪力を発揮するものでしょう。五箇所に着けたことを覚えておいてください」

（5）**学生**「『淡雪《あはゆき》』と同じですか？」

山田「『淡雪《あは》』は春先に降る淡い雪のこと。『沫雪《あわ》』は泡のようにやわらかい雪のこと。萬葉集にもよく歌われます。ちなみに『淡雪』は平安時代以降の言葉で、奈良時代にはみられません」

（6）**山田**「専門用語ですので、旧仮名のままカタカナ表記します。もちろん『うけい』と発音してください」

(4) ウケヒ(その一)

故爾《かれしか》くして、各《おのおの》天《あめ》の安《やす》の河(＊一)を中に置《お》きて、うけふ時に、天照大御神《あまてらすおほみかみ》、先《ま》づ建速須佐之男命《たけはやすさのをのみこと》の佩《は》ける十拳《とつか》の剣《つるぎ》を乞《こ》ひ度《わた》して、(＊二)三段《みきだ》に打ち折《を》りて、ぬなとももゆらに(＊三)(＊四)天《あめ》の真名井《ままゐ》(＊五)に振《ふ》り滌《すす》ぎて、さがみにかみて、(＊六)吹《ふ》き棄《う》つる気吹《いふき》の狭霧《さぎり》(＊七)に成《な》れる神の御名《みな》は、**多紀理毘売命《たきりびめ》。**亦《また》の御名は、奥津島比売命《おきつしまひめ》と謂《い》ふ。次に、市寸島比売命《いちきしまひめ》。亦の御名は、狭依毘売命《さよりびめ》と謂ふ。次に、多岐都比売命《たきつひめ》〈三柱〉。

(＊一) 高天原にある川(高天原にあるものは、「天《あめ》の」と冠する例が多い)
(＊二)求め受け取って
(＊三)玉が触れあうような音をたて
(＊四)ゆらゆらと
(＊五)聖なる泉
(＊六)剣をバリバリとかみくだいて
(＊七)吐き出した息吹が霧状になったもの

ウケヒがはじまりました。これはその第一段階、アマテラスが行なったものです。まず、ウケヒの前提の言葉がないのに驚かされます。この難問は最後に考えましょう。次に、剣をかみくだく行為にビックリします。しかもそれをパッと吐き出すと霧状となり、そこから女神が三神誕生するのです。私は色々な映像を想像します。もし映画監督なら、このシーンをいかに撮ろうか。皆さんならどうしますか。いくらCGを取り入れても、特撮を駆使しても、現代の映画ファンにわかってもらえるかは疑問です。神話は神話です。古事記は平成の時代のために書かれたものではありません。ハリーポッターや「千と千尋」が一昔前を舞台にしているとはいえ、やはり現代の作者が現代人に与えたメッセージです。それとちがって、古代の神話を現代風に解釈することはやめた方が

よいでしょう。(7)

「古代風に」という言葉はおかしいかもしれませんけれど、子の誕生場面を古代文学に即して考えましょう。川を間にはさんでの男女のやりとりというと、七夕の彦星《ひこぼし》・織姫《おりひめ》を思い浮べます。(8) 井戸(9)のほとりで約束をかわしたのは、伊勢物語《いせものがたり》の筒井筒《つついづつ》の段が有名ですね。古事記のホヲリ（ヤマサチビコ）が海の神の娘と出会うのも井戸の近くです（七時間目（3））。どうやらこのウケヒの条は、男女の結婚譚《たん》の設定ではじまっているのです。アマテラスとスサノヲは姉と弟なので、一般の結婚とはもちろん異なります。けれども、すでに我々は兄妹婚《けいまいこん》について学びました。ここは姉弟婚《してい》とでも呼びましょうか。しかも、前の（3）の最後に「うけひて子を生まむ」といっているのです。やはりここは近親婚に近い内容だとみてまちがいないでしょう。

「近い」といったのは、イザナキ・イザナミの「みとのまぐはひ」の方法をとらずに子をもうけているからです。ではどうして子が誕生したのか。私は、次のように考えています。吐き出した霧は、〈スサノヲの剣＋アマテラスの息＋泉の水〉から成っています。息は生《いき》であり、生命力の発露。アマテラスの口から発せられた息です。剣は、スサノヲが所持していたものです。身に着けていた品物には、持ち主から離れてももとの持ち主の生命（霊魂）の一部が宿っていると考えられていました（これも現代人にはわかりづらいかもしれません）。だから、呪《のろ》う

（7）**学生**「では、現代人が古事記を読んでも意味がない、ということにつながりませんか？」
山田「いえ。現代人が読んでも古事記は面白いのです。だから『古典』として残ったのでしょう。ただ、現代の基準で判断してしまうと、古事記そのものから離れていってしまうおそれがあります。そうならないためのこの授業なのです。私がしばしば現代の例（たとえば「八百屋」）を出すのは、今でも残っている言葉や事柄があるといいたいためと、今の例を使うとわかってもらいやすいからです」

（8）**山田**「すでに、萬葉集に七夕の歌がたくさんあります」

（9）**山田**「今の井戸とちがって、深く掘ったものではありません。（4）の『井』は『泉』と訳しました。湧き水を溜めた水汲み場のような所です」

時には、その相手のハンカチ一枚でも手に入れてそれに危害を加えると、本人に害がおよぶと考えたようです。(10)フレイザーが『金枝篇《きんしへん》』の中で感染呪術《かんせんじゅじゅつ》と名づけました。そんな剣と息から子が誕生したのです。アマテラスとスサノヲの近親婚を全く否定することはできません。だが、近親婚そのものでもないのでわかりにくい、というより面白いと私は思うのです。ここでの子の誕生は、「狭霧《さぎり》に成れる」であり、化成です。「うけひて子を生まむ」といっていたのに。次の（5）でみるように、アマテラスは「はじめに生んだ三柱の女神は」ともしゃべっています。ここは、出産と化成（「生む」と「成る」）の両方法がとられているのです。こんな場面はほかにはありません。近親婚のようで近親婚でない、出産のような化成のような誕生なのです。

この点は後でもう一度触れるとして、（5）のスサノヲのウケヒを読む前にいっておきたいことがあります。私は、ウケヒの条を（4）と（5）にわけるかどうか、かなり迷いました。結局わけることにしたその理由を述べておきます。（4）の傍線を付した表現に今一度注目してください。難解な語句が並んでいるのに、「ぬなとももゆらに」「さがみにかみて」があるためでしょうか、何となく耳に残る語り調になっています。（5）にも同じ表現が五度も繰り返されます（「ぬなとも……振《ふ》り滌《すす》ぎて」はその最初のみ）。つまり（4）（5）は全体がとてもリズミカルになっているのです。途中でこんな解説をはさむのはヤボだったかもしれません。そのせいで迷ったのです。とはいえ、これをいっておかないと、この繰り返しが「くどい」「わずらわしい」ととらえられかねないので、ヤボを承知でいったまでです。我々がどうしてもやってしまうのが黙読です。黙読だと「くどい」としか感じさせない場合があります。このあたりは、今流行の「声に出して」を実践してほしい箇所です。もし「さがみにかみて」が「かみにかみて」だったらどうでしょう？　「気吹《いふき》の狭霧《さぎり》に」が「気吹の霧に」だったらいかがでしょうか？　読み比べてみるのも面白いと思います。字足らずのような感じになるだけでなく、「サ」という音の響きもなくなります。二つの「サ」（接頭語）が効果的なことは、音読するとわかってもらえるでしょう。

では、（5）は「声に出して」。

（5）ウケヒ（その二）

速須佐男命《はやすさのをのみこと》、天照大御神《あまてらすおほみかみ》の左の御髻《みみづら》に纏《ま》ける八尺《やさか》の勾璁《まがたま》の五百《いほ》津《つ》のみすまるの珠《たま(＊一)》を乞《こ》ひ度《わた》して、ぬなとももゆらに天《あめ》の真名井《まなゐ》に振《ふ》り滌《すす》ぎて、さがみにかみて、吹《ふ》き棄《う》つる気吹《いふき》の狭霧《さぎり》に成《な》れる神の御名《みな》は、**正勝吾勝々速日天之忍穂耳《まさかつあかつかちはやひあめのおしほみみ》命**。亦《また》、右の御髻に纏ける珠を乞ひ度して、さがみにかみて、吹き棄つる気吹の狭霧に成れる神の御名は、**天之菩卑能《あめのほひの》命**。亦、御縵《かづら(＊二)》に纏ける珠を乞ひ度して、さがみにかみて、吹き棄つる気吹の狭霧に成れる神の御名は、天津日子根《あまつひこね》命。又、左の御手《みて》に纏ける珠を乞ひ度して、さがみにかみて、吹き棄つる気吹の狭霧に成れる神の御名は、活津日子根《いくつひこね》命。亦、右の御手に纏ける珠を乞ひ度して、さがみにかみて、吹き棄つる気吹の狭霧に成れる神の御名は、熊野久須毘《くまのくすび》命。并《あは》せて五柱《いつはしら》ぞ。

（＊一）たくさんの大きな勾玉を紐で貫いたもの
（＊二）髪飾り

図3．勾玉

（10）**学生**「呪いというと藁《わら》人形が有名ですが」
山田「あれは相手の体を模《も》したものなので、類感《るいかん》呪術といわれています。藁人形に相手の髪の毛か何かを入れて釘を打てば……。もうそんな話はやめましょう。ここは呪い（黒呪術）ではありませんから」

是《こ》に、天照大御神、速須佐之男命に告《の》らししく、「是《こ》の、後《のち》に生《う》める五柱の男子《をのこ》は、物実《ものざね》(＊三)我《あ》が物に因《よ》りて成れるが故《ゆゑ》に、自《おのづか》ら吾《あ》が子ぞ。先《ま》づ生《う》める三柱の女子《めのこ》は、物実汝《なむち》が物に因りて成れるが故に、乃《すなは》ち汝が子ぞ」と如此《かく》詔《の》り別《わ》きき。(＊四)

(＊三) 誕生のもとになった物は
(＊四) このようにおっしゃることで子の帰属を決めた

スサノヲのウケヒは五段階になっています。アマテラスがスサノヲを迎え撃つために勾玉を身に着ける場面が四時間目（3）にありました。体の五箇所に着けていたものと合致します。[1] 各々によって五男神が誕生します。再登場する**ゴチック体**の神が久々に出てきました。ウケヒで誕生した三女神・五男神のうち、マサカツアカツカチハヤヒ……長いのでオシホミミと省略する長兄の神と、二番目のアメノホヒを気にとめてくれれば結構です。オシホミミはニニギの父親です。つまり初代天皇の神武《じんむ》のひーひーじいさんです。天皇直系となる祖先神なので「皇《こう》祖神《そしん》」と呼んでいます。省略したマサカツアカツの部分は、「正《まさ》しく勝った、吾《あれ》は勝った」という意味になります。ウケヒの勝者を明らかにさせているとみなせる神名です。

問題は、最後のアマテラスの言葉（「詔《の》り別《わ》け」と呼びます）でしょう。物実《ものざね》によって誰の子にするかを決めているのです。「後に（(5)で）生まれた五男神は、あなた（スサノヲ）の口から出た息から誕生したといえども、物実の勾玉は私（アマテラス）のものだったので、私の子だ」というのです。これまた現代人には理解できない論理です。けれど、当時は物実の方が息よりも肝心だったことになります。これに対してスサノヲも「それは無謀な論理だ」とはいいません。そもそもスサノヲは、アマテラスには一度も反抗的態度をみせないのです。四時間目（7）でみるように、スサノヲも「私の心は清く明らかだったから、女神を得たのだ」といって、女神を自分の子としています。スサノヲはこの言葉に続けて、「だから私はウケヒに勝ったのだ」と勝利宣言もしています。

（7）まで待ち切れない私は、ここらあたりでウケヒについてまとめてみたいと思います。現代の我々がこのウケヒ神話を読んで理解しにくい箇所はたくさんあります。けれども、

①ウケヒの前提の言葉はなぜないのか？

②ウケヒはスサノヲの心の正邪を知るためなのに、どうしてアマテラスもウケヒをするのか？

の二点につきると思います。私の考えを以下に述べることによって、これ以外のいくつかの疑問点も解けるかもしれません。

アマテラスは、ここでしか子を得ていません。後継者がいないと、天つ神としての系譜が天皇へ続いてゆかないのです。誰かと結婚すればいいのに、と思うかもしれません。しかし女神です。一般的な〈結婚→出産〉だったら、父親の権利が生じかねません。そこで出産と化成の両方法という形で子を誕生させ、「詔《の》り別《わ》け」により子の帰属を明確にしたのです。「五男神は自分（アマテラス）の子であって、スサノヲの子ではない」と。仮に（5）だけで（4）（アマテラスのウケヒ）がなかったら、「女神を得たスサノヲの勝ち」がなくなります。（4）だけにしたら、アマテラスは後継者が得られません。このウケヒの条で大切なことは、スサノヲの勝ちつまり邪心がないことの証明と、アマテラスが後継者を得ることなのです。そのためにアマテラスもウケヒをし、物実交換という手段でもって子を出現させたのです。

スサノヲが勝ちだというと、普通ならもう一方は敗けたことになります。しかし、アマテラスを敗者にするわ

（11）**学生**「イザナキからもらった『御頸珠《みくびたま》』（四時間目（1））はどこへいったのですか？」

山田「するどい質問ですね。どこにもいっていません。これは高天原の統治者のシンボルですから、かみくだかれず首にかけられたままです。このことに気づいたのは、金井清一《かないせいいち》（八）氏とあなただけです」

けにはゆきません。アマテラスの心の正邪ははじめから問題にされていないのだし、絶対神を敗者にはできないでしょう。四時間目（3）のおわりに、このウケヒに即した前提の言葉を想像して述べておきました。もし「女子なら勝ち、男子なら敗け」などの言葉があると、「詔り別け」によってアマテラスはみずからの敗けを認めてしまうことになります。古事記はそこで、前提の言葉をなくすという工夫をしたと考えられます。これでアマテラスの敗けはなくなります。事実、四時間目（7）まで読んでもそのことは全く記されていません。あるのはスサノヲの勝利の描写だけです。

前提の言葉がないとウケヒは成立しないと四時間目（3）で述べました。ところが、あえて古事記はそれをしたのです。私はこの工夫を高く評価します。よく考えたものだと感心します。極言すると、こうすることにより、ウケヒなのにウケヒではなくそうとする意図があったのではないか。それは、勝敗をはっきりさせるウケヒから、勝者だけを明らかにしようとする独特のウケヒに変更しようとする意図だったのではないか、ということです。

さて、（6）に入る前にこっそりいいますが、（6）は声に出さなくともよろしい。さらっと読んでください。(12)

（6）ウケヒ（その二）

故《かれ》、其《そ》の、先づ(＊一)生《う》める神、多紀理毘売命《たきりびめのみこと》は、胸形《むなかた》の奥津宮《おきつみや》に坐《いま》す。次に、市寸島比売命《いちきしまひめ》は、胸形の中津宮《なかつみや》に坐す。次に、田寸津比売命《たきつひめ》は、胸形の辺津宮《へつみや》(＊二)に坐す。此《こ》の三柱《みはしら》の神は、胸形君《むなかたのきみ》(＊三)等《ら》が以《も》ちい

（＊一）アマテラスのウケヒ（四時間目（4））で
（＊二）以上、福岡県玄海町の宗像《むなかた》大社の奥津宮・中津宮・辺津宮の三宮
（＊三）福岡県宗像《むなかた》市・宗像郡を本拠地とした海人族《あまぞく》

つく（＊四）三前《みまへ》の大神ぞ。故《かれ》、此の、後《のち》に（＊五）生《う》める五柱《いつ》の子の中に、〈次男の〉天菩比命《あめのほひ》の子、建比良鳥命《たけひらとり》、〈此《これ》は、出雲国造《いづものくにのみやつこ》・無耶志《むざし》国造・上菟上《かみつうなかみ》国造・下《しもつ》菟上国造・伊自牟《いじむ》国造・津島県直《つしまのあがたのあたひ》・遠江《とほつあふみ》国造等《ら》が祖《おや》ぞ〉。次に、〈三男の〉天津日子根命《あまつひこね》は、〈凡川内《おほしかふち》国造・額田部湯坐連《ぬかたべのゆゑのむらじ》・茨木《うばらき》国造・倭田中直《やまとのたなかのあたひ》・山代《やましろ》国造・馬来田《うまぐた》国造・道尻岐閉《みちのしりのきへ》国造・周芳《すは》国造・倭淹知造《やまとのあむちのみやつこ》・高市県主《たけちのあがたぬし》・蒲生稲寸《かまふのいなき》・三枝部造《さきくさべのみやつこ》等《ら》が祖《おや》ぞ〉。

（＊四）祭っている
（＊五）スサノヲのウケヒ（四時間目（5））で

固有名詞がたくさん出てきたのに、下段の注記は少なくしました。つまり、（6）はあまり名前にこだわらなくてもよいということです。早い話が、皇祖神オシホミミと兄弟姉妹として誕生したほかの七神の鎮座地（どこの神社で祭られているか）や子孫のことが書かれています（ただし、四男・五男の神については不記）。三時間目（13）で、始祖伝承のことに触れました。あれと同じです。〈　〉内には、多くの地方の豪族のことが記されています。自分たちのご先祖や、自分たちが祭っている神（胸形一族の祭る宗像大社の神）が、皇祖神オシホミミと兄弟姉妹関係にあたるというのです。彼らにとっては大変名誉だし、一族の十分な保証になりえたでしょう。逆に天皇側（古事記編纂当時の皇室側）からいえば、「長兄オシホミミに弟・姉妹が従うように、天皇に各豪族たちも従いなさい」となるのでしょう。お互いに有利にはたらくというわけです。

もう一つ、ウケヒ神話について付け加えておきます。スサノヲはウケヒに敗けたのだという考えがあります。

（12）**学生**「先生、声が小さいよ！」

スサノヲの勝利宣言は、自分で「勝った」といっているにすぎないというのです。三浦佑之氏がいいはじめた説で、氏の最近の『古事記講義』（文藝春秋　二〇〇三年）「第一回　神話はなぜ語られるか」にも、そのことにかなりの量を与えています。でも、敗けたとみなすと物語のあちこちにつじつまのあわないところが出てきてしまい、私は賛成できません。私の意見は、別稿（九）にまとめましたので、興味のある方はご覧ください。この拙稿には、ウケヒ神話の研究史の紹介や、（6）の豪族がどの地方の豪族であるかという一覧表ものせましたので、ウケヒ神話でレポートや卒論を書く人は参照してください。

(7) スサノヲの勝《か》ちさび

爾《しか》くして、速須佐之男命《はやすさのをのみこと》、天照大御神《あまてらすおほみかみ》に白《まを》さく、「我《あ》が心《こころ》清《きよ》く明《あか》きが故《ゆゑ》に、我が生める子は、手弱女《たわやめ》(＊一)を得《え》つ。此《これ》に因《よ》りて言《い》はば、自《おのづか》ら我《あれ》勝《か》ちぬ」と、云《い》ひて、勝《か》ちさびに(＊二)、天照大御神の営田《つくりた》のあを離《はな》ち(＊三)、其《そ》の溝《みぞ》を埋《う》み、亦《また》、其《そ》の、大嘗《おほにへ》(＊四)を聞《きこ》し看《め》す殿《との》(＊五)に屎《くそ》まり散《ちら》しき。故《かれ》、然為《しかす》れども、天照大御神は、とがめずして告《の》らさく、「屎《くそ》の如《ごと》きは、酔《ゑ》ひて吐《は》き散《ちら》すとこそ(＊六)、我《あ》がなせ(＊七)の命《みこと》、如此《かくし》為つらめ(＊八)。又《また》、田のあを離《はな》ち、溝を埋《う》むは、地《ところ》をあたらしとこそ(＊九)、我がなせの命、如此為つらめ」と、詔《の》りて直《なほ》せども(＊一〇)、

(＊一)女の子
(＊二)勝った勢いで勝者として振る舞い
(＊三)神田の畦道《あぜみち》を壊し
(＊四)収穫感謝祭
(＊五)神祭りする御殿
(＊六)酔っぱらって吐き散らそうとして
(＊七)弟
(＊八)そのようにしたのでしょう
(＊九)もったいないとみなして
(＊一〇)言葉の力で悪い事態も直したが

猶《なほ》其の悪《あ》しき態《わざ》、止《や》まずして転《うた》たあり(＊一一)。天照大御神、忌服屋《いみはたや》に坐《いま》して、神御衣《かむみそ》(＊一二)を織《お》らしめし(＊一三)時に、其の服屋《はたや》の頂《いただき》を穿《うか》ち(＊一四)、天《あめ》の斑馬《ふちうま》を(＊一五)逆剥《さかは》ぎに剥《は》ぎて(＊一六)、(皮を)堕《おと》し入《い》れたる時に、天《あめ》の服織女《はとりめ》、見驚《みおどろ》きて、梭《ひ》(＊一七)に陰上《ほと》を衝《つ》きて(＊一八)死にき。

(＊一一)ひどくなった
(＊一二)神にささげる衣
(＊一三)織らせていた
(＊一四)屋根に穴をあけ
(＊一五)単色ではない斑《まだら》の馬
(＊一六)異常な剝《は》ぎ方で皮を剝いで
(＊一七)機《はた》を織る時、横糸を通す道具
(＊一八)衣服の上から性器のあたりを突いて(一〇)

スサノヲの勝利宣言に続き、勝ちさびの行為が四つあります。

①アマテラスの田の畦道《あぜみち》を破壊する。
②その田の溝を埋める。
③収穫感謝祭の御殿に糞便をまき散らす。
④斑馬を逆剥ぎにして忌服屋に投入する。

ここだけみると、スサノヲは暴れるしかない悪い神となってしまいます。しかしこれまで読んできたように、スサノヲはアマテラスに反抗していません。ウケヒに勝ったのだから、邪心がないことも証明されたのです。とはいえ、このままスサノヲが高天原でアマテラスと仲良くやってゆくことはできません。高天原に二神が君臨するわけにはいかないからです。スサノヲにはそのまま(邪心がないまま)出て行ってもらわねばなりません。そこで古事記は、二神の神格を利用して「すれちがい」をさせることにしたと考えられます。

「すれちがい」はすでに、ウケヒの条にもみられました。「邪心はない」と繰り返し主張するスサノヲを、アマテラスは信用しません。(7)ではスサノヲが暴れるのに、今度はアマテラスがとがめ立てをしません。最も大きな「すれちがい」は、スサノヲが勝利の喜びを表わす行為が、アマテラスや高天原の秩序とは合致しないということです。スサノヲの行為を「無邪気だ」「トリックスターだ」[13]ととらえることは、もちろんできます。でもそれだけでなく、ここも古事記が意図的にした工夫だと私はいいたいのです。古事記は、スサノヲの神格をはじめから妣の国の根の堅州国を志向するものとし、高天原やアマテラスとはかみあわない神[14]と描いています。この伏線を利用して、悪神ではないスサノヲを追放する装置として、古事記は勝ちさびと次の（8）の第二の万《よろず》の妖《わざわい》とを用意したのです（今後も、この「すれちがい」のことは繰り返し述べます）。

①〜④をみてみましょう。①②は農耕妨害、③④は祭祀妨害とわけるのが一般的です。けれども①②の田も、収穫感謝祭で祭る神にささげる米を作っていた神田と考えるべきです。すると、①〜④全体が祭祀妨害となります。あらかじめいっておきます。これは、アマテラス・高天原側にとって妨害だということです。既述のように、スサノヲは害を与えるつもりではありません。あくまで、スサノヲ流の勝者としての振る舞いです。スサノヲのエネルギーからすれば、指一本で田の畦道くらいは壊せるのです。本気で危害を与えるならば、田や御殿を丸ごと吹き飛ばすくらいはできるでしょう。

①〜④のうち、①〜③はアマテラスによって「詔《の》りて直《なほ》」されています。通称「詔《の》り直《なお》し」は、古事記でここにしかみられない特殊な語です。そのため定説がありませんが、私は四時間目（5）にあった「詔《の》り別《わ》け」とかかわらせて、次のように考えています。「言霊《ことだま》」と呼ばれている言葉の霊力によって、しゃべった通りのことが実現するという場合があります。「詔り別け」により子の帰属が決定し、「詔り直し」によって糞便が嘔吐物にかわったのです[15]。ところがどうしても我慢できなかったのが④。アマテラスはこれだけは許せなかったのです。では、④とは何でしょうか。

その解説のためには、収穫感謝祭をおさらいしておいた方がよいでしょう。豊かな実りをもたらしてくれた神に、収穫した新米・それで作った酒・あらたに織った衣などを感謝のしるしにお供えし、喜んでもらうのです。

神をもてなすためにはもう一つ、祭る人（多くは巫女《みこ》）と神との共寝《ともね》がありました。神婚《しんこん》というものです。[一三]ホトを突くというとビックリしますよね。でも、これは古代文学にはよくある表現で、神婚を表わす時に使われる常套句です。この表現は、ここの神祭りにも神婚があったことを暗示しています。ところが、④はホトを突いて死んだとあります。ということは、この神婚はうまくゆかなかったのでしょうか。しかもアマテラスは④を「詔り直し」せず（できず）、次の（8）で天《あめ》の石屋《いわや》にこもってしまうのです。

むずかしい語句の並ぶ④とは一体何でしょう。私の考えはこうです。[一四]馬の皮（あるいはそれを着た神）と巫女との神婚譚は、日本に限らず東アジア一帯にあります。それを素材として使ったと思われます。私は、素材自体に関心はありません。素材をどう古事記が生かしているかに興味があるのです。（7）は、斑《まだら》の馬の皮です。よく神社で飼われている白馬ではありません。しかも、「逆剝《さかは》ぎ」ですから、正常ではないやり方で剝いだ皮です。たくさんの異常なカラクリを使って、神婚とは反対の邪婚[16]をもたらすことになったのではないか。これは、最大の収穫感謝祭妨害になるはずです。さすがのアマテラスも、これにはキレたのです。

（13）**山田**「もともとは、『悪戯者《いたずら》』『詐欺師《さぎし》』の意味ですが、人類学者や心理学者が神話解釈をするのにこの用語を使うようになりました」[一一]

（14）**山田**「『すれちがい』『かみあわない』とは、西條勉《さいじょうつとむ》氏の論考[一二]を参照しています。もっとも、氏と私の結論は大きく異なるのですが」

（15）**学生**「ウンコをゲロにかえても、どっちもどっちだと思いますが……」

山田「しかもスサノヲのものですからね。そりゃあもう、という話はやめにして、三浦佑之氏の『口語訳　古事記』の脚注を紹介します。ここの『酔う』は、祭の酒に酔ってのこと。酔うことは神を迎えることになるから、酔ったり吐いたりはとがめられることではないと述べています。ハッとさせられる考察ですね」

（16）**学生**「ジャコンと読むんですか？」

山田「ジャコンという言葉はないでしょうね。『神婚』の反対の意味で私が勝手に作った言葉です」

一般には、皮を剝いだ馬を投入したとみなすことが多いようです。たしかに神祭りの最中に、天井から馬が落ちてくると驚きます。けれども、皮を剝がされた馬の方だと「斑」や「逆」の異常さが相手に伝わりません。ここは、皮でないと話にならないと思います。皮だと最初にいったのは、管見《かんけん》の限り(17)折口信夫《おりくちしのぶ》氏でしょう(一五)。折口氏がなぜ皮と判断したのか。氏は、証明なしに結論だけをいうことがよくあります。知りたいことに詳しく答えてくれません。でも、皮でまちがいないでしょう。

(8) 天《あめ》の石屋《いわや》(その一)

故是《かれここ》に、天照大御神《あまてらすおほみかみ》、見畏《みかしこ》(＊一)み、天《あめ》の石屋《いはや》の戸を開《ひら》きて、刺《さ》しこもり(＊二)坐《ま》しき。爾《しか》くして、高天原《たかあまのはら》皆暗《みなくら》く、葦原中国《あしはらのなかつくに》悉《ことごと》く闇《くら》し。此《これ》に因《よ》りて常夜《とこよ》往《ゆ》き(＊三)。是《ここ》に、万《よろづ》の神の声《こゑ》は、狭蠅《さばへ》なす(＊四)満《み》ち、万の妖《わざはひ》(＊五)は、悉《ことごと》く発《おこ》りき。是《ここ》を以《も》て、**八百万《やほよろづ》の神**、天の安《やす》の河原《かはら》に神集《かむつど》ひ集ひて、高御産巣日神《たかみむすひのかみ》の子、**思金神《おもひかね》**に思《おも》はしめて(＊六)、常世《とこよ》の長鳴鳥《ながなきどり》(＊七)を集め、鳴《な》かしめて、天の安の河の河上《かはかみ》の天の堅石《かたしは》を取り、天の金山《かなやま》の鉄《くろがね》を取りて、鍛人《かぬち》(＊八)の天津麻羅《あまつまら》を求めて、**伊斯許理度売命《いしこりどめのみこと》**に科《おほ》(＊九)せ、鏡を作《つく》らしめ、**玉祖命《たまのおや》**に科せ、八尺《やさか》の勾璁《まがたま》の五百津《いほつ》の御《み》すまるの珠《たま》を作らしめて、**天《あめの》児屋《こや》命・布刀玉《ふとたま》命**を召《め》して(＊一〇)、天《あめ》の香山《かぐやま》の真男鹿《まをしか》の肩を

(＊一)みておそれをなして
(＊二)閉じこもって
(＊三)夜の状態がずっと続いた
(＊四)五月《さつき》の蝿《はえ》のように
(＊五)災い
(＊六)思案させて
(＊七)永久不変の国のニワトリ(夜明けを告げる鶏鳴によって、太陽を呼び戻すため)
(＊八)鍛冶屋《かじや》
(＊九)命令して
(＊一〇)呼んで

内抜《うつぬ》きに抜きて(＊一一)、天の香山の天のははか(＊一二)を取りて、占合《うらな》(＊一三)ひまかなはしめて(＊一四)、天の香山の五百津真賢木《いほつまさかき》(＊一五)を、根《ね》こじにこじて(＊一六)、上《かみ》つ枝《え》(＊一七)に八尺《やさか》の勾璁《たま》の五百津の御《み》すまるの玉を取り著《つ》け、中《なか》つ枝に八尺《やあた》(＊一八)の鏡を取り繋《か》け、下《しも》つ枝に白丹寸手《しらにきて》・青丹寸手《あをにきて》(＊一九)を取り垂《し》でて、此《こ》の種々《くさぐさ》の物は、布刀玉命、ふと御幣《みてぐら》(＊二〇)と取り持ちて、天児屋命、ふと詔戸言《のりとごと》(＊二一)禱《ほ》き白《まを》して(＊二二)、**天手力男《あめのたぢからを》神**、（石屋の）戸の掖《わき》に隠《かく》り立ちて、**天宇受売《あめのうずめ》命**、手次《たすき》(＊二三)に天の香山の天の日影《ひかげ》(＊二四)を繋《か》けて、天の真析《まさき》(＊二五)を縵《かづら》と為《し》て、手草《たぐさ》(＊二六)に天の香山の小竹《ささ》の葉を結《ゆ》ひて、天の石屋の戸にうけ(＊二七)を伏《ふ》せて、蹈《ふ》みとどろこし(＊二八)、神懸《かむがか》り為《し》て、胸乳《むなち》を掛《か》き出《い》だし、裳《も》の緒《を》(＊二九)をほとに忍《お》し垂《た》れき。爾《しか》くして、高天原動《とよ》みて(＊三〇)、八百万の神共《とも》に咲《わら》ひき。

(＊一一)男鹿《おじか》の肩の骨をそっくり抜き取って
(＊一二)桜の一種
(＊一三)桜の木で骨を焼いて占い
(＊一四)支度させて
(＊一五)繁茂した榊《さかき》
(＊一六)根っこごと取って
(＊一七)榊の上方の枝
(＊一八)大きな（訓注《くんちゅう》により、「尺」はアタと訓《よ》む）
(＊一九)布製の白い幣《ぬさ》・青い幣を
(＊二〇)立派な御幣《ごへい》として
(＊二一)尊い祝詞《のりと》
(＊二二)お唱え申し上げて
(＊二三)襷《たすき》として
(＊二四)蔓草《つるくさ》ヒカゲノカズラ
(＊二五)蔓草テイカカズラ
(＊二六)手に持つ草として
(＊二七)桶《おけ》
(＊二八)踏み鳴らし
(＊二九)ロングスカートのベルト
(＊三〇)鳴動するくらい

天の石屋とは何でしょう。神話ですから正体をさぐることにあまり意味がないとはいえ、洞窟のようなものを想像してもらえるとわかりやすいかもしれません。アマテラスがその石屋にこもると、あたりが暗くなってしまいました。ここではじめて、アマテラスは太陽の神とわかります。面白いのは、高天原だけではなく葦原中国も

(17) **学生**「これは、謙譲語ですよね。ところで、本当に勉強不足で見聞の狭い人が使っても謙譲語になるんですか？」
山田「うーんと、寡聞《かぶん》にして、そんなことは知りません」

暗くなったということです。これらのことは、すでに四時間目（1）で述べた通りです。

そして、暗くて夜ばかりの状態を「常夜《とこよ》」と呼んでいます。昼と夜が交替するのが正常ですから、夜ばかりは異常な事態です。昼夜があるのが普通だとはいえ、昼と夜とではやはり夜の方が異常な時間帯です（四時間目（1））。だから、夜ばかりになったというのは、二重の意味で異常なのです。昼ばかりで夜がなくなったというのは、日本のどの神話にもありません。電気のない時代です。（8）では、月も星も出ていなかったのでしょう。

異常といっても、単に「こわい」だけではありません。「おそれ」という言葉に、「こわい」と「おそれおおい」の二つの意味があることと似ています。この常夜の中で、「万の神の声が五月の蝿のように充満して……」（四時間目（2）の混沌状態と同じ。（8）のそれを「第二の万《よろず》の妖《わざわい》」と名づけます）となり、また神祭りも行なわれています。まさに、「こわい」と「おそれおおい」とが同居しているのが、夜という時間なのです。

八神を**ゴチック体**にしました。ところがこれまでとちがって、（8）で誕生したわけではありません。以前から高天原に住んでいたような描かれ方がされています。このような神で、後に再登場もする神も**ゴチック体**で示します。八神のうち、とくに活躍がめざましいのは次の三神です。八百万《やおよろず》の神は固有名詞ではありません。多くの神々の意味です。けれども、この特殊な名称で何度か古事記神話に出てきます。ほかには、考えることが専門のオモヒカネと踊ったアメノウズメを記憶しておいてください。

さて、**ゴチック体**の八神が、アマテラスを石屋の外に出そうと神祭りをはじめます。八百万の神が集まってきて、オモヒカネに作戦を考えさせて、ニワトリを集め鳴かせて、安《やす》の河《かわ》の川上の堅い石を取り金山《かなやま》の鉄を取ってきて、鍛冶屋《かじや》を呼んできて、鏡を作らせて、たくさんの大きな勾玉を紐《ひも》に貫《ぬ》いたものを作らせて、天《あめ》の香具山《かぐやま》(18)の鹿の骨を抜き取って、占いさせて、榊《さかき》を根っこごと取ってきて……。そろそろ文をあらためたいところですが、本文を読めばわかるように、ずっとこの調子で「裳《も》の緒《を》をほとに忍《お》し垂《た》れき」まで続きます。文が切れません。

現代語にすると、わかりにくいヘタな文といわれてしまうほど長いのです。わかりにくいのは、現代人だけかもしれません。おそらく意図的に「〜て」を繰り返したのでしょう。その意図は想像するしかありません。かつての口承の面影が残ったともいわれています。私は、畳みかけるような表現で、この作戦が着々と準備されてゆく様子を描きたかったのだとみなしています。

榊に、勾玉と鏡と幣《ぬさ》をつけます。当時紙は貴重品だったので、幣は布製です。七夕かクリスマスツリーのように飾られています。神を迎える目印でしょう。次の（9）で、鏡が面白い使われ方をします。また、アメノタヂカラヲといういかにも力持ちな名の神が戸の脇に隠れています。この二点、（9）を読むうえで大事なこととなります。

三点目に大事なのが、アメノウズメです。この踊りは一体何でしょう。シャーマンであるとか、ホト（性器）に霊力があるとか、様々にいわれています。たしかに神がかりしていますし、人前で裸になるのですから、尋常ではありません。それをみて八百万の神が笑っていることからすると、その踊りは滑稽だったのでしょうか。ともかく、明るく健康的な笑いがきこえてきます。色っぽいとか、逆にいやらしいとかではなく、明るい笑いです。アメノウズメのことを考えるためにも、さあ（9）を読みましょう。

（18）**学生**「天の香具山は、今も奈良県にある香具山のことですか？」

山田「もともと高天原にあった山が地上に落ちてきたという伝説があります（伊予国風土記逸文《いよのくにふどきいつぶん》）。耳成《みみなし》山・畝傍《うねび》山とちがって、香具山だけが『天の』と冠するのはそのためです。なお『風土記逸文』とは、現存しないけれど他書が引用していることで存在したと知られる風土記のことです」

(9) 天の石屋(その二)

是《ここ》に、天照大御神《あまてらすおほみかみ》、怪《あや》しと以為《おも》ひ(*一)、天《あめ》の石屋《いはや》の戸を細く開《ひら》きて、内《うち》に告《の》らししく(*二)、「吾《あ》が隠《かく》り坐《ま》すに因《よ》りて、天の原《あまはら》(*三)自《おのづか》ら闇《くら》く、亦《また》、葦原中国《あしはらのなかつくに》も皆闇《みなくら》けむと以為《おも》ふに、何の由《ゆゑ》にか、天宇受売《あめのうずめ》は楽《あそび》(*四)を為《し》、亦、八百万《やほよろづ》の神は諸《もろもろ》咲《わら》ふ」とのらしき。爾《しか》くして、天宇受売が白《まを》して言《い》はく(*五)、「汝《な》が命《みこと》(*六)に益《ま》して貴《たふと》き神の坐《いま》すが故《ゆゑ》に、歓喜《よろこ》び咲《わら》ひ楽《あそ》ぶ」と、如此《かく》言《い》ふ間《あひだ》に、天児屋命《あめのこやのみこと》・布刀玉《ふとたま》命、其《そ》(*七)の鏡を指《さ》し出《い》だし、天照大御神に示《しめ》し奉《まつ》る時に、天照大御神、逾《いよ》よ奇《あや》し(*八)と思《おも》ひて、稍《やをや》(*九)く戸より出《い》でて、(鏡を)臨《のぞ》み坐《ま》す時に、其の隠《かく》り立《た》てる天手力男神《あめのたぢからを》、其の御手《みて》を取り引き出《い》だすに、即《すなは》ち布刀玉命、尻《しり》くめ縄《なは》(*一〇)を以《もち》て其の御後方《みしりへ》(*一一)に控《ひ》き度《わた》して、白《まを》して言《い》ひしく、「此《これ》より以内《うち》に還《かへ》り入《い》ること得《え》じ」といひき。故《かれ》、天照大御神の出《い》で坐《ま》しし時に、高天原と葦原中国と、自《おのづか》ら照《て》り明《あか》ること得《え》たり。

(*一)不思議に思って
(*二)石屋《いはや》の中でおっしゃるには
(*三)高天原
(*四)神祭りの歌舞音曲
(*五)アマテラスに申し上げていうことに
(*六)アマテラス
(*七)榊《さかき》にかけてあった
(*八)ますます不思議だ
(*九)少しずつ
(*一〇)しめ縄
(*一一)アマテラスの後ろ

私はこの授業をするにあたって、古事記の研究書だけでなく、作家が現代語訳した本などもいくつか読みました。中でも『阿刀田高《あとうだたかし》の楽しい古事記』（角川書店　二〇〇〇年）は本当に楽しく読みました。とはいえ、いくつか疑問に思える箇所もあります。見解の相違というよりも、古事記に書いてないことも古事記の内容だと阿刀田氏が勘ちがいしていることから生じたものです。このことは、阿刀田氏に限らず世間でよくあることなので、少し触れておきます。アマテラスがこもった場面について氏は、「アマテラス大御神はどうやって岩戸《いわと》を閉じたのかなあ」「この岩戸は穴の出入口を塞ぐ大岩塊で、大男の怪力をもってしてはじめて開くしろものなのだ」と述べています。けれども（9）にある通り、大男つまりタヂカラヲは石屋の戸に指一本触れていません。多分、氏の頭の中には古事記以外の神話・伝説がたくさんインプットされていて、(19)「古事記もこうにちがいない」あるいは「古事記の本文はちょっとちがうけど、もとはこうあったはずだ」と思い込んでしまったのでしょう。こういう思い込みをしている人はたくさんいると思われます。日本の神話を解釈するのならそれでもよいのですけれど、私の授業では古事記の神話を読むことにしていますから、やはり疑問なのです。

さて、ここを読むと、アメノウズメは本当に神がかり状態だったのかと疑ってしまいます。こんなにも落ち着いてアマテラスにウソをいっているからです。すかさず鏡を差し出したアメノコヤ・フトタマの二神も、戸の脇に隠れていてアマテラスの手を引っ張るアメノタヂカラヲも、外に出たアマテラスの後ろ（つまり石屋の入り口）へしめ縄を張るフトタマも、全てが絶妙なタイミングです。この四つの行為も、やはり一文で仕立てあげられています。立て続けに行なわれたのでしょう。用意周到に準備され、計算しつくした作戦なのです。私は、アメノウズメは神がかった振りをしていたとか、八百万の神の大笑いも演技だといいたいのではありません。本当に神がかりし、笑ったのでしょう。それも計算通りなのだと思われます。だから、オモヒカネの知恵は大したものな

(19) **山田**「その中には、戸を長野県の戸隠《とがくし》まで投げたという情報もあったみたいです。もちろんこの伝説も、古事記にはありません」

のです。
それに対してアマテラスはどうでしょうか。鏡に写った自分の姿をみて、「本当に私より貴い神がいる」と勘ちがいしたのです。最高神にしては少々間抜《まぬ》けですよね。これは、石屋にこもることに原因があるのでしょう。太陽神が太陽神として機能していないのです。天にあって照り輝いていてこそ、アマテラスなのです。これは一種の擬制的な死を表わしているのでしょう。そんな時だったから、アマテラスの神としての力も衰えていたといえるのでしょう。そこから出ることは、すなわち再生なのです。天の石屋神話を、日蝕や冬至（太陽の力が最も弱くなった時）の儀礼を反映したものという意見は今も根強くあります。とてもよくわかるのですが、この授業では、古事記の中で神話を読んでいます。すると、アマテラスの死と再生、それが高天原と葦原中国の二つの世界にまたがって影響をおよぼしていると読むべきでしょう。（一六）
蛇足ながら、もう一言。私は、アメノウズメが古事記神話の中で最も美しい女神だろうと想像しています。だから、みんな楽しく笑ったのでしょう。

（10）スサノヲの贖罪《しょくざい》

是《ここ》に、八百万《やほよろづ》の神、共《とも》に議《はか》りて、速須佐之男命《はやすさのをのみこと》に千位《ちくら》の置戸《おきと》（＊一）を負《お》ほせ（＊二）、亦《また》、鬚《ひげ》と手足の爪《つめ》とを切り、祓《はら》へしめて（＊三）、神《かむ》やらひやらひき（＊四）。

（＊一）たくさんの品物
（＊二）責任を負わせて提出させ
（＊三）罪の償《つぐな》いをさせ
（＊四）徹底的に追放した

又《また》、（スサノヲは罪の償いのため）食物《くらひもの》を大気都比売神《おほげつひめのかみ》に乞《こ》ひき。爾《しか》くして、大気都比売、鼻・口と尻《しり》とより種々《くさぐさ》の味物《うましもの》（＊五）を取り出《い》だして、種々に作り具《そな》へて進《たてまつ》る時に、速須佐之男命、其の態《わざ》を立ち伺《うかか》ひ（＊六）、穢《け》汚《が》して奉進《たてまつ》ると為《おも》ひて、乃《すなは》ち其の大宜津比売神《おほげつひめ》を殺《ころ》しき。故《かれ》、殺《ころ》さえし神の身に生《な》りし物は、頭《かしら》に蚕《こ》（＊七）生《な》り、二つの目に稲種《いなだね》生り、二つの耳に粟《あは》生り、鼻に小豆《あづき》生り、陰《ほと》に麦《むぎ》生り、尻に大豆《まめ》生りき。故《かれ》是《ここ》に、神産巣日御祖命《かむむすひみおやのみこと》、茲《こ》の成《な》れる種《たね》を取《と》らしめき（＊八）。

（＊五）食物
（＊六）覗きみて
（＊七）蚕《かいこ》
（＊八）スサノヲに取らせた

前半の三行を、天の石屋の条に含めたテキストが多いようです。しかし、前後半の各冒頭の「是《ここ》に」「又《また》」という接続語からも、[20]板書した『新全集　古事記』のように、これで一まとまりの条とすべきです。（10）の見出しがこれまた突飛なのですが、これは後述するとして、まずは前半から解説します。

八百万《やおよろず》の神によって、スサノヲの裁判がはじまりました。たくさんの品物とヒゲ・爪を提出させます。ヒゲと爪は四時間目（4）で述べた感染呪術で説明できます。スサノヲの生命の一部が宿っているものです。そして「神《かむ》やらひやらひき」と続きます。この語は四時間目（2）にもありました。つまり、スサノヲは二度追放されているのです。（10）のそれを「第二の神ヤラヒ」と名づけます。つまり、（2）に〈涕泣《ていきゅう》↓第一の万《よろず》の妖《わざわい》↓第一の神ヤラヒ〉とあり、（7）～（10）でも〈勝ちさび↓第二の万の妖↓第二の神ヤラヒ〉となっているのです。しか

（20）**山田**「古賀精一《こがせいいち》氏によると、古事記上巻の各段落冒頭の接続語は三九例あり、そのうち『是に』は一一回あるものの、『又』は一回もありません[二七]」

も板書したように「徹底的に追放した」のです。二度目があるということは、第一の神ヤラヒは不徹底だったのでしょうか。そうではなくて、二度とも徹底的でした。にもかかわらず、スサノヲは何らかの関係をアマテラスそして高天原と保ち続けようとしているのです。そこにスサノヲの意志を読み取ることができます。(10)の後半にそのスサノヲの意志がうかがえます。

一般に、オホゲツヒメ神話と呼ばれている後半をみてゆきましょう。内容があまりにも唐突で、しかも「神やらひやらひき」と次の(11)のはじめ「故《かれ》、避《さ》り追《お》はえて」(ヤマタノヲロチ神話の冒頭)がつながるようにもみえるため、オホゲツヒメ神話は本来独立神話だったとか、無理にこの箇所に挿入された遊離神話だなどと長い間みなされてきました。この授業では、ガイダンスや一時間目(5)でお話ししたように、私はそのような見方をしません。たとえもともと別に存在した神話だったとしても、そこへ挿入したのは何らかの理由があったからでしょう。それを考えてみるべきだと思うのです。

近年は、その理由もいくつか考察されるようになってきました。誰が誰のために食物を要求したかを中心にまとめてみると、次のようになります。

- 八百万の神が要求した
  - 自分のために…………①
  - スサノヲのために………②
- スサノヲが要求した
  - 自分のために…………③
  - 八百万の神のために……④

①〜③がこれまでに出された説です。ヘソ曲がりのようですが、④が私の説です。[一八] 八百万の神のためとはいえ、その背後にいるアマテラスそして高天原のためといいたいのです。(10)の前半は罪の償いの内容でした。それと一まとまりである(10)の後半も、スサノヲの贖罪の物語となるのです。スサノヲの贖罪は、勝ちさびに対するものです。田を破壊したのですから、やはり食物でもって償おうとしたのでしょう。オホゲツヒメの死体から化成したものの中に、穀物とは異なる蚕が入っています。これは、機織りを妨害した勝ちさびと呼応すると思われます。

仮に、八百万の神が要求したとしましょう。文中に二つタテマツルという謙譲語があり(傍線部)、オホゲツヒメが八百万の神にタテマツッたことになります。けれども、古事記において八百万の神に敬語が使われることは一例もありません(スサノヲに対してはタテマツルも含め多数あります)。また、八百万の神が自分のために要求した食物をオホゲツヒメがきたないやり方で出したのなら、それを覗いていたスサノヲが殺すほど怒るでしょうか。スサノヲにとって八百万の神は、自分(スサノヲ)を追放した相手です。①ではないでしょう。追放したスサノヲに持たせてやる恩情だという説(②)も理解できません。スサノヲが自分のために(③)というのは、カムムスヒが「種《たね》を取らしめき」の表現と一致しません。「取らせた」という使役《しえき》のいい方は、「取って持ってこい」であって、「持って行け」ではありません。使役は、命令者(カムムスヒ)へ利益がもたらされる表現です。[21]

以上、④だとする私見を述べてきました。スサノヲはアマテラスへの贖罪としてオホゲツヒメに食物を要求したのです。きたない出し方をしたので殺したというのも、いかにもスサノヲらしいやり方です。食物を得るのには失敗したものの、死体から化成した種と蚕をカムムスヒの指示に従って取り、一度高天原へ持って行っているのです。

(21) **山田**「ちなみにカムムスヒは、スサノヲとオホクニヌシに手を貸す天つ神としてこの後何度か登場する高天原のムスヒ(生産)の神です」

一見すると、前後のつながりが不自然な神話のようにみえるオホゲツヒメ神話も、以上のように読むべきだと私は考えています。では、スサノヲの意志とは何でしょう。スサノヲはアマテラスに対していつもへり下《くだ》っていたことを思い出してください。四時間目（3）にありました。スサノヲはアマテラスに献身的なのです。私は、スサノヲの意志とは「アマテラスへの協力」だとみています。では、なぜ（10）に全くアマテラスは姿をみせないのでしょうか？　これが「すれちがい」の表われなのです。スサノヲのやり方はアマテラスの秩序とは合致しません。スサノヲが喜ぶ行為（勝ちさび）は、アマテラスに迷惑を与える。スサノヲが贖罪の品をもたらしてもアマテラスは姿さえみせない。スサノヲは何らかのかかわりをアマテラスと持とうとしていると前述しました。ところが、そう考えているのはスサノヲだけです。アマテラスはちがうのです。この「すれちがい」は、以後も続いてゆくのです。

(11) ヤマタノヲロチ退治（その一）

故《かれ》、避《さ》り追《お》はえて（＊一）、出雲国《いづものくに》の肥《ひ》の河上《かはかみ》（＊二）、名は鳥髪《とりかみ》（＊三）といふ地《ところ》に降《くだ》りき。此《こ》の時に、箸《はし》、其《そ》の河より流れ下《くだ》りき。是《ここ》に、須佐之男命《すさのをのみこと》、人《ひと》其の河上に有《あ》りと以為《おも》ひて、尋《たづ》ね覓《もと》め上《のぼ》り往《ゆ》けば、老夫《おきな》と老女《おみな》と、二人《ふたり》在《あ》りて、童女《をとめ》を中に置《お》きて泣《な》けり。爾《しか》くして、（スサノヲは）問《と》ひ賜《たま》ひしく、「汝等《なむちら》は、誰《たれ》ぞ」ととひたまひき。故《かれ》、其の老夫《おきな》が答《こた》へ

（＊一）スサノヲは追放されて
（＊二）島根県斐伊《ひい》川の上流
（＊三）島根県横田町大呂《おおろ》あたり

て言《い》ひしく、「僕《やつかれ》は、国《くに》つ神《かみ》、大山津見神《おほやまつみのかみ》の子ぞ。僕が名は**足名椎**《あしなづち》と謂《い》ひ、妻《め》が名は**手名椎**《てなづち》と謂ひ、女《むすめ》が名は**櫛名田比売**《くしなだひめ》と謂ふ」といひき。亦《また》、（スサノヲは）問ひしく、「汝《なむち》が哭《な》く由《ゆゑ》は、何《なに》ぞ」ととひき。答へ白《まを》して言ひしく、「我《あ》が女《むすめ》は、本《もと》より八《や》たりの稚女《をとめ》在《あ》りしに（＊四）、是《これ》を、高志《こし》（＊五）の八俣《やまた》のをろち、年《とし》ごとに（＊六）来《き》て喫《く》ひき。今、其《そ》が来《く》べき時（＊七）ぞ。故《かれ》、泣く」といひき。爾《しか》くして、（スサノヲは）問《と》ひしく、「其（＊八）の形は、如何《いか》に」ととひき。答へて白《まを》ししく、「彼《そ》の目は、赤《あか》かがち（＊九）の如《ごと》くして、身《み》一つに（＊一〇）八《や》つの頭《かしら》・八つの尾《を》有《あ》り。亦、其の身に蘿《ひかげ》と檜《ひ》・榲《すぎ》と生《お》（＊一一）ひ、其の長さは谿八谷《たにやたに》・峡八尾《をやを》（＊一二）に度《わた》りて、其の腹を見れば、悉《ことごと》く常に血《ち》え爛《ただ》れたり」とまをしき（此《ここ》に赤《あか》かがちと謂《い》へるは、今の酸醤《ほほづき》ぞ）。

（＊四）もともと八人の娘がいたのですが
（＊五）出雲市あたりか北陸地方か未詳
（＊六）毎年
（＊七）ヤマタノヲロチがやってくるであろう時期
（＊八）ヲロチの
（＊九）ホオズキ
（＊一〇）一つの体に
（＊一一）ヤマタノヲロチの体には苔《こけ》（「蘿《ひかげ》」は一説に蔓草状のもの）と檜《ひのき》と杉が生え
（＊一二）八つの谷・八つの峰

有名なヤマタノヲロチ神話の前半です。あらかじめいっておきたいことが二点あります。この神話から何らかの歴史的事実や、当時の儀礼を読み取ることはしないということ。これはいつもの姿勢です。一般には、農耕儀礼の反映と、産鉄集団の争いという二つの説が依然有力のようです。それを全く否定するつもりはありませんけれど、この神話が古事記の物語の中でどんな意味をもつのかをまず考えてみるべきだと思うのです。

二点目は、ヲロチの原文は「遠呂知《をろち》」だということです。我々はヤマタノヲロチが蛇だとすでに知っています。けれど、アシナヅチの説明の段階では、音仮名で記されヲロチに「大蛇」の字をあてるテキストもみかけます。けれど、アシナヅチの説明の段階では、音仮名で記されています。正体不明なのです。「幽霊の正体みたり枯れ尾花《おばな》」のように、正体がわかればこわさもなくなります。正体不明だからこそ、一層こわいのです。スサノヲに説明しているアシナヅチも正体を知らないのでしょう。過去に何回もみた（多分、七年で七回）姿形をいうだけです。目がホオズキのように赤く、頭が八つ、尾が八本。そして、でかい。体に苔や木々が生えているのは、大きいだけでなく、古いつまりとても長生きしていることも表わしています。そんな怪物が、正体不明のまま（11）で紹介されているのです。

冒頭に戻ります。スサノヲは出雲国の鳥髪《とりかみ》へ「降《くだ》」ってきました。三時間目（2）で触れたように、「降」は高天原からの降下を表わします。四時間目の話は、葦原中国を舞台にしてはじまりました。四時間目（3）でスサノヲが高天原へ昇天すると舞台は高天原になり、（11）でスサノヲが葦原中国へ降《くだ》ると舞台は葦原中国となるのです。肝心な高天原に舞台が戻って、アマテラスが再登場するのはずっと先で、実に六時間目のことです。スサノヲをとらえたカメラは、スサノヲの移動とともに昇ったり降ったりしているのです。四時間目を「スサノヲとアマテラス」と題した所以《ゆえん》です。

泣くことについては何度かお話ししました（三時間目（8）・四時間目（2））。欠如がある場合に、欠如の補充をしてくれる相手を求め泣くのです。神話では相手が神なので、神を呼ぶ行為ともいえます。この後にも、泣いていると神がやってきて「なぜ泣くのか」と問い、泣く原因の除去（欠如の補充）をしてくれるパターンが何回かあります。

（11）には、八という数字が多いことに気がつきますよね。（12）（13）まで続いています。八はこれまでにも何度もありました。けれどもここの八は、数が多いとか大きいとかではなく、実数の八を想像させます。西郷信綱氏は「八つの頭・八本の尾」が、形に関係しているので実数だと述べています。（一九）しかし、ほかの八も（12）の「八塩折」・（13）の「八雲」「八重垣」はさておき）、実数のような気がします。アシナヅチ・テナヅチには八人の娘がいたのです。八つの頭を持つヤマタノヲロチには、八つの口があったのでしょう。何人もの娘をたくさんの口で食べるのではなく、八つの口で順に八人の娘を毎年食べるというのでしょう。

つまり、過去七回きて、今年が八年目なのです。末子《すえっこ》の番です。昔話などで末子が成功する型を末子成功譚《たん》と呼んでいます。(22) 古事記でもしばしば末子の活躍が描かれています（スサノヲもオホクニヌシもホヲリも神武《じんむ》天皇も末子）。ここもその型でしょう。末娘だから助かり、イケニへも止むのです。アシナヅチ・テナヅチが「老夫と老女」と記されているのも、末子に理由があるのでしょう。「父と母と娘がいた」ではありません。「おじいさんとおばあさんと娘がいた」のです。これは、実の親子ではない場合（かぐや姫(23)や桃太郎のような申《もう》し子《ご》を育てている翁《おきな》と嫗《おみな》）か、そうでなければ、年齢の離れた親と子を表わしています。「老夫と老女」は工夫されたうまい表現だと思われます。

(12) ヤマタノヲロチ退治（その二）

爾《しか》くして、速須佐之男命《はやすさのをのみこと》、其《そ》の老夫《おきな》に詔《のりたま》ひしく、「是《こ》の、汝《なむち》が女《むすめ》は、吾《あれ》に奉《まつ》らむや」とのりたまひき。答《こた》へて白《まを》ししく、「恐《かしこ》(＊一)し。亦《また》、御《み》

（＊一）おそれ多いことです

(22) **山田**「太郎が失敗し、次郎も失敗して末子の三郎が成功するという昔話はたくさんあります。『蛇の婿入り』では、蛇の嫁になることを長女・次女が断り、末の娘が承諾して蛇を退治しています」

(23) **学生**「『かぐや姫』のことですか？」
山田「竹取物語の主人公です。『かぐや姫』が正しいといわれています」

ヤマタノヲロチを退治するために、スサノヲのたてた作戦は、

名《な》を覚《さと》らず(＊二)」とまをしき。爾《しか》くして、答へて詔《のりたま》ひしく、「吾《あれ》は、天《あま》照大御神《てらすおほみかみ》のいろせ(＊三)ぞ。故《かれ》、今天《あめ》より降《くだ》り坐《ま》しぬ」とのりたまひき。爾くして、足名椎《あしなづち》・手名椎《てなづち》の神の白《まを》ししく、「然坐《しかいま》さば、恐《かしこ》し(＊四)。立て奉《まつ》らむ」とまをしき。爾くして、速須佐之男命、乃《すなは》ち湯津爪櫛《ゆつつまくし》(＊五)に其の童女《をとめ》を取り成《な》して(＊六)、御髻《みみづら》に刺《さ》して、其の足名椎・手名椎の神に告《の》らししく、「汝等《なむちら》、八塩折《やしほをり》(＊七)の酒を醸《か》み、亦、垣《かき》(＊八)を作り廻《めぐら》し、其の垣に八《や》つの門《かど》を作り、門ごとに八つのさずき(＊九)を結《ゆ》ひ、其のさずきごとに酒船《さかぶね》(＊一〇)を置《お》きて、船ごとに其の八塩折の酒を盛《も》りて、待て」とのらしき。故《かれ》、告《の》らし随《まにま》に如此《かく》設《まう》け備《そな》へて待つ時に、其の八俣《やまた》のをろち、信《まこと》に言《こと》の如《ごと》(＊一一)く来て、乃《すなは》ち船ごとに己《おの》(＊一二)が頭《かしら》を垂《た》れ入《い》れ、其の酒を飲みき。是《ここ》に、飲み酔《ゑ》ひ留《とど》まり伏《ふ》して寝《い》ねき。爾くして、速須佐之男命、其の御佩《みは》かしせる(＊一三)十拳《とつか》の剣《つるぎ》を抜き、其の蛇《へみ》(＊一四)を切り散《ちら》ししかば、肥河《ひのかは》、血に変《かは》りて流れき。故、其の中の尾《を》を切りし時に、御刀《みはかし》の刃《は》、毀《こほ》れき(＊一五)。爾くして、怪《あや》しと思《おも》ひ、御刀の前《さき》を以《もち》て刺《さ》し割《さ》きて見れば、つむ羽《は》の大刀《たち》(＊一六)在《あ》り。故、此《こ》の大刀を取り、異《け》しき(＊一七)物と思ひて、天照大御神に白《まを》し上《あ》げき(＊一八)。是《これ》は、草《くさ》なぎの大刀《たち》ぞ。

(＊二)知りません
(＊三)同母の弟
(＊四)そのように尊いお方でございますのなら
(＊五)爪の形をした神聖な櫛
(＊六)クシナダヒメの体を手にして櫛として
(＊七)何度も醸《かも》した酒
(＊八)垣根
(＊九)棚(後世の桟敷《さじき》)
(＊一〇)酒の容器
(＊一一)本当にアシナヅチの言葉通りに
(＊一二)ヤマタノヲロチの八つの
(＊一三)お持ちになっていた
(＊一四)蛇《へび》(ヤマタノヲロチの正体)
(＊一五)欠けた
(＊一六)刀の名前(詳細不明)
(＊一七)不思議な
(＊一八)大刀獲得の経緯を申し上げて献上した

①クシナダヒメと結婚すること。
②アシナヅチ・テナヅチに酒を準備させること。
③酔って寝たところを剣で切ること。

という三段階になっています。まず結婚するのです。「これが退治と関係あるのか」という異見もあるでしょう。しかし私は、二つの理由から作戦の一環と考えます。一般に怪物退治の話は、退治してから結婚します。ところが、(12)では退治する前に結婚し、妻の力[24]を得てヤマタノヲロチを退治しているのです。古事記神話には、偉業（怪物退治に限らず）を成す前に結婚する例がしばしばみられます。(12)の結婚は、ヤマタノヲロチ退治のためなのです。スサノヲは、「退治したら娘をくれ」という条件つきの求婚をしているのではありません。

第二の理由は、そのクシナダヒメを櫛《くし》として身に着けたことです。櫛は、お守りのような役割をはたしてきました。櫛の持ち主の霊力が宿っているものです[二〇]。これも感染呪術の一種です。この場合は、クシナダヒメ本人をそのまま櫛にして身に着けているのです。妻の力を得たことの表われですから、退治計画の一つとみなせます。なお、櫛という小さなものにかえたのではありません。クシナダヒメをそのままの大きさでスサノヲは櫛として刺したのですから、スサノヲの体は巨大であったことがわかります。これは、吉井巖《よしいいわお》氏の指摘です[二一]。

②も意外に思うでしょうか。現代なら、酔わせてやっつけるのは卑怯だといわれそうです。けれども、当時は知恵とみなされていました。今でいう「騙《だま》し討《う》ち」は、古事記（上巻以外にも）に多いのです。その酒は、念入りに作られています。何度も繰り返し醸した強い酒なのですから、何日もかかったのでしょう。垣根を作って、八つの門と八つの棚を作り、各々に酒を入れた容器を置いたというのも、手間のかかる準備です。八つずつ作っ

(24) **山田**「ヒメの力《ちから》とか、オナリ神の霊力と呼ばれるもの。二時間目(2)の脱線コーナー参照のこと」

たのは、やはり八つの口を意識してでしょう。ここも実数の八です。

ヤマタノヲロチがきました。アシナヅチの説明と同じ姿と大きさです。案の定、酒を飲み酔って寝てしまいます。八つの口でイッキなのですから、酔いの速度も八倍なのでしょうか。いや、念入りに醸した強い酒なのですから、もっとはやく酔っぱらったにちがいありません。スサノヲの作戦は的中です。最後に③をすればよいのです。切るところで、「其の蛇《へみ》」とあります。ここではじめて、ヤマタノヲロチの正体が蛇《へび》だとわかります（二二）（ヘミはヘビの古語）。ここもうまい工夫です。

ヤマタノヲロチの死体から剣が出てきたというのはわかりにくいかもしれません。これまでに何度かあった死体化成（三時間目（9）・四時間目（10））の変型と考えてくれると、理解しやすくなるでしょうか。蛇と剣は、ともに長くておそろしいものです。両者の関係は、たとえば古事記中巻垂仁《すいにん》天皇の条の話にみられます（一部を三時間目（8）で紹介）。寝ている天皇を殺そうと、皇后は小刀を振りあげます。天皇はその時「小さな蛇が首にまとわりついた夢」をみていて、ビックリして起きたとあります。また、同じ八世紀成立の播磨国風土記《はりまのくにふどき》には、ある男が畑の中から不思議な刀を得て鍛冶屋に焼き直しさせたところ、伸び縮みして蛇のようだったという話をのせています（讃容《さよ》郡中山里）。古代では、蛇と剣の結びつきは密接だったようです。もちろん、ヤマタノヲロチの尾から出たことも忘れてもらっては困ります。クシナダヒメを櫛にしたことと同様の言語遊戯でもあります。

さて、（12）にアマテラスの名が二箇所みられることに注意しましょう。姿をみせないのは既述の通りで、名前だけです。スサノヲはアシナヅチに名を問われ、「私はアマテラスの弟だ」と答えています。四時間目（11）にあるアシナヅチの名のりのように、「どこの誰（所属あるいは父の名と自分の名）」と答えるのが普通です。スサノヲがスサノヲと名のっていないのは、アマテラスの弟としての行動であると暗示しているようです。最後に、草なぎの大刀《たち》をアマテラスに届けています。これが二箇所目。スサノヲは、まるでアマテラスのためにヤマタノヲロチを退治したみたいです。
草なぎの大刀はその後どうなったかというと、天孫降臨《てんそんこうりん》つまり古事記神話のクライマックスに再び出てきます。ニニギが葦原中国を統治するため降《くだ》ろうとする時、アマテラスからニニギへ渡されます。中巻景行《けいこう》天皇の条では、伊勢神宮に仕えていた倭比売《やまとひめ》が甥《おい》の倭建命《やまとたけるのみこと》に授ける場面があります。これが三回目の登場。先のニニギは降臨してから伊勢神宮に参拝したとありますから、草なぎの大刀はそのまま伊勢神宮に安置されたことがわかります。すなわち、〈スサノヲ→アマテラス→ニニギ→伊勢神宮→倭比売→倭建命〉と渡ったことになります。倭建命がその大刀で日本中を平定してゆくのは有名な話です（残念ながら、中巻なので本授業では扱いません）。要するに、古事記の目的である日本の平定・統治に重要な役割をはたすのがこの草なぎの大刀なのです。それをスサノヲが獲得し、再び高天原へ昇りアマテラスに大刀獲得の経緯を申し上げて献上したのです。[二三] このことからも、ヤマタノヲロチ退治がアマテラスのためになっているとわかるでしょう。[25]
ヤマタノヲロチ退治をしたこと自体はどのような意味があると思いますか？　それについては四時間目（14）で述べるとして、その前に（13）を読みましょう。

(25) **学生**「アマテラスはお礼もいわないのですか？」
山田「姿さえみせませんよね。これも『すれちがい』の表われです」

(13) 須賀《すが》の宮と「八雲立《やくもた》つ」歌謡

故是《かれここ》を以《もち》て、其《そ》の速須佐之男命《はやすさのをのみこと》、宮《みや》（＊一）を造作《つく》るべき地《ところ》を出雲国《いづものくに》に求《もと》めき。爾《しか》くして、須賀《すが》（＊二）といふ地《ところ》に到《いた》り坐《ま》して、詔《のりたま》はく、「吾《あれ》、此地《ここ》に来て、我《あ》が御心《みこころ》、すがすがし」（＊三）とのりたまひて、其地《そこ》に宮を作《つく》りて坐《いま》しき。故《かれ》、其地は、今に須賀と云《い》ふ。茲《こ》の大神《おほかみ》（＊四）、初《はじ》め須賀の宮を作りし時に、其地より雲立《くもた》ち騰《のぼ》りき。爾《しか》くして、御歌《みうた》を作りき。其の歌に曰《い》はく、

八雲立《やくもた》つ　出雲八重垣《いづもやへがき》（＊五）
妻籠《つまご》みに　八重垣作《つく》る（＊六）
その八重垣を（＊七）

是《ここ》に、其の足名鉄神《あしなづちのかみ》を喚《め》して（＊八）、告《の》らして言《い》ひしく、「汝《なむち》は、我《あ》が宮の首《おびと》に任《ま》けむ（＊九）」といひき。且《また》、名を負《お》ほせて（＊一〇）稲田宮主須賀之八耳《いなだのみやぬしすがのやつみみ》神と号《なづ》けき（＊一一）。

（＊一）クシナダヒメと住む御殿
（＊二）島根県大東町須賀《だいとうすが》
（＊三）清々《すがすが》しい
（＊四）スサノヲ
（＊五）「八雲立つ」[26]出雲の立派な垣根よ。
（＊六）妻を住まわせるために新居の立派な垣根を作るよ。
（＊七）その立派な垣根を。
（＊八）呼んで
（＊九）須賀の宮の統率を委任しよう
（＊一〇）与えて
（＊一一）名づけた

平安時代の古今和歌集《こきんわかしゅう》の序文を書いた紀貫之《きのつらゆき》は、この歌を「日本最初の三十一文字《みそひともじ》（和歌）だ」といっていま

す。「スサノヲの歌だ」ともいっています。スサノヲを実在の人物だとみなしたのでしょう。最古の書物（古事記）の最初の歌ですから、まあ記録のうえではそうなります。私は、貫之の説が本当かどうかということには興味はありません。また、現在の研究では、この歌は古事記成立以前から出雲地方にあった歌だといわれています。新築祝いの時に歌われた民間の歌謡だというのです。私は、実はそのことにも興味がありません。その説を否定する積極的な材料もないけれど、それよりこの歌が古事記神話のここにあることの意味が大事だと思うのです。私は古事記を対象にしているのであって、古事記以前（独立歌謡(27)とか歌の実体などと呼ばれている事柄）にはここで触れることはしません。

(13)をはじめからみてゆき、歌の内容を考えてみましょう。スサノヲは、クシナダヒメと住む新居の地を求めて出雲国中をめぐります。ある所へやってきて気分が清々《すがすが》しくなったので、この場所に決めたとあります。「だから、この地を今須賀《すが》というのだ」――この類を地名起源譚《たん》と呼んでいます。地名の由来を神の事績と結びつけて（つまり神話として）語るものです。しかもこの場合は、あちこちさがしまわってやっとみつけた地です。古橋信《ふるはしのぶ》孝《よし》氏が「巡行叙事《じゅんこうじょじ》」と名づけた形式で、神が多くの候補地から選んだのだから最高にすばらしい所だということになります。(二四) 一時間目（5）で述べた「保証」になっているのです。

出雲国で雲が立ち昇り、「八雲立つ出雲八重垣」と歌っています。雲は、境界を表わす場合と、人や国などの霊力の象徴となる場合とがあります。(二五) (13)の雲はその両方と思われます。雲は垣根であり、また出雲国の豊かさ・

(26) **山田**「以下、枕詞《まくらことば》は［　］で示します」
学生「枕詞は訳さないのですか？」
山田「訳せないというのが正確かな。『あしひきの』『ひさかたの』といった有名な枕詞も、なぜ『山』『天』にかかるのか、今ではもうわからないというのが実情です」

(27) **山田**「すでに存在していた歌のこと。それを、古事記成立の時に取り入れたと考えるのです」

生命力の象徴ともみられるからです。ちなみに、歌の中では「八重垣」のことしか歌っていません。新居自体には全く触れていないので、疑問に思う人もいるかもしれません。けれども、一部分をほめることが建物全体を讃美することにつながるのです。たとえば、「地中深く埋められた太い柱」とか「大きくて立派な門」など用例は古代文学にたくさんあります。たしかに、垣根だけ見事で、中の家は貧弱だということはないでしょうから。

ここで、脱線です。

なぜ直接ほめないの？

持統《じとう》天皇が六九〇年ころ吉野《よしの》（奈良県南部）へ出かけた時、一緒に行った柿本人麿《かきのもとのひとまろ》の作った有名な歌が萬葉集にあります。

見《み》れど飽《あ》かぬ吉野の河の常滑《とこなめ》の絶《た》ゆることなくまた還《かへ》り見《み》む（巻一―三七番歌）

「常滑」というむずかしい言葉は、「絶えず水に濡れて滑らかになっている岩や石」（『万葉ことば事典』（大和書房　二〇〇一年））に今は従っておきましょう。「見飽きることのない吉野川、その川の常滑のように、絶えることなく繰り返しながめたいことだ」となります。作者は吉野川を讃美しています。そうすることによって、その川の近くにある吉野の宮殿を、そして持統天皇自身を称えているのです。

男女の間でも、相手の美しさを直接ほめることはしません。これは古代に限りません。また歌だけの話でもありません。「あれは、いい女だよね」と第三者には話すのに、本人に対しては「あなたは私の太陽だ“You are my sunshine”」とはいわないのが日本人なのです。

引き続き脱線します。

婉曲《えんきょく》こそ日本語の美

二葉亭四迷《ふたばていしめい》が、“I love you”を「死んでもいい！」と訳したのは有名な話です。それを真似て私も、「“Help me”を訳しなさい」という課題を出したことがあります。「助けて」という答えばかりでがっかりするかなと思っていたら、「手伝ってくれませんか」「手を貸していただけると助かるのですが……」のほか、「今お手空《てす》きですか？」「ちょっと時間、ありますか？」という答えもあって感心しました。第一例は否定、第三・四例は疑問の形になっています。“Help me”のどこにも否定や疑問はありません。英文自体は命令形です。しかし日本語の場合、「助けて」「手伝ってくれ」と命令されるより、表現を婉曲にして依頼された方が助ける気になります。後の二例は「助ける」「手伝う」という言葉さえなく、とても間接的で遠まわしないい方です。このような表現は、いかにも相手のことを敬い、遠慮して話していることになります。外国の人が日本語を勉強する時、多分このあたりがむずかしいと感ずるのでしょうね。

では問題。次の各文を、婉曲表現にしなさい（森田良行《よしゆき》氏『日本語の視点』（創拓社　一九九五年）参照）。

①東京はゴミゴミしている。

②今度は優勝しろ。

③それはできません。

日本語は本当に豊かです。外国語や外国文学を全く知らない私ですから、「日本語には外国語にない豊かさがある」とか、「日本語は世界で最もすぐれている」というつもりはありません。いいたいのは次のことです。直接いわないこと、遠まわしにいうことは、日本語の特色なのです。相手への思いやりのために表現するから、日本人の特色といってもよいでしょう。直接的表現は、ぶしつけで横柄《おうへい》で、味も素《そ》っ気《け》もないのです。そして、「日本語は曖昧だからわかりづらい」という評価はまちがっています。「曖昧」ではなく、婉曲なのです（「曖昧がなぜいけないのか」という議論もありますが）。婉曲とは、会話の時の相手への尊敬から生まれた表現なのです。

おそらく、相手を直接ほめないことの理由は、このあたりにあるのでしょう。

解答例
①東京という所はゴミゴミしている。
②今度は優勝しないとね。
③それはできないこともないのですが……。

長野一雄《かずお》氏は本歌について、「豊饒を予祝《よしゅく》するめでたいしるし」と考察しました。[二六] 稲作のことだけをいうのではなく、それも含めた豊かな国土のことです。従来古事記の出雲国は、西郷信綱氏の諸論考が代表するように、日の没する暗黒の国・死者の世界と接する国という否定的な面ばかりが考えられてきました。[二七] けれども（13）は、長野氏のいうように、神の巡行・国占《くにし》め・国ぼめ・地名命名そして豊かな国土を歌った歌から成っているのです。つまり、スサノヲがヤマタノヲロチを退治したことは、出雲国（そこは葦原中国を代表する国）をよい国へとかえていったことになります。長野氏はヤマタノヲロチ退治を「国作りの下準備」ととらえています。これも魅力的な見解です。本神話が少しわかってきました。「国作り」とあわせ、もう少し本神話を考えてみましょう。その前に、四時間目最後の（14）をみておきます。

(14) スサノヲ系譜

故《かれ》、（スサノヲは）其《そ》の櫛名田比売《くしなだひめ》以《もち》て、くみど（＊一）に起《おこ》して（＊二）、生《う》める神の名は、**八島士奴美神《やしまじぬみのかみ》**と謂《い》ふ。又《また》、大山津見《おほやまつみ》神の女《むすめ》、名は神大市比売《かむおほいちひめ》を娶《めと》りて、生みし子は、**大年《おほとし》神**。次に、宇迦之御魂《うかのみたま》神〈二柱《ふたはしら》〉。兄《え》八島士奴美神、大山津見神の女《むすめ》、名は木花知流比売《このはなちるひめ》を娶りて、生みし子は、布波能母遅久奴須奴《ふはのもちくぬすぬ》神。此《こ》の神、淤迦美《おかみ》神の女《むすめ》、名は日河比売《ひかはひめ》を娶りて、生みし子は、深淵之水夜礼花《ふかふちのみづやれはな》神。此の神、天之都度閇知泥《あめのつどへちね》神を娶りて、生みし子は、淤美豆奴《おみづぬ》神。此の神、布怒豆怒《ふのづの》神の女《むすめ》、名は布帝耳《ふてみみ》神を娶りて、生みし子は、天之冬衣《あめのふゆきぬ》神。此の神、刺国大《さしくにおほ》神の女《むすめ》、名は**刺国若比売《さしくにわかひめ》**を娶りて、生みし子は、**大国主《おほくにぬし》神**。**亦《また》の名は、大穴牟遅《おほあなむぢ》神と謂ひ、亦の名は、葦原色許男《あしはらしこを》神と謂ひ、亦の名は、八千矛《やちほこ》神と謂ひ、亦の名は、宇都志国玉《うつしくにたま》神**と謂ひ、并《あは》せて五つの名有《あ》り。

（＊一）寝床
（＊二）セックスして

「スサノヲ神統譜《しんとうふ》」とも呼ばれています。たくさん神々が出てきました。けれど、**ゴチック体**にしたのは四神だけです（しかも、ヤシマジヌミ・オホトシも活動しない神。後述）。はやい話が、スサノヲとクシナダヒメの六世の孫がオホクニヌシだということです。次の物語（五時間目）の主人公の誕生です。（14）には物語が全然なくて、系譜記事だけです。読んでいて退屈しますよね、全く。まあ、退屈させるために書かれたかどうかはさておき、なぜこのようなかわった形態のものがあるのかを考えてみる必要はあります。「舞台の暗転」と述べたのは菅野雅雄氏です。（二八）私も（14）をもって四時間目をおえるのは、次から舞台も登場人物も一新するからです。芝居でいうと、場内が暗くなってナレーションが流れ、その間に次の舞台を設置するのでしょう。面白い説です。

それとは別に、私は次のことを考えています。あと二回、同じような系譜だけの条があります。「オホクニヌシ系譜」「オホトシ系譜」と呼ばれています。（14）の一つ目の**ゴチック体**の神ヤシマジヌミは前者の系譜に、二つ目のオホトシは後者の系譜に出てきます（物語のない系譜記事なので二神の活動はありません）。三つの系譜は関係を有するようになっています。また、三つとも天《あま》つ神《かみ》の系譜ではありません。天つ神の系譜は、物語を伴って子孫のことが記されています。すなわち、天つ神の系譜と差をもたせるために、三つの系譜は系譜記事だけなのだと私は考えています。

スサノヲやその子孫を「国《くに》つ神《かみ》側」と今後呼びます（「国つ神」も含みます）。スサノヲはアマテラスの弟なのに、「天つ神」と記されていません。そして、この（14）で明らかなように、出雲国を中心とした国つ神側の始《し》祖《そ》の位置にあるのがこのスサノヲなのです（すでにスサノヲは、出雲国で活躍していました。なお、オホクニヌシは国つ神です）。天つ神と国つ神側は対立するのではなく、天つ神に協力してゆくのが国つ神側です（天つ神に協力する国つ神側をさらに助ける神――間接的に天つ神に協力する神――を含みます。アシナヅチ一家がそうでした）。五時間目は、そのオホクニヌシの協力が中心となります。もちろん、国作りすることがオホクニヌシの協力の内容です。

ここで、ヤマタノヲロチ神話をまとめておきましょう。スサノヲがヲロチを退治することによって獲得したものは二つありました。一つは草なぎの大刀《たち》で、これについては既述しました。もう一つがクシナダヒメです。そして、(14)に示されたように、こちらは国作りし国譲りするオホクニヌシの誕生につながってゆきます。つまり、天孫降臨するニニギが持つことになる草なぎの大刀と、ニニギが降臨して統治する国を作った神とは、スサノヲのヲロチ退治によってもたらされたものなのです。国作り・国譲り・天孫降臨は、やがて日本と呼ばれる国を皇祖神が統治してゆく一連の神話なのです。古事記神話の主題です。スサノヲのヲロチ退治は、その大事な主題へ結びついてゆく神話なのです。

ただ単に怪物を退治しただけではないことは、次のことからもいえます。先に、長野一雄氏の「国作りの下準備」という説を紹介しました。「下準備」とは、ヤマタノヲロチ退治がオホクニヌシ誕生につながるので、というだけではありません。出雲国の怪物を取り除いて豊かな国にして、さらにそこをオホクニヌシが国作りしてゆくからです。スサノヲは、オホクニヌシが国作りしやすくしたのだといってもよいでしょう。農耕儀礼・産鉄集団の争いという従来の説は、古事記上巻の中からこの退治部分（四時間目(11)(12)）だけを切り取っての議論のように思われます。そうではなくて、古事記神話全体をいつも視野に入れての部分の読みが大事だと私は思っています。[二九]

オホクニヌシについてもう少し解説します。なぜスサノヲの六世の孫なのでしょうか。日本書紀（神代《かみよ》第八段正文《せいぶん》）は、二神を親子と記しています。「その方が、(14)が短くなってすっきりするのに」と思う人もいるでしょう。菅野雅雄氏は、六世の孫を次のように説明します。[三〇]継嗣令《けいしりょう》という当時（古事記成立ころ）の法律によると、「親王《しんのう》（天皇の兄弟や皇子）より五世は天皇の親族ではない」とあります。仮にアマテラスを天皇にあてると、弟は親王となるので、六世の孫オホクニヌシは皇族ではないことになります。だからオホクニヌシは、「王権（皇権）とは全く縁を絶たれた仮構の王者」となると菅野氏は考察しました。卓見といえましょう。そのため、オホクニヌシは国を作っても自分のものにはできないのです。これは、はじめから与えられている条件なのです。

もう一点、オホクニヌシに「亦《また》の名」が四つもあることについて。(14) おわりの**ゴチック体**部分が長くなったのはそのためです。これも、「多くの伝承(それぞれの神の物語)を一つにまとめた結果こうなったのだ」と、古事記以前の原《げん》神話から考えるのが主流です。けれども、一つにまとめるならば、神名も一つにしてしまわないでしょうか。その方が、多くの伝承を切り貼りした手術の傷跡も消えます。『新全集　古事記』の、「多様な神名はこの神のさまざまな側面を表すもの」という考え方がよいと思われます。「さまざまな側面」についても、五時間目で。

五時間目　スサノヲとオホクニヌシ

（1）イナバノシロウサギ（その一）

故《かれ》、此《こ》の大国主神《おほくにぬしのかみ》の兄弟《はらから》は、**八十神**《やそかみ》(＊一)坐《いま》しき。然《しか》れども、皆《みな》、国をば大国主神に避《さ》りき。(＊二)避りし所以《ゆゑ》(＊三)は、其《そ》の八十神、各《おのおの》稲羽《いなば》(＊四)の**八上比売**《やかみひめ》に婚《あ》はむ(＊五)と欲《おも》ふ心《こころ》有《あ》りて、共《とも》に稲羽に行きし時に、大穴牟遅《おほあなむち》神(＊六)に袋を負《おほ》せて、従者《ともびと》と為《し》て、率《ゐ》て往《ゆ》きき。(＊七)是《ここ》に、気多《けた》の前《さき》(＊八)に到《いた》りし時に、裸の**菟**《あかはだうさぎ》(＊九)、伏《ふ》せりき。爾《しか》くして、八十神、其の菟に謂《い》ひて云《い》ひしく、「汝《なむち》が為《せ》まくは、(＊一〇)此の海塩《うしほ》を浴《あ》み、風の吹くに当《あた》りて、高《たか》き山の尾上《をのへ》(＊一一)に伏《ふ》せれ」といひき。故《かれ》、其の菟、八十神の教《をしへ》に従《したが》ひて、伏せりき。爾《しか》くして、其の塩《しほ》の乾《かわ》く随《まにま》に、其の身の皮、悉《ことごと》く風に吹き析《さ》かえき。(＊一二)

(＊一)たくさんの神々(以下の登場では固有名詞のように描写)
(＊二)譲ることになった
(＊三)譲ったその理由とは(「所以は」の主語に対する述語が存在せず、この一文は現代語にできない。なお、解説参照)
(＊四)出雲国の東隣
(＊五)結婚しよう
(＊六)オホクニヌシの前の名
(＊七)連れて行った
(＊八)鳥取市白兎《はくと》海岸の気多岬《けたみさき》
(＊九)毛皮をすっかり剝《は》がされたウサギが
(＊一〇)治療としてすべきことは
(＊一一)風あたりのよい山頂
(＊一二)乾いてヒビが入ってしまった

五時間目は、イナバノシロウサギ神話からはじまります。本神話についてはオリエンテーションの冒頭に述べた通りで、なぜ古事記のこの条にこんな動物説話があるのかを考えるべきなのです。追い追い話してゆきます。まず、いきなりオホクニヌシにはたくさんの兄弟がいたことが記されています。四時間目（14）の「スサノヲ系譜」によるとひとりっ子なのです。ということは、八十神《やそかみ》はオホクニヌシの異母兄弟だろうと想像できます（五時間目（6）でそのことは明らかになります）。「ところが、八十神は全員、葦原中国《あしはらのなかつくに》をオホクニヌシに譲ることになった。譲ったその理由とは……」と続きます。この理由がとても長くて、五時間目（6）まであります。そのため、「避《さ》りし所以《ゆゑ》は」という主語と、述語「率《ゐ》て往《ゆ》きき」は一致しません。現代語ではねじれの文というものになってしまいます。でも、これは古事記によく出てくることなので、当時はねじれとは考えられていなかったようです。もうお気づきと思いますけれど、これは「結論を先に述べる型」ですね。

オホクニヌシの名前がすぐオホアナムヂにかわったのは、譲った理由を説明するために回想シーンになったからです。そのため、オホクニヌシの以前の名前が使われるのです。「スサノヲ系譜」にて、「本名オホクニヌシ、亦《また》の名がオホアナムヂ」となっていました。オホアナムヂがオホクニヌシの前の名であることも五時間目（6）でわかります。以後、（6）まで基本的にオホアナムヂの名で物語は進みます。

本文の真中あたりに「従者《ともびと》」とあります。従者《じゅうしゃ》つまり家来のこと。「袋」の中は八十神の荷物なのでしょう。荷物持ちのオホアナムヂは、八十神よりも身分の低い者として登場します。この上下関係はしばらく続きます。スサノヲのように、誕生した時からすさまじいエネルギーを発揮する神ではありません。

「裸のウサギ」が出てきます。我々の知っているシロウサギではありません。毛皮を剝がされているのだから、まだ白いかどうかさえもわからない仕組みになっているのです。そのウサギに告げた八十神の教えを振り返っておきましょう。「海水を浴びて、風にあたって寝ていろ」というのです。カチカチ山のお話で、火傷《やけど》したタヌキにウサギが薬と偽《いつわ》ってカラシをぬる場面がありますよね。あれを連想するからでしょうか。八十神はウサギをいじめたのだとみなされることが多いようです。しかし、海水で洗うことも風で傷口を乾かすことも治療の一種です。いじめではありません。問題は、その治療方法が正しかったかどうかなのです。

次にオホアナムヂの教える治療方法がありますから、比べてみてください。

(2) イナバノシロウサギ(その二)

故《かれ》、(ウサギは)痛み苦《くる》しび泣き伏《ふ》せれば、最《もと》も後《のち》に来《こ》し大穴牟遅神《おほあなむちのかみ》、其《そ》の菟《うさぎ》を見て言《い》ひしく、「何《なに》の由《ゆゑ》にか汝《なむち》が泣き伏せる」といひき。菟が答《こた》へて言ひしく、「僕《やつかれ》、淤岐島《おきのしま》(＊一)に在《あ》りて、此地《ここ》(＊二)に度《わた》らむと欲《おも》ひしかども、度らむ因無《よしな》かりき(＊三)。故《かれ》、海のわに(＊四)を欺《あざむ》きて言ひしく、『吾《あれ》と汝と、競《くら》べて(＊五)、族《うがら》の多《おほ》さ少《すく》なさ(＊六)を計《はか》らむ(＊七)と欲《おも》ふ。故、汝は、其の族の在《あ》りの随《まにま》(＊八)に、悉《ことごと》く率《ゐ》て来《き》て(＊九)、此《こ》の島より気多《けた》の前《さき》に至るまで、皆列《な》み伏《ふ》し度《わた》れ(＊一〇)。爾《しか》くして、吾《あれ》、其の上を蹈《ふ》み、走りつつ読み度《わた》らむ(＊一一)。是《ここ》に、吾《あ》が族《うがら》と孰《いづ》れか多きを知らむ』といひき。如此《かく》言《い》ひしかば、(ワニは)欺《あざむ》かえて(＊一二)列《な》み伏す時に、吾、其の上を蹈《ふ》み、読み度《わた》り来て、今地《つち》に下《お》りむ(＊一三)とする時に、吾が云《い》はく、『汝《なむち》は、我《あれ》に欺《あざむ》かえぬ(＊一四)』と言ひ竟《をは》るに、即《すなは》ち(＊一五)最《もと》も端《はし》に伏せりしわに、我を捕《とら》へて、悉く我《あ》が衣服《ころも》(＊一六)を剥《は》ぎき。此《これ》に因《よ》りて泣き患《うれ》へしかば、先《ま》づ行きし八十神《やそかみ》の命以《みこともち》(＊一七)て、誨《をし》へて告《の》らししく、『海塩《うしほ》を浴《あ》み、風に当《あた》りて伏せれ』とのらしき。故《かれ》、教《をしへ》の如《ごと》く為《せ》しかば、我《あ》が身《み》、悉く傷《やぶ》れぬ」

(＊一)沖の島(島根県隠岐島《おきのしま》ともいわれているが未詳)
(＊二)気多岬《けたみさき》
(＊三)手段がありませんでした
(＊四)海に住む霊獣(ほかに、鰐《わに》説・鮫《さめ》説など。ワニはほかの神話にも多く登場し、その描写からすると鰐とも鮫とも決めかねる。神話上〈想像上〉の動物とすべきか。原文「和邇《わに》」は「遠呂知《をろち》」と同じ音仮名)
(＊五)比較して
(＊六)ウサギ族とワニ族、どちらの数多いか少ないか
(＊七)数えよう
(＊八)ワニ族の全員を
(＊九)連れてきて
(＊一〇)並んで伏して列をなしてくれ
(＊一一)数を数えて渡ろう
(＊一二)だまされて
(＊一三)降《お》りよう
(＊一四)だまされたんだ
(＊一五)いいおわるやいなや
(＊一六)毛皮
(＊一七)ご指示で

といひき。是《ここ》に、大穴牟遅神、其の菟に教へて告《の》らししく、「今急《すむ》やけく（＊一八）此の水門《みなと》（＊一九）に往《ゆ》き、水（＊二〇）を以《もち》て汝《なむち》が身を洗《あら》ひて、即ち其の水門の蒲黄《かまのはな》（＊二一）を取り、敷《し》き散《ちら》して其の上に輾転《こいまろ》ばば（＊二二）、汝が身、本《もと》の膚《はだ》の如く必ず差《い》えむ（＊二三）」とのらしき。故、教の如く為《せ》しに、其の身、本の如し。此《これ》、稲羽《いなば》の素菟《しろうさぎ》ぞ。今には菟神《うさぎがみ》と謂《い》ふ。故、其の菟、大穴牟遅神に白《まを》ししく、「此の八十神は、必ず八上比売《やかみひめ》を得《え》じ（＊二四）。袋を負《お》へども（＊二五）、汝《な》が命《みこと》、（ヤカミヒメを）獲《え》む」とまをしき。

（＊一八）急いで
（＊一九）河口
（＊二〇）真水
（＊二一）蒲《がま》の穂《ほ》
（＊二二）体を転《ころ》がせると
（＊二三）なおるでしょう
（＊二四）娶《めと》ることはできないでしょう
（＊二五）荷物持ちの従者とはいえ

ウサギが泣いていると、「なぜ泣いているのか？」とオホアナムヂがやってきます。これは既述のパターンです（四時間目(11)）。そこでウサギは、その理由を長々と説明しています。回想シーンの中の回想という形です。内容はご存じの通りでしょう。ところで、これとよく似た話が外国にもたくさんあることは知っていますか？東南アジアからニュージーランドあたりにまで広く分布しています。鼠鹿《ねずみじか》（マウスディア）対鰐《わに》、猿対鰐、ウサギ対ライオンなど、登場する動物は様々なれど、小動物が強くて大きい動物を知恵によってだまし、向こう岸へ渡る内容になっています。比較神話学の授業ならば、どのように変化しながら、どんなルートで日本へ伝播したかを考えるところです。けれども、本授業にとって肝心なことは一つ。日本のイナバノシロウサギ神話だけが、最後のところで相手につかまってだまし通せなかったということです。外国のほかの話では全て成功しているのに。この点について守屋《もりや》俊彦《としひこ》氏は、最後にウサギが失敗するのはオホアナムヂのすぐれた治療能力を導くためと考察しています。[一]

その治療方法をみてみましょう。真水で洗って、蒲《がま》の穂《ほ》を使うのです。蒲の穂は、江戸時代の百科事典である『和漢三才図会《わかんさんさいずえ》』にも止血剤になるとのっています。それがウサギの毛皮になるのだから、呪術でもあります。イザナキの投げた竹の櫛がタケノコに変化したこと（三時間目（11））を想起します。よく似たものになるのです。こうしてみると、八十神の教えと比べオホアナムヂの教えの方がすぐれていたことがよくわかります。

治療と呪術に加えて、ここはウサギの死と再生の内容でもあります。蒲の穂の上に「輾転《こいまろ》ぶ」とあります。横になってゴロゴロと転がることです。ただしこの表現は、死者の行為（あるいは死者に対する行為）に使われるのが普通です。死者本人が動作を伴って泣くこと（あるいは死者に代わって遺族が泣くこと）については、三時間目（8）（イザナミの死）で述べました。イザナキの場合は「匍匐《はらば》ふ」でした。それに近い動作です。ウサギは死者ではありませんが死に近い状況です。そんな中でコイマロブ所作をしているのです。蘇生のためと考えられます。(二) オホアナムヂの物語は、この後もずっと（五時間目（6）まで）、治療と呪術そして死と再生が繰り返されます。

「再生」したウサギこそが「稲羽の素莵《しろうさぎ》」です。「稲羽」は地名、「素」は白のこと。古事記では、白を表わすのに「白」の字を使うのが一般です。「素」は繊維の白さを意味することが多く、ウサギの毛皮を人間の衣服にみたてたからだといわれています。(三) そういえば、ウサギは「裸」の状態で登場し（五時間目（1））、ワニに「衣服」を剝がされたと記されています。それとあわせての「素」なのでしょう。一種の擬人法です。「今、ウサギ神といわれているのはこのウサギのことだ」というのは起源譚《たん》の型です。この結びの言葉からすると、古事記成立当時、広く知られていた神のようです。起源譚の中で、ウサギが神となってゆく様を語るために擬人法を用いたのでしょう。

最後のウサギの言葉は、予言です。(四) オホアナムヂへの恩返しではありません。報恩譚《ほうおんたん》は仏教説話集からですので、古事記よりももう一〇〇年ほど後の時代のことになります。ところで、ウサギはなぜヤカミヒメのことを知っていたのでしょうか。次の（3）でみるように、ヤカミヒメもなぜ「オホアナムヂと結婚します」としゃべったのでしょうか。まだ一度もあっていないのだから、考えてみると妙です。これらは、ウサギの神格に求めるべきでしょう。だから、ウサギの言葉は予言なのです。（3）ですぐ実現します。ヤカミヒメも、ウサギの言葉が言霊《ことだま》（四時間目（7））となってヒメを動かしたのだと浅見徹《あさみとおる》氏は述べています。(五) つまり、イナバノシロウサギ神話は、オホアナムヂがウサギを助けた話であると同時に、ウサギがオホアナムヂを助ける内容でもあるのです。

(3) 八十神《やそかみ》の迫害

是《ここ》に、八上比売《やかみひめ》、八十神《やそかみ》に答《こた》へて言《い》ひしく、「吾《あれ》は、汝等《いましたち》(＊一)の言《こと》を聞《き》かじ(＊二)。大穴牟遅神《おほあなむぢのかみ》に嫁《あ》はむ(＊三)」といひき。故爾《かれしか》くして、八十神、忿《いか》りて大穴牟遅神を殺《ころ》さむ(＊四)と欲《おも》ひ、共《とも》に議《はか》りて(＊五)、伯岐国《ははきのくに》の手間《てま》の山本《やまもと》(＊六)に至《いた》りて云《い》はく、「赤《あか》き猪《ゐ》、此《こ》の山に在《あ》り。故《かれ》、われ(＊七)、共に追《お》ひ下《くだ》らば(＊八)、汝《なむち》、待《ま》ち取《と》れ。若《も》し待ち取らずは、必ず汝を殺さむ」と、云ひて、火を以《もち》て猪に似《に》たる大《おほ》き石《いし》を焼《や》きて、転《まろ》ばし落《おと》しき。爾《しか》くして、追《お》ひ下《くだ》す（赤い猪《いのしし》(六)）を（オホアナムヂが）取る時に、即《すなは》ち其《そ》の石《いし》に焼《や》き著《つ》けらえて死《し》にき。爾くして、其の御祖《みおや》の命《みこと》(＊九)、哭《な》き患《うれ》へて(＊一〇)、天《あめ》(＊一一)に

(＊一)八十神
(＊二)ききません
(＊三)結婚します
(＊四)殺そう
(＊五)相談して
(＊六)鳥取県会見町《あいみ》天万《てんまん》あたり
(＊七)我々が
(＊八)猪《いのしし》を追いおろすので
(＊九)母神(四時間目(14)スサノヲ系譜によると、サシクニワカヒメのこと)
(＊一〇)泣き悲しんで
(＊一一)高天原

参《ま》ゐ上《のぼ》り神産巣日之命《かむむすひのみこと》に請《まを》しし(＊一二)時に、(カムムスヒは)乃《すなは》ち**𧏛貝比売**《きさかひひめ》と**蛤貝比売**《うむかひひめ》(＊一三)とを遣《つかは》して、作り活《い》けしめき(＊一四)。爾くして、𧏛貝比売きさげ集めて(＊一五)、蛤貝比売待《ま》ち承《う》けて、母《はは》の乳汁《ち》(＊一六)を塗《ぬ》りしかば、麗《うるは》しき壮夫《をとこ》と成《な》りて、出《い》で遊び行《ゆ》きき。

是《ここ》に、八十神見て、且《また》、欺《あざむ》きて山に率《ゐ》て入《い》りて、大《おほ》き樹《き》を切り伏《ふ》せ、矢を茹《は》めて(＊一七)其の木に打ち立て、其の中(＊一八)に入《い》らしめて(＊一九)、即ち其の氷《ひ》目矢《めや》(＊二〇)を打ち離《はな》ちて(＊二一)、拷《う》ち殺しき。爾くして、亦《また》、其の御祖の命、哭《な》きつつ求めしかば、見ること得て、即ち其の木を折《さ》きて取り出《い》だして活《い》け(＊二二)、其の子に告げて言《い》はく、「汝《なむち》(＊二三)は、此間《ここ》に有《あ》らば、遂《つひ》に八十神の滅《ほろぼ》す所《ところ》と為《な》らむ」といひて、乃《すなは》ち木国《きのくに》(＊二四)の大屋毘古《おほやびこ》(＊二五)神の御所《みもと》に違《たが》へ遣《や》りき(＊二六)。爾くして、八十神覓《もと》め追《お》ひ臻《いた》りて(＊二七)、矢刺《やさ》して乞《こ》ふ(＊二八)時に、(オホヤビコはオホアナムヂを)木の俣《また》より漏《く》け逃《にが》して(＊二九)云《い》ひしく、「須佐能男《すさのを》命の坐《いま》せる根《ね》の堅州国《かたすくに》(1)に参《ま》ゐ向《むか》ふべし(＊三〇)。必ず其の大神《おほかみ》(＊三一)、議《はか》らむ(＊三二)」といひき。

(＊一二)お願い申し上げた
(＊一三)赤貝と蛤《はまぐり》の女神
(＊一四)蘇生させた
(＊一五)石にへばりついた死体を剝いで集めて
(＊一六)母乳
(＊一七)楔《くさび》を打ち込んで
(＊一八)木の割れ目
(＊一九)オホアナムヂを入らせて
(＊二〇)楔
(＊二一)打ってはずして
(＊二二)蘇生させ
(＊二三)オホアナムヂ
(＊二四)紀伊国《き》(このあたりは「木」の連想)
(＊二五)三時間目(5)神生みの条で誕生(「木」と「屋根」の連想)
(＊二六)八十神にみつからないように遣わした
(＊二七)逃げたオホアナムヂを求めて追いついて
(＊二八)オホアナムヂの身柄を渡せと要求する
(＊二九)くぐり抜け逃がして
(＊三〇)参るがよい
(＊三一)スサノヲが
(＊三二)うまくとりなしてくれるでしょう

八十神はヤカミヒメにプロポーズを断られただけではなく、ヤカミヒメの選んだ相手がよりによって荷物持ちのオホアナムヂだったから、カッとなってしまったのでしょう。オホアナムヂを殺そうと話がまとまりました。八十神が与えた迫害は、すでに五時間目(1)にもありましたから、それを含めてまとめると、

①八十神の荷物を一人で持たせる。
②焼いた石で焼死させる。
③大木で圧死させる。
④矢を向け、身柄《みがら》を要求する。

となります。③がわかりにくいので、説明しましょう。大木を切って横にし、そこへ楔《くさび》を打ち込んで途中まで木を裂きます。その割れ目に、オホアナムヂをだまして通過させるその時、楔をはずして圧死させるというものです。ということは、オホアナムヂの体はとても小さかったことになります。

オホクニヌシは後世の七福神の大黒様《だいこくさま》と習合しますから、(2)何となく福々しい姿を我々は想像しがちです。けれども、ちがうのです。体が小さいから、①も受難になるのでしょう。②も焼けた石にへばりついた死体を、赤貝の神格化キサカヒヒメが剝《は》いで集めるのです。赤貝の殻を使うのでしょうから、死体の量も少ないことになります。「木の俣」を通って根の堅州国へ行くのも、次の(4)でネズミの穴に落ちるのも、やはり体が小さいことの表われです。これは、体が小さいだけではなく、身分も低く力も(権力も腕力も)弱いことを表わした神話的表現だと思われます。(七)

もう一つ注意したいのは、オホアナムヂは自分で困難を解決していないということです。もちろん、殺されてしまっては自分でなす術《すべ》はないのでしょう。それにしても、続く(4)(5)でも援助を受けてばかりです。それ

(1)**山田**「スサノヲは、四時間目(13)の須賀《すが》の宮から、当初の目的地であった妣《はは》の国の根の堅州国へ行っていたことがここでわかります」

(2)**学生**「別人なんですか？　オホクニヌシは大黒さんのことだと思っていました」
山田「ともに袋を背負っていること、大国主神の『大国』がダイコクと音読みできることなどから、二神は同一神とみなされるようになりました。室町時代ごろのことのようです」

は後に考えるとして、①〜④を振り返っておきましょう。①は、ウサギの予言が間接的に援助となっています。「袋を持つ従者（荷物持ち）とはいえ、あなた（オホアナムヂ）様こそヤカミヒメを娶《めと》ることができるでしょう」という予言は、五時間目（１）の「八十神は、オホアナムヂに袋を持たせて従者として連れて行った」という表現と呼応する発言です。ヤカミヒメと結婚する時（五時間目（６））、荷物持ちの役目はおわります。②③を助けたのは、オホアナムヂの母神です。とくに、②ではカムムスヒに蘇生をお願いしています。カムムスヒがスサノヲ・オホアナムヂ（オホクニヌシ）に手を貸すことは、四時間目（10）で述べました。カムムスヒはもう一回、オホクニヌシに手を貸します（五時間目（10））。④のオホヤビコの登場は唐突のようにもみえます。大屋毘古《おほやびこ》の「屋（屋根）」に注目して、『屋』は『木』で作るものという連想によるか」とは、『新全集　古事記』の頭注です。木の国の神だから、「木の俣《また》」がどこに通じているのかも知っていたのでしょう。

根の堅州国についても簡単に触れておきましょう。私は別稿で、古事記の文脈や「根」「堅」「州」の使われ方などから、根の堅州国とは「木の根の張っている堅固で立派な土地」のことだと述べました。[八] 根の堅州国も木と関係が深い国なのです。おそらく、木の国の神オホヤビコは根の堅州国にも精通していたのでしょう。また、この根の堅州国には「妣《はは》の国の」が冠せられていません。「妣」が「亡き母」の意味であることは、このことからもたしかめられます。オホヤビコにとってイザナミは亡き母ではないから、[3]「妣の国の」をつけないのです。逆にいうと、スサノヲが話す時だけ「妣の国の根の堅州国」というのだし（四時間目（２））、「妣の国」と省略することもあるのです（四時間目（３））。

妣の国は黄泉国のことであり、そこは蘇生儀礼が行なわれる場であると三時間目（11）で述べました。すると、根の堅州国では一体どんな蘇生儀礼が行なわれるというのでしょうか。次の根の堅州国神話へゆきましょう。

(4) 根《ね》の堅州国《かたすくに》(その一)

故《かれ》、詔命《みことのり》の随《まにま》(*一)に、須佐之男命《すさのをのみこと》の御所《みもと》(*二)に参《ま》ゐ到《いた》りしかば、其《そ》の女《むすめ》(*三)**須勢理毘売**《すせりびめ》出《い》で見て、目合《めくはせ》為《し》て、相婚《あひあ》ひき。(*四)(家に)還《かへ》り入《い》りて、其の父に白《まを》して言《い》ひしく、「甚麗《いとうるは》しき神、来《き》たり」といひき。爾《しか》くして、其の大神《おほかみ》(*五)、出《い》で(オホアナムヂを)見て告《の》らししく、「此《これ》は、葦原《あしはら》色許《しこ》男《を》(*六)命と謂《い》ふぞ」とのらして、即《すなは》ち喚《め》し入れて、其の蛇《へみ》の室《むろ》(*七)に寝《い》ねしめき。(*八)是《ここ》に、其の妻《め》須勢理毘売命、蛇《へみ》のひれ(*九)を以《もち》て其の夫《を》に授《さづ》けて云《い》ひしく、「其の蛇咋《く》はむとせば、(*一〇)此《こ》のひれを以て三《み》たび挙《ふ》りて(*一一)打ち撥《はら》へ」といひき。故《かれ》、教《をしへ》の如《ごと》くせしかば、蛇、自《おのづか》ら静《しづ》まりき。故、平《たひ》らけく寝《い》ねて出《い》でき。(*一二)亦《また》、来《こ》し日の夜《よ》(*一三)は、呉公《むかで》と蜂《はち》との室《むろ》(*一四)に入《い》れき。亦、呉公と蜂とのひれを授けて教《をし》ふること、先《さき》の如《ごと》し。故、平《たひ》らけく出《い》でき。亦、(スサノヲは)鳴鏑《かぶら》(*一五)を大《おほ》き野《の》の中に射入《いい》れて、其の矢を(オホアナムヂに)採《と》らしめき。故、其の野に(オ

(*一)オホアナムヂはオホヤビコの命令に従って
(*二)根の堅州国
(*三)スサノヲの娘
(*四)互いにみつめあって、気に入って結婚した
(*五)スサノヲは
(*六)葦原中国の勇猛な男となるべき神(四時間目14)によると、オホクニヌシの「亦《また》の名」)
(*七)蛇が住む部屋
(*八)寝かせた
(*九)蛇を静かにさせる呪力を持つ布
(*一〇)かみつこうとしたら
(*一一)振って
(*一二)無事に寝て、翌朝部屋から出てきた
(*一三)次の日の夜
(*一四)ムカデと蜂が住む部屋
(*一五)射ると音の出る蕪《かぶら》の形の矢(図4)

図4. 鳴鏑

(3) **山田**『根の堅州国に参《ま》ゐ向《むか》ふべし』の発話者は、通説に従いオホヤビコとしました。カムムスヒ・御祖《みおや》の命《みこと》とする説もあるのですが、三者いずれにせよ、イザナミを母としているわけではありません」

ホアナムヂが）入《い》りし時に、即ち（スサノヲは）火を以《もち》て其の野を廻《めぐ》り焼《や》きき。是《こ》に、（オホアナムヂは）出《い》でむ所を知らず（＊一六）ありし間《あひだ》に、鼠《ねずみ》、来《き》て云《い》ひしく、「内《うち》はほらほら、外《と》はすぶすぶ」（＊一七）と、如此《かく》言《い》ひき。故、（オホアナムヂは）其処《そこ》を蹈《ふ》みしかば、落ちて隠《かく》り入《い》りし（＊一八）間に、火は（オホアナムヂの頭上を）燃え過《す》ぎにき。爾くして、其の鼠、其の鳴鏑を咋《く》ひ持《も》ちて出《い》で来て、（オホアナムヂに）奉《まつ》りき。（ところが）其の矢の羽《は》は、其の鼠の子等《こら》、皆喫《みなく》へり。（＊一九）

（＊一六）逃げ出す所がわからず
（＊一七）内側は空洞で、出入口は狭い
（＊一八）ネズミの穴に落ちてこもっていた
（＊一九）かじってしまった

まず、結婚のことから話しましょう。スサノヲとクシナダヒメの結婚（四時間目（12））と同じで、偉業を成す前に結婚しています。ヒメの力《ちから》という援助も同じです。なお、現代ですと一人前になってから結婚する（あるいは結婚することが一人前の証《あか》し）と考えられています。ところが古事記神話ではそうではありません。あくまで偉業を成す前なのです。オホアナムヂは結婚後もネズミの穴に落ちるほど体は小さく、まだ肉体的にも一人前とはいえません。ヒメの力を得て、これから一人前になってゆくのです。このことからも、古事記神話では〈偉業達成→一人前→結婚〉ではないことがわかります。

それにしても、スサノヲの娘と結婚するとはどういうことでしょう。オホアナムヂはスサノヲの六世の孫です。世代があいません。神の世代のことだから、不自然だとはみなさなかったのでしょうか。あるいは、それを承知のうえでもあえて結婚させなければならない何らかの事情があったのでしょうか。不自然ならば、日本書紀（神《かみ》代《よ》第八段正文《せいぶん》）のように、スサノヲとオホアナムヂを親子にしてもよかったのです（四時間目（14））。でもそうしなかった。親子関係にしなかったことにも何か事情がありそうです。

①オホアナムヂをスサノヲの六世の孫にし、王位継承の権利をなくす（四時間目（14）の菅野雅雄氏説）。

②スサノヲとオホアナムヂを義理の親子関係とし、スサノヲの力と意志をオホアナムヂが受け継ぐことを容易にする。

二神の関係を離れたものにするのが①で、近づけるのが②です。いわば、①と②は相反するのです。それを同時にかなえさせるためには、スサノヲの六世の孫とスサノヲの娘とを結婚させるしかなかったのでしょう。②を補説します。オホアナムヂは、スセリビメを介してスサノヲの力を継承したといえるのです。また結婚によって、スサノヲはオホアナムヂの義父になったのです。あわせて、アマテラスとも義理の伯母《おば》・甥《おい》という関係になるのです。受け継いだ力と意志については五時間目（6）以降で、アマテラス・スサノヲと姻戚関係になったことは、身内の中での国譲りをお話しする六時間目（3）で再述することになります。

スサノヲはオホアナムヂのことを「アシハラシコヲ」と呼んでいます。アシハラは葦原中国のこと、シコヲには「醜男《しこを》」の字があてられています。「醜《しこ》」に二つの意味があるので、シコヲも「醜《みにく》い男」「勇猛な男」という二つの説があります。娘が父に「とても麗しい神がきました」と紹介したのに対し、父が「そんなことはない。不細工な男だ」と反論したというのが前者になります。娘をとられた父親の、嫉妬もこもった発言だというのでしょうか。もう一例「アシハラシコヲ」と呼ばれる場面があり（五時間目（10））、それはスサノヲの言葉ではありませんから、ここも「醜い男」ではないと考えられます。「勇猛な男」に従うべきでしょう。大脇由紀子《おおわきゆきこ》氏は、今のオホアナムヂがこの先においてアシハラシコヲとなることをスサノヲが「看破した」のだと述べています。[九]「葦原中国の国作りをする勇ましい神となるだろう」という意味です。私は、イナバノシロウサギの予言と同じく、これもオホアナムヂの将来のことについてのスサノヲの予言だと考えています。ネズミの「内はほらほら、外《と》はすぶすぶ」も予言めいた言葉です。このようにオホアナムヂは何度も予言を受ける神なのです。付け加えておくと、予言は言葉が省略されていて難解なのに、オホアナムヂはそれを解する能力を有していたことも示しています。

予言は、言葉による援助です。オホアナムヂは、妻スセリビメにも援助を受けています。ヒレとはスカーフ状のもの。それを振ることで蛇やムカデ・蜂の害を避けるとは、どういう仕掛けなのでしょう。詳しくはわかりません。呪具《じゅぐ》としかいいようがありません。ネズミの援助は予言だけではありません。矢も取ってきてくれます。ただし、その矢の羽根の部分は子ネズミたちがかじってしまったとあります。これは、話のオチだといわれています。西宮一民氏は、ここで「聞き手は哄笑したに違いない。もちろん、矢の羽は鼠に齧《かじ》られることが多かったことも事実であったろう」と述べています(一〇)。面白い推測です。

ネズミは夜に活動します。ムカデと蜂の部屋には、「次の日の夜」に入れられたとあります。おそらく、スサノヲのオホアナムヂへの試練は、夜に行なわれたのでしょう。もう一つ試練が五時間目（5）にありますから、試練をまとめるのは次にしましょう。ところで、根の堅州国には夜があると書かれています。ということは、昼もあるのでしょう。暗黒の地下世界や他界ではないことは、ここからもいえるのです。

(5) 根の堅州国（その二）

是《ここ》に、其《そ》の妻須世理毘売《めすせりびめ》は、喪《も》の具《そなへ》(＊一)を持《も》ちて哭《な》き来《く》るに、其の父の大神《おほかみ》(＊二)は、已《すで》に死《し》に訖《をは》りぬと思《おも》ひて、其の野《の》に出《い》で立《た》ちき。爾《しか》くし

（＊一）葬式の道具
（＊二）スサノヲ

て、(オホアナムヂが)其の矢を持ちて(スサノヲに)奉《まつ》りし時に、(スサノヲはオホアナムヂを)家に率《ゐ》て入《い》りて、(＊三)八《や》田《た》間《ま》の大室《おほむろ》(＊四)に喚《め》し入《い》れて、其の頭《かしら》(＊五)の虱《しらみ》を取《と》らしめき。故爾《かれしか》くして、其の頭を(オホアナムヂが)見れば、呉公《むかで》、多《あま》た在《あ》り(＊六)。是《ここ》に、其の妻《め》、むくの木《こ》の実《み》と赤《あか》き土とを取りて、其の夫《を》に授《さづ》けき。故《かれ》、其の木の実を咋《く》ひ破《やぶ》り(＊七)赤き土を含《ふふ》み、唾《は》き出《いだ》ししかば(＊八)、其の大神、呉公《むかで》を咋ひ破り唾き出《いだ》すと以為《おも》ひて(＊九)、心に愛《うつく》(＊一〇)しと思《おも》ひて、寝《い》ねき。爾《しか》くして、(オホアナムヂは)其の神の(＊一一)髪《かみ》を握《と》り、其の室《むろ》に椽《たりき》(＊一二)ごとに結《ゆ》ひ著《つ》けて、五《い》百《ほ》引《びき》の石《いは》(＊一三)を其の室の戸に取り塞《ふさ》ぎ、其の妻《め》須世理毘売を負《お》ひて、即ち其の大神の生《いく》大《た》刀《ち》と生弓矢《いくゆみや》(＊一四)と、其の天《あめ》の沼琴《ぬこと》(＊一五)とを取り持ちて、逃げ出《い》でし時に、其の天の沼琴、樹《き》に払《ふ》れて、地《つち》、動《とよ》み鳴《な》りき(＊一六)。故《かれ》、其の寝《い》ねたる大神、聞き驚《おどろ》きて、其の室を引き仆《たふ》しき(＊一七)。然《しか》れども、椽《たりき》に結《ゆ》へる髪を解く間《あひだ》に、(オホアナムヂは)遠《とほ》く逃《に》げき。

(＊三)連れて入り
(＊四)スサノヲの大きな部屋
(＊五)スサノヲの
(＊六)たくさんいた
(＊七)かみくだき
(＊八)吐き出したので
(＊九)思って
(＊一〇)かわいい奴め
(＊一一)スサノヲ
(＊一二)屋根の垂木《たるき》
(＊一三)五〇〇人の力で動く大岩
(＊一四)霊力のある大刀と弓矢(「生」は接頭語)
(＊一五)玉で飾られた琴
(＊一六)地面が揺れるほど大きな音が出た
(＊一七)たおした

焼けつきた野をみてスサノヲとスセリビメは、オホアナムヂは焼死したと思ったのでしょう。ところがどっこい。生きていました。そこでスサノヲは、四度目の試練を課すのです。今度もかわった試練で、スサノヲの頭の虱《しらみ》を取らせるというもの。これだけならどうってことないのに、虱ではなくムカデがいたから大変。ムカデと蜂の部屋で寝かされるよりきびしいものです。今回はムカデに触れざるをえませんから。スセリビメの援助がまた面白い。ガリッという音と赤い唾《つばき》によってごまかそうという知恵です。スサノヲはそれを、「ムカデをかみくだいているのだ」と思って寝てしまいます。スサノヲも、自分の頭にはムカデがいるということを知っていたのでしょう。「シラミが実はムカデであることによって、スサノヲの巨大さがぬっと浮かび上ってくる」とは、西郷信綱氏の有名な注釈の一節です。(一一)「八田間《やたま》の大室《おほむろ》」、垂木《たるき》ごとに結びつけた髪などもあわせて、スサノヲの巨大さを表わしています。巨大なスサノヲにとって、ムカデは虱程度にすぎないのです。

さて、前の（4）の三つの試練とともにまとめると、

①蛇の部屋で寝かせる。
②ムカデと蜂の部屋で寝かせる。
③野に射た矢を取りに行かせ、火を放つ。
④頭の虱（実はムカデ）を取らせる。

となります。五時間目（3）の八十神が与えた迫害も四つありました。あわせて八つのオホアナムヂへの行為は、成年式《せいねんしき》(4)や難題婿《なんだいむこ》の反映だといわれています。ともに正しいとは思います。大人あるいは婿として認められるために色々な課題が与えられることは、つい最近まで日本でもありました。でも大事なのは、神話からかつての日本の習俗をさぐることではありません。逆です。素材がどう神話に生かされているかです。物語の展開上、この八つの行為は、オホアナムヂの成長のためであることにちがいありません。ただし古事記は、素材をそのまま使ってオホアナムヂを成長させたのではありません。工夫をこらしています。

注目してほしい工夫は三点あります。まずは、オホアナムヂは八つの行為を一つずつのりこえ、徐々に成長していったのではないこと。③（七つ目）でネズミの穴に落ちるくらいですから、体の小ささ・力の弱さはかわっていないのです。しかも、八つとも自分自身で解決しているわけではありません。根の堅州国における四つの試

練も、スセリビメとネズミに助けられています。試練がおわり、いよいよ根の堅州国から帰還する時、「五百引《いほびき》の石《いは》」を動かし、三つの呪具（大刀・弓矢・琴）と妻を背負って逃げるのです。オホアナムヂは、ここで急に力を発揮します。動きも俊敏になったようにみえます。次の（6）に「スサノヲの祝福の言葉」と呼ばれているものが決定打となって、オホアナムヂは一人前の神オホクニヌシになるのです（この言葉を九つ目の行為としてもよいのですけれども、「言葉」だけですので「行為」とはしません）。一人前になってから、国作りという偉業を成しはじめるのです（国作りは三段階になっていて、その第一段階が五時間目（6）で行なわれます）。もしオホアナムヂの成長度をグラフに表わせるならば、下記のAではなくBなのです。

二点目は、オホアナムヂの特徴の一つでもある死と再生を繰り返すこととかかわります。五時間目（3）①～④（八十神の迫害）において、二度殺され二度蘇生しています。（5）①～④（スサノヲの試練）においても、「寝る」「穴に落ちてこもる」というのは擬制的な死を意味しています。天

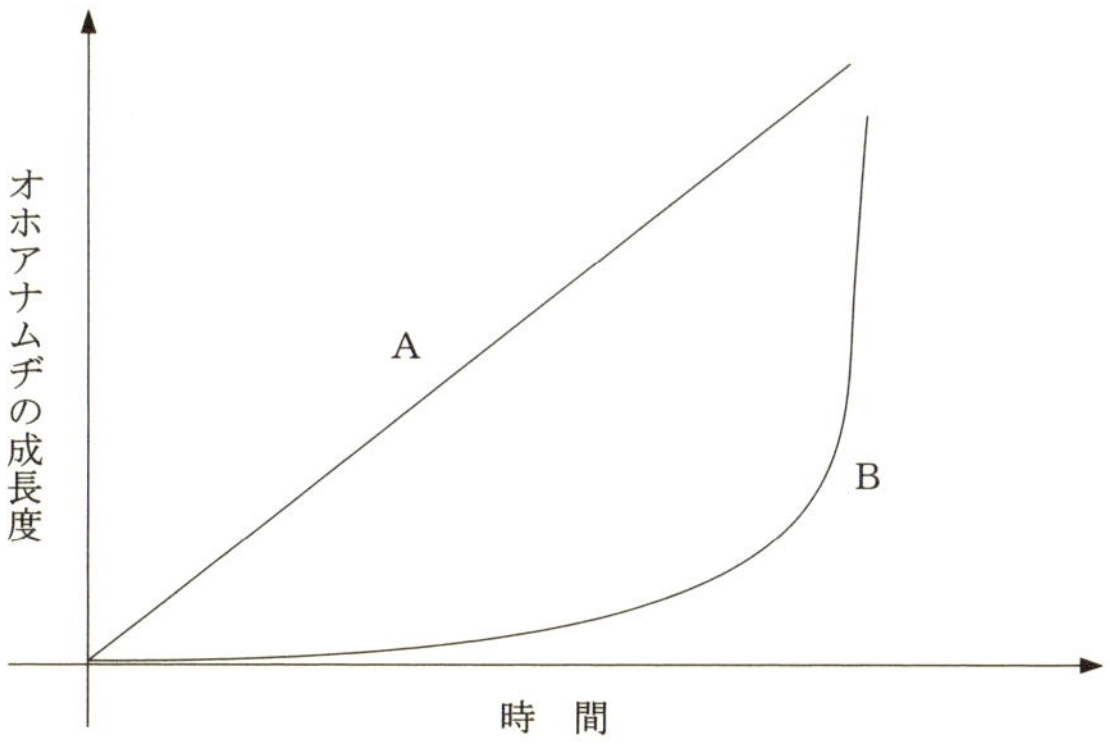

（4）**学生**「今の成人式みたいなものですか？」

山田「騒がしいだけのアレと一緒にされては困ります。該当する若者が共同生活をし、村の掟を教えられ、共同作業をこなし、一人前に認められてゆくのです。地方によっては、相当キツイ肉体労働もあれば、火で焼かれるという宗教的なものもあったようです。次の難題婿も、たとえば米俵一俵かつげるか、一日で何枚の田を植えられるかと試されたようです」

学生「それなら、今もあります。結婚指輪は給料の三箇月分だとか、両親との同居はダメだとか」

の石屋にこもったアマテラスの擬制的死についてはすでに述べました（四時間目（9））。「寝る」というのも普通ではない状態です。[5] しかも、「室《むろ》」という窓もない密閉された空間は、天の石屋と同じです。[6] イナバノシロウサギを蘇生させたのも、自身が死と再生を繰り返す神、あるいは蘇生する能力のある神だったからでしょう。この死と再生を繰り返すオホアナムヂを描くため、迫害・試練を与えたものと思われます。

三点目は、既述の結婚のことです。難題婿譚《なんだいむこたん》では、難題を解決した後に結婚が許されるのです。なのに、オホアナムヂの場合は反対になっています。はやくオホアナムヂにヒメの力を付与せねばならないからです。つまり古事記の神話は、既存の習俗や話型をうまく変更して利用しているわけです。では、なぜそのようにかえたと思いますか？　私の意見は次の通りです。

二点目として死と再生のことに触れました。けれども、オホアナムヂにとって最大かつ最重要な死と再生は、根の堅州国訪問（死）とそこからの帰還（再生）なのです。根の堅州国へ行くことは、もちろん擬制的な死を表わします。根の堅州国は黄泉国と重なる部分があり（五時間目（6）で、根の堅州国にも黄泉比良坂があったと書かれています）、黄泉国は蘇生儀礼の場であったこと（三時間目（11））を思い出してください。オホアナムヂは根の堅州国から帰還することでオホクニヌシに生まれかわった（五時間目（6））、つまり再生したのです。

それ以外の死と再生はどうでもよかったというのではありません。多くの迫害・試練、何度も助けられること、そして死と再生は、徐々にオホアナムヂを成長させるわけではありません。けれどもかえってそのことが、根の堅州国から帰還するという肝心な再生を際立たせることになります。また、国作りという大事業を成す神が弱々しいままでは困ります。できあがった国は皇祖神《こうそしん》が統治するのだから、立派な神が作ったちゃんとした国でなければなりません。といって、スサノヲのような誕生時からエネルギーあふれる神、一人で何でも成し遂げる神が国作りすると、統治権が生じかねません。そこで、このようなオホクニヌシ像を古事記は必要としたのでしょう。

オホアナムヂをオホクニヌシに成長させたスサノヲは、この時すでに根の堅州国に退いていて、基本的にはもう高天原・葦原中国とはかかわりを持たない神です。だから、スサノヲがオホアナムヂを一人前にさせ国作りの命令を出したとしても、オホクニヌシは統治者にならないのです。なれないのです。

オホクニヌシとなることも、国作りの命令が出されるのも次の（6）です。（5）の解説では、何度も（6）の内容を先取りしてしまいました。さあ、はやく（6）を読みましょう。

（6）スサノヲの祝福の言葉とオホクニヌシの国作り（第一段階）

故爾《かれしか》くして、（スサノヲは）黄泉比良坂《よもつひらさか》(＊一)に追《お》ひ至《いた》りて、遥《はる》かに望《のぞ》みて、呼《よ》びて大穴牟遅神《おほあなむぢのかみ》に謂《い》ひて曰《い》ひしく、「其《そ》の、汝《なむち》が持《も》てる生大刀《いくたち》・生《いく》弓矢《ゆみやもち》以て、汝が庶兄弟《ままはらから》(＊二)をば坂の御尾《みを》(＊三)に追《お》ひ伏《ふ》せ、亦《また》、河の瀬に追

（＊一）葦原中国との境界である坂
（＊二）異母兄弟八十神《やそかみ》
（＊三）裾野《すその》

（5）**学生**「寝ることは異常なのですか？」

山田「はじめて古事記を読む人にとって、こんなところがわかりづらいのでしょうね。古代文学の研究者は、このあたりを当然のこととして説明してくれませんから。古代人は、基準となること以外は異常とみなすのです。昼に起きていて活動することが日常だから、寝ることも横になる姿勢も異常なのです。(二) 恋をすること、酒を飲むことも異常。老人や子供も異常な存在です。こんな話でもついてきてくれますか？」

（6）**学生**「桃太郎の『桃』なんかですね」

山田「調子が出てきましたね。その通りです。一般に『うつほ』と呼んでいます。ほかに、瓜《うり》の中・竹の節《ふし》の中などの空間のこと。そこは、神が誕生したり宿ったりする場でもありました。母胎を連想させます」

ひ撥《はら》ひて、おれ(＊四)、大国主神《おほくにぬし》と為《な》り、亦、宇都志国玉神《うつしくにたま》と為りて、其の我《あ》が女《むすめ》須世理毘売《すせりびめ》を適妻《むかひめ》(＊五)と為《し》て、宇迦能山《うかのやま》(＊六)の山本《やまもと》にして、底津《そこつ》石根《いはね》に宮柱《みやばしら》ふとしり(＊七)、高天原《たかあまのはら》に氷椽《ひぎ》たかしりて居《を》れ(＊八)。是《こ》の奴《やつこ》(＊九)や」といひき。故《かれ》、其の大刀・弓を持《も》ちて、其の八十神《やそかみ》を追《お》ひ避《さ》りし(＊一〇)時に、坂の御尾《みを》ごとに追ひ伏せ、河の瀬ごとに追ひ撥《はら》ひて、始《はじ》めて国を作《つく》りき(＊一一)。

故《かれ》、其の（稲羽の）八上比売《やかみひめ》は、先の期《ちぎり》(＊一二)の如《ごと》くみとあたはしつ(＊一三)。故、其の八上比売は、（稲羽国から出雲国へ）率《ゐ》て来《き》つれども(＊一四)、其の適妻《むかひめ》須世理毘売を畏《かしこ》みて(＊一五)、其の生《う》める子をば木の俣《また》に刺《さ》し挟《はさ》みて返《かへ》りき(＊一六)。故、其の子を名《な》づけて木俣神《きまた》と云《い》ふ。亦《また》の名は、御井神《みゐ》と謂《い》ふ。

(＊四)お前は
(＊五)正妻
(＊六)島根県平田市あたり(出雲大社の東北の旅伏《たぶし》山《さん》とする説もあるが未詳)
(＊七)地の底に届くほど深く太い柱を建て
(＊八)高天原に届くほど高く屋根の千木《ちぎ》をそびえ立たせた宮殿(現在の出雲大社のこと)に住め
(＊九)こやつめ
(＊一〇)追いやった
(＊一一)第一段階の国作りを成した
(＊一二)約束
(＊一三)結婚した
(＊一四)連れてきたけれど
(＊一五)おそれて
(＊一六)稲羽国へ帰った

いきなり黄泉比良坂《よもつひらさか》が出てきて、戸惑ってしまいます。ここは根《ね》の堅州国《かたすくに》なのに。すなわち、黄泉国《よみのくに》と根の堅州国が同じ国だとみなす根拠の一つがこれです(一三)。「黄泉国と根の堅州国は別の国だ」という説もあります。ところがその論者は、不思議なことに(6)の黄泉比良坂のことに触れません。「両国はちがう国だから名称がちがうのだ」といいながら、根の堅州国にある黄泉比良坂の「黄泉」という名称に対しては口をつぐんでいるのです。けれど、どうみても黄泉国と関係がある根の堅州国の黄泉比良坂なのです。もしこれが単なる「なだらかな坂(7)」といった名称なら（つまり固有名詞ではないなら、あるいは「黄泉」がつかない「比良坂」だけなら）、二つの坂は別の坂とみなせるかもしれませんが。

では、スサノヲのオホアナムヂへの言葉について解説しましょう。(一四) 小見出しに記したように「祝福の言葉」と呼ばれています。「祝福」とは、これから先の出来事をあらかじめ祝福する「予祝《よしゅく》」の意味です。何度か使ってきた「予言」に近いものがあります。「オホアナムヂは、この先、これこれのことをせよ」というのですから、命令ともいえるわけです。これも四つありますから、箇条書きにすると、

①生大刀《いくたち》・生弓矢で八十神《やそかみ》を退治せよ。

②オホクニヌシとなれ。またウツシクニタマとなれ。

③スセリビメを正妻とせよ。

④宇迦能山《うかのやま》の山本に宮殿を作って住め。

となります。この四つは、例によって一文で、立て続けに書かれています（四時間目（8））。なお、最後の「是《こ》の奴《やっこ》や」は呼びかけ）。①は、葦原中国帰還後すぐに実行されます。これまでは八十神にされるがままだったのに、あっという間に退治してしまいました。この退治の描写があまりに強烈なので見落としそうになるのが、「始めて国を作りき」の一節です。国作りは全部で三段階になっていて（第二段階は五時間目（10）、第三段階は（11））、その最初がこれです。つまり、①は「国作りせよ」という命令とみなすこともできるのです。

ちなみに、天の沼琴《あめのぬこと》はどうなったかといえば、祝福の言葉の中に出てこないばかりか葦原中国で使われた描写も全くありません。従来は、大刀・弓矢という武器が葦原中国の政治的支配力を示すのに対して、琴は宗教的支配力を表わすと考えられていました。(一五) この時代、支配者になるためには、政治的力だけではなく宗教的力も必要だとみなされていたのです。そのこと自体は正しいでしょう。けれども、この従来の考えには二つのあやまりが

（7）山田『比良《ひら》』を『平《ひら》』と解しての説です」

あると思われます。一つは、オホクニヌシは葦原中国の支配者になったのではないこと。もう一つは、天の沼琴は根の堅州国から逃げ出す時、樹に触れてスサノヲを起しただけであり（五時間目（5））、葦原中国では使われていないことです。私は、琴に宗教的力があったことは認めます。古事記中巻仲哀《ちゅうあい》天皇の条で、天皇が琴を弾き神功皇后《じんぐうこうごう》に神がかりさせる場面もみられますから。でも、天の沼琴は葦原中国で宗教的力を発揮するのではなく、根の堅州国において寝ていたスサノヲを起こす役割なのです。寝ている神を起こすとは、神を呼ぶことです。地震・雷鳴などの震動や大音響が神出現の兆《きざし》であり、逆に震動や大音響を与えることは神を招くことだという考察もあります。[一六] 琴の宗教的力は、根の堅州国においてはたされたとみるべきでしょう。

②の「オホクニヌシとなれ」という命令により、五時間目（1）で述べたように、オホアナムヂはオホクニヌシという名の神にかわったのです。（1）に、「八十神が国をオホクニヌシに譲ることになった」という結末が前もって述べられていました。その意味がここでやっとわかります。現代でも、出世とともに新しい名前になる特殊な職業の人がいます。落語家や歌舞伎の人、相撲の力士もそうです。名前が新しくなることは、その人も新しくなったことを表わします。生まれかわったという意味です。オホアナムヂも、この後の国作りや国譲りを基本的にオホクニヌシの名で、この神格として行なっています。なお、「大国主《おほくにぬし》」とは、「大国《たいこく》の主（葦原中国の支配者）」の意味ではありません。詳しくは、六時間目（1）で述べることにします。

②のもう一つ、「ウツシクニタマとなれ」については、正直いって私はわかりません。「現《うつ》し国《くに》の魂《たま》」という意味でしょうが、この神の名は二度と出てきません。二度と出てこないのにこの命令があることは、考えてみるべき問題ではあります。けれども、今の私にはお手上げです。皆さんの中で、気づいたことのある方は、教えてください。なお、本名オホクニヌシの「亦《また》の名」は全部で四つありました（四時間目（14））。一つを除き、出揃ったことになります。その一つとはヤチホコです。この祝福の言葉に「ヤチホコとなれ」という命令がなかったこ

とは、覚えておいてください。五時間目（8）で話します。
③もヤチホコとかかわりますので、詳しくは（8）で述べます。ただ、「ヤカミヒメと結婚したものの、このヒメは正妻スセリビメをおそれて自分の国へ帰ってしまった」とあります。スセリビメがおそろしい女性だったことは、（8）の伏線となります。スセリビメを正妻とすることは、ほかのヒメをオホクニヌシに近づけないことにつながってゆくようです。
④の宮殿が建てられるのも随分先のことですので（六時間目（9））、これも後まわしにしましょう。なお、この④が最も肝心な命令になることは、注意を促しておきます。また、「太い柱を建て、屋根の千木《ちぎ》を高くそびえ立たせた宮殿」とは、ヤマタノヲロチを退治した後の「八重垣」のところで考えたように（四時間目（13））、一部分をほめることが全体を称えることにつながる手法と同じです。「氷椽《ひぎ》」とは、今も神社の屋根についている千《ち》木《ぎ》のこと。屋根の頂上の両端が×印のようになっているものです。それが「高天原に届くほど高く」というのは、異常に高いことになります。最近の発掘調査と建築会社大林組の研究によると、とても太い柱の跡が実際みつかっていて、かつての出雲大社は実に五〇メートル近い高さの建造物だったことが推測されています。
さて、これ以降スサノヲは登場しません。けれども、この「祝福の言葉」という命令のもとにオホクニヌシは活動してゆきますから、五時間目「スサノヲとオホクニヌシ」はまだ続きます。

おっと、その前に脱線します。

ウルトラマンは古事記神話を読んだか？

―なぜ、力道山は（「りきどうざん」を漢字変換したら「利器銅山」になってしまった。もうそんな時代なのか……）はじめから空手チョップを出さないのでしょうか？　ウルトラマンは三分間しかないのに、シュペシューム光線を使うのはいつもギリギリです。水戸の黄門様だって、最初から印籠《いんろう》をみせていれば……。子供のころ、そんなことばかり考えていました。

この謎を解いてくれたのが折口信夫《おりくちしのぶ》氏です。伊勢物語の主人公「男」は、一度関東地方を放浪しなければなりません。光源氏《ひかるげんじ》は完璧な主人公のようにみえるけれど、罪を償うため須磨《すま》・明石《あかし》へ下《くだ》って行くのです。竹取物語のかぐや姫は月の世界で悪さをし、罰として地球に島流しされたのです。折口氏は、貴種流離譚《きしゅりゅうりたん》と名づけました。物語の主人公は一度流される、つまりピンチに陥るというのです。これは、物語の型として長く長く日本に根づいているだけではありません。物語以外でも、日本人はこのパターンが好きなようです。

高校野球などで、敗けているチームをつい応援してしまうのを判官贔屓《はんがんびいき》と呼んでいますよね。正確には「ほうがんびいき」で、九郎判官《くろうほうがん》すなわち源義経《みなもとのよしつね》に同情することです。弱い立場にあるものを応援するのが日本人的です。いつか逆転することを期待して。ウサギがワニをだますこと、しかもたった一匹で大勢のワニを制する能力を発揮することに拍手をおくるのも同じ気持ちからです。

折口氏はもちろん、力道山や高校野球についてとやかくいっているわけではありません。けれども私は、「弱者の逆転」を日本人が気に入っていることと貴種流離譚とが無関係だとは思いません。そういえば、アマテラスも天の石屋にこもります。スサノヲも追放されます。オホアナムヂも根の堅州国へ流されるのです。神話ではしばしば死あるいは死と近い状況に主人公が追い込まれ、そこから再生するのです。貴種流離譚の原形は古事記神話にあるのです。

ウルトラマンの戦い方はまさにこれです。ほとんど瀕死の状態から復活し、必殺技シュペシューム光線で逆転するのですから。ウルトラマンは古事記神話に学んだにちがいありません。私は、このことをいつかどこかでしゃべりたいとずっと思っていました。やっと長年の夢がかないました。でも……。「力道山」が「利器銅山」としか漢字変換しない世の中です。今の学生さんは、力道山はもちろんウルトラマンさえ知らないでしょうね。まして、昭和四〇年代に活躍したプロボクサー大場政夫のことなんて。

（7）ヤチホコの歌物語《うたものがたり》（その一）

此《こ》の八千矛神《やちほこのかみ》（＊一）、高志国《こしのくに》（＊二）の**沼河比売**《ぬなかはひめ》に婚《あ》はむとして（＊三）幸行《いでま》しし（＊四）時に、
其《そ》の沼河比売の家に到《いた》りて、歌《うた》ひて曰《い》はく、
八千矛《やちほこ》の　神の命《みこと》（＊五）は
八島国《やしまくに》　妻娶《つまま》きかねて（＊六）
遠々《とほとほ》し　高志《こし》の国に（＊七）
賢《さか》し女《め》を　有《あ》りと聞《き》かして（＊八）
麗《くは》し女《め》を　有りと聞《き》こして（＊九）
さ呼《よ》ばひに　有り立《た》たし（＊一〇）
呼《よ》ばひに　有り通《かよ》はせ（＊一一）

（＊一）オホクニヌシの「亦《また》の名」
（＊二）新潟県糸魚川《いといがわ》市あたり
（＊三）求婚しよう
（＊四）お出かけになった
（＊五）ヤチホコの神である私は（三人称の形を使った名のり）(一七)
（＊六）日本国中をさがしよき妻を求めかねていたが
（＊七）遠い遠い越国《こし》に
（＊八）すばらしい女がいるとおききになり（自称敬語。以下、頻出）
（＊九）うるわしい女がいるとおききになり
（＊一〇）求婚に出立され
（＊一一）求婚のため何度もお通いになり

大刀《たち》が緒《を》も　未《いま》だ解《と》かずて（＊一二）
襲衣《おすひ》をも　未だ解かねば（＊一三）
嬢子《をとめ》の　寝《な》すや板戸《いたと》を（＊一四）
押《お》そぶらひ　我《わ》が立《た》たせれば（＊一五）
引《ひ》こづらひ　我が立たせれば（＊一六）
青山《あをやま》に　鵼《ぬえ》は鳴《な》きぬ（＊一七）
さ野《の》つ鳥《とり》　雉《きぎし》は響《とよ》む（＊一八）
庭《には》つ鳥《とり》　鶏《かけ》は鳴く（＊一九）
心痛《うれた》くも　鳴くなる鳥か（＊二〇）
此《こ》の鳥も　打《う》ち止《や》めこせね（＊二一）
いしたふや　天馳使《あまはせづかひ》（＊二二）
事《こと》の　語《かた》り言《ごと》も　此《こ》をば（＊二三）

爾《しか》くして、其の沼河比売、未《いま》だ戸を開《ひら》かずして、内より歌ひて曰《い》はく、

八千矛《やちほこ》の　神の命《みこと》（＊二四）
萎《ぬ》え草《くさ》の　女《め》にしあれば（＊二五）
我《わ》が心　浦渚《うらす》の鳥ぞ（＊二六）
今こそば　我鳥《わどり》にあらめ（＊二七）
後《のち》は　汝鳥《などり》にあらむを（＊二八）

（＊一二）刀の紐もまだ解かないで
（＊一三）旅装の上衣もまだ脱がずに
（＊一四）ヒメがおやすみの家の板戸を
（＊一五）ドンドンと押しながら私が外でお立ちになっていると
（＊一六）ガタガタと引っぱりながら私がお立ちになっていると
（＊一七）木々の繁った山にもうトラツグミ（夜中に鳴く鳥）が鳴いた。（以下、句切れにマルを付す）
（＊一八）続いて「さ野つ鳥」キジ（夜明け近くに鳴く鳥）の声が鳴き響く。
（＊一九）ついに「庭つ鳥」ニワトリ（夜明けに鳴く鳥）も鳴いてしまった（段々と夜が明ける様子を表現）。
（＊二〇）腹の立つことだ　鳴く鳥め。
（＊二一）この鳥どもをお前は打ち殺し鳴き止ませてくれ。
（＊二二）「いしたふや」空飛ぶ使者よ（実際は飛ばない使者でも飛ぶがごとくはやい使者のことか。詳細不明）。
（＊二三）出来事の語り事として以上のことを申します。
（＊二四）ヤチホコの神よ。
（＊二五）私は「萎え草の」女ですから
（＊二六）私の気持ちは渚《なぎさ》の鳥と同じです（エサをさがすように、相手を求めるという比喩か。詳細不明）。
（＊二七）今はまだ「私鳥《わたしどり》」ですが
（＊二八）後には「あなた鳥」になるでしょうから

命《いのち》は　な殺《し》せたまひそ(＊二九)
いしたふや　天馳使《あまはせづかひ》(＊三〇)
事の　語り言も　此《こ》をば(＊三一)
青山に　日が隠《かく》らば(＊三二)
ぬばたまの　夜《よ》は出《い》でなむ(＊三三)
朝日の　笑《ゑ》み栄《さか》え来《き》て(＊三四)
栲綱《たくづの》の　白《しろ》き腕《ただむき》(＊三五)
沫雪《あわゆき》の　若《わか》やる胸　を(＊三六)
そ叩《だた》き　叩《たた》き愛《まな》がり(＊三七)
真《ま》玉手《たまで》　玉手《たまで》差《さ》し枕《ま》き(＊三八)
股長《ももなが》に　寝《い》は寝《な》さむを(＊三九)
あやに　な恋《こ》ひ聞《き》こし(＊四〇)
八千矛の　神の命《みこと》(＊四一)
事の　語り言も　此《こ》をば(＊四二)
故《かれ》、其《そ》の夜《よ》は合《あ》はずして(＊四三)、明《あ》くる日の夜に御《み》合《あひ》為《し》き。

(＊二九)鳥たちを殺すなんておっしゃらないで。
(＊三〇)［いしたふや］空飛ぶ使者よ。
(＊三一)出来事の語り事として以上のことを申します。
(＊三二)木々の繁った山に日が落ちたら
(＊三三)［ぬばたまの］夜がやってくるでしょう。
(＊三四)あなたは［朝日の］笑顔でやってきて
(＊三五)私の［栲綱の］白い腕や
(＊三六)私の［沫雪の］若々しい胸を
(＊三七)そっと撫でて愛撫して
(＊三八)［真玉手］玉のような二人の手をからめあわせ
(＊三九)足をのばしてゆっくりとおやすみになるでしょうから
(＊四〇)今はむやみに私に恋いこがれなさいますな。
(＊四一)ヤチホコの神よ。
(＊四二)出来事の語り事として以上のことを申します。
(＊四三)共寝《ともね》せず

映画をみなくなって、もう二五年ほどたちます。それまでは、映画ばかりみていました。はじめてみたミュージカル映画は、「サウンドオブミュージック」でした。中学生の時です。「どうしてこのシーンで歌うの？」という違和感はやはりありました。あれが段々と慣れてくるから不思議です。非現実的な状態がずっと続くと、それが当たり前のように思えてくるからでしょうか。自分の家にはジュリー＝アンドリュースのような家庭教師がくるわけないのに。まして、神話は現実世界ではありません。ほとんど歌によってストーリーが展開するこの（7）（8）に、頭から「ありえない」と思ってしまったら、もうこの世界には入れません。映画に色々なジャンルがあり、その中にはミュージカルというジャンルもあるのです。神話の中には歌で物語が展開する分野もあるのです。古事記の神話が素晴らしい理由は、映画よりもずっと以前にそれをやっていたことです。そして、次の平安時代の歌物語《うたものがたり》（伊勢物語がその代表）の手本となるようなものまで含まれていることです。

最初の歌は、ヤチホコがヌナカハヒメに求婚に行った時の歌です。プロポーズは夜するものです。なぜなら、恋は非日常の状態だから、夜という異常な時間帯にするのです。日本中をさがして自分にふさわしい妻をみつけようというのは、新居にふさわしい場所を求め出雲国中をさがしたという巡行叙事（四時間目（13））の変型です。そうまでしてさがし出したヌナカハヒメはさぞすばらしい新潟美人なのでしょう。「遠々し」も効果的です。ところが、家の中に入れてもらえない。求婚されても一度は拒否する型が古代文学の中には多いので、ここもそのパターンかもしれません。でもそれより、今やオホクニヌシとなった神が新潟県まで嫁さがしに行くという物々しい設定ではじまっていることと、なのに思い通りにゆかないこととの落差を示すため、戸が開かないように思えます。しかも、二神を隔てているのはわずか板戸一枚というのもおかしみです。腕力も得た今のオホクニヌシなら、板戸一枚くらいわけないのに。

さらに、ヌエ→キジ→ニワトリが順に鳴いて、徐々に夜が明けてきます。焦ったヤチホコは挙げ句のはてに鳥たちに八《や》つ当たりするのです。ここも、滑稽でさえあります。締めくくりの二行は、（7）（8）のほかの歌でも繰り返されます。決まり文句のようなものだと想像できますが、意味がよくわかりません。まだ定説はないのです。

ヒメの歌は、ヤチホコの歌の「鳥」を受けて、自分を鳥になぞらえて返していますす。「やがては、あなた鳥になりますよ」というのです。「汝鳥《などり》」がきれいに現代語訳できずに申し訳ない。加えて、翌日の夜の共寝《ともね》の描写、「栲《たく》綱《づの》の白き腕《ただむき》　沫雪《あわゆき》の若《わか》やる胸を　そ叩《だた》き叩き愛《まな》がり」も、私の訳ではつまらないとお感じでしょうね。枕詞《まくらことば》・対句・同音の反復という修辞を駆使しています。もし「腕」と「胸」が逆だったら、次の「手」と「股《もも》（足）」が反対なら、てなことも考えながら、ご自分でうまい現代語に訳してみるのも一興でしょう。

それにしても、これほど色っぽい歌をヤチホコは戸の外できくしかありません。ヒメのじらし作戦なのでしょうか。「恋」とは今とちがって、あいたいけれどあえない時の感情を指すから、このような時こそ美しい歌が生まれるのでしょう。翌日、共寝した時には全く歌がありません。萬葉集の相聞歌《そうもんか》（恋の歌）に、男女が一緒の時の歌がほとんどないことに通じます。一緒にいる時は楽しいから、歌う暇もないのでしょうか。

(8) ヤチホコの歌物語（その二）

又《また》、其《そ》の神(＊一)の適后《おほきさき》(＊二)須勢理毘売命《すせりびめのみこと》、甚《はなは》だ嫉妬《うはなりねたみ》為《し》(＊三)き。故《かれ》、其の日子遅《ひこぢ》(＊四)の神、わびて(＊五)、出雲《いづも》より倭国《やまとのくに》に上《のぼ》り坐《ま》さむとして、束装《よそ》ひ立《た》ちし時に、片《かた》つ御手《みて》は御馬《みうま》の鞍《くら》(＊六)に繋《か》け、片つ御足《みあし》は其の御鐙《みあぶみ》に蹈《ふ》み入《い》れて、歌《うた》ひて曰《い》はく、

(＊一)ヤチホコ(オホクニヌシ)
(＊二)正妻
(＊三)焼き餅を焼いた
(＊四)夫
(＊五)困って
(＊六)鞍《くら》

ぬばたまの　黒《くろ》き御衣《みけし》を(＊七)
ま具《つぶ》さに　取《と》り装《よそ》ひ(＊八)
沖《おき》つ鳥《とり》　胸《むな》見《み》る時(＊九)
はたたぎも　是《これ》は適《ふさ》はず(＊一〇)
辺《へ》つ波《なみ》　そに脱《ぬ》き棄《う》て(＊一一)
鴗鳥《そにどり》の　青《あを》き御衣《みけし》を(＊一二)
ま具《つぶ》さに　取り装《よそ》ひ(＊一三)
沖つ鳥　胸《むな》見る時(＊一四)
はたたぎも　是《こ》も適《ふさ》はず(＊一五)
辺《へ》つ波　そに脱《ぬ》き棄《う》て(＊一六)
山方《やまがた》に　蒔《ま》きし茜《あたね》舂《つ》き(＊一七)
染《そ》め木が汁《しる》に　染《し》め衣《ころも》を(＊一八)
ま具《つぶ》さに　取り装《よそ》ひ(＊一九)
沖つ鳥　胸《むな》見る時(＊二〇)
はたたぎも　是《こ》し宜《よろ》し(＊二一)
愛子《いとこ》やの　妹《いも》の命《みこと》(＊二二)
群鳥《むらとり》の　我《わ》が群《む》れ去《い》なば(＊二三)
引《ひ》け鳥《とり》の　我《わ》が引け去《い》なば(＊二四)

(＊七)〔ぬばたまの〕黒い衣装を
(＊八)気を配って袖を通し
(＊九) 沖の海鳥がするように自分の胸のあたりをみる時
(＊一〇)羽ばたきするようにして「これは似あわない」と
(＊一一)岸辺の波のように後方へパッと脱ぎ捨て
(＊一二)〔鴗鳥の〕青い衣装を
(＊一三)気を配って袖を通し
(＊一四) 沖の海鳥がするように自分の胸のあたりをみる時
(＊一五)羽ばたきするようにして「これも似あわない」と
(＊一六)岸辺の波のように後方へパッと脱ぎ捨て
(＊一七)山の畑に蒔いた茜《あかね》を搗《つ》いて
(＊一八)染料の草木で染めた赤い衣装を
(＊一九)気を配って袖を通し
(＊二〇) 沖の海鳥がするように自分の胸のあたりをみる時
(＊二一)羽ばたきするようにして「これこそ似あっている」。
(＊二二)親愛なる我が妻よ。
(＊二三)私がお供と〔群鳥の〕群を成し倭《やまと》国へ行ったなら
(＊二四) 私がお供を〔引け鳥の〕引き連れ倭国へ行ったなら

泣《な》かじとは　汝《な》は言《い》ふとも(＊二五)
やまとの　一本薄《ひともとすすき》(＊二六)
項傾《うなかぶ》し　汝《な》が泣《な》かさまく(＊二七)
朝天《あさあめ》の　霧《きり》に立《た》たむぞ(＊二八)
若草の　妻《つま》の命《みこと》(＊二九)
事《こと》の　語《かた》り言《ごと》も　此《こ》をば(＊三〇)

爾《しか》くして、其の后(＊三一)、大御酒坏《おほみさかづき》を取り、(ヤチホコに)立ち依《よ》り指《さ》し挙《あ》げて、歌ひて曰はく、

八千矛《やちほこ》の　神の命《みこと》(＊三二)　や
我《あ》が大国主《おほくにぬし》(＊三三)
汝《な》こそは　男《を》にいませば(＊三四)
打《う》ち廻《み》る　島《しま》の崎々《さきざき》(＊三五)
掻《か》き廻《み》る　磯《いそ》の崎《さき》落《お》ちず(＊三六)
若草の　妻持《つまも》たせらめ(＊三七)
我《あ》はもよ　女《め》にしあれば(＊三八)
汝《な》を除《き》て　夫《を》は無《な》し(＊三九)
汝を除て　夫《つま》は無し(＊四〇)
綾垣《あやかき》の　ふはやが下《した》(＊四一)に

(＊二五)「泣くまい」とお前はいうけれど
(＊二六)山本の一本ススキが穂を垂れるように
(＊二七)首をうな垂れてお前はお泣きになるだろうが
(＊二八)その嘆きは朝の空の霧となって棚引くだろうね。
(＊二九)［若草の］我が妻よ。
(＊三〇)出来事の語り事として以上のことを申します。
(＊三一)スセリビメは
(＊三二)ヤチホコの神よ。
(＊三三)我がオホクニヌシよ。
(＊三四)あなたは男でいらっしゃるから
(＊三五)めぐる島の岬々で
(＊三六)めぐる磯の岬はあますところなく
(＊三七)私以外の［若草の］妻がいらっしゃるのでしょう。
(＊三八)私はね女ですから
(＊三九)あなた以外に夫はいません。
(＊四〇)あなたのほかに連れあいは持てません。
(＊四一)綾織《あやお》りの帳《とばり》(部屋を仕切るカーテン状のもの)のふわふわしたもとで

蚕衾《むしぶすま》 和《にこ》やが下に(*四二)
栲衾《たくぶすま》 騒《さや》ぐが下に(*四三)
沫雪《あわゆき》(8)の 若《わか》やる胸《むね》(*四四)を
栲綱《たくづの》の 白《しろ》き腕《ただむき》(*四五)
そ叩《だた》き 叩《たた》き愛《まな》がり(*四六)
真玉手《またまで》 玉手《たまで》差《さ》し枕《ま》(*四七)き
股長《ももなが》に 寝《い》をし寝《な》(*四八)せ
豊御酒《とよみき》 奉《たてまつ》(*四九)らせ

如此《かく》歌《うた》ひて、即《すなは》ちうきゆひ為《し》(*五〇)て、うながけりて(*五一)、今に至るまで鎮《しづ》まり坐《ま》(*五二)す。此《これ》を神語《かむがたり》と謂《い》ふ。

(*四二)絹ぶとんの柔らかな中で
(*四三)楮《こうぞ》の夜具のさやさやした中で
(*四四)私の[沫雪の]若々しい胸や
(*四五)私の[栲綱の]白い腕を
(*四六)そっと撫でて愛撫して
(*四七)[真玉手]玉のような二人の手をからめあわせ
(*四八)足をのばしてゆっくりとおやすみになってください。
(*四九)まずはこの盃《さかずき》を手にしてお召しあがりください。
(*五〇)契《ちぎ》りの盃を交わし
(*五一)首に手をかけ抱きあって
(*五二)鎮座された

先に、ミュージカル映画を枕に使いました。次の一組《ひとくみ》の歌は、もっとミュージカルのようにみえます。目に浮かぶような動作の描写があるからです。片手を馬の鞍《くら》に置き、片足は鐙《あぶみ》にのせて歌うヤチホコ。着ている衣装が似あっているかどうか胸《むね》もとをながめ（今なら鏡をみるでしょう）、鳥のように手をバタバタさせ、気に入らなければ後へパッと脱ぎ捨てる。(9) 盃を勧めながら歌いはじめるスセリビメ。最後は互いの首に手をまわし抱きあい、やがて二人はベッドルームへ消えてゆく……。といったところでしょうか。神話を演劇と結びつける考えは古くからあります。（7）（8）を読むと、芝居の台本のような気もしてきます。でも、現《げん》古事記から原《げん》古事記を空想するのではなく、どうして古事記がこんな特殊な形態である（7）（8）を取り入れ現古事記としたのか。古事記全体の中で（7）（8）を読むべきです。スセリビメの嫉妬と愛の歌がヤチホコを葦原中国の支配者にさせないのだという私の考えを以下に述べましょう。（一八）

多くのヒメを娶《めと》ることからお話ししましょう。これは、平安時代の色好《いろごの》みにつながってゆくことです。たくさんの女性との恋が、物語の主人公となる条件なのです。光源氏がその完成された姿でしょう。しかし、古事記の時代にはもっと政治的・宗教的意味があります。ある地方を代表する女性と結婚することは、そこを統治することにつながると考えられていたのです。その女性を通して、そこの土地の霊力（「国魂《くにたま》」と呼んでいます）を手にすることができるとみなされていたからです。女性を利用するとは、現代からするととんでもない話なのですけれど、当時のことです。だから、オホクニヌシが越国《こし》だけでなく、倭国《やまと》やほかの地方のヒメを娶ることで、葦原中国の統治者になれる可能性があったのです。ヤチホコ（八千矛）とはその意味の名ではないでしょうか。ホコの「ホ」を濁音あるいは半濁音にすると、今でも使う男性性器の俗語の一部になります。それが八〇〇〇本というのは、大変なプレイボーイのことではなく、多くの政治的・宗教的結婚をする神を表わすのでしょう。

ところが、五時間目（6）の③を思い出してください。スサノヲはオホアナムヂに、「スセリビメを正妻にせよ」と命令を出しています。また、「ヤチホコとなれ」とは命令していないのです。オホアナムヂは根の堅州国から帰った後は、一つのことを除けば全てスサノヲの命令を忠実に実行しています。その一つとは、ヤチホコとしての行動（求婚）なのです。しかもそれは、（6）の③が阻止する形になっているのです。つまり、スセリビメを

（8）**山田**「以下、ヌナカハヒメの歌とほぼ同じです」
（9）**学生**「似あわない服のことを歌う必要があったのですか？」
山田「これも神話的手法です。〈似あわない↓似あわない↓似あう〉とすると、三つ目の服がとてもよく似あうことの強調になります」

正妻としたことにより、その嫉妬がヤカミヒメをオホクニヌシから遠ざけ（五時間目（6））、ヤチホコを倭国のヒメのもとへ行かせないのです。

なおいえば、これらのヒメとの間に生まれた子神に注目してみると、（6）の③の意味がさらにわかってきます。ヤカミヒメとは結婚も成立し子も生まれているのに、生まれた子木俣《きまた》神は全くその後登場しません。名前も一般名詞のようです。ヌナカハヒメとの間には一夜の交わりのことしか記されていません。アマテラスの孫で葦原中国に降臨《こうりん》して統治者になったニニギの場合、結婚相手を一夜で懐妊させ後継者を得る、と物語は展開してゆきます（六時間目（15）（16））。「一宿妊《ひとよはら》み」と呼ばれるこの形式は神婚《しんこん》にまつわる表現とみなされています。ヤチホコの場合も一夜の共寝なのに、子神の誕生へは結びついてゆきません。肝心な正妻スセリビメとの間にも子はいないのです。スセリビメの登場はここ（8）が最後です。六時間目（7）（8）にオホクニヌシの子コトシロヌシとタケミナカタの活躍はありますけれど、正妻の子ではありません。古事記の正妻の例を調べてみると、正妻の子が後継者になるのが原則です。つまり、オホクニヌシには真の後継者がいないことになります。

以上述べてきたことにより、オホクニヌシ（ヤチホコ）は結婚そして子の面からも葦原中国の統治者になったわけではないことが確認できます。そして、そうさせているのが「スサノヲの祝福の言葉」なのです（五時間目（6）の④については後述）。従来、この点は見落とされがちでした。けれども私は、ここもうまくできた古事記の工夫だと感心しています。

スセリビメとは、一体どんな女性だったのでしょうか？　スサノヲの娘、焼き餅焼きの性格。でも、新潟美人に敗けないほどの愛情と美しい歌。その泣く様子をヤチホコは「山の麓に一本だけ生えているススキが穂を垂れるように、独りぼっちでうな垂れて泣く」と歌ってます。美しく哀しい比喩ですよね。スセリビメの歌の後半がヌナカハヒメの歌の後半とほとんど同じなのは、パクリではなくて、二首を比べることが要求されたからかもしれません。比べるのは歌だけではなく、その愛情や美や妻としての資質もです。どうも私は、スセリビメが「若やる胸を」と歌ったのが負け惜しみではないように思えます。正妻よりも新しい妻の方が若いと相場は決まっているのに、こう歌うのです。しかも、「腕」「胸」の順ではなく、「胸」を先に。つまりスセリビメは、夫の若い愛人にどんな面でも劣っていないのです。最終的にオホクニヌシはスセリビメのもとにとどまるのですから。

⑼ オホクニヌシ系譜

四時間目⒁に「スサノヲ系譜」がありました。それと同じく、物語が全くない系譜だけの記事が、次に示す「オホクニヌシ系譜」です。「スサノヲ系譜」の解説でも話しましたように、この形態が三箇所あり、いずれも国つ神側の系譜です。こうやって本文を板書する前に解説をはじめるということは、もうお気づきの通り、大きな声ではいえませんが、熱心に読まなくてもよろしい。**ゴチック体**にした三神を気にしてくれればいいと思います。

故《かれ》、此《こ》の大国主神《おほくにぬしのかみ》、胸形《むなかた》(＊一)の奥津宮《おきつみや》に坐《いま》す神、多紀理毘売命《たきりびめのみこと》(＊二)を娶《めと》りて、生《う》みし子は、**阿遅鉏高日子根神**《あぢすきたかひこね》。次に、妹**高比売命**《いもたかひめ》。**亦《また》の名は**、**下光比売命**《したでるひめ》。此の阿遅鉏高日子神は、今迦毛大御《かものおほみ》(＊三)神と謂《い》ふぞ。大国主神、亦、神屋楯比売命《かむやたてひめ》を娶りて、生みし子は、**事代主神**《ことしろぬし》。亦、八《や》島牟遅能《しまむぢの》神の女《むすめ》、鳥取《ととり》神を娶りて、生みし子は、鳥鳴海《とりなるみ》神。此の神、日名照額田毘道男伊許知邇《ひなてりぬかたびちをいこちに》神を娶りて、生みし子は、国忍富《くにおしとみ》神。此

(＊一)福岡県沖ノ島の宗像《むなかた》大社
(＊二)四時間目⑷ウケヒの条で誕生
(＊三)奈良県御所《ごせ》市の高鴨《たかがも》神社の祭神

の神、葦那陀迦《あしなだか》神、亦の名は八河江比売《やかはえひめ》を娶りて、生みし子は、速《はや》甕之多気佐波夜遅奴美《みかのたけさはやぢぬみ》神。此の神、天之甕主《あめのみかぬし》神の女《むすめ》、前玉比売《さきたまひめ》を娶りて、生みし子は、甕主日子《みかぬしひこ》神。此の神、淤加美《おかみ》（＊四）神の女《むすめ》、比那良志《ひならし》毘売《びめ》を娶りて、生みし子は、多比理岐志麻流美《たひりきしまるみ》神。此の神、比々羅《ひひら》木之其花麻豆美《ぎのそのはなまづみ》神の女《むすめ》、活玉前玉比売《いくたまさきたまひめ》神を娶りて、生みし子は、美《み》呂浪《ろなみ》神。此の神、敷山主《しきやまぬし》神の女《むすめ》、青沼馬沼押比売《あをぬうまぬおしひめ》を娶りて、生みし子は、布忍富鳥鳴海《ぬのおしとみとりなるみ》神。此の神、若尽女《わかつくしめ》神を娶りて、生みし子は、天日腹大科度美《あめのひはらおほしなどみ》神。此の神、天狭霧《あめのさぎり》（＊五）神の女《むすめ》、遠津待根《とほつまちね》神を娶りて、生みし子は、遠津山岬多良斯《とほつやまさきたらし》神。
右の件《くだり》の、八島士奴美《やしまじぬみ》（＊六）神より以下《しも》、遠津山岬帯神より以前《さき》は、十七世《とをよあまりななよ》の神と称《い》ふ。

（＊四）三時間目（8）イザナミの死の条で誕生したクラオカミと同神か
（＊五）三時間目（6）神生みの条で誕生
（＊六）スサノヲとクシナダヒメの子（四時間目（14）スサノヲ系譜で誕生）

多くのヒメとの結婚は統治者になること、前の（8）で述べました。（9）をみると、オオクニヌシはたくさんのヒメと結婚し子孫も繁栄しているようにみえます。けれども、それはこのような系譜記事のうえでのことです。くどいようですが、物語はありません。私はこれを、天《あま》つ神《かみ》側と国《くに》つ神《かみ》側との差を示すためとみなしています。アマテラスから初代天皇へ続いてゆく天つ神側の場合はそうではなく、物語を伴っているのです。

六時間目（15）に、ニニギと山の神の娘との結婚の物語を扱います。その二神の子ホヲリ（ヤマサチビコ）と海の神の娘との結婚の物語は、七時間目（3）に紹介します。まだ先の話とはいえ、このことを使って説明しておきます。天つ神の場合、「山の神・海の神の霊力を結婚によって得た」と物語を通して知ることができます。物語があるから、その霊力も具体的に描写されているのです。ところが、国つ神側の系譜だけの記事では、「……神が……ヒメを娶って、生まれた子は……神」という情報しか入りません。物語がないから、ヒメの霊力については知ることができないのです。読む我々にも、霊力を得たとは到底感じさせないのです。そりゃあそうです。国つ神側が山の神・海の神の霊力を得ることは、古事記にとって都合の悪いことなのですから。天つ神側と国つ神側との差、つまり物語があるかないかの差は、このような差のある結果をもたらすのです。

(10) オホクニヌシの国作り（第二段階）

故《かれ》、大国主神《おほくにぬしのかみ》、出雲《いづも》の御大《みほ》の御前《みさき》(＊一)に坐《いま》す時に、波の穂《ほ》より、天《あめ》の羅摩《かがみ》(＊二)の船に乗《の》りて、鵝《かり》(＊三)の皮を内剝《うつは》ぎに剝ぎて、(＊四)衣服《ころも》と為《し》て、（岬へ）帰《よ》り来る神有《あ》り。爾《しか》くして、（オホクニヌシが）其《そ》の名を問《と》へども、答《こた》へず。且《また》、従《したが》へる諸《もろもろ》の神に問へども、皆、「知らず」と白《まを》しき。(＊五)爾くして、**たにぐく**(＊六)が白して言《い》はく、「此《これ》(＊七)は、**久延毘古**《くえびこ》(＊八)、必ず知《し》りたらむ(＊九)」といふに、即《すなは》ち久延毘古を召《め》して(＊一〇)問ひし時に、答へて白《まを》ししく、「此は、神産巣日《かむむすひ》神の御子《みこ》、**少名毘古那神**《すくなびこな》ぞ」とまをしき。故爾《かれしか》くして、神産巣日御《み》祖命《おやのみこと》に（オホクニヌシが）白《まを》し上《あ》げしかば、(＊一一)答へて

（＊一）島根県美保関町《みほのせき》の美保岬《みほみさき》
（＊二）ガガイモの実を船として（ガガイモの実は割ると船の形になる）
（＊三）未詳（雁《かり》・蛾《が》・鵝鳥《がちょう》などの説がある）
（＊四）すっかり剝《は》いで
（＊五）オホクニヌシに申し上げた
（＊六）ヒキガエル
（＊七）彼の名
（＊八）案山子《かかし》が
（＊九）知っているでしょう
（＊一〇）呼んで
（＊一一）高天原へ行き事情を申し上げると

告《の》らししく、(＊一二)「此は、実《まこと》に我《あ》が子ぞ。子の中に、我が手俣《たなまた》より(＊一三)くきし(＊一四)子ぞ。故《かれ》、汝葦原色許男命《なむちあしはらしこを》と兄弟《はらから》と為《な》りて、其の国を作り(＊一五)堅《かた》めむ」とのらしき。故爾《かれそれ》より、大穴牟遅《おほあなむち》と少名毘古那と二柱《ふたはしら》の神、相《あひ》並《とも》に此《こ》の国を作り堅めき。然《しか》くして後《のち》は、其の少名毘古那神は、常《とこ》世国《よのくに》(＊一六)に度《わた》りき。(＊一七)故、其の少名毘古那神を顕《あらは》し白《まを》しし(＊一八)所謂《いはゆ》る久延《くえ》毘古《びこ》は、今には山田《やまだ》のそほど(＊一九)ぞ。此《こ》の神は、足は行《ゆ》かねども、(＊二〇)尽《ことごと》く天《あめ》の下《した》の事《こと》を知《し》れる神ぞ。

(＊一二)カムムスヒが答えておっしゃるには
(＊一三)指の間から
(＊一四)こぼれ落ちた
(＊一五)葦原中国
(＊一六)海の彼方の不老不死の国
(＊一七)渡ってしまった
(＊一八)素性を明らかにした
(＊一九)山田の案山子《かかし》
(＊二〇)歩くことはできないけれども

オホクニヌシの国作りは、全部で三段階から成っています。(10)は第二段階です。第一段階は、五時間目(6)の八十神退治でした。第三段階は次の(11)にありますので、国作りのまとめは(11)で述べましょう。

ここ第二段階は、スクナビコナと一緒になっての国作りです。スクナビコナはカムムスヒの子とあります。御《み》祖《おや》の命《みこと》は母親のことだといいました(五時間目(3))。カムムスヒはスサノヲ・オホクニヌシ(オホアナムヂ)に手を貸す天つ神として、これまでに二度登場しています(四時間目(10)・五時間目(3))。ここでもオホクニヌシの国作りに力を貸しています。作った国はアマテラスのものだから、アマテラスが援助してもよさそうなにそうなっていません。これは、アマテラスとスサノヲ(そしてオホクニヌシ)とがすれちがいを引き起こす関係だからでしょう(四時間目(10))。

オホクニヌシの名前がコロコロとかわっています。傍線を二箇所に付しました。前者アシハラシコヲについては、スサノヲがそう呼ぶ箇所が五時間目(4)にありました。「葦原中国の国作りをする勇ましい神」という意味です。(10)でも「国を作れ」という場面です。この名前は、(4)(10)ともに地の文でなく会話文の中で使われています。「この先、お前は国作りするであろう」という予言めいた名前と考えた方がわかりやすいかと思います。もう一つの傍線部オホアナムヂは、ちょっと私にはわかりかねます。一度〝死んだ〟名前が再び使用されるのは不審です。スクナビコナと一組になっている時は「オホアナムヂ・スクナビコナ」と並称するから、と一般に考えられています。たしかに、次に紹介する風土記や萬葉集の例ではこうなっています(五時間目(11))。けれど、古事記においてはここの一例しかないので証明しかねます。この点も、皆さんのご意見をききたいのですが……。

さて、(10)を読んでみると、肝心の国作りのことは「故爾より、大穴牟遅と少名毘古那と二柱の神、相並に此の国を作り堅めき」の一行だけです(その理由は次の(11)で)。スクナビコナの素性を明らかにすることの方に重きがおかれているみたいです。スクナビコナがやってきた時の船や衣服の様子からはじまり、名前の調査へ続きます。それも、家来の神々に尋ね、ヒキガエルにきいて、「案山子《かかし》なら知ってそうだ」という知らせを受けたので次は案山子に問いただして、さらに高天原まで昇ってカムムスヒに確認してという念の入れようです。

なんでこうもまわりくどいのでしょうか? 私は、このあたりが神話の神話たる装《よそお》いではないかと考えています。実は、古事記神話はこの繰り返しなのです。「まわりくどい」「しつこい」というと負《マイナス》の印象が強くなってしまうので、「長々と語ることで正当性(由緒正しさ)を表現しようとした」とでもいっておきましょう。古事記神話をアマテラスから開始せずに、もっとさかのぼったアメノミナカヌシからはじめたこともそれです(二時間目(1))。天の石屋からアマテラスを誘い出す準備や(四時間目(8)(9))ヤマタノヲロチ退治の作戦が入念なのも(四時間目(11)(12))、ヤチホコの衣装が三度目に決まったのも(五時間目(8))そのためです。この先の、葦原中国平定の使者が三人目で成功すること、しかもその三人目の使者も三回目でやっと国譲りの返事を得ること（六時間目（1）～（9））もあてはまります。

何よりも、今扱っている国作りこそ最も長い説明がついているのです。三時間目（10）で、イザナキ・イザナミの国作りが中断し、「再開されるのはオホクニヌシの国作りからですから、随分後のことです」と述べたことを思い出してください。再開までの膨大な量の物語は、「いかにオホクニヌシが国作りするのにふさわしい神か」をずーっと説明した内容なのです。「アマテラスの弟のスサノヲの子孫であるオホクニヌシが国を作り、そこへアマテラスの孫であるニニギが降臨した」という結論をとっとといえばいいのに、それでは「神話」にならないのでしょう。長く長くなっているのです。国を作った神がいかにすぐれた神であったかを、六代前のスサノヲにまでさかのぼって説明するのです。しかも、そのスサノヲはアマテラスに色々な協力をする神であることをいい、自分の引退後はオホクニヌシにそれを受け継がせるために様々な手段でオホアナムヂをオホクニヌシに成長させたと語ります。オホクニヌシにも、ウサギを助けたり、八十神に迫害を受けたり、スサノヲの試練を受けたり……という説明が加わり、その後にやっと国作りをするのです。どうでもよい登場人物（たとえば何でも出る臼《うす》を盗んだ泥棒――一時間目（5））が国を作るわけにはゆかないからです。それでは保証になりませんし、由緒正しさも示せません。「神話」になるためには、この長々しい（現代人には時に「くどい」と思わせてしまう）説明という装いが要ったのです。

では、ここで脱線します。

「どっちの料理ショー」の神話的手法

—バラエティ番組「どっちの料理ショー」は、なかなかの評判のようです。関口宏チームと三宅裕司チームにわかれ、それぞれの自慢の料理を回答者が選ぶのです。先日は、キムチ鍋と豆乳鍋の対決でした。自分の鍋こそがうまいと証明するために、材料や作り方を延々と自慢するのです。「何といってもキムチがちがう。この道四五年のベテランが、二一種類の食材を混ぜあわせた漬《つ》けダレに厳選された白菜を入れて作ったキムチだ。その漬けダレに、比内地鶏《ひないじどり》のダシ汁と辛味噌《からみそ》を加えてスープを作り、そこへ鍋の具を入れてゆく。チンゲン菜・ニラ・白子《しらこ》・キムチ・牡蛎《かき》……。この牡蛎は、柚子《ゆず》で下味をつけたものを一度焼いてから入れるんだ！」などとやって、いかにも「うまいぞ」と説明するのです。キムチ鍋以前にさかのぼっての長ーい説明なのです。回答者が、「そんなこと、どうでもいいから、はやく食わせろ」と騒ぎ出すのは、食事抜きで収録しているからだそうです。ところがはやく食わせては番組になりません。あのじらすほどの説明に興味の中心があるのです。料理がうまいにちがいないという演出になっているのです。

私なら、さらにこんなハッタリを付け加えます。「このキムチ鍋を作った料理人がこれまたハンパじゃない。何でも高天原でスサノヲにご馳走を出したオホゲツヒメという神様の子孫だそうだ。一〇代前のご先祖は江戸幕府のお抱え料理人で、三代前は皇居で明治天皇の料理番をしていた人で、そんな由緒正しい血筋の料理人が作ったものがうまくないわけがない。もっとすごいことに、この人が使っている包丁は、天の石屋にこもったアマテラスを誘い出すため鏡を作った時の残った鉄で作った包丁で……」

（11）オホクニヌシの国作り（第三段階）

是《ここ》に、（スクナビコナが去ってしまったので）大国主神《おほくにぬしのかみ》の愁《うれ》へて告《の》らししく、「吾独《あれひと》りして何《いか》にか能《よ》く此《こ》の国を作ること得《え》む。孰《いづ》れの神か(＊一)吾《あれ》と能《よ》く此の国を相作《あひつく》らむ(＊二)」とのらしき。是《こ》の時に、海を光《てら》して(＊三)依《よ》り来《く》る神有《あ》り。其《そ》の神の言《い》ひしく、「能《よ》く我《あ》が前を治《をさ》めば(＊四)、吾、能く共与《とも》に(＊五)相《あひ》作り成《な》さむ(＊六)。若《も》し然《しか》らずは(＊七)、国、成ること難《かた》けむ(＊八)」といひき。爾《しか》くして、大国主神の曰《い》ひしく、「然《しか》らば、治《をさ》め奉《まつ》る状《かたち》(＊九)は(＊九)、奈何《いか》に」といひしに、答《こた》へて言ひしく、「吾《あれ》をば、倭《やまと》の青《あを》垣《かき》(＊一〇)の東《ひむかし》(＊一一)の山の上《うへ》にいつき奉《まつ》れ(＊一二)」といひき。此《これ》は、御諸山《みもろやま》の上に坐《いま》す神ぞ。

(＊一)どこの神が
(＊二)一緒に作るだろう
(＊三)照らして
(＊四)私のことを祭ってくれたなら
(＊五)お前と一緒に
(＊六)国作りを成そう
(＊七)もし私を祭らなければ
(＊八)できないでしょう
(＊九)お祭り申し上げる方法
(＊一〇)奈良盆地を垣根のように囲む山々
(＊一一)奈良県桜井市の三輪《みわ》山（後出の「御諸《みもろ》山」に同じ）
(＊一二)お仕《つか》えし祭れ

第三段階、最後の国作りの方法は、御諸山の神を祭ることです。御諸山とは三輪山のことです。昔も今も、倭《やまと》国を代表する山です。そこでの神祭りとは、宗教面における国作りをいうのでしょう。それにしても、この神を祭るとどうなるというのでしょうか。わかりにくい内容です。古事記中巻崇神《すじん》天皇の条に、やはり御諸山の神を祭る話があり、それを参考にしてみましょう。

①崇神天皇の時代、流行病が蔓延し、多くの人民が病に倒れた。天皇は神意を問うため占いをすると、オホモノヌシが夢に現われ、「この病は、私の祟《たた》りである。意富多々泥古《おおたたねこ》が私のことを祭ってくれれば、流行《はや》り病は鎮まり、世の中は平安となるだろう」と告げた。早速、意富多々泥古なる人物をさがすとオホモノヌシの子孫であることがわかり、神主になってもらって御諸山のオホモノヌシを祭った。

つまりオホクニヌシは、御諸山の神の祟りを避けることが国作りの完成になると考えたのでしょうか。でも、まだわかりづらい感じは残ります。①が「祭った」とあるのに、(11)には祭ったかどうか明記されていないからです。(11)に神の名(オホモノヌシ)が出てこないのも、どうもわざとではないかと思われます。

その理由をさぐる前に、第一・第二の国作りを振り返っておきましょう。第一段階は八十神退治、第二段階はスクナビコナと協力しての国作りでした。私は、三つの段階の国作りを〈戦闘〉〈豊饒《ほうじょう》〉〈祭祀《さいし》〉と名づけています。偶然にも、フランスの神話学者デュメジルの三機能体系[10]と一致します。それはともかくとして、〈豊饒〉について補説します。スクナビコナは一般に穀物神とみなされています。なぜなら、次のような神話が古事記以外にたくさんあるからです。

②稲種山《いなだねやま》。(名の由来は次の通りである。[11])オホナムチ・スクナヒコネの二神が……この山をみて、「その山には、稲種を置くべきだ」といった。そこで稲種をこの山に積んだ。山の形も稲積《いなづみ》(稲を刈って積んだもの)に似ている。よって、(この山を)名づけて稲種山というのだ。(播磨国風土記《はりまのくにふどき》)

---

(10) **山田**「デュメジルはインド・ヨーロッパ語族の神話を研究し、この三機能で成り立っていることを究明しました。日本の神話ではアマテラス(祭司)・スサノヲ(戦士)・オホクニヌシ(生産者)がそれに相当すると考察したのは、吉田敦彦氏です[一九]」

(11) **山田**「( )内は私が補った語句です。以下も同じ」

③多祢《たね》の郷《さと》。……（名の由来は次の通りである。）天下をお作りになった大神《おおかみ》オホナモチとスクナヒコが、天下をめぐり歩いていらっしゃった時に、稲種がこの地に落ちた。よって（ここを）種《たね》というのだ。〈後年、漢字を「多祢《たね》」とあらためた。〉（出雲国風土記）

④粟嶋《あわしま》という島があった。（名の由来は次の通りである。）スクナヒコが粟《あわ》を蒔《ま》かれたら、大変よく実った。そこで（スクナヒコは）粟（の茎）にのって弾かれ、常世国《とこよくに》へお渡りになった。よって（ここを）粟嶋というのだ。（伯耆《ははき》国風土記逸文《いつぶん》(12)）

ほかにも二神の農耕にまつわる神話はたくさんあります。さて、もうお気づきと思います。スクナビコナと組になっている時はオホアナムヂなのです（名前が若干異なるのは、各地方によって呼び方がちがったためでしょう）。萬葉集でも「オホナムチ・スクナヒコナの」とはじまる歌が四首あります（巻三―三五五番歌・巻六―九六三番歌・巻七―一二四七番歌・巻一八―四一〇六番歌。一例のみ「スクナミカミの」）。そしてもう一つ気づいてほしいのは、これだけの例が古事記以外の文献にあるにもかかわらず、古事記神話の方には農耕に関する記述が全くないことです。

私は、これがオホクニヌシの国作りの特色であり、ここにも古事記の工夫がほどこされていると考えています。(二〇)あらためて三つの段階の国作り神話（五時間目（6）（10）（11））から、国作りの部分だけを抜き出してみると次のようになります。

（6）其の（スサノヲの）大刀《たち》・弓を持ちて、其の八十神《やそかみ》を追《お》ひ避《さ》りし時に、坂の御尾《みを》ごとに追ひ伏せ、河の瀬ごとに追ひ撥《はら》ひて、始めて国を作りき。

（10）故爾《かれそれ》より、大穴牟遅《おほあなむぢ》と少名毘古那《すくなびこな》と二柱《ふたはしら》の神、相並《あひとも》に此《こ》の国を作り堅《かた》めき。

（11）其の神（御諸《みもろ》山の神）の言《い》ひしく、「能《よ》く我が前を治《をさ》めば、吾《あれ》、能く共与《とも》に相作《あひつく》り成《な》さむ。若《も》し然《しか》らずは、国、成ること難《かた》けむ」といひき。

〈戦闘〉である（6）は、退治にいたるまでの経緯がイナバノシロウサギの条（五時間目（1））から書き起こされていて、例の長い説明になっているのに、退治はあっという間です。これは、それだけオホクニヌシの成長が急であることを示すものではありますけれど、肝心な国作りの記述はまことに簡略です。（10）の〈豊饒〉もたった一文で、どこをどう作ったのかわかりません。〈豊饒〉という名称にふさわしくありません。しかも、②〜④のようなオホアナムヂ・スクナビコナの農耕に関する内容は（10）にはありません。二神の農耕神話がかなり広い範囲で伝承されていたことは、古事記編纂者も知っていたとみなしても大過ないでしょう。すると、わざと農耕に関する伝承を加えなかったと考えるのが自然です。〈祭祀〉である（11）は、どこを「国作りの部分」として引用してよいのか迷うほど曖昧なのです。さらに、祭ったかどうかもはっきりしていません。

私はこれらもまた、天つ神と国つ神との差を示すためと考えています。既述のように、オホクニヌシは国作りという大事業をするにふさわしい立派な神です。国作りも失敗だったわけではありません。失敗だとすると、譲られる国の価値がさがってしまい、そこへ降臨《こうりん》し統治するニニギの権威にも傷がつきかねません。三度にわたって、念入りに念入りに（悪くいえば、これもしつこく）国作りしているのです。とはいえ、オホクニヌシの国作りが完璧であれば、天つ神・天皇の統治権に支障が生じるおそれもあります。よって国作りは、失敗ではないけれど完璧でもなく描く必要があったと考えられます。このややこしいことを象徴的に示しているのが（11）と①なのです。

すでに、川副武胤《かわぞえたけたね》氏・長野一雄氏により、（11）でオホクニヌシは祭っていないという意見が出されています[一二]。

（12）山田『伯耆』は現在の島根県西部。風土記を読むのは、小学館の『新編日本古典文学全集　風土記』が便利です」

たしかに、オオクニヌシが御諸山の神を祭ったならば、①の崇神天皇の祭祀に先立つ行為になってしまいます。天皇より先に国つ神が倭国を象徴する山の神を祭ることは、古事記にとって避けるべき内容でしょう。それどころか、オホクニヌシは倭国へ一度も行っていないと思われます。五時間目（8）に戻って本文をご覧ください。倭国のヒメへ求婚に行くヤチホコは、スセリビメによって阻止されているのです。倭国へ最初に入るのは、初代神武天皇であるべきでしょう（神武天皇の倭入りは、古事記中巻神武天皇の条に明記）。

私も、（11）を「祭った」とはみていません。ただ「祭らなかった」とも断言しにくい気もします。祭り方まで尋ねておきながら、祭らなかったとみなすのはやや不自然ですから。どうも、わざと曖昧にしたとしか考えられません。あわせて（6）（10）の〈戦闘〉〈豊饒〉に関する国作りの記述も簡略にせざるをえなかったと思われます。こうして国つ神オホクニヌシの国作りを、失敗ではないが完璧でもないと描き、天つ神・天皇の統治を侵害しない工夫をしたのでしょう。

古事記神話には、このように故意にはっきりとは書かないことがしばしばあります。古事記冒頭の「天地初発」の訓みやアメノミナカヌシの神格を曖昧にしたり（二時間目（1））、ウケヒでアマテラスが敗けたことを記さず（四時間目（5））、スサノヲが草なぎの大刀を届けてもアマテラスは姿をみせません（四時間目（12））。このようなはっきりしない箇所があると、「古事記は内容が矛盾している」とか「曖昧な書物だ」などと判断を下すのが従来の読み方です。しかし私は、曖昧なのではなくわざと曖昧にしているから、その意図を読み取るべきだと考えているのです。

(12) オホトシ系譜

「スサノヲ系譜」（四時間目（14））・「オホクニヌシ系譜」（五時間目（9））に続く三つ目の系譜だけの記事が、次に示す「オホトシ系譜」です（それぞれを①②③とし、以下解説します）。やはり本文は、サラッと読んでくれれば結構です。**ゴチック体**にする神（再登場する神）は一神もいません。

故《かれ》、其《そ》の大年神《おほとしのかみ》(＊一)、神活須毘《かむいくすび》神の女《むすめ》、伊怒比売《いのひめ》を娶《めと》りて、生《う》みし子は、大国御魂《おほくにみたま》神。次に、韓《から》神。次に、曾富理《そほり》神。次に、白日《しらひ》神。次に、聖《ひじり》神〈五はしらの神〉。又《また》、香用比売《かぐよひめ》を娶りて、生みし子は、大香《おほかぐ》山戸臣《やまとおみ》神。次に、御年《みとし》神〈二柱〉。又、天知迦流美豆比売《あまちかるみづひめ》を娶りて、生みし子は、奥津日子《おくつひこ》神。次に、奥津比売《おくつひめ》命、亦《また》の名は、大戸比売《おほへひめ》神。此《これ》は、諸人《もろひと》が以《も》ち拝《をろが》む竈《かま》の神ぞ。(＊二)次に、大山咋《おほやまくひ》神、亦の名は、山末之大主《やますゑのおほぬし》神。此の神は、近淡海国《ちかつあふみのくに》の日枝山《ひえのやま》(＊三)に坐《いま》し、亦、葛野《かづの》の松尾《まつのを》(＊四)に坐《いま》して、鳴鏑《かぶら》(＊五)を用《もち》ゐる神ぞ。次に、庭津日《にはつひ》神。次に、阿須《あす》波《は》神。次に、波比岐《はひき》神。次に、香山戸臣《かぐやまとおみ》神。次に、羽山戸《はやまと》神。次に、庭高津日《にはたかつひ》神。次に、大土《おほつち》神、亦の名は、土之御祖《つちのみおや》神。九《ここの》はしらの神。
　上《かみ》の件《くだり》の、大年神の子、大国御魂神より以下《しも》、大土神より以《さ》

（＊一）①で誕生
（＊二）この神オホヘヒメは、皆が祭り礼拝しているあのかまどの神のことだ
（＊三）滋賀県大津市の比叡山の日吉《ひよし》大社
（＊四）京都市嵐山の松尾《まつのお》大社
（＊五）射ると音の出る蕪《かぶら》の形の矢（松尾大社の神は、鳴鏑になって川を下り、乙女と交わったという伝説がある）

前《き》は、并《あは》せて十六《とはしらあまりむ》はしらの神ぞ。
羽山戸神、大気都比売《おほげつひめ》(＊六)神を娶りて、生みし子は、若山咋《わかやまくひ》神。次に、若年《わかとし》神。次に、妹若沙那売《いもわかさなめ》神。次に、弥豆麻岐《みづまき》神。次に、夏高津日《なつたかつひ》神、亦の名は、夏之売《なつのめ》神。次に、秋毘売《あきびめ》神。次に、久々年《くくとし》神。次に、久々紀若室葛根《くくきわかむろつなね》神。

上の件の、羽山《はやま》(＊七)の子(＊八)より以下《しも》、若室葛根より以前《さき》は、并せて八《や》はしらの神ぞ。

(＊六)三時間目(7)神生みの条で誕生
(＊七)前記ハヤマト(羽山戸神)のこと
(＊八)前記ワカヤマクヒのこと

冒頭のオホトシには「其《そ》の」と記されています。一体、何を指して「其の」なのか。さがしてみると、①の中にオホトシがスサノヲの子として誕生したとあります。随分前を指して「其の」といっているわけです。当時は今とちがった「其の」の使い方があったのです。現代語訳するならば、「かのオホトシ」「あのオホトシ」「ずっと前に出てきたオホトシ」とでもなりましょうか。また、この「其の」により、③は①とつながりを有することがわかります。ちなみにいえば、①はオホクニヌシまでで、②はオホクニヌシからはじまるのですから、①と②もつながりがあることになります。試みに図示すると、次頁右のようになります。

……は何代か省略したことを示します。……で囲った「ヤシマジヌミ……」の部分は、次のようなことを意味します。②の最後に、「ヤシマジヌミ以下、トホツヤマサキタラシまでは一七世代」(合計数を述べたナレーション)とありました。②はオホクニヌシから系譜がはじまるのに、ナレーションではヤシマジヌミからはじまったように装っています。つまり、三つの系譜は、次頁左のようになります。

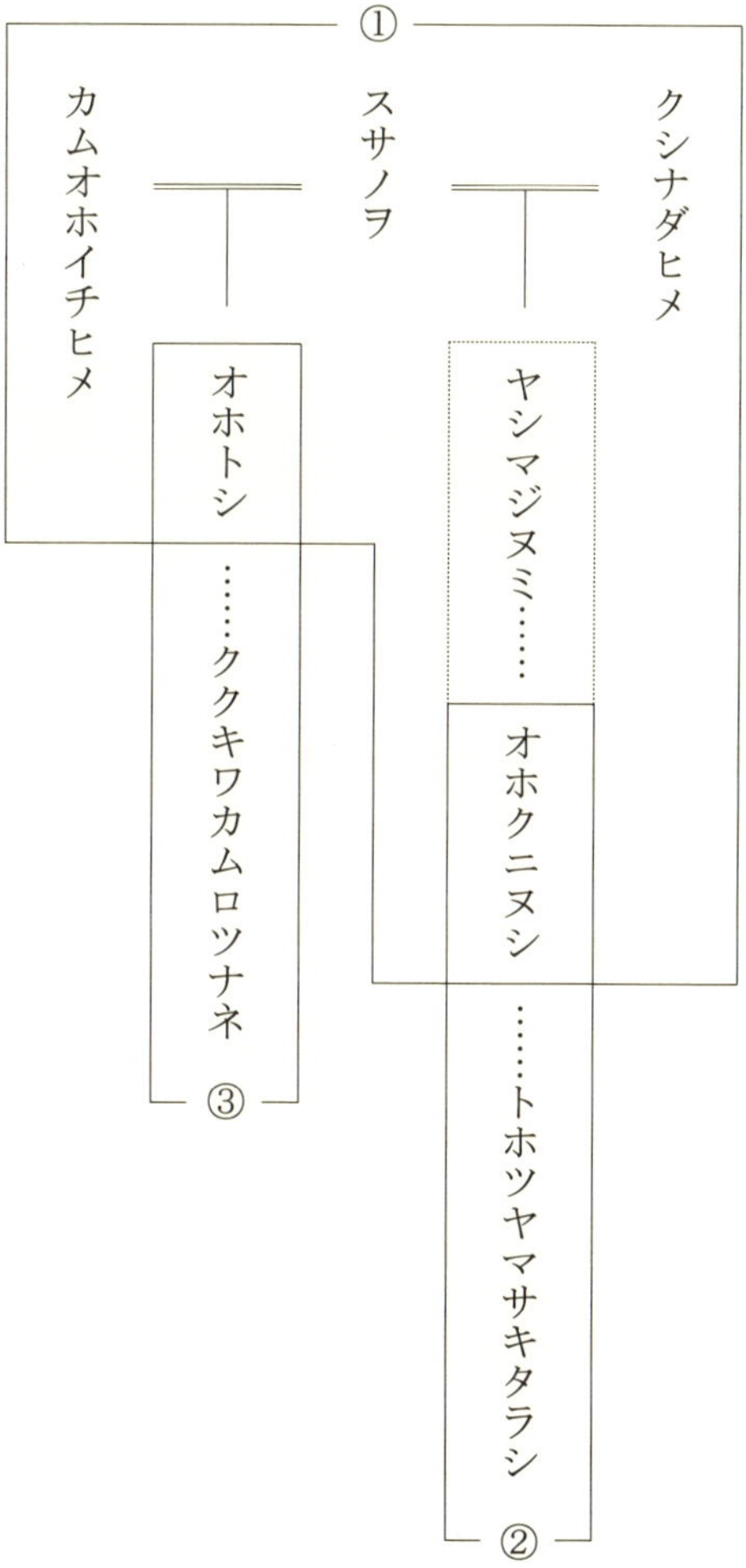

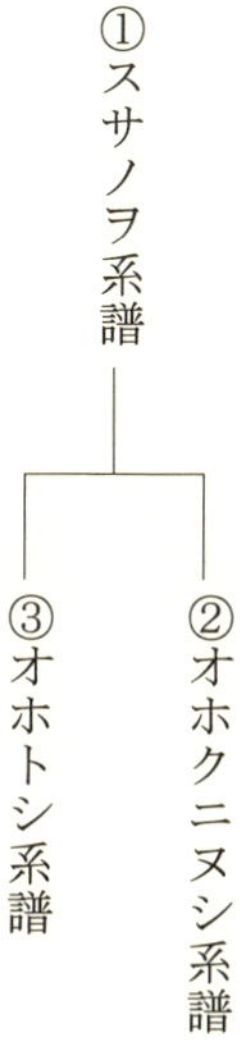

すると、親子兄弟関係のようになっていることがわかります。……で囲った「ヤシマジヌミ……」の部分がないと、②と③は兄弟関係にはなりません。だから、②の最後のナレーションは、②③を兄弟にする役割をはたし

ているといえるかもしれません。

物語の全くない系譜だけの記事①②③は、互いに関係があったことがわかりました。さて、ではなぜ③がここにあるのでしょうか？　③の神々二六神について、福島秋穂《あきほ》氏の研究があります[一二]。二六神は穀物・農耕とかかわる神か朝鮮との関係がある神で、農耕文化は朝鮮半島を経由して我が国へ伝来したから、二六神は全て農耕関係の神だとしています。また、①の解説でも触れたように、菅野雅雄氏の「舞台の暗転」という考えも大変よくわかります（次から、アマテラスの子と孫が活躍。すなわち六時間目の開始です）。それにしても、物語の展開と関係がないオホトシとその子孫をどうしてここにのせたのか、なぜその二六神が農耕に関する神々なのか。③の謎はまだたくさん残されたままになっています。私もわかりません。念のためにいえば、物語と物語の全くない系譜記事とは差があると述べてきましたから（それが天つ神と国つ神との差でもあります）、③によって葦原中国の〈豊饒〉が完成したとはみなさない方がよいと考えています。

これで五時間目「スサノヲとオホクニヌシ」をおえます。実は、スサノヲはもう登場しなくなっても、六時間目（9）までその影響は続いています。よってそこまでを五時間目とする授業案《シラバス》も考えました。しかし、「暗転」装置もありますし、六時間目からは主人公がアマテラスの子と孫、つまりオシホミミとニニギにかわりますので、これで五時間目を閉じることにします。

六時間目　オシホミミとニニギ

（1）葦原中国《あしはらのなかつくに》平定の命令とアメノホヒの派遣

天照大御神《あまてらすおほみかみ》の命《みこともち》以て(＊一)、「豊葦原千秋長五百秋水穂国《とよあしはらのちあきのながいほあきのみづほのくに》(＊二)は、我《あ》が御子《みこ》、正勝吾勝々速日天忍穂耳命《まさかつあかつかちはやひあめのおしほみみのみこと》(＊三)の知《し》らさむ(＊四)国ぞ」と、言因《ことよ》し賜《たま》ひて(＊五)、天降《あまくだ》しき(＊六)。是《ここ》に、天忍穂耳命、天《あめ》の浮橋《うきはし》(＊七)にたたして(＊八)、詔《のりたま》はく、「豊葦原千秋長五百秋水穂国は、いたくさやぎて有《あ》りなり(＊九)」と、告《の》らして、更《さら》に（高天原《たかあまのはら》に）還《かへ》り上《のぼ》りて、天照大神に請《まを》しき。爾《しか》くして、高御産巣日《たかみむすひ》神(＊一〇)・天照大御神の命《みこともち》以て、天《あめ》の安《やす》の河《かは》の河原《かはら》に八《や》百万《ほよろづ》の神を神集《かむつど》へ集へて(＊一一)、思金《おもひかね》神に思《おも》はしめて(＊一二)、詔《のりたま》ひしく、「此《こ》の葦原中国は、我《あ》が御子《みこ》の知《し》らさむ国と、言依《ことよ》して賜《たま》へる国ぞ。故《かれ》、此の国に道速振《ちはやぶ》る(＊一三)荒振《あらぶ》る(＊一四)国《くに》つ神等《かみども》(＊一五)が多《あま》た在《あ》るを以為《おも》ふに(＊一六)、是《これ》、何《いづ》れの神を使《つか》はしてか(＊一七)言趣《ことむ》けむ(＊一八)」とのりたまひき。爾《しか》くして、思金神と八百万の神と、議《はか》りて白《まを》ししく(＊一九)、「天菩比《あめのほひ》神(＊二〇)、是遣《これつかは》すべし」とまをしき。故《かれ》、天菩比神を遣《つかは》せば(＊二一)、乃《すなは》ち大国主《おほくにぬし》神に媚《こ》び附《つ》きて(＊二二)、三年《みとせ》に至るまで復奏《かへりごとまを》さず(＊二三)。

(＊一)仰《おお》せによって
(＊二)葦原中国を讃美した名称
(＊三)四時間目(5)ウケヒの条で誕生
(＊四)統治すべき
(＊五)ご委任なさって
(＊六)高天原から降下させた
(＊七)高天原と地上をつなぐ浮いている梯子《はしご》
(＊八)お立ちになって
(＊九)統治者不在のため未完成の状態のようだ
(＊一〇) 古事記で二番目に化成した神（二時間目(1)）
(＊一一)全員集合させて
(＊一二)思案させて
(＊一三)韻文では「神」にかかる枕詞《まくらことば》
(＊一四)荒々しい
(＊一五)オホクニヌシたち
(＊一六)大勢いることを思うと
(＊一七)派遣して
(＊一八)服従させようか
(＊一九)会議のすえ進言したことには
(＊二〇)四時間目(5)ウケヒの条で誕生
(＊二一)派遣したのに
(＊二二)こびを売ってしまい
(＊二三)返答を申し上げなかった

葦原中国が突然「豊葦原の千秋の長五百秋の水穂の国（豊かな大地である葦原中国の永久不変に瑞々《みずみず》しい稲穂の国）」と呼ばれるようになります。これは、いよいよアマテラスの子がそこに降臨《こうりん》し統治するようになるからでしょう。予祝した名称です。「その国は我が子オシホミミの統治する国だ」とアマテラスがいっています。これは「突然」ではありません。三貴子分治《さんきしぶんち》の条（四時間目（1））で既述しました。分治の時からすでに葦原中国はアマテラスの支配する国だと決まっていたのです。だから、アマテラスが子に統治をまかせることができたのです。

ところが二つ目の傍線部に、「その水穂の国は、とても『さやぎて』あるようだ」とあります。「さやぐ」は従来「騒がしい」と解されてきました。でもそうすると、二つ目傍線部は「その素晴らしい国はやかましい」となり、おかしな内容になってしまいます。「騒がしい」理由は何でしょうか。矢嶋泉《やじまいづみ》氏は、古事記の「さやぐ」は統治者不在の状態だと考察しています。[1] 古事記のほかの三例の「さやぐ」（いずれも中巻神武天皇の条）は、天皇が統治できていない時に起こった状態です。つまり、「その素晴らしい国は、統治者不在だからまだ完成とはいえない。そのため騒々しいのだ」という意味になります。

そうなった原因は、三つ目の傍線部に示されています。この箇所は、色々な重要なことを我々に教えてくれます。三点お話ししましょう。まず、この「国つ神」についてです。これがオホクニヌシを指すことにちがいはないでしょう。葦原中国平定の使者アメノホヒはオホクニヌシの所へ行きますから。第二・第三の使者もオホクニヌシと交渉します（六時間目（2）（7））。オホクニヌシは、国つ神と呼ばれたり名のったりする場面がありません。けれども、この箇所からオホクニヌシは国つ神とみなすことができます（本授業ではすでにそう呼んでいます）。「国つ神等」とあるのに、全ての使者はいずれもオホクニヌシの所へきているから、オホクニヌシは国つ神の代表ともいえるのです。

二点目として、ではなぜ「等《ども》」「多《あま》た」なのかについて解説しましょう。「大国主《おほくにぬし》」の名の意味は、この時間で話すことを約束しておきました（五時間目（6））。スサノヲから与えられた名前でした（五時間目（6）「祝福の言葉」の②）。その名を、「大国の主《たいこくぬし》」つまり葦原中国の統治者とする見解はまだ根強いようです。しかし、くどいようですがオホクニヌシは統治者ではありません。西郷信綱氏は、名前の意味について「多くの国主《くにぬし》を統《す》べあわせた神」と述べています。[二]葦原中国の「多くの国主たちは、出雲の大国主を核として統合収斂《しゅうれん》されねばならなかった」からという西郷氏の説明を、[1]私なりに補足しておきます。

オホクニヌシは国作りだけでなく、国譲りもする神です。国作りも、全国隈なく完成させたわけではありません。新潟のヌナカハヒメとの結婚がうまくいかなかったことや、奈良の御諸《みもろ》山の祭祀が明確ではないことからもわかります（五時間目（8）（11））。あくまで、出雲国中心です（その出雲国での国作りさえ曖昧です）。スサノヲのヤマタノヲロチ退治という〝国作り〟（正確には「国作りの前段階」）も、出雲国においてでした。国譲りの交渉も、全て出雲国で行なわれてゆきます。なのに、譲る「国」の対象は葦原中国全体です。出雲国がいつの間にか葦原中国と同義になっています。というより、葦原中国の代表とみなされているのです。同時に、オホクニヌシが国つ神の代表とされています。〈出雲国の一国つ神→葦原中国の多くの国つ神の代表〉とすりかえられているように私には思えます。オホクニヌシ一神だけとの国譲りの交渉、しかも出雲国においての交渉。なのに「国つ神等が多た」と記すのは、矛盾ではなく工夫だと思うのです。このように考えてくると、「大国主」を西郷氏のようにとらえなければ話のつじつまがあわなくなります。つまり「大国主」とは、葦原中国の支配者を意味するのではなく、全くの逆、国譲りを前提とした名前だということになります。蛇足ながら、もう一言。「スサノヲの祝福の言葉」②の「オホクニヌシとなれ」は、「国作りしてそこの主となれ」ではなく、「国作りしたら、代表として国を譲れ」という意味まで含まれていたというのは、深読みしすぎでしょうか。

三点目は、「道速振《ちはやぶ》る荒振《あらぶ》る」についてです。四時間目（14）で、国つ神側は天つ神に協力することを述べました。ところが古事記において、「道速振る神」「荒振る神」は平定されるべき対象なのです。これはおかしい。だが、私と同様、国つ神は協力者であると考えている姜鍾植《カンジョンシック》氏は、この例を「高天原側と葦原中国側とが直接対面しないことでの誤解」と述べています。[三]六時間目（11）で紹介する国つ神サルタビコも、天つ神と対面する前には「いむかふ神（敵対する神）」と「誤解」されていたのに、対面後は協力者であることがわかったとあります。国つ神には未解決の問題もあり、全八例のうち半数が中巻神武天皇の条に集中していることもあって、本授業ではこれ以上立ち入れません。けれども、古事記の国つ神は、天つ神と敵対する神ではないことはいっておきます。

ほかの神々についても簡単に触れておきましょう。八《や》百《お》万《よろず》の神は、アマテラスが天の石屋にこもった時も集まって相談していました（四時間目（8））。ここ（1）も高天原の危機の場面です。ただ、オモヒカネとの作戦は、今回は失敗のようです。アメノホヒは、ウケヒ神話でオシホミミの弟として誕生した神です。なぜその神を派遣したのか、オホクニヌシにどうこびたのか、記述が簡潔すぎてはっきりしません。古事記から離れますけれど、次のように考えられています。「アメノホヒは出雲国造《くにのみやつこ》の祖先である」と誕生した条（四時間目（6））に記されていました。出雲国造とは、出雲大社の一番偉い神主さんのことです。現在も八三代目がいらっしゃいます。出雲大社の祭神はもちろんオホクニヌシです。そのこととオホクニヌシにこびたこととが、関係あると思われます。といっても、古事記はそこまで語ってはくれませんけれど。

（1）**山田**「なお西郷氏は、神《かん》無《な》月《づき》（旧一〇月）に全国の神々が出雲国に集まるのも、この『統合過程の俗信化したものかも知れない』と述べています。これは古事記以外の問題なのですが、とても興味深い見解ですので紹介しておきます」

(2) アメワカヒコの派遣(その一)

是《ここ》を以《もち》て、高御産巣日神《たかみむすひかみ》・天照大御神《あまてらすおほみかみ》、亦《また》、諸《もろもろ》の神等《かみたち》を問《と》ひしく、「葦原中国に遣《つかは》せる天菩比《あめのほひ》神、久《ひさ》しく復奏《かへりことまを》さず(＊一)。亦、何《いづ》れの神を使《つか》はさば、吉《よ》けむ(＊二)」ととひき。爾《しか》くして、思金《おもひかね》神が答《こた》へて白《まを》ししく、(＊三)「**天津国玉神**《あまつくにたま》の子、**天若日子**《あめわかひこ》を遣すべし」とまをしき。故爾《かれしか》くして、天《あめ》のまかこ弓《ゆみ》・天のはは矢《や》(＊四)を以《もち》て天若日子に賜《たま》ひて、遣しき。是《ここ》に、天若日子、其の国に降《くだ》り到《いた》りて、即《すなは》ち大国主《おほくにぬし》神の女《むすめ》、下照比売《したでるひめ》(＊五)を娶《めと》り、亦、其の国を獲《え》むと慮《おもひはか》り(＊六)て、八年《やとせ》に至るまで復奏《かへりことまを》さず。故爾《かれしか》くして、天照大御神・高御産巣日神、亦、諸《もろもろ》の神等《かみたち》を問《と》ひしく、「天若日子、久しく復奏さず。又《また》、曷《いづ》れの神を遣《つかは》してか天若日子が淹《ひさ》しく留《とど》まれる(＊七)所由《ゆゑ》を問《と》はむ(＊八)」ととひき。是《ここ》に、諸の神と思金神と、答へて白《まを》さく、「雉《きぎし》(＊九)、名は**鳴女**《なきめ》を遣すべし」とまをす時に、(アマテラス・タカミムスヒは)詔《のりたま》ひしく、「汝《なむち》(＊一〇)、行《ゆ》きて、天若日子を問《と》はむ状《かたち》(＊一一)は、『汝(＊一二)を葦原中国に使《つか》はせる所以《ゆゑ》は、其の国の荒振《あらぶ》る神《かみ》等《ども》を言趣《ことむ》け和《やは》せとぞ(＊一三)。何《なに》とかも(＊一四)八年《やとせ》に至るまで復奏《かへりことまを》さぬ(＊一五)』とと

(＊一)長い間返答を申さない
(＊二)派遣すればよかろうか
(＊三)お答え申し上げることには
(＊四)高天原のすぐれた弓矢(「まかこ」「はは」は未詳)
(＊五)五時間目(9)オホクニヌシ系譜で誕生
(＊六)葦原中国を我がものにしようとたくらみ
(＊七)葦原中国に長い間とどまっている
(＊八)尋ねようか
(＊九)キジ
(＊一〇)鳴女《なきめ》
(＊一一)言葉としては
(＊一二)アメワカヒコ
(＊一三)平定し服従させるためなのだ
(＊一四)どうして
(＊一五)返答申さぬのか

へ」とのりたまひき。

第二の使者としてアメワカヒコが派遣されることになりました。今度は武器も授けられます。こんな時は剣が与えられるのに、弓矢というのがミソです。ところがやはり失敗します。オモヒカネの知恵は、今回もさえません。アメワカヒコは葦原中国を自分のものにしようとしてしまったのです。そのために、オホクニヌシの娘と結婚するという手段に出ました。国の王となるためにその国の王の婿《むこ》におさまる作戦は正しいのですけれど、アメワカヒコのあやまりはオホクニヌシを王だと思い込んだことでしょう。この場面をもって、オホクニヌシは葦原中国の支配者だとする意見もみられます。でも、ここはむしろそうではないことを表わしている箇所です。オホクニヌシは支配者ではなかったから、その婿になったアメワカヒコも国を得ることができず、八年間すごしたのです。

アマテラス・タカミムスヒの天つ神二神は、八年も返答がないからナキメという名のキジをつかわします。(2) ナキメはあくまでアメワカヒコの様子をみにゆくだけだから、葦原中国平定の使者ではありません。ところで、こうしてナキメをつかわすということは、天つ神はアメワカヒコが葦原中国で何をしたのか知らないことになりますす。どうも、「神様は全てをお見通しだ」というわけではないようです。高天原から葦原中国は、直接みえないのでしょう。六時間目（1）のアメノホヒがオホクニヌシにこびたのも、天つ神は知らないままなのでしょう。このナキメは次の（3）でアメワカヒコに殺されますが、それにも天つ神は気づかないみたいです。

（2）**学生**「『鳴女』ですよね。メスのキジは鳴くんですか？」
山田「さーて。ちょっと考えさせてください」

前の（1）に戻って、二つ目の傍線部「いたくさやぎて有りなり」をご覧ください。すると、この「なり」がとても効果的な助動詞だとわかります。「音《ね》＋あり」が語源ともいわれている伝聞推量の助動詞「なり」は、音・声をきいて推量する時使う助動詞です（しかも、天《あめ》の浮橋《うきはし》でやっときこえるようです）。高天原から下界はやはりみえないことがわかります。姜《カン》氏の「誤解」したという考察の証明にもなります。ということは、「スサノヲやオホクニヌシが葦原中国でこれまでに何をしたか」についても、天つ神は知らないのだとわかります。このことは、また後にも触れます。

アメワカヒコは、八年間返答しませんでした。アメノホヒは三年間でした。実は、「～年」はここがはじめてです。「一日」はすでにありました。[3] だが、「～年」「～歳」「～箇月」という時間の推移を示す言葉はこれまでにありませんでした。西郷信綱氏が「神話は時間をこえ、むしろ無時間的であろうとする志向をもつ」[四]と述べていることは正しいと思いますから、ここの「三年」「八年」は異例なのです。ところで、アメノホヒ・アメワカヒコに続く第三の使者がつかわされるのは次の（3）ではなく、（6）のことです。その間、アメワカヒコがキジを殺し、そのアメワカヒコが天つ神に処罰され、アメワカヒコの死後の儀礼などが続きます。お気づきのように、これも例の「長い・しつこい・まわりくどい」であって、それと「三年」「八年」は無関係ではないはずです。こうして長く時間がかかったと記すことにより、「葦原中国平定や国譲りは大事業だったのだ」「だから、平定させた高天原側は大したもんだ」という保証になったのでしょう。

（2）に傍線を二箇所付しました。葦原中国平定の司令を出した神です。前の（1）にも「タカミムスヒ・アマテラス」とありました。（2）の二例をみると、順序が異なっています。こうして並称する時は、初出時の書き方で通すのが通例です。たとえば、はじめが「イザナキ・イザナミ」だったら、二度目以降もこの順序で記します。ところが「アマテラス・タカミムスヒ」[4]は初出時（（1））とは順序がちがうのです。この順序の書き方が古事記に六例（中巻一例を含む）もあります。いきなりタカミムスヒが出てくることも理由がありそうです。三品彰英《みしなあきひで》氏が、古事記・日本書紀の諸伝から、〈タカミムスヒ単独で司令→二神で司令→アマテラス単独で司令〉と推移していったと考察しました。（五）原神話ではタカミムスヒが最高神であり、それがアマテラスへ移ってゆく過程がここからうかがわれるというのです。しかし、それは古事記以前の問題です。三品論をめぐって議論はまだ続いています。決着はついていません。皆さんは、どう考えますか？

私は、「A・B」と並称された後にその一方だけの行為が記される時、その者はBの位置に配される傾向があることに気づきました。（六）つまり「A・B……、B……」となるのです（後のBは省略されることもあります）。「AとB」のように「と」を入れて書いたり、並称後両者の行為を記す時（「A・Bの二人……」の時は、当然だがABが行為者となります）はあてはまりません。これは、全用例に該当する規則なのかどうか、実はまだわかりません。後の行為者がBかどうか明確でない場合が多いからです。（2）の二例もそれです。（1）の「タカミムスヒ・アマテラスが八百万の神を集めオモヒカネに思わせて」の次の「詔ひしく」の主語はアマテラスです。会話の中に「我が御子（オシホミミ）」とありますから、明らかです。ただ、いつもこうはっきりとはわからないので、これを「規則」といえるかどうか微妙です。

（3）**学生**「イザナミの『一日《ひとひ》に千《ち》頭《かしらくび》絞り殺さむ』（三時間目（11））の箇所ですね」

（4）**山田**「以下、『アマテラス・タカギ（タカミムスヒの「別名《ことな》」）』の場合も含んでお話しします」

（3）アメワカヒコの派遣（その二）

故爾《かれしか》くして、鳴女《なきめ》、天《あめ》より降《くだ》り到《いた》りて、天若日子《あめわかひこ》が門《かど》の湯津楓《ゆつかつら》(＊一)の上《うへ》に居《ゐ》て、言《こと》の委曲《つばひら》けきこと、(＊二)天《あま》つ神《かみ》の詔命《みことのり》の如《ごと》し。(＊三)爾《しか》くして、**天佐具売**《あめのさぐめ》(＊四)、此《こ》の鳥の言《こと》を聞きて、天若日子に語《かた》りて言《い》はく、「此の鳥は、其《そ》の鳴く音《おと》甚《いと》悪《あ》し。(＊五)故《かれ》、射殺《いころ》すべし」と、云《い》ひ進《すす》むるに、(＊六)即《すなは》ち天若日子、天つ神の賜《たま》へる天《あめ》のはじ弓《ゆみ》・天のかく矢《や》(＊七)を持《も》ちて、其の雉《きぎし》を射殺しき。爾くして、其の矢、雉の胸より通《とほ》りて、逆《さかし》まに射上《いあ》がりて、天《あめ》の安《やす》の河《かは》の河原《かはら》に坐《いま》す天照大御神《あまてらすおほみかみ》・高木神《たかぎのかみ》の御所《みもと》に逮《いた》りき。是《こ》の高木神は、高御産巣日神《たかみむすひ》の別名《ことな》ぞ。故《かれ》、高木神、其の矢を取《と》りて見れば、血《ち》、其の矢の羽《は》に著《つ》けり。是《ここ》に、高木神の告《の》らさく、「此の矢は、天若日子に賜《たま》へる矢ぞ」とのらして、即ち諸《もろもろ》の神等《かみたち》に示して詔《のりたま》はく、「或《も》し天若日子が、命《みこと》を誤《あやま》たず、(＊八)悪《あ》しき神を射《い》むと為《す》る矢の至《いた》らば、(＊九)天若日子に中《あた》らずあれ。(＊一〇)或《も》し邪《あ》しき心有《あ》らば、(＊一一)天若日子、此の矢にまがれ」(＊一二)と、云《い》ひて、其の矢を取りて、其の矢の穴《あな》より衝《つ》き返《かへ》し下《くだ》ししかば、天若日子が朝床《あさとこ》(＊一三)に寝《い》ねたる高胸坂《たかむなさか》(＊一四)に

（＊一）神聖なカツラの木（桂《かつら》・楓《かえで》・キンモクセイなどの説があり、未詳）
（＊二）言葉の細部にいたるまで
（＊三）ご命令通りだった
（＊四）「探女《さぐめ》」で探索する女神
（＊五）鳴き声はとても悪い
（＊六）助言したので
（＊七）天つ神がお与えになった弓矢（「天のまかこ弓」「天のはは矢」のことだが、名がかわった理由は不明）
（＊八）命令に従って
（＊九）矢がここに届いたならば
（＊一〇）この矢はあたらないでいろ
（＊一一）もしアメワカヒコに命令を守らぬ心があるなら
（＊一二）アメワカヒコよ、この矢で災難をこうむれ
（＊一三）朝寝を続ける寝床
（＊一四）胸の最も高い部分

中《あた》りて、死《し》にき〈此《これ》、還矢《かへりや》(*一五)の本《もと》(*一六)ぞ〉。亦《また》、其の雉《きぎし》、還《かへ》らず。故、今に、諺《ことわざ》に「雉の頓使《ひたつかひ》(*一七)」と曰《い》ふ本《もと》は、是《これ》ぞ。

(*一五)「射た矢を射返されると、最初に射た者にあたるから用心しなさい」という当時の教訓
(*一六)起源
(*一七)行くだけで帰ってこないお使い(キジの習性により、当時いわれていた慣用句)

アメワカヒコは、高天原からの使いのキジを殺してしまいます。どこにでも悪知恵を授ける奴はいるものです。アメノサグメ。いかにもコソコソと悪いことをやりそうな名前です。天《あま》の邪鬼《じゃく》の元祖ともいわれています。素直にキジのいうことをきかず、逆の助言をするのです。もちろん悪いのは、命令を守らなかったアメワカヒコの方ですけれど。古今東西、悪いことをする者には悪い参謀がつきものです。

アメワカヒコはキジを殺してもバレないと思ったのでしょう。高天原からみえないとわかっていたからです。ところが、その方法がまずかった。天つ神からもらった弓矢を使ったからです。アメノホヒとちがって、アメワカヒコには武器の弓矢が与えられたことが伏線となっています。これが剣だったらバレずにすんだでしょうに。このあたりの配役・小道具は実にうまく考えられています。使いが犬なら武器は剣だったかもしれません。犬と剣にしなかったのは、高天原から葦原中国へは飛んで行かなければならないし、血のついた矢によってアメワカヒコの悪事が露見するともってゆくためなのです。また、犬にはない「聞《き》きなし」というのが鳥の鳴き声にはあります。「聞きなし」とは、ホーホケキョを「法華経《ほけきょう》」に、ホトトギスの鳴き声を「てっぺんかけたか」や「特《とっ》許許可局《きょきょかきょく》」のように、ほかの事物と結びつけることです。(5) また、鳥の鳴き声で災害を予知する(キジは地震を知らせるといわれています)とは、今でもよくきく話です。これらのこととも、無関係とは思えません。(6)

(5) **学生**「この時代からあったのですか?」
山田「萬葉集にカラスがコロク(「児《こ》ろ来《く》」あなたがくるの意味)と鳴いたという歌があります(巻一四—三五二一番歌)」

以上のことも、高天原と葦原中国は遮断されていてみえないことが前提となっています。（3）のおわり近くに、「矢の穴」が出てきます。これからすると、両世界には幕のようなものが張られていたのでしょうか。イザナキ・イザナミが天降《あまくだ》る時、スサノヲが昇天する時など、今までにも両世界を往来する話がありました。みえないことや幕のことは記されていませんでしたけれど、「みえる」ともありませんから、やはりみえなかったのでしょう。現代の「天下《あまくだ》り」にも、幕があってあまり自由には下れない方がよいのですが。

再び、『阿刀田高の楽しい古事記』を取りあげます。この本のカバーには、オホアナムヂと蒲《がま》の穂《ほ》を持ったイナバノシロウサギと、その下界の様子をながめる雲にのった天つ神の絵が描かれています（石丸千里《いしまるちさと》氏のイラスト）。多分世間では、「高天原の神々はこんなふうに下界をみている」とみなしているのでしょう。芥川龍之介の『蜘《く》蛛《も》の糸』に、お釈迦《しゃか》様が極楽の池から地獄の罪人をながめる場面があったことも思い出されます。でも、古事記本文によると、みえないのです。ちなみに、『楽しい古事記』のもう一方のカバー（第四表紙）には、矢があたりそうになっているキジが描かれ、どうみてもオスのキジなのです。雲の上の神にしても、こうしないと絵にならないのでしょう。もちろん、この絵のおかげで本書は一段と「楽しい」気分にさせてくれます。

キジを殺したアメワカヒコには死が与えられます。古事記神話にはいくつか殺害場面があり、殺害者は死でもって罰せられています。イザナミを焼死させたカグツチ（三時間目（7）（8））、アシナヅチの娘七人を食《く》ったヤマタノヲロチ（四時間目（11）（12））。オホアナムヂを二度殺した八十神（五時間目（3）（6））も含めてよいでしょう。例外はスサノヲだけ。これは、スサノヲのエネルギー（スサブ力《ちから》）のすさまじさを表わすことになります。今はそのことよりも、アメワカヒコへ死の報いを与えた神とその方法について考えてみます。

結論からいえば、天つ神は殺害をしないのです。まして、アマテラスはしない。それどころか、自分の周辺に死があることさえ嫌っています。スサノヲの四つの勝ちさびにおいて、四つ目（斑馬《ふちうま》の皮の投入）だけが許せなかったのは、それにより天の服織女《はとりめ》が死んだからでしょう（四時間目（7））。ここ（3）でタカギ（タカミムスヒの「別名《ことな》」）が突然登場するのは、アマテラス以外の「他の神にそれ（殺害）を代行させる」ためという菅野雅雄氏の見解があります。(七) アマテラスを殺害とは縁がないものにしようとしたのです。でも、タカミムスヒも天つ神です。そこで、名をタカギとし、直接殺すのではなく、神意を占うような手段を使ったのです。殺害者は死をもって報いねばならないからです。なお、ここも「アマテラス・タカギ……」、タカギがその矢を取って」の形になっています。

丸山静《まるやましずか》氏は、スサノヲが草なぎの大刀《たち》をアマテラスへ献上したことについて、次のように述べています。

「劔」とはすなわち暴力のシンボルである。……しかしまた、暴力なしには秩序は保たれず、所詮、高天原にも暴力は必要であり、時にそれは発動させねばならぬ。しかし、神聖の神々は、自分の手を血で汚すことはしないのである。それは誰か他のものにさせておき、自分はあくまで清浄を保ちつづける。(八)

私は、これらのことが「なぜ天つ神は自分で国作りをしないのか」という問題を解くきっかけになると思うのです。(九) みてきたように、国作りにはどうしても殺害がからみます。イザナキ・イザナミの国作りでさえ、武器（天の沼矛《あめぬほこ》）を授けられていること（三時間目（1））がそれを暗示しています（イザナキ・イザナミが天つ神ではないこと、三時間目（1）で既述）。丸山氏の、「暴力」なくして「秩序」はないとは、古事記上巻においては国作りとその統治を指すのでしょう。中巻の神武《じんむ》天皇・景行《けいこう》天皇の国の平定の物語にも、悪い奴らをバッタバッタと退治する話はあります。でもこれも、天皇が直接手を下《くだ》すのではありません（皇位継承争いの殺害は、また別の問題ですのでここには入っていません）。殺しの役目は、神武天皇の条の道臣命《みちのおみのみこと》（大伴氏の祖先）・大久米命《おおくめ》

（6）学生「メスなんですが……」

山田『鳴女《なきめ》』でしたよね。もう少し考える時間をください」

（久米氏の祖先）、景行天皇の条の倭建命《やまとたける》（景行天皇の皇子。ただし天皇にはなれません）なのです。天皇の周りの協力者なのです。彼らは、スサノヲ・オホクニヌシと役割がきわめて近いことになります。

ここまで話しましたから、もう少し国作りについて述べておきましょう。天つ神が既存の国（すでに完成していた国）を譲らせるという内容になっていないのは、保証が弱くなってしまうからです。「誰が国を作ったか」「作った者に統治権があるのではないか」「天つ神は略奪したのか」などなどの疑いが生じてしまいます。そうさせないため、「身内の神々（アマテラスの弟とその婿）に作らせそれをアマテラスが自分のものにする」という身内の中での閉じたやりとりになったのだと考えられます。天つ神を、おくれてやってきた侵略者にしないため、天つ神の手を血で汚さないために、考え抜かれて選ばれたのが今ある物語の内容なのでしょう。以上のことから、オホクニヌシがスサノヲの娘と結婚したこと（五時間目（４））は、アマテラスとオホクニヌシの血縁関係（身内のつながり）をぐっと近づけることにもなったとみなせるのです。

（４）アメワカヒコの殯《もがり》儀礼《ぎれい》

故《かれ》、天若日子《あめわかひこ》が妻《め》、下照比売《したでるひめ》が哭《な》く声、風と響《ひび》きて天《あめ》に到《いた》りき。(＊一)
是《ここ》に、天《あめ》に在《あ》る、天若日子が父天津国玉神《あまつくにたまのかみ》と其《そ》の**妻子**《めこ》と、（泣き声を）聞《き》きて、降《くだ》り来《き》て、哭《な》き悲《かな》しびて、乃《すなは》ち其処《そこ》に喪屋《もや》(＊二)を作《つく》りて、河《かは》鴈《かり》(＊三)をきさり持《もち》(＊四)と為《し》、鷺《さぎ》を掃持《ははきもち》(＊五)と為、翠鳥《そにどり》(＊六)を御食人《みけびと》(＊七)と為、雀《すずめ》を

（＊一）高天原に届いた
（＊二）遺体を安置する殯《もがり》の建て物
（＊三）川に住む雁《かり》？
（＊四）食事を持って行く役目
（＊五）ほうきを持って周りを清浄にする役目
（＊六）カワセミ
（＊七）食事を作る役目
（＊八）臼《うす》で精米する女
（＊九）キジ

碓女《うすめ》（＊八）と為、雉《きぎし》（＊九）を哭女《なきめ》（＊一〇）と為、如此《かく》行《おこな》ひ定《さだ》めて（＊一一）、日《ひ》八日《やうか》夜《よ》八夜《やよ》以《もち》て（＊一二）、遊《あそ》びき（＊一三）。

（＊一〇）蘇生させるために泣く女
（＊一一）以上のように役割を定めて
（＊一二）八昼夜通して
（＊一三）蘇生のための歌舞音曲・飲食をした

（4）を「アメワカヒコの葬儀」と小見出しをつける注釈書が多いのに、あえて「殯儀礼《もがり》」としました。蘇生させる儀礼としか考えられないからです。イザナミのそれをすでに述べました（三時間目（11））。鳥が活躍するのは、霊魂の象徴だからと考えられています。霊魂は目にみえませんから、ふわふわと空中を漂うものつまり雲・霧・息（これもみえませんが）、また鳥（古事記には出てこないけれど、蝶や蜂も）を霊魂の象徴とみなしていました。これらが、死者の霊を表わすこともあります。しかし、ここはちがいます。死霊ならば、鳥は一羽でよいはずです。霊魂の象徴を身近に置いて、アメワカヒコ自身の霊魂を活性化させようとしたのです。準備された食事も、弔問客のためではなく、アメワカヒコと共食するためでしょう。最後の「遊び」は従来「歌舞音曲」とだけ訳されていました。私がそれに「飲食」を加えたのは、そのためです。「哭《な》く」が三例あって、これまた蘇生のためであることは前述の通りです（三時間目（8））。次の（5）には、アメワカヒコが生き返ったかのような記述があるのも（実際は勘ちがいですが）、やはりここが殯儀礼の場だったからでしょう。これは折口信夫《おりくちしのぶ》氏の発言です（一〇）。

泣き声についてお話ししましょう。シタデルヒメの泣き声がみえない世界高天原まで届いたのは、よほど大声だったからでしょうか。たしかに、『大漢和辞典』によると「哭」の漢字は「口」が二つついているので大声で泣く意味だそうです。でもそれだけではなくて、泣き声は世界を異にしていても届くと考えるべきでしょう。泣いていると神がやってくる神話がいくつもありました。泣き声は神を呼ぶことだとも述べました（四時間目（11））。

だから、神の世界やあの世にも届くのです。

キジを「哭女《なきめ》」の役割にしています。さっきから質問がありました「鳴女《なきめ》」は、おそらくこれと関係があるのでしょう。民俗学者によれば、(二)近代でも「泣《な》き女《め》」と呼ばれる職業があったそうです。これは女性の仕事です。葬式に呼ばれ、仏《ほとけ》さんと縁もゆかりもなくても泣くのです。報酬が米で支払われる時は、「一升泣き」「二升泣き」といって、報酬の量によって泣き加減もかわるのだそうです。男性も泣かないわけではありませんけれど、泣くのは女性の方が上手だったようです。「泣くといえば女性だ」が「鳴くといえばメスだ」となって、メスのキジが「鳴女」となったのではないでしょうか。もちろん、ナキメとサグメの対決の形にするためでもあったのでしょう。

近代の習俗を古事記神話に直接利用することは危険です。承知のうえで「泣き女」の習俗を出したのは、「哭女」は「泣き女」にまずまちがいないと思われるからです。

(5) アヂシキタカヒコネの弔問《ちょうもん》

此《こ》の時に、阿遅志貴高日子根神《あぢしきたかひこねのかみ》(＊一)到《いた》りて、天若日子《あめわかひこ》が喪《も》を弔《とぶら》ひし時に、天《あめ》より降《くだ》り到《いた》れる、天若日子が父、亦《また》、其《そ》の妻《め》、皆《みな》哭《な》きて云《い》はく、「我《あ》が子は、死《し》なず有《あ》りけり」(＊二)「我が君《きみ》は、死なず坐《いま》しけり」(＊三)と、云《い》ひて、手足《てあし》に取《と》り懸《かか》りて哭《な》き悲《かな》しびき。其の過《あやま》ちし所以《ゆゑ》(＊四)は、此の二柱《ふたはしら》(＊五)の神の容姿《かたち》、甚能《いとよ》く相似《あひに》たり。故是《かれここ》を以《もち》て、過《あやま》ちしぞ。

(＊一)シタデルヒメの兄(五時間目(9)オホクニヌシ系譜で誕生)
(＊二)死なないでいたのか
(＊三)死なないでいらっしゃったのですね
(＊四)父・妻が勘ちがいした理由
(＊五)アメワカヒコとアヂシキタカヒコネ

是《ここ》に、阿遅志貴高日子根神、大《おほ》きに怒《いか》りて曰《い》はく、「我《あれ》は、（アメワカヒコの）愛《うるは》しき友《とも》に有《あ》るが故《ゆゑ》(＊六)に、弔《とぶら》ひ来《き》つらくのみ(＊七)。何《なに》とかも(＊八)吾《あれ》を穢《きたな》き死人《しにびと》に比《なぞ》ふる(＊九)」と、云ひて、御佩《みは》かせる(＊一〇)十掬《とつか》の剣《つるぎ》(＊一一)を抜《ぬ》き、其の喪屋《もや》を切《き》り伏《ふ》せ、足を以《もち》て蹶《く》ゑ離《はな》ち遣《や》りき(＊一二)。此《これ》(＊一三)は、美濃国《みののくに》の藍見河《あゐみのかは》の河上《かはかみ》に在《あ》る喪山《もやま》(＊一四)ぞ。其の、持ちて切れる大刀《たち》の名は、大《おほ》量《はかり》と謂《い》ひ、亦《また》の名は、神度剣《かむどのつるぎ》と謂ふ。故《かれ》、阿治志貴高日子根神は、忿《いか》りて飛び去りし時に、其のいろ妹《も》(＊一五)高比売命《たかひめのみこと》(＊一六)、其の御名《みな》を顕《あら》はさむと思《おも》ひき(＊一七)。故、歌《うた》ひて曰《い》はく、

天《あめ》なるや　弟棚機《おとたなばた》(＊一八)の
項《うな》がせる　玉《たま》の御統《みすまる》(＊一九)
御統に　足玉《あなだま》はや(＊二〇)
み谷《たに》　二渡《ふたわた》らす(＊二一)
阿治志貴高日子根の　神《かみ》(＊二二)そ

此《こ》の歌は、夷振《ひなぶり》(＊二三)ぞ。

(＊六)親友であるから
(＊七)きただけだ
(＊八)なぜ
(＊九)なぞらえるのか
(＊一〇)お持ちになっていた
(＊一一)「掬」は長さの単位(四時間目(2))
(＊一二)蹴飛ばしてしまった
(＊一三)飛んでいった喪屋
(＊一四)岐阜県垂井《たるい》町の相川《あいかわ》上流の送葬山《そうぞうやま》古墳？(「喪山」の比定地。ほかに、同県美濃市にも「喪山」と呼ばれる遺跡はある)
(＊一五)アヂシキタカヒコネと同母の妹《いもうと》
(＊一六)シタデルヒメのこと
(＊一七)名も告げず去った兄に代わって妹が兄の名を示そうと思った
(＊一八)天上にいる年若《としわか》の機織《はたお》りの女が
(＊一九)首におかけになっている紐で貫《ぬ》いた玉飾り。
(＊二〇)その首飾りや足につける玉飾りのように
(＊二一)谷に二つもの谷にその輝きが届くほどの
(＊二二)そんな輝かしいアヂシキタカヒコネの神であるよ。
(＊二三)田舎風《ぶり》な歌(歌の名前。歌の名は「～振《ぶり》」と呼ばれることが多い)

アメワカヒコの妻シタデルヒメの実兄で、アメワカヒコとは親友でもあったアヂシキタカヒコネが弔問にやってきました。ところが、アメワカヒコとよく似ていたので、高天原から降《くだ》ってきた父と本妻は「死んではいなかったのだ」と勘ちがいしてしまいます。八年振りだったからでしょうか。それにしても、アメワカヒコの本妻と新

しい妻（シタデルヒメ）とがここで同席していることが気になります。源氏物語の葵《あおい》の上《うえ》と六条御息所《ろくじょうのみやすどころ》ではないけれど、二人の妻が鉢あわせになったらもめるのが普通でしょう。そのことがまた物語のあらたな展開を生み出すのです。[7] オオクニヌシの二人の妻、スセリビメとヤカミヒメの場合もそうでした（五時間目（6））。なのに、アメワカヒコの二人の妻の間には何も起こりません。古事記に限らず、ひょっとして日本の古典文学の中でもとても珍しい場面かもしれません。

新しい妻シタデルヒメにはタカヒメという本名があって、誕生時に二つの名が記されています（五時間目（9））。続く物語には、本名ではなく「亦《また》の名」が使われるのが古事記の規則だといいました（三時間目（7））。「亦の名」シタデルヒメも、六時間目（2）（4）ではその規則に従っています。ところが、（5）のおわりに本名が一度だけ唐突のように出てきます。このことについては、タカヒメ物語とシタデルヒメ物語の「二物語があってそれが習合統一されたもの」とする菅野雅雄氏の見解があります。[一二] 古事記以前の姿をさぐるより、現古事記を読もうとする本授業では、こんなことも想像するのですが……。[一三]

タカヒメはアヂシキタカヒコネの妹《いもうと》として、[8] シタデルヒメはアメワカヒコの妻としての役割だと考えられます。橋本治《はしもとおさむ》氏『古事記』（講談社　一九九三年）に、「父親も妻も子も、みな高天原から降《お》りてきて……地上の妻であるシタデル姫《ひめ》とともに、アメノワカヒコのとむらいをする家をつくって」とあります。多分、ほとんどの人がそうみなしているでしょう。でも、六時間目（4）のシタデルヒメは泣き声をあげるだけで、喪屋を作ることも八昼夜の「遊び」に参加することもしていないと思われます。なぜなら、（4）は二つの文から成り、一つ目の文の主語は「シタデルヒメの泣き声」、次の文の主語は「父と妻子」となっているからです。（5）にはシタデルヒメの名もなく、存在すら感じさせません。やはり本妻とは同席できないからではないでしょうか。「シタデルヒメは本妻に遠慮して姿を隠していた。ところが兄があんなことをしたので、代わって兄の名を示した。でもその時は、兄の妹《いもうと》のタカヒメとして」という読みは穿ちすぎでしょうか。

アヂシキタカヒコネの怒り方は尋常ではありません。蹴った喪屋が島根県から岐阜県まで飛んだのも、「すごいキック力」ではなく、怒りの度合いを表わすのでしょう。喪屋が喪山と結びつけられています。三時間目（11）の黄泉国神話で、ヨミの語源はヤマ（山）とする井手至《いでいたる》氏の説を紹介しました。私は、黄泉国や（5）の喪屋が殯《もがり》の場であると考えていて、〈喪屋→喪山〉もその傍証の一つであるとみなしています。

最後の歌はわかりづらいかもしれません。歌の主題は、「(無礼をしたけれど) アヂシキタカヒコネは輝かしい立派な神ですよ」という最終行の部分です。それをいうために、色々な修飾の言葉がついているのです。はじめの三行（天上界の機織《はたお》り女《め》の持つ玉）は比喩です。よって、「ように」を補って口語訳しました。「足玉《あなだま》」の原文「阿《あ》那陀麻《なだま》」は、長い間「穴玉」と解されてきました。紐を通すための「穴」です。けれども、玉には穴がつきものだから、ここだけとくに「穴玉」というのはおかしい。中村啓信《ひろとし》氏は「足玉」としました。[一五]　機織り女は、手にも足にも玉をつけ、手足を動かし機を織るたびに、玉も揺れるというわけです。

「そんな玉のように～であるアヂシキタカヒコネ」となります。では、「～」の部分は何でしょうか？　この点は書いてありません。音かもしれません。〈玉同士がぶつかりあう音が響く→この神の名声が広まる〉ともってゆくつもりでしょうか。届く先は「二つの谷」ですから、名声が行き渡るにしてはちょっと狭い気もします。アヂシキタカヒコネが飛んでいったという説は、前半の玉の描写とあいません。玉の輝きが二谷に届くとするのが無

（7）**学生**「有名な『車争い』ですね」
山田「そうです。賀茂祭《かものまつり》の見物にきた光源氏の正妻葵の上と愛人の六条御息所とが、駐車場を奪いあった事件です。これがもとで、御息所はもののけと化し、葵の上を病死させると展開します[一四]」

（8）**山田**「タカヒコ・タカヒメの対《つい》ことは、すでに宣長が気づいています」

難でしょうか。今はこれが主流です。ただこの見解は、日本書紀（神代《かみよ》第九段一書《あるふみ》第一）の「アヂシキタカヒコネは装い麗しく、二つの丘・谷の間に照り輝く」という一節を応用していて、そのことが気にかかります。

「第三者に対して自分の兄をこれほどほめるの？」という疑問もあるでしょう。しかし、これは名誉挽回の歌なのです。端的にいうと、「初対面なのに喪屋を壊して名も告げず立ち去った兄は、悪い人ではありません」といいたいのです。このままでは、兄は悪人です。死者アメワカヒコになってしまうおそれもあります。「穢《きたな》き死人《しにびと》」でないことを明らかにしなければなりません。それは、死の穢《けが》れとは無関係だと宣言することであり、天つ神にいわれた「邪《あ》しき心」の持ち主（六時間目（３））という汚名返上にもなるでしょう。この汚名とアヂシキタカヒコネの怒りとが無縁でないことは、西郷信綱氏の意見です。(一六)

久し振りに、脱線します。

「名誉返上」と「汚名挽回」

「汚名返上」をあやまって「汚名挽回」といってしまう人がいます。もちろん、全く逆です。多分、「名誉挽回」と混同してしまったのでしょう。「あげ足をすくう」「足をとる」も、正しくは「足をすくう」「あげ足をとる」が正しい。では、「体調をこわす」は？　「体をこわす」「体調をくずす」ですね。

私には苦い思い出があります。「『二の舞を踏む』を訂正しなさい」という問題を、よりによって入試問題として出したのです。「二の足を踏む」か「二の舞を演ずる」が正解です。ところが、試験後あるところから「『二の舞を踏む』で辞書に出てるじゃないか」という抗議を受けたのです。たしかに、いくつかの辞書にのっているのです。この出題をどう処理したかについては勘弁してもらって、私がいいたいのは以下のことです。「二の舞を踏む」は、誤用がまかり通ってしまった例なのです。何と、「飛ぶ鳥跡《あと》を濁さず」「耳ざわりがよい」も辞書にのっています。そんな馬鹿なと思ってさらに辞書を引くと、「情《なさ》けは人のため成《な》らず」が「情けをかけてやることは本人の自立のためによい結果をもたらさない、ともいう」とあり、「一姫《いちひめ》二《に》太郎《たろう》」も「俗に、女の子一人、男の子二人の場合にもいう」とあるではないか。ああ、世も末だ。一体、日本語はどうなってしまうのでしょうか。

言葉は生きています。だから、かわってゆくこともあるのです。古語「あはれ」が、今の「あわれ」とはまるで異なるように。でも、改悪すべきではありません。「情けは人のため成らず」は人生上の教訓なのであり、「一姫二太郎」は子育ての知恵なのでしょう。「二の舞」「二の足」「耳ざわり」は、その言葉自体の意味がわからなくなってしまったから、使い方をあやまるのでしょうか。さらに問題なのは、誤用が辞書にのっていること。むしろ辞書は、上記のものを「誤用だ」と明記し、「今後は使うな！」くらいのことは付け加えてもいいのではありませんか。

正解

・「飛ぶ鳥跡を濁さず」→「立つ鳥跡を濁さず」
・「耳ざわりがよい」→「耳ざわり」は「耳障《ざわ》り」であって、「耳触《ざわ》り」という語は存在しない。
・「情けは人のため成らず」→情けはめぐりめぐって自分に返ってくるものだから、他人に情けをかけてやるのも、結局は自分のためになる、の意味。
・「一姫二太郎」→最初の子は育てやすい女の子、二人目は男の子の順に授かるのが理想的だ、の意味。

(6) タケミカヅチの派遣（その一）イツノヲハバリとタケミカヅチ

是《ここ》に、天照大御神《あまてらすおほみかみ》の詔《のりたま》ひしく、「亦《また》、曷《いづ》れの神を遣《つかは》さば、吉《よ》けむ」(＊一)とのりたまひき。爾《しか》くして、思金神《おもひかね》と諸《もろもろ》の神と白《まを》ししく、(＊二)「天《あめ》の安《やす》の河《かは》の河上《かはかみ》の天《あめ》の石屋《いはや》に坐《いま》す、名は伊都之尾羽張《いつのをはばり》(＊三)神、是《これ》、遣《つかは》すべし。若《も》し亦、此《こ》の神に非《あら》ずは、(＊四)其の神の子、建御雷之男《たけみかづちのを》(＊五)神、此《これ》遣すべし。且《また》、其の天尾羽張《あめのをはばり》(＊六)神は、逆《さかし》まに天の安の河の水を塞《せ》き上《あ》げて、(＊七)道を塞《ふさ》ぎ居《を》るが故《ゆゑ》に、他《あた》し神(＊八)は、行くこと得《え》じ。(＊九)故《かれ》、別《こと》(＊一〇)に**天迦久《あめのかく》神**を遣して問《と》ふべし」(＊一一)とまをしき。故爾《かれしか》くして、天迦久神を使《つか》はして天尾羽張神を問《と》ひし時に、(アメノヲハバリが)答《こた》へて白《まを》さく、「恐《かしこ》し。(＊一二)仕《つか》へ奉《まつ》らむ。(＊一三)然《しか》れども、此の道には、(＊一四)僕《やつかれ》が子、建御雷《たけみかづち》神を遣すべし」とまをして、乃《すなは》ち貢進《たてまつ》りき。爾《しか》くして、天鳥船《あめのとりふね》(＊一五)神を建御雷神に副《そ》へて遣しき。

(＊一)どの神を派遣すればよかろうか
(＊二)申し上げることには
(＊三)三時間目(9)カグツチを切った刀の名
(＊四)イツノヲハバリがダメな時は
(＊五)三時間目(8)カグツチの血から誕生
(＊六)イツノヲハバリの本名
(＊七)川の水を流すのではなく逆に塞《せ》き止めて
(＊八)ほかの神
(＊九)行きつけません
(＊一〇)特別に
(＊一一)返事を尋ねるとよいでしょう
(＊一二)おそれ多いことです
(＊一三)お仕えいたします
(＊一四)このたびの派遣については
(＊一五)三時間目(7)神生みの条で誕生

「頼むよ、オモヒカネ。今度失敗だったら、もう信用しないから」とアマテラスがいったわけではないけれど、オモヒカネにはすごいプレッシャーだったでしょう。三度目の派遣に関しては、慎重に事が運ばれます。選ばれたのはイツノヲハバリ（本名アメノヲハバリ）。久しぶりの登場です。（6）には、三時間目に誕生・初登場した神が三神も再登場します。そのイツノヲハバリが住む「天の安の河」の川上の「天の石屋」というのも久々に耳にする名称で、偶然ではないのでしょう。「天の安の河」は、アマテラス・スサノヲがウケヒをした川でした（四時間目（4））。ただし、「天の石屋」はアマテラスがこもった石屋とは別でしょう。あれには、しめ縄が張られていて誰も入れません（四時間目（9））。別物だと表わすために、（6）の方だけに「天の安の河の河上の」と冠したのでしょう（アマテラスの石屋にはそれがありませんでした）。イツノヲハバリは自在に水をあやつれるらしい。あるいは、それほどの怪力のようです。おいそれとは近づけません。そこで、葦原中国への派遣を要請するために、イツノヲハバリのもとにアメノカクが派遣されます。[9]

　このややこしくて、もってまわったいい方によって、イツノヲハバリはいかにふさわしい神であるかということが保証されるのです。これ、いつものやり方です。こんなに慎重に、そして苦労して選ばれた神なのですから。さらに念入りなことに、そのイツノヲハバリは「我が子タケミカヅチを遣すべし」というのです。鬼に金《かな》棒《ぼう》を借りてきて石橋をたたくようなもの。「タケミカヅチを遣すべし」の「べし」という助動詞が効果的です。「相手は大したことがないから、私が行くまでもない」ではありません。「タケミカヅチの方がよりよい」という意味でしょう。一体、タケミカヅチはどんな力を発揮するのでしょうか。

（9）**学生**「ああ、ややこしい」

(7) タケミカヅチの派遣(その二) コトシロヌシの服従

是《ここ》を以《もち》て、此《こ》の二《ふた》はしらの神(*一)、出雲国《いづものくに》の伊耶佐《いざさ》の小浜《をはま》(*二)に降《くだ》り到《いた》りて、(タケミカヅチは)十掬《とつか》の剣《つるぎ》(*三)を抜《ぬ》き、逆《さかし》まに浪《なみ》の穂《ほ》に刺《さ》し立《た》て(*四)、其《そ》の剣の前《さき》に趺《あぐ》み坐《ゐ》(*五)て、其の大国主神《おほくにぬしのかみ》を問《と》ひて言《い》ひしく、「天照《あまてらす》大御神《おほみかみ》・高木《たかぎ》神の命以《みこともち》(*六)て、問ひに使《つか》はせり(*七)。汝《なむち》がうしはける葦原《あしはらの》(*八)中国《なかつくに》は、我《あ》が御子《みこ》(*九)の知《し》らさむ(*一〇)国と言依《ことよ》し賜《たま》ひき(*一一)。故《かれ》、汝《なむち》が心は、奈何《いか》に(*一二)」といひき。爾《しか》くして、(オホクニヌシは)答《こた》へて白《まを》ししく、「僕《やつかれ》は、白《まを》すこと得《え》ず(*一三)。我《あ》が子八重《やへ》言代主《ことしろぬし》(*一四)神、是白《これまを》すべし(*一五)。然《しか》れども、(今コトシロヌシは)鳥《とり》の遊《あそび》・取魚《すなどり》(*一六)の為《ため》に、御大之前《みほのさき》(*一七)に往《ゆ》きて、未《いま》だ還《かへ》り来《こ》ず」とまをしき。故爾《かれしか》くして、(タケミカヅチは)天鳥《あめのとり》船《ふね》神を遣《つかは》して、八重事代主神を徴《め》し来《き》(*一八)て、(タケミカヅチがコトシロヌシに)問《と》ひ賜《たま》ひし時に、(コトシロヌシは)其の父の大神《おほかみ》(*一九)に語《かた》りて言《い》はく、「恐《かしこ》(*二〇)し。此《こ》の国は、天《あま》つ神《かみ》の御子《みこ》に立《た》て奉《まつ》らむ(*二一)」といひて、即《すなは》ち其の船を蹈《ふ》み傾《かたぶ》けて(*二二)、天《あめ》の逆手《さかて》(*二三)を青柴垣《あをふしかき》(*二四)に打《う》ち成《な》して(身を)隠《かく》りき(*二五)。

(*一)タケミカヅチ・アメノトリフネ
(*二)島根県大社《たいしゃ》町の稲佐浜《いなさのはま》(出雲大社の西側の海岸)
(*三)「掬」は長さの単位(四時間目(2))
(*四)剣の先を上向《うわむ》きにして波の上に突き立て
(*五)剣の尖端《せんたん》にアグラをかいてすわって
(*六)ご命令で
(*七)尋問のため派遣なさったのだ
(*八)所持する
(*九)オシホミミが
(*一〇)統治すべき
(*一一)ご委任なさった
(*一二)お前の心づもりはどんなだ
(*一三)お答え申すことができません
(*一四)五時間目(9)オホクニヌシ系譜で誕生
(*一五)返事を申し上げるでしょう
(*一六)鳥を取りに、また魚取り
(*一七)島根県美保関《みほのせき》町の美保岬《みほみさき》
(*一八)連れてきて
(*一九)オホクニヌシ
(*二〇)おそれ多いことです
(*二一)献上しましょう
(*二二)身を隠すため、船を踏んで逆様《さかさま》にして
(*二三)普通とは逆の仕方で手を打つこと(手の甲で打

つとか、体の後方で打つなどといわれているが未詳）
（＊二四）青い柴で作った垣（神の宿る所）
（＊二五）「船を踏み傾け逆手を打つと、船が青柴垣となり、そこへコトシロヌシは隠れた」の意

いよいよタケミカヅチがオホクニヌシのもとにやってきました。海の上に「十掬《とつか》の剣《つるぎ》」を逆に立てて、その上にアグラをかいてオホクニヌシと問答します。これは、いきなりの威嚇行為です。自分の神威をみせつけるためでしょう。

タケミカヅチの父アメノヲハバリ（「亦の名」イツノヲハバリ）は、イザナミを焼死させた火の神カグツチを切った剣そのものでした。あの時も「十拳《とつか》の剣」でした。その剣についた血から成ったのがタケミカヅチです（三時間目（8）（9））。「十拳（掬）の剣」はほかにもみられるものの、ひょっとして、タケミカヅチは父を海の上に立ててすわったのではないでしょうか。それはいいすぎとしても、タケミカヅチの「十掬の剣」は、どうも父神の象徴のように思えます。つまり、タケミカヅチはここへ父の神威とともにやってきたのかもしれません。すでに、イザナミの死の条の解説で、タケミカヅチは剣の神であることを述べておきました。剣の神は、剣の力を自在にあやつれるのでしょう。だから、剣の上にすわることができたのです。また、自分の手を剣にすることもできたと、次の（8）にあります。

さて、タケミカヅチの言葉に注目してください。二箇所に傍線を付しました。オホクニヌシは葦原中国を「うしはく」であり、天つ神の御子オシホミミは「知らす」だ、と使いわけています。オシホミミの「知らす」は六時間目（1）にも二例出てきました。「知らす」こそ統治なのです。アマテラスの高天原統治にも「知らす」が使

われていました（四時間目（1））。オホクニヌシをはじめとする国つ神側に、この言葉は使用されていません。従来、オホクニヌシが葦原中国の統治者になって、その後国を譲ったという意見が主流です。しかし、統治者になっていた時間はありません。何度もいいましたが、このことは重要な点ですので、後にも繰り返します。「うしはく」を「所持する」と現代語訳しました。もっと詳しくいえば、「勝手に住んでいる」「不当に所有している」ということです。

オホクニヌシの返事がまたかわっています。「私はお答えできません。私の子のコトシロヌシが答えるでしょう」は、色々なことを考えさせます。一つは、ここですんなり「わかりました」というと、いとも簡単に国譲りがすんでしまうことになります。そうしないことで、例のまわりくどさを表わすのです。それにしても、子の了解を得なければならないとは、どうしたことでしょう。どうも、オホクニヌシはすでに第一線から退いているのでは、と思わせます。子の返事を必要としたことは、次の（8）にもありますから、そこで考えることにしましょう。

最後の、「船を踏み傾け逆手《さかて》を打つと、船が青柴垣《あおふしかき》となり、そこへコトシロヌシは隠れた」も、何だかよくわかりません。この（7）では不思議なことがいくつも起こります。（7）に下段の注記が多いのもそのためです。「逆手」も「青柴垣」も、まして「逆手を打つと、船が青柴垣となったこと」も難解です。〈櫛《くし》→タケノコ〉（三時間目（11））や〈蒲《がま》の穂→ウサギの毛皮〉（五時間目（2））の例と、〈船→青柴垣〉を並べるとわかるかもしれません。船も青柴垣も神の依代《よりしろ》です。そして、船を踏んで逆様にしたのだから、普通の依代ではありません。もうそこから出ないことを表わすのでしょう。「隠《かく》りき」つまり、コトシロヌシは葦原中国献上を宣言し、舞台から姿を消したのです。

(8) タケミカヅチの派遣(その三) タケミナカタの服従

故爾《かれしか》くして、(タケミカヅチは)其《そ》の大国主神《おほくにぬしのかみ》を問《と》ひしく、「今、汝《なむち》が子《こ》事代主《ことしろぬし》神、如此《かく》白《まを》し訖《をは》りぬ(*一)。亦《また》、白《まを》すべき子有《あ》りや(*二)」とひき。是《ここ》に亦《また》、(オホクニヌシは)白《まを》さく、「亦、我《あ》が子に**建御名方神**《たけみなかた》有《あ》り。此《これ》を除《お》きては無《な》し(*三)」と、如此《かく》白《まを》す間《あひだ》に、其の建御名方神、千引《ちびき》の石《いは》(*四)を手末《たなすゑ》に擎《ささ》げて来《き》て(*五)、言《い》ひしく、「誰《たれ》(*六)ぞ我《あ》が国に来て、忍《しの》ぶ忍ぶ如此《かく》物言《ものい》ふ(*七)。然《しか》らば、力競《ちからくら》べを為《せ》むと欲《おも》ふ。故《かれ》、我《あれ》、先《ま》づ其の御手《みて》を取《と》らむと欲ふ(*八)」といひき。故、(タケミカヅチは)其の御手を取《と》らしむれば(*九)、即《すなは》ち立氷《たつひ》に取《と》り成《な》し(*一〇)、亦、剣《つるぎ》の刃《は》に取り成しき。故爾《かれしか》くして、懼《を》ぢて退《しりぞ》き居《を》りき(*一一)。爾くして、(次はタケミカヅチが)其の建御名方神の手を取らむと欲ひて、乞《こ》ひ帰《よ》せて取れば(*一二)、若葦《わかあし》を取るが如《ごと》く搤《と》り批《ひだ》きて投げ離《はな》てば(*一三)、(タケミナカタは)即ち逃げ去《さ》りき。故、(タケミカヅチは)追《お》ひ往《ゆ》きて、科野国《しなののくに》の州羽海《すはのうみ》(*一四)に迫《せ》め到《いた》りて、殺《ころ》さむとせし時に、建御名方神の白《まを》ししく、「恐《かしこ》(*一五)し。我《あれ》を殺すこと莫《なか》(*一六)れ。

(*一)「国を譲る」と申し述べた
(*二)ほかに返事を申したい子はいるのか
(*三)タケミナカタ以外にはほかに
(*四)一〇〇〇人の力で動く大岩
(*五)指先で持ちあげて
(*六)誰だ
(*七)こんなふうにコソコソとしゃべっているのは
(*八)引っ張ってやろう
(*九)つかませると
(*一〇)とたんに氷柱《つらら》に変化させ
(*一一)タケミナカタはおそれて引きさがってしまった
(*一二)呼び寄せて手を引くと
(*一三)あたかもやわらかい葦《あし》の若芽をつかむように、やすやすと手を取り体を投げ放ったので
(*一四)長野県の諏訪湖《すわこ》
(*一五)おそれ多いことです
(*一六)殺さないでください
(*一七)この諏訪湖以外には
(*一八)他所《よそ》へは行きません
(*一九)命令に従います

此地《ここ》を除《お》きては(＊一七)、他《あた》し処《ところ》に行《ゆ》かじ(＊一八)。亦、我《あ》が父《ちち》大国主神の命《みこと》に違《たが》はじ(＊一九)。八重事代主神《やへことしろぬし》の言《こと》(＊二〇)に違はじ。此《こ》の葦原中国《あしはらのなかつくに》は、天《あま》つ神《かみ》御子《みこ》(＊二一)の命《みこと》(＊二二)の随《まにま》に献《たてまつ》らむ」とまをしき。

(＊二〇)いうこと
(＊二一)天つ神である御子(この「御子」も天つ神。ここはオシホミミのこと。なお、「天つ神の御子」〈六時間目(7)など〉だと「天つ神を親としたその子供」のこと)(一七)
(＊二二)仰せ

次に返事をするタケミナカタが**ゴチック体**になっています。ということは、ここが初登場なのです。誕生の場面がなく、母も不明です。少々乱暴者で、「千引《ちびき》の石《いは》」を軽々と持ち上げるほどの怪力です。これは、オホクニヌシが根《ね》の堅州国《かたすくに》から逃げる時、「五百引《いほびき》の石《いは》」を動かしたこと（五時間目（5））を想起させます。この子神は、すでに父に倍する腕力を有していたことになります。このあたりに、オホクニヌシの返事だけでは国譲りが完了しないことの理由がありそうです。

これまでの一般的な解釈は、『新全集　古事記』の頭注が代表的です。コトシロヌシは神託を伝える役割だから、国譲りの受諾の言葉はこの神から得なければならず、怪力の神タケミナカタを屈服させることは、武力的にもオホクニヌシ側を圧倒することになるというのです。宗教的側面と武力的側面というこの時代の重要な二つの面から服従させたことになります。私はこの見解を認めつつも、次のようなことも考えています。(一八)

オホクニヌシは成長過程が詳述されている神だと既述しました。成長のピークは国作りの時と思われます。その後（つまり六時間目になって）、第一の使者アメノホヒは三年間、第二のアメワカヒコは八年間返事がない（六時間目（1）（2））と、時間の経過が記されています。続いて、キジの使いのこと・アメワカヒコの殯《もがり》儀礼のことなどがあって、例によって長くなっています。このことは、オホクニヌシが葦原中国を「うしはく」時間の長さも表わすのでしょう。そして今のオホクニヌシの力はもはや下り坂。その間に子神が成長し、父に優る力（腕力に限らず）を得るまでになっていたのです。こうなると、オホクニヌシの返事だけでは不完全なのでしょう。世代交代といってしまうとまるで人間社会のようではあるけれど、そう考えるとわかりやすいと思います。剣の神アメノヲハバリも息子タケミカヅチと代わりました。葦原中国へ降《くだ》るのは、はじめの計画ではオシホミミだったのに（六時間目（1））、六時間目（10）で紹介するように、オシホミミに子ができたのでその子ニニギを降らせるとあります。これもやはり世代交代です。それだけ、国譲りには長い時間がかかり大変だったことになります。

それにしても、タケミカヅチは強い。剣の神としての霊力だけではなく、腕力もものすごい。怪力のタケミナカタも、全く相手になりません。タケミナカタは、諏訪湖の地から出ないことを条件に、命乞いしました。コトシロヌシと同様、舞台から退場したとみなせます。参考までにいえば、美保岬の美保《みほ》神社の祭神はコトシロヌシ、諏訪湖の諏訪大社の上社《かみしゃ》の祭神はタケミナカタです。美保神社では毎年四月に、この国譲りを儀礼化した「青柴《あおふし》垣《がき》神事」が行なわれています。それによると、二艚の船を青柴で囲んで垣根のように飾ったものを使っています。

（9）タケミカヅチの派遣（その四）オホクニヌシの国譲り

故《かれ》、（タケミカヅチは）更《さら》に且還《またかへ》り来《き》て、其《そ》の大国主神《おほくにぬしのかみ》を問《と》ひしく、「汝《なむち》が子等《こら》、事代主神《ことしろぬし》・建御名方神《たけみなかた》の二《ふた》はしらの神は、天《あま》つ神御子《かみみこ》の命《みこと》（＊一）の随《まにま》に違《たが》ふこと勿《な》けむと白《まを》し訖《をは》りぬ。（＊二）故、汝《なむち》が心は、奈何《いか》に」（＊三）ととひき。爾《しか》くして、（オホクニヌシは）答《こた》へて白《まを》ししく、「僕《やつかれ》（＊四）が子等《こら》

（＊一）オシホミミの仰せ
（＊二）そむくことはありませんと申し述べた
（＊三）お前の心づもりはどんなだ
（＊四）私《わたくし》めの
（＊五）葦原中国を献上すると申し上げる通りに
（＊六）私めも
（＊七）残らず全て

二はしらの神が白《まを》す随《まにま》(＊五)に、僕(＊六)は、違《たが》はじ。此《こ》の葦原中国は、命《みこと》の随に既《すで》(＊七)に献《たてまつ》らむ。唯《ただ》に僕が住所《すみか》(＊八)のみは、天つ神御子の天津日継《あまつひつぎ》知《し》ら(＊九)すとだる天《あめ》の御巣《みす》の如《ごと》くして、(＊一〇)底津石根《そこついはね》に宮柱《みやばしら》ふとしり、(＊一一)高天原に氷木《ひぎ》たかしりて、(＊一二)治《をさ》め賜《たま》はば、(＊一三)僕《やつかれ》は、百足《ももた》らず(＊一四)八十《やそ》坰手《くまで》(＊一五)に隠《かく》りて侍《はべ》らむ。(＊一六)亦《また》、僕が子等《こら》百八十《ももやそ》の神は、即ち八重事代主神（が代表として）、(＊一七)神の御尾前《みをさき》と為《し》て仕《つか》へ奉《まつ》らば、(＊一八)違《たが》ふ神は非《あら》じ」(＊一九)と、如此《かく》白《まを》して、出雲国の多芸志《たぎし》の小浜《をはま》(＊二〇)に、天《あめ》の御舎《みあらか》(＊二一)を造《つく》りて、水戸《みなと》(＊二二)神の孫《うまご》**櫛八玉《くしやたま》神**を膳夫《かしはで》(＊二三)と為《し》て、天《あめ》の御饗《みあへ》(＊二四)を献《たてまつ》りし時に、禱《ほ》き白《まを》し(＊二五)て、櫛八玉神、鵜《う》と化《な》り、海の底に入《い》り、底のはにを咋《く》ひ出《い》だし、(＊二六)天《あめ》の八十《やそ》びらか(＊二七)を作りて、海布《め》の柄《から》(＊二八)を鎌《か》りて燧臼《ひきりうす》(＊二九)を作り、海《こ》蓴《も》の柄《から》(＊三〇)を以《もち》て燧杵《ひきりきね》(＊三一)を作りて、（調理のための神聖な）火を鑽《き》り出《い》だして云《い》はく、

是《こ》(＊三二)の、我《あ》が燧《き》れる火は、高天原に（向かって）は、神産巣日御《かむむすひのみ》祖命《おやのみこと》の、とだる天《あめ》の新巣《にひす》(＊三三)の凝烟《すす》(＊三四)の、八拳《やつか》垂《た》るまで焼き挙《あ》げ、(＊三五)地《つち》の下《した》（に向かって）は、底津石根《そこついはね》に焼《た》き凝《こ》らして、(＊三六)栲縄《たくはな》(＊三七)の千《ち》尋縄《ひろなは》打《う》ち莚《は》へ、(＊三八)釣《つり》為《す》る海人《あま》が、口大《くちおほ》の尾翼鱸《をはたすずき》(＊三九)、さわさわに(＊四〇)控《ひ》き依《よ》せ騰《あ》げて、打竹《うちたけ》(＊四一)のとををとををに、(＊四二)天《あめ》の真魚咋《まなぐひ》(＊四三)を献《たてまつ》る。

故《かれ》、建御雷神、（高天原へ）返《かへ》り参《ま》ゐ上《のぼ》り、葦原中国を言向《ことむ》け和《やは》し平《たいら》げ

(＊八) 唯一これだけはお願いしたい、私の住む所（現在の出雲大社のこと。ただし、「出雲大社」の語はここの本文にはない）
(＊九)皇位を継承なさる
(＊一〇)素晴らしいお住まいのようにして（これも本文にはないが、「皇居」を想像するとわかりやすい）
(＊一一)地の底に届くほど深く太い宮柱を建て
(＊一二) 高天原に届くほど高く屋根の千木《ちぎ》をそびえ立たして
(＊一三)宮殿を作り私を祭ってくださるなら
(＊一四)韻文では「八十《やそ》」にかかる枕詞《まくらことば》
(＊一五)たくさんのまがり道の先にある所（出雲国を都から遠く離れた所と卑下した表現）
(＊一六)退去してこもります
(＊一七)天つ神御子(一九)
(＊一八) 前に立ち後ろを守ってお仕え申し上げれば
(＊一九)コトシロヌシの奉仕に従わない私の子神
(＊二〇)場所不明
(＊二一)食事を献上する立派な御殿
(＊二二)三時間目（5）神生みの条で誕生
(＊二三)料理人
(＊二四)立派な食事⑩
(＊二五)オホクニヌシは祝いの口上《こうじょう》を申して
(＊二六)海底の土を口にし持ってきて
(＊二七)多くの立派な平碗《ひらわん》
(＊二八)ワカメの茎
(＊二九)火を鑽《き》る臼《うす》
(＊三〇)海藻《かいそう》ホンダワラの茎

つる状《かたち》(＊四四)を復奏《かへりことまを》しき。(＊四五)

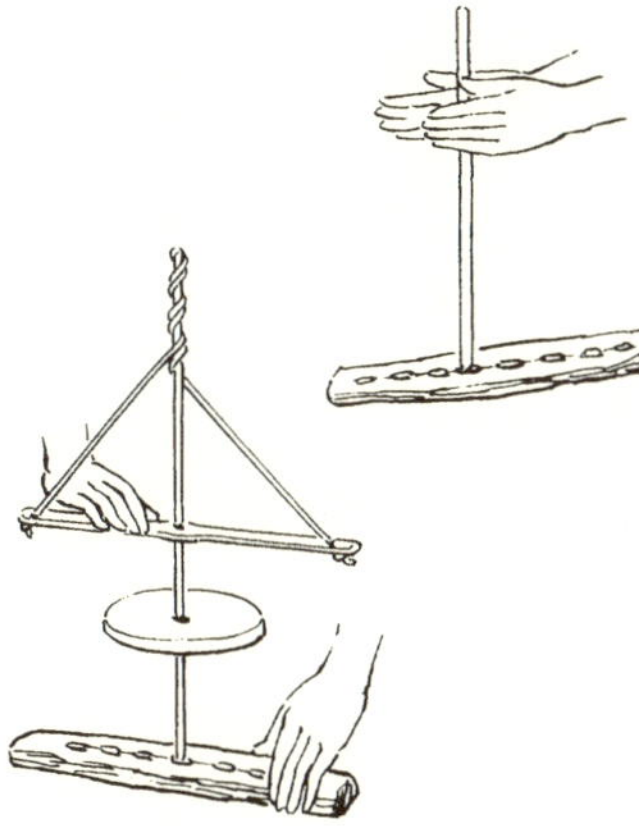

図5．火鑽りの方法

(＊三一)火を鑽る杵《きね》
(＊三二)以下、オホクニヌシの祝いの口上
(＊三三)天にある素晴らしい新居
(＊三四)台所の煤《すす》が
(＊三五)長く垂れるくらいいつまでも燃やし続け
(＊三六)地の底が焼き固まるくらいいつまでも燃やし続け
(＊三七)楮《こうぞ》で作った縄
(＊三八)長い縄を作ってのばして海に入れ(延縄《はえなわ》漁法のこと)
(＊三九)口が大きく尾鰭《おひれ》も張った鱸《すずき》を
(＊四〇)にぎやかに音をたてて
(＊四一)韻文では「とをを」にかかる枕詞
(＊四二)たくさんたくさん
(＊四三)立派な魚料理
(＊四四)服従させ平定した経緯
(＊四五)アマテラス・タカギに報告申し上げた

ここも文が切れないので長くなりました。しかも、むずかしい語句が並んでいて、下段の注記がたくさんありますから、分量が増えてしまいました。難解だと思うかもしれません。でもオホクニヌシが国を譲ったことが中心で、あとはそれに付随した事柄や大袈裟《おおげさ》ともいえる表現がついているのです。細部は気にせず、まずは全体をとらえてください。

付随の事柄の一つは、オホクニヌシが「国を譲るから自分の住みかを作って」と要求していることです。「天つ神御子の宮殿と同じような立派なものにしてほしい」。具体的には、傍線部ということになります。この傍線部、

(10) **山田**「食事の献上は服属の証しです。タケミカヅチとアメノトリフネに献上するとはいえ、もちろん二神を派遣したアマテラス・タカギに献上し服従したことになります(一〇)」

どこかで読んだ記憶がありませんか。そう、スサノヲの祝福の言葉にありました（五時間目（6）の④）。「最も肝心な命令だ」とも解説しました。スサノヲの影響はここ（9）までおよんでいると述べたのも（五時間目（12））、そのためです。スサノヲの命令④はここでやっと実現されるわけです。

ところで、スサノヲの命令④だけでは「立派な宮殿に住め」としかわかりません。ともすれば、「葦原中国に宮殿を構えて住むのだから、その国に君臨したのだ」と解する説もあります。傍線部と類似表現が、葦原中国の統治者ニニギの宮殿にも使われている（六時間目（13））からです。けれども（9）で明らかなように、オホクニヌシは国を譲った後に宮殿を作ってもらっているのですから、君臨したのではありません。そして（9）に「隠《かく》りて侍《はべ》らむ」とあることは、すでにコトシロヌシ・タケミナカタがそうだったように（さらにさかのぼればスサノヲも）、葦原中国という舞台からの退場なのです。[11]

念のためにいっておきます。（9）だけでは、オホクニヌシは本当に宮殿を建ててもらい、そこにこもったのかがわかりません。でも、中巻垂仁《すいにん》天皇の条に、「宮殿を修理してよ」と天皇の夢の中でオホクニヌシが訴えたという話があります。だから、（9）でオホクニヌシはたしかに宮殿にこもったといえるのです。ついでにもう一つ。この夢の中で、オホクニヌシは「修理して、皇居のようにして」と要求していることについてです。（9）にも、「天《あめ》の御巣《みす》の如くして」とありました。皇居と同じ宮殿とはたいしたものです。下巻雄略《ゆうりやく》天皇の条に、皇居を真似た志幾《しき》の大県主《おおあがたぬし》なる人物が、天皇にこっぴどくしかられた話があります。ということは、オホクニヌシの皇居並みの宮殿は、天つ神（天皇）に認められていたことになります。それは、オホクニヌシの国作り・国譲りが評価されたことの表われなのでしょう。[一二]

付随の事柄のもう一つは、オホクニヌシがご馳走を差し出すことです。食事の献上が服属の証しであることは、スサノヲが食物を高天原へもたらそうとしたこと（四時間目（10））に通じるものがあります。今だと上司や先輩がおごるというのが相場ですけれど、当時は身分の低い者が食事・物品（時には娘まで！）を差し出すことが服従の誓いの一つとされていました。その準備とそれにまつわること（つまり「付随する事柄」に付随すること）とがとても念入りで、表現も荘厳なのです。悪くいえば、まわりくどくてしつこくて、大袈裟なのです。これも例の手法です。

まず、食事を食べさせる御殿を建てます。次に料理人を決め、彼に海へ入らせて、粘土《ねんど》と海藻《かいそう》を取らせます。それで食器と発火用具を作らせます。今まで使っていた食器や火ではダメで、新調せねばならなかったみたいです。食事とあわせ、祝いの口上も添えられています。二段下げで記しました。『この鱸《すずき》料理をどうぞ』とだけいえばすむのに」などと思ってはいけません。はじめに、火がちがうことを強調します。上は高天原まで、下は地の底まで届くほどの火です。これは、「火力がすごいぞ」と現代の中華料理グルメ的に考えないで、「この火は特別だ」というための表現とみなした方がよいでしょう。高天原にいつの間にか新居を構えたお馴染みのカムムスヒの家の台所に、たっぷりと煤《すす》がたまるほどの火です。地の底も固くなるほど焼き続けた火です。さらに、丈夫な綱を千尋《ちひろ》（一尋は両手を広げた長さ）もの長さにし、等間隔に釣り針をつけ、釣った魚は「大きな口の鱸」(12)。「さわさわ」と引き上げると、「とををとをを」なのです。この擬音語と擬態語は現代語にないからうまく訳せないのに、何となくその場の雰囲気はよく伝わってきます。「とをを」を、「容器がたわむほど大きな魚」とするよりは、

(11) **学生**「コトシロヌシは、六時間目（7）で退場したんですよね。なぜ（9）で『コトシロヌシが天つ神御子の前後でお仕えしたら』とあるんですか？」
山田「これ、変ですよね。実はよくわかりませんので、今後の私の宿題とします」

(12) **学生**「いいですね、この表現。『大きい鱸』といわないところが神話ですね」
山田「おっ。何だかのってきましたね。ここに出てきた『太い柱と高い千木《ちぎ》の御殿』というのも同じで、一部をほめて全体を称える表現です」

大漁の方にしました。「大きな」はすでに「口」のところでいっていますし、釣り針をたくさんつけた延縄《はえなわ》漁法ですから、数の多さだと思われます。これで「大きいのがたくさん」と二つ揃いました。「そんな魚料理です。さあ、どうぞ」。これはまるで「どっちの料理ショー」なのです。

このように、大事な場面では、由緒正さ・正統性・保証の強さを示すために、色々な角度から讃美表現を並べるのです。といっても、「大きな口の鱸」に続けて「目も大きい」「鼻の穴もでかい」「身は丸々としている」という単純なことはやりません。並みの方法や一般に使う言葉ではなく（もちろん、神話の言葉は全てが普通ではないと考えるべきでしょうが）、今でいうと奇想天外なレトリックが使われるのです。そのため、古語の中でもみなれない語句（ということは、現代人にとって二重に難解な語句）が並ぶのです。だから、長くなったり、現代語訳がしにくくなったりするのでしょう。はじめて古事記神話を読む人にとっては、そのあたりがとっつきにくいかもしれません。さっき話した雰囲気だけでも皆さんにわかってもらえれば、私の解説は成功なのですが……。

(10) ニニギの降臨《こうりん》（その一）

爾《しか》くして、天照大御神《あまてらすおほみかみ》・高木神《たかぎ》の命以《みこともち》て、（＊一）太子《おほみこ》（＊二）正勝吾勝々速日天忍穂耳命《まさかつあかつかちはやひあめのおしほみみのみこと》に詔《のりたま》ひしく、「今、（タケミカヅチが）葦原中国を平《たいら》げ訖《をは》りぬと白《まを》す。故《かれ》、（六時間目（1）で）言依《ことよ》し賜《たま》ひし随《まにま》に、（＊三）（葦原中国へ）降《くだ》り坐《ま》して知《し》らせ（＊四）」とのりたまひき。爾《しか》くして、其《そ》の太子正勝

（＊一）仰せによって
（＊二）皇位継承者（ヒツギノミコ〈日継ぎの御子〉と訓《よ》む説もある。今でいう皇太子のこと）
（＊三）ご委任なさったことに従い
（＊四）統治しなさい

吾勝々速日天忍穂耳命の答《こた》へて白《まを》ししく、「僕《やつかれ》が降《くだ》らむとして装束《よそ》へる間《あひだ》(＊五)に、子、生《うま》れ出《い》でぬ。名は**天邇岐志国邇岐志天津日高日子番能邇々芸命**《あめにきしくににきしあまつひたかひこほのににぎ》、此《こ》の子を降《くだ》すべし(＊六)」とまをしき。此の御子《みこ》(＊七)の、(オシホミミが)高木神の女《むすめ》、万幡豊秋津師比売命《よろづはたとよあきつしひめ》に御合《みあひ》(＊八)して、生みし子、天火明《あめのほあかり》命、次に、日子番能邇々芸命《ひこほのににぎ》、二柱《ふたはしら》ぞ。是《ここ》を以《もち》て、白《まを》しし随《まにま》(＊九)に、日子番能邇々芸命に科《おほ》(＊一〇)せて詔《のりたま》ひしく、「此《こ》の豊葦原水穂国《とよあしはらのみづほのくに》は、汝《なむち》が知《し》らさむ(＊一一)国ぞと言依《ことよ》し賜《たま》(＊一二)ふ。故《かれ》、命《みこと》の随《まにま》に天降《あまくだ》るべし」とのりたまひき。

(＊五)支度しているうちに
(＊六)降《くだ》す方がよいでしょう
(＊七)このニニギは
(＊八)結婚されて
(＊九)オシホミミが申した通りに
(＊一〇)アマテラス・タカギは命令なさって
(＊一一)統治することになる
(＊一二)ご委任なさった

小見出し「ニニギの降臨」とは、一般に天孫《てんそん》降臨神話と呼ばれています。古事記神話の中でも、肝心要《かなめ》の条です。もう予想はつきますよね。ニニギは降臨しそうでなかなかしないということを。オシホミミとニニギが交替した経緯からはじまり、次の(11)以降にニニギの露払いをする神・一緒に降《くだ》る神の紹介などがあって、本人の降臨のことは(13)まで語られません。肝心な場面だから、例によって長い前置きがあるのです。

オシホミミに代わって降臨することになったアメニキシ　クニニキシ　アマツヒタカヒコ　ホノニニギノミコト[13]は、今読みやすいようにスペースを入れて書きました。西宮一民氏の「神名の釈義」[三]では、「天にも親しく地にも親しい、天上界の神聖な男子で、日の御子である、稲穂の豊穣」とあります。いかにも、豊葦原水穂国《とよあしはらのみずほのくに》の統

(13) **学生**「長い名前。ノートに一行で書けませんよ」

治者にふさわしい名前です。せっかくの壮大な名前なのですが、長いので残念ながらこれまで通りニニギと省略します。

それにしても、なぜオシホミミ自身が降臨しなかったのでしょうか？　世代交代といいました。しかしながら、生れたばかりの（まだ赤ん坊と思われる）ニニギを降臨させようというのも不思議です。ここで、古事記から離れてしまうけれど、二つの論考を紹介します。西郷信綱氏は、本神話を天皇即位式である大嘗祭《だいじょうさい》とかかわらせて考察しました。(二三)大嘗祭は新しい天皇が誕生する儀礼だから、それに対応する神話のニニギも「生れたての嬰《えい》児《じ》」として描かれたのだと述べています。筑紫申真《つくしのぶざね》氏・上山春平《うえやましゅんぺい》氏は、古事記編纂時に女帝であった持統《じとう》天皇が、夭折《ようせつ》した我が子草壁《くさかべ》皇子に代わって孫の軽《かる》皇子を天皇に即位させようとしたことと本神話を結びつけて考えています。(二四)この三代と今扱う神話の系譜を並べて示せば、

持統天皇41——草壁皇子——軽皇子（後の文武《もんむ》天皇42）

アマテラス——オシホミミ——ニニギ

となります。筑紫氏は、アマテラスのモデルは持統天皇だと述べています。そして、史実を神話化したのだともいっています。

本授業は神話そのものを対象とするのであって、神話から史実をさぐることはしていません。なのにあえて二つの論考を紹介したのは、天孫降臨神話を論ずるうえではずすことができないくらい著名だからという理由だけではありません。神話の保証を考える具体的な例になると思ったからです。筑紫論を使ってお話ししましょう。

神話は保証です。古事記神話は、天皇が日本を統治することを保証するものです。その中でも本神話は、「天皇の子ではなく孫が次の皇位につく」という異常事態を「異常ではない」としてしまう機能があるのです。「神話にこうあるのだから、孫が天皇になっても文句はないだろう」というわけです。もっとも、「孫を天皇にするために、アマテラスの孫のニニギが統治する神話を作ろう」だったかもしれません。多分、後者だと思います。いずれにせよ、出来事の保証となる役割を神話がはたしたのだということはいえるでしょう。

ちと、本授業とははずれたことをしゃべってしまいました。再び、古事記神話の世界へ戻りましょう。

(11) ニニギの降臨（その二）

爾《しか》くして、日子番能邇々芸命《ひこほのににぎのみこと》の天降《あまくだ》らむ(*一)とする時に、天《あめ》の八衢《やちまた》(*二)に居《ゐ》て、上《かみ》は高天原を光《てら》し、下《しも》は葦原中国を光す神、是《ここ》(*三)に有《あ》り。故《かれ》爾《しか》くして、天照大御神《あまてらすおほみかみ》・高木《たかぎ》神の命以《みこともち》(*四)て、天宇受売《あめのうずめ》神に詔《のりたま》ひしく、「汝《なむち》は、手弱女《たわやめ》人に有《あ》れども(*五)、いむかふ神(*六)と面勝《おもか》つ神(*七)ぞ。故、専《もは》ら(*八)汝《なむち》往《ゆ》きて問《と》はまくは(*九)、『吾《あ》が御子《みこ》(*一〇)の天降《あまくだ》らむと為《す》る道に、誰《たれ》ぞ如《か》此《く》して居《を》る(*一一)』ととへ」とのりたまひき。故、(アメノウズメが)問《と》ひ賜《たま》ひし時に、(この光る神は)答《こた》へて白《まを》ししく、「僕《やつかれ》は、国《くに》つ神《かみ》、名は**猿田毘古神**《さるたびこ》ぞ。出《い》で居《を》る所以《ゆゑ》は、『天《あま》つ神御子《かみみこ》(が)天降《あまくだ》り坐《ま》す』と

(*一)葦原中国へ天降りしよう
(*二)天地の間にあり道が多方向にわかれている所
(*三)天の八衢
(*四)仰せによって
(*五)か弱い女の神であるけれど
(*六)向かってくる神に対して
(*七)にらみあいして勝つ神
(*八)もっぱら
(*九)尋ねることとしては
(*一〇)ニニギが
(*一一)一体誰がこのように照らしているのか

聞《き》きつるが故《ゆゑ》(＊一二)に、御前《みさき》に仕《つか》へ奉《まつ》らむとして、(＊一三)参《ま》ゐ向《むか》へて(＊一四)侍《はべ》り(＊一五)」と
まをしき。

(＊一二)耳にしたので
(＊一三)先頭に立って奉仕いたそうと
(＊一四)お迎えに参り
(＊一五)ここにひかえておりました

国つ神サルタビコについてはすでに述べました（六時間目（1））。天つ神に奉仕する神です。それにしても、ハデに登場しました。これでは「いむかふ神」と「誤解(一五)」されても、仕方ありません。全身から光を発しているというのは、サルの赤い顔や尻からの発想でしょうか。高天原と葦原中国の距離は相当あるはずです。その両国へ光が届くというのですから、サルタビコの光は強烈です。それに立ち向かえるのはアメノウズメしかいないというのも、これまた面白い話です。なぜ、あの美しいアメノウズメが、と思ってしまいます。「面勝《おもか》つ神」とは、「にらめっこしても負けない神」という意味ですが少し補足します。

アメノウズメは、笑わない神だとか相手よりもすごい形相だったというわけではありません。強烈な光にも目をそむけることのない、正対して正視できる神だと思われます。アメノウズメは、アマテラスが天《あめ》の石屋《いわや》にこもった時に踊った神でした（四時間目（8）（9））。暗闇の中でも踊れる神。また、アマテラスが戸を少し開けた時に、「アマテラス様より尊い神様がいらっしゃいますよ」と告げた神です。アマテラスと最も近い距離でしゃべった神です。アメノウズメは、暗闇の中でも強烈な光に対しても大丈夫な目を持っていたのかもしれません。それが、アメノウズメが選ばれた理由だと私は想像します。

もう一つ、アメノウズメとサルタビコを結びつけるものがあります。それは、サルタビコが再登場する六時間目（14）でお話ししましょう。

(12) ニニギの降臨(その三)

爾《しか》くして、天児屋命《あめのこやのみこと》・布刀玉命《ふとたま》・天宇受売命《あめのうずめ》・伊斯許理度売命《いしこりどめ》・玉《たまの》祖《おや》命(*一)、并《あは》せて五《いと》りの伴緒《とものを》(*二)を支《わか》ち加《くは》へて(*三)(アマテラスはニニギと一緒に)天降《あまくだ》しき(*四)。是《ここ》に、其《あ》のをきし(*五)八尺《やさか》の勾璁《まがたま》・鏡《かがみ》と(スサノヲが献上した)草那芸剣《くさなぎのつるぎ》と、亦《また》、常世思金神《とこよのおもひかねのかみ》・手力男神《たぢからを》(*六)・**天石門別神**《あめのいはとわけ》(*七)を副《そ》へ賜《たま》ひて、(*八)(アマテラスは)詔《のりたま》ひしく、「此《こ》の鏡は、専《もは》ら我《あ》が御魂《みたま》と為《し》て、吾《あ》が前《まへ》を拝《をろが》むが如《ごと》(*九)く、いつき奉《まつ》(*一〇)れ」とのりたまひ、次に、「思金神は、前《さき》の事を取り持《も》ちて(*一一)政《まつりごと》(*一二)を為《せ》よ」とのりたまひき。此の二柱《ふたはしら》の神(*一三)は、さくくしろ(*一四)伊須受能宮《いすずのみや》(*一五)を拝《をろが》み祭《まつ》りき。次に、登由宇気《とゆうけ》の神(*一六)、此《これ》は、外宮《とつみや》の度相《わたらひ》(*一七)に坐《いま》す神ぞ。次に、天石戸別神、亦の名は、櫛石窓神《くしいはまど》と謂《い》ひ、亦の名は、豊石窓神《とよいはまど》と謂ふ。此の神は、御《み》門《かど》の神ぞ。次に、手力男神は、佐那々県《さななあがた》(*一八)に坐《いま》す。故《かれ》、其《そ》の天児屋命は、〈中臣連《なかとみのむらじ》等《ら》が祖《おや》ぞ〉。布刀玉命は、〈忌部首《いみべのおびと》等《ら》が祖ぞ〉。天宇受売命は、〈猿女君《さるめのきみ》等《ら》が祖ぞ〉。伊斯許理度売命は、〈作鏡連《かがみつくりのむらじ》等《ら》が祖ぞ〉。玉祖命は、〈玉祖連《たまのおやのむらじ》等《ら》が祖ぞ〉。

(*一)以上五神は天の石屋《いわや》の条で活躍した神々(四時間目(8)(9))
(*二)職業集団の長《おさ》
(*三)分担して
(*四)天降りさせた
(*五)先にアマテラスを天の石屋から招いた時の
(*六)以上二神も天の石屋の条で活躍(オモヒカネは、葦原中国平定の使者選びにも活躍〈六時間目(1)(2)(6)〉)
(*七)天上界の出入口の守護神(地上の支配者の宮門を守護するために随伴したもの(二六))
(*八)ニニギに従わせなさって
(*九)私アマテラスに礼拝するように
(*一〇)お仕えし祭れ
(*一一)鏡の祭祀を受け持って
(*一二)祭事《まつりごと》
(*一三)未詳(「サルタビコとアメノウズメ」「ニニギとオモヒカネ」などの説がある)
(*一四)韻文では「五十鈴《いすず》」にかかる枕詞
(*一五)五十鈴宮《いすずのみや》(三重県伊勢市の伊勢神宮内宮《ないくう》)
(*一六)三時間目(7)神生みの条でトヨウケビメの名で誕生
(*一七)三重県度会郡《わたらい》(現在の伊勢市)の伊勢神宮外宮《げくう》
(*一八)三重県多気町《たき》の佐那《さな》神社

まだ、ニニギは降臨しません。この（12）では、ニニギに随伴する神々のことが中心に紹介されています。もうお気づきのように、天の石屋の条に登場した神・小道具の多くが再登場しています。天の石屋神話は、アマテラスの擬制的な死と再生を表わすと述べました（四時間目（9））。アマテラスが石屋の外に出ると、高天原と葦原中国が明るくなりました。このことは、葦原中国までがアマテラスの支配下にあることを示すのです。そのことを、ニニギ降臨の条でもあらためて確認させるわけです。いわばニニギは、石屋から出てきたアマテラスを再び演ずるのです。それによって、葦原中国へ降《くだ》り統治者として再誕生するのです。天の石屋神話でアマテラスを再生させた神々や小道具が、ニニギ降臨の条でも再登場する理由は、以上のように説明できます。

一般に「五伴緒《いつとものを》」と呼ばれている五神が、まず紹介されます。「伴《とも》」は職業集団で、「緒《を》」はそれを束ねる紐《ひも》のこと。つまり、長《おさ》です。本文のおわり近くに、この五神の子孫のことをのせています。古事記編纂当時に勢力のあった職業集団がいて、彼らの一族のご先祖にあたるのが、天の石屋やニニギ降臨で活躍した神だというのです。これは、彼らにとって実に名誉なことであり、大いなる保証となりえたでしょう。このことは、いつもいう神話の役割の一つです。「職業」といいました。具体的には、本文の注記から鏡を作る仕事・玉を作る仕事などがわかります。たとえば、作鏡《かがみつくり》さんの一族は、国も認めた鏡作り専門業者だったのです。今でいうと、宮内庁《くないちょう》御用達《ごようたし》。″民間″にも鏡を作る職人がいたと思われます。でも、″独占企業″だったんでしょうね。五伴緒の子孫のことが、天の石屋の条で紹介されず、葦原中国へ降る時に紹介されたというのも、うまい工夫だと私は思います。作鏡さんたちは地上ではたらくのですから。つまりこれは、作鏡さんらのCMでもあるのです。

傍線部「其《あ》のをきし」は、「八尺《やさか》の勾璁《まがたま》」「鏡」にかかる修飾語です。「をく」は「招《を》く」のこと。「その時に招いた」だけでは、いつのことかわかりづらいと感ずるかもしれません。けれども、その前に天の石屋の条で活躍した五伴緒のことがのっているから、「その時」とは「天の石屋からアマテラスを招き出した時」とわかる仕組みです。「其の」は、「オホトシ系譜」（五時間目（12））冒頭の「其のオホトシの神」の「其の」と同じです。ともに、随分前を指しているのに、「其の」といっています。ここの（12）を宣長《のりなが》の『古事記伝』は「かの」と訓み、本授業のテキスト『新全集　古事記』は「其《あ》の」とルビを振っています。ならば、「オホトシ系譜」もそうすべきかもしれません。なお、「草那芸剣《くさなぎのつるぎ》」は天の石屋から招いた時のものではありません。原文は「八尺勾璁鏡及草那芸剣」となっていて、「及」の字で前二者（玉と鏡）と剣とは区切られています。（二七）これで、「其のをきし」という修飾語は「剣」にはかからないのです。

玉・鏡・剣というと、「三種の神器《じんぎ》」を思い浮べます。天皇家に今も伝えられている（らしい）王権の象徴です。たしかに、ニニギ降臨の時に三つが揃っています。しかし、古事記には「三種の神器」という言葉はなく、その後の天皇即位の時に継承された記述もみられません。よって、古事記は王権の象徴としてこの三つを語っているわけではないと最近はいわれています。（二八）三つのものの中で別格扱いされているのが鏡です。アマテラスは、「この鏡を私の魂だと思って祭れ」といっています。天の石屋の条で、アマテラスの姿を映したから魂が宿っているのでしょうか。鏡の語源は「影見《かげみ》」ともいいます。「影」は、光・姿・魂のことともいわれています。現在、写真を撮《と》られると魂も取られるというのもわかる気がします。そんなことはともかく、この鏡が伊勢神宮の内宮《ないくう》に祭られることになります。伊勢神宮は、今も内宮と外宮《げくう》にわかれています。

おわり近くの傍線部「アメノウズメは猿女《さるめ》一族の祖先神である」は六時間目（14）で触れますので、覚えておいてください。

（13）ニニギの降臨（その四）

故爾《かれしか》くして、天津日子番能邇々芸命《あまつひこほのににぎのみこと》に（アマテラスは「天降《あまくだ》れ」と）詔《のりたま》ひて、（ニニギは）天《あめ》の石位《いはくら》(*一)を離れ、天《あめ》の八重《やへ》のたな雲《ぐも》(*二)を押し分けて、いつのちわきちわきて(*三)、天の浮橋《うきはし》(*四)に、うきまじり(*五)、そりたたして(*六)、竺紫《つくし》(*七)の日向《ひむか》の高千穂《たかちほ》(*八)の久士布流多気《くじふるたけ》(*九)に天降《あまくだ》り坐《ま》しき。故爾《かれしか》くして、**天忍日命《あめのおしひ》・天津久米命《あまつくめ》**の二人《ふたり》、天《あめ》の石靫《いはゆき》(*一〇)を取り負《お》ひ(*一一)、頭椎《かぶつち》の大刀《たち》(*一二)を取り佩《は》き(*一三)、天《あめ》のはじ弓《ゆみ》(*一四)を取り持ち、天の真鹿児矢《まかこや》(*一五)を手《た》挟《ばさ》み、（ニニギの）御前《みさき》に立《た》ちて仕《つか》へ奉《まつ》りき。故《かれ》、其《そ》の天忍日命、〈此《こ》は、大伴連《おほとものむらじ》等《ら》が祖《おや》ぞ〉。天津久米命、〈此《こ》は、久米直《くめのあたひ》等《ら》が祖ぞ〉。是《ここ》に、（ニニギは）詔《のりたま》はく、「此地《ここ》は、韓国《からくに》(*一六)に向《むか》ひ(*一七)、笠沙《かささ》の御前《みさき》(*一八)を真来通《まきとほ》りて(*一九)、朝日の直刺《たださ》す国、夕日の日照《ひで》る国ぞ(*二〇)。故《かれ》、此地《ここ》は、甚吉《いとよ》き地《ところ》」と、詔《のりたま》ひて、底津石根《そこついはね》に宮柱《みやばしら》ふとしり(*二一)、高天原《たかあまのはら》に氷椽《ひぎ》たかしりて(*二二)坐《いま》しき。

(*一)高天原の玉座《ぎょくざ》
(*二)幾重にも棚引く雲
(*三)威厳をもって道を選《え》りわけ進んで
(*四)天と地をつなぐ浮いている梯子《はしご》
(*五)未詳
(*六)すっとお立ちになって
(*七)九州
(*八)宮崎県高千穂町？（ほかに、熊本県・鹿児島県などの説があり、どこだと決める必要はないという説もある。なお、*一七を参照）
(*九)山の名前（現在地未詳）
(*一〇)立派で堅固な矢入れ
(*一一)背負って
(*一二)瘤《こぶ》の装飾が柄《つか》についた刀
(*一三)腰につけて
(*一四)立派な弓
(*一五)立派な矢（「はじ弓」「真鹿児矢」は、アメワカヒコに与えられた弓矢〈六時間目（2）（3）〉に類似。ただし、「はじ」「真鹿児」の意味は未詳）
(*一六)朝鮮半島
(*一七)未詳（朝鮮半島と対面するのなら、「此地《ここ》」は九州北部のはず。そのため、「高千穂《たかちほ》」は現実の地名と結びつけられないという考えがある）

お待たせ。やっとニニギは降臨します。「雲にそびゆる高千穂の」という歌詞を知らない人は、家に帰ってご両親に尋ねてください。いや、おじいさん・おばあさんでないとわからないかもしれません。と、まあ戦前の歌にあるくらい著名な場面です。ところが、「高千穂《たかちほ》」がどこだかわかっていません。本文に「日向《ひむか》」とあっても、宮崎県高千穂町で決まりとはゆきません。本文が「日向国」ではないから、「日向」は国名ではないとする意見があるのです。また、(13)の後半を読むと、朝鮮半島に対面していて、薩摩半島にも近いところなんて存在しないのです。「神話に出てくる地名だから、現実の場所と結びつける必要はない」という見解もよくわかります。「日向」は一般名詞の可能性もあります。

ここでは、日向について別のことをお話ししましょう。「筑紫《つくし》の日向」は、すでに一度出てきています。覚えていますか？　イザナキが黄泉国《よみのくに》から帰ってミソギをした場所です（三時間目(12)）。つまり、アマテラスが誕生した所です。このこととニニギが降臨した所とは響きあっていると思われます。六時間目(12)で、「ニニギはアマテラスを再演し、降臨は再誕生だ」と述べたのはそのためです。「国譲りは出雲で行なわれたのに、なぜ日向に降臨したの？」という誰もが持つ疑問も、この点から答えが導けるかと思います。(二九)

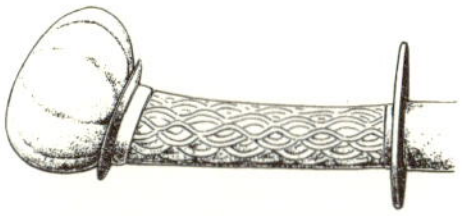
図6．頭椎の大刀

(＊一八)鹿児島県笠沙《かささ》町の野間岬《のまみさき》
(＊一九)一直線につながっていて
(＊二〇)一日中太陽のあたる国
(＊二一)地の底に届くほど深く太い柱を建てて
(＊二二)高天原に届くほど高く屋根の千木《ちぎ》をそびえ立たした宮殿に

「雲にそびゆる高千穂の」という歌詞の「雲」について話しましょう。ニニギは、「八重《やへ》のたな雲」をかきわけて降《くだ》ってきます。これによると、天と地の間には雲が幾重にも重なっていたと古代人は考えていたことがわかります。六時間目（3）で、高天原と葦原中国は幕みたいなもので遮られていたと述べました。「矢の穴」についても触れました。幕の正体は雲のようです。これなら、現代の我々にもわかりやすいかと思います。それを「いつのちわきちわきて」進んで行く。「いつの」は、威厳ある堂々とした様子。「ちわき」は「道分《みちわ》き」が縮まった語で、それをいつものように（「根《ね》こじにこじて」「神《かむ》やらひやらひき」など）反復したのです。道を何度も選別して進んで行くわけです。ここに「道」とあるのは、六時間目（11）のサルタビコが「八衢《やちまた》」で待っていて、アマテラスが「吾が御子ニニギの天降ろうとする道にいるのは誰だ」といっていることと照応します。「八衢」は「多方向にわかれる道俣《みちまた》」のこと（「八」は多数の意味）。「みちまた」が「ちまた」に、これも縮まった語です。雲の中に道があるというのは、現代人にはわかりづらい。雲の中を歩いた人はいませんから。七時間目（2）には、海の中にも道がある話が出てきます。道は、地面の上にだけあるのではないようです。

ニニギの降臨には、さらにアメノオシヒとアマツクメも従います。物々しいくらい武器を身に着けて、ニニギ一行の露払いを務めています。それぞれ、大伴《おおとも》氏と久米《くめ》氏の祖先であると、注記があります。大伴氏といえば、萬葉集の歌人である大伴旅人《たびと》・家持《やかもち》たちを思い出すように、彼らの一族のことです。旅人・家持の親子というと、どうしても文人のイメージしかありませんけれど、大伴家は武人《ぶじん》の家柄です。家持は、

　ひさかたの　天《あま》の戸開《とひら》き　高千穂の　岳《たけ》に天降《あも》りし　皇祖《すめろき》の　神の御代《みよ》より　櫨弓《はじゆみ》を　手握《たにぎ》り持《も》たし　真鹿《まか》児矢《こや》を　手挟《たばさ》み添《そ》へて……（萬葉集巻二〇―四四六五番歌）

という歌も作っています。「族《やから》に喩《さと》せる歌」と題する歌は、続けて「こんなふうに神話の時代から天皇に忠実にお仕えしてきた我々大伴氏なのだから、その名を絶やしてはならぬ」と歌います。大伴家の長《おさ》として、一族にハッ

パをかけたのです。この歌はほとんど(13)に出てきた語句を使っていますから、現代語訳する必要はないでしょう。とはいえ、家持の歌う神話部分は(13)そのものではありません。古事記とは別の神話をみていたかもしれません。多分、大伴氏に伝わる神話でしょう。

そのことよりも、由緒正しさを説くために使った家持の方法に注目してほしいのです。彼も、「自分の一族がいかにすぐれているか」をいうために、神話までさかのぼったところからはじめているのです。「天」から「皇祖《すめろき》(皇祖神)」がこの世へ出現した「御代《みよ》より(時代から)」我々大伴氏はお仕えしていたのだと歌うことは、まさに神話的手法なのです。

最後は、少々(13)から離れてしまいました。大伴氏の始祖が出てきたところですから、家持たち萬葉歌人の神話的手法も紹介したまでです。

(14) 猿女《さるめ》の君《きみ》

故爾《かれしか》くして、(ニニギは)天宇受売命《あめのうずめのみこと》に詔《のりたま》ひしく、「此《こ》の、御前《みさき》に立《た》ちて仕《つか》へ奉《まつ》れる猿田毘古大神《さるたびこのおほかみ》は、専《もは》ら(＊一)顕《あらは》し申《まを》せる汝《なむち》(＊二)、(帰り道を)送り奉《まつ》れ。亦《また》、其《そ》の(＊三)神の御名《みな》は、汝、負《お》ひて(＊四)仕《つか》へ奉《まつ》れ」とのりたまひき。是《ここ》を以《もち》て、(アメノウズメの子孫である)猿女君《さるめのきみ》等《ら》、其の猿田毘古之《さるたびこの》男神《をのかみ》の名を負《お》ひて、女《をみな》を猿女君と呼ぶ事、是《これ》(＊五)ぞ。故《かれ》、其の猿田毘古

(＊一)全ての素性を
(＊二)アメノウズメが
(＊三)サルタビコ
(＊四)もらい受けて
(＊五)これがその由来である

神、阿耶訶《あざか》(*六)に坐《いま》しし時に、漁《すなどり》為《し》て、ひらぶ貝《かひ》(*七)に其の手を咋《く》ひ合《あは》さえて、海塩《うしほ》に沈《しづ》み溺《おぼほ》れき。故、其の(*八)、底に沈み居《ゐ》る時の名は、底度久御魂《そこどくみたま》(*九)と謂《い》ひ、其の、海水《うしほ》のつぶたつ(*一〇)時の名は、都夫多都御魂《つぶたつみたま》と謂ひ、其の、あわさく(*一一)時の名は、阿和佐久御魂《あわさくみたま》と謂ふ。是《ここ》に、（アメノウズメは）猿田毘古神を送《おく》りて還《かへ》り到《いた》りて、乃《すなは》ち悉《ことごと》く鰭《はた》の広物《ひろもの》・鰭の狭物《さもの》(*一二)を追《お》ひ聚《あつ》めて、問《と》ひて言《い》はく、「汝《なむち》は、天《あま》つ神御子《かみみこ》に仕《つか》へ奉《まつ》らむや」といふ時に、諸《もろもろ》の魚皆《うをみな》、「仕へ奉らむ」と白《まを》す中に、海鼠《こ》(*一三)、白《まを》さず(*一四)。爾《しか》くして、天宇受売命、海鼠《こ》に謂《い》ひて云《い》はく、「此《こ》の口《くち》や、答《こた》へぬ口(*一五)」といひて、紐小刀《ひもかたな》(*一六)を以て其の(*一七)口を析《さ》きき。故《かれ》、今に海鼠の口は、析《さ》けたるぞ(*一八)。是《ここ》を以《もち》て、御世《みよみよ》(*一九)に、島《しま》(*二〇)の速贄《はやにへ》(*二一)を献《たてまつ》る時に、（天皇は）猿女君等に（おすそわけを）給《たま》ふぞ。

(*六)三重県松阪市の阿射加《あざか》神社あたり
(*七)貝の名（詳細不明）
(*八)サルタビコが
(*九)底につく魂
(*一〇)泡立つ
(*一一)泡が割れる
(*一二)大小全ての魚
(*一三)ナマコは
(*一四)返答を申さなかった
(*一五)返事をしない口なのね
(*一六)紐で飾った小刀
(*一七)ナマコの
(*一八)裂けているんだよ
(*一九)歴代の天皇
(*二〇)志摩《しま》国（三重県志摩半島あたり）
(*二一)初物《はつもの》の献上品

この（14）は、わからないことばかりです。「ニニギの御前《みさき》に立って奉仕する」のは、さっきまではアメノオシヒ・アマツクメだといっていたのに、再びサルタビコのことが話題になりました。どちらが先頭なのでしょう？　そのサルタビコの名を、なぜアメノウズメが受け継ぐのでしょうか？　また、サルタビコが溺れる様子を描写した理由もわかりません。その時三つの魂が出現したというのも、これまでにはない内容です。死体化成の話とも異なります。アメノウズメが魚たちに、「ニニギに仕えよ」と説くことはわからないでもありません。けれども、よりによってナマコの起源譚《たん》がここに出てくるのはどうしてでしょう？　そもそも、この（14）はなくても物語の展開にはあまり影響しません。ならば、どうして（14）がここにあるのでしょうか？　とまあ、いくつ「？」があっても足りないほどです。

小見出しの「猿女の君」は『新全集　古事記』のそれにならいました。（14）は猿女一族の本縁譚《ほんえんたん》だというのです。上述のようにわからない箇所がたくさんあっても、そのままにしてはおけません。少しでも解明してゆくため、この「猿女一族の本縁譚」という観点から考えてみましょう。六時間目（11）で、アメノウズメとサルタビコを結びつけるものについて触れました。六時間目（12）の本文のおわり近くの傍線部には、「アメノウズメは猿女一族の祖先神である」とありました。これは、猿女一族の始祖《しそ》伝承の形になっています。（12）では、五伴緒《いつとものを》とその他四神の始祖伝承もまとめてのせていました。でも（14）には、アメノウズメだけのより詳しい説明があるのです。「猿女の君の始祖がアメノウズメ」（六時間目（12））なのは、「アメノウズメが『猿』の名を受け継いだからだ」（（14））というのです。ということは、五伴緒の中でもアメノウズメのみが特別扱いされていることがわかります。五神のうち、アメノウズメが最も活躍しているから当然です。加えて、稗田阿礼《ひえだのあれ》が猿女一族だからだという考えも古来あります。阿礼とは、古事記編纂の時に正しい記録を誦習《しょうしゅう》したと、古事記序文に記された人物です（一時間目（3））。弘仁私記《こうにんしき》[14]の序には、「阿礼はアメノウズメの子孫である」と記されています。それが歴史的事実だとすると、阿礼は自分の祖先の由来を誦習した（話した）ことになります。ちゃっかりとなのか、堂々とだったのか、そのあたりはわからないにしても、猿女一族にとっては大事な保証（神話）となったのです。ほかの五伴緒やここに出てきた大伴氏・久米氏と比べ詳しい始祖伝承になっていることや、何より「猿女」の名の由来までのせていることは、阿礼に原因がありそうです。

（14）**山田**「奈良～平安時代の、朝廷での日本書紀の講義記録を日本紀私記《にほんぎしき》と総称し、そのうちの八一三年のものが弘仁私記。『新訂増補　国史大系』第八巻（吉川弘文館　平成一一年　新装版）に収録されています」

阿礼については、西郷信綱氏の「稗田阿礼」という有名な論文(三〇)が参考になります。昭和四七年に発表されたものの、全く色あせていません。阿礼は女か男か、「誦習」とは何か、などの問題にも言及されています。古事記本文からこれ以上離れないために、阿礼についてはこれでやめますが、西郷論の一読をお勧めします(15)。

サルタビコが溺れた描写は、七時間目（6）で扱う溺れたホデリ（ウミサチビコ）の様を連想させます。「故に、ホデリの溺れた時の種々の仕草は今も伝えられ、その子孫である隼人《はやと》族は朝廷奉仕を続けているのだ」という起源譚《たん》の形になっています。溺れる仕草（「隼人舞《はやとまい》」と呼ばれています）を演ずることが服属と奉仕を表わすのです。隼人の起源譚とちがって、「サルタビコは溺れる演技を繰り返し服従した」と本文にはありませんから、両者は安易に結びつけられません。私がいいたいのは、次のことです。海岸で大きな貝に手を挟まれて溺れた（おそらく、「貝に手を引っ張られて」ではなくて、「貝に手を挟まれて逃げられなくなったところへ段々と潮が満ちてきて」という状況でしょう）のは、やはり滑稽な仕草だと思わずにはいられません。もうお気づきのように、天の石屋の前でのアメノウズメの仕草も滑稽なものでした（四時間目（8））。神がかりして踊ったことは、演技かと感じさせる節《ふし》もありました。サルタビコのサルは（それは猿女のサルでもあります）、「戯《さ》る」が語源だという説があります(三一)。「サルは先導者のこと」「サルは地名」など諸説ある中で、最も魅力的な見解です（そもそも「猿」の語源が「戯る」といわれています）。アメノウズメ・サルタビコ・猿女は、このようにつながっていると思われます。

もっともこれでサルタビコのことがすべてわかったわけではありません。この時溺れて死んだのか（三つの魂として復活したという意見もあります）、ニニギ一行の先頭だったのか（「光」による道案内役として先頭に立ち、アメノオシヒ・アマツクメは武装してニニギの近辺にいたという印象を持ちますが）などの疑問はそのままにせざるをえません。少し前、『謎のサルタヒコ』（鎌田東二《かまたとうじ》氏編　創元社　一九九七年）という本がヒットしました。サルタビコの謎は多いけれども、解いてみたいと考える人も多いのでしょう。問題はまだたくさん残っていますので、卒論でいかがですか。

ここでは、大小の魚とナマコのことについてを最後とします。アメノウズメが魚やナマコに「天つ神御子にお仕えするか」と問うのは、「ニニギのご馳走として食べられることを望むか」という意味でしょう。これは、すでに宣長がいっていることです。(三三)宣長は次の萬葉歌を引いています。「鹿の代弁をした」というかわった歌で、歌の中の「われ」は鹿のことです。「大君《おほきみ》（天皇）にわれは仕《つか》へむ」と宣言した鹿は、

……わが毛《け》らは　御筆《みふみて》はやし　わが皮は　御箱《みはこ》の皮に　わが肉《しし》は　御鱠《みなます》はやし　わが肝《きも》も　御鱠はやし……

（巻一六—三八八五）

と歌うのです。「筆」「箱」「鱠」に敬語「御」がついているのは、天皇に対する尊敬語です。「はやし」は材料の意味。鹿は、体の各部を天皇に使用され食べられることによって奉仕するというのです。こんな歌はほかにもありますから、宣長の説に驚くことはありません。魚たちも食卓に並べられることが至上の喜びというのです。何だか、人間側の勝手な論理のように思えるけれど、これも天つ神そして天皇を称える表現です。

私は、愛知県の知多半島の常滑《とこなめ》市に住んでいます。伊勢湾は目の前の身近な海だから少々自慢げにいうと、そりゃあ魚の豊富な所です。そして、知多半島といえばコノワタ！　ナマコの腸《はらわた》を塩辛《しおから》にしたもので、日本三大珍味（らしい）の一つです。やはり萬葉集には、「御食《みけ》つ国　志摩《しま》」（巻六—一〇三三番歌）・「御饌《みけ》つ国　神風《かむかぜ》の伊勢の国」（巻一三—三二三四番歌）など、伊勢湾の魚のことが歌われています。「御食つ国」とは朝廷へ食物を

（15）**学生**「西郷先生のお名前がよく出てきますね」
山田「最近、『西郷氏の仕事はすでに乗り越えられたとみなす人が多いだろう』という一文を目にしました。近ごろとくに、行き詰まった時に西郷氏の著書を読むことにしている私には、とてもそうは思えません」

献上する国のことで、宮内庁御用達の魚介類は伊勢・志摩が（ほかには淡路島も）有名だったようです。
ちょっと脱線します。

アルシンドの頭をさわったことはありますか？

私は、国文学以外に日本語表現という授業も長く担当しています。そのため普段から、面白い表現や傑作な誤字・誤用をさがし出してきて、それをネタにしゃべることがよくあります。我が家の電子レンジに「快速解凍」というボタンがあり、それが「肉類」と「魚貝類」にわかれているのです。この誤字はよくやりますよね。「冷凍エビの時はどっちなの？」と電子レンジにツッコム私です。

「耳ざわり」については、六時間目（5）の脱線で話しました。ここでは「目ざわり」について。サッカーJリーグのアルシンドが人気のころだから、もう一〇年以上前のことかもしれません。「誤用を訂正しなさい」という問題の中に、「魚貝類」と「アルシンドの頭は目ざわりが悪い」と出題しました。正解はもちろん、「魚介類」と「目ざわりだ」です。ところで、今も覚えている迷解答がありましたので紹介します。

「魚・貝類」（「さかな・かいるい」と読ませたいらしい）

「アルシンドの頭は手触《てざわ》りが悪い」（「歯触り」でなくて、まだよかった）

もちろん×にはしません。◎をつけました。

倭国《やまと》（海なし県の奈良）では、魚介類は貴重な食材だったにちがいありません。西郷信綱氏『古事記注釈』第

二巻（平凡社　一九七六年）は、志摩国のそれが朝廷への献上品だったことを平安時代の文献から紹介しています。その中にはナマコのこと（正確にいえば、生《なま》ではなく煮たイリコ）ものっています。ご参照ください。

どうも、古事記本文から離れたところでの解説ばかりになってしまいました。ついでにもう一つ。倭国の人にとって、魚介類の中でもとりわけナマコは入手がむずかしかったにちがいありません。それが最後のナマコの話ではないでしょうか。裂けた口を不思議に思ったとしても、その起源をここで説くのは古事記という書物にとってあまり有益とは思えません。ひょっとすると、なかなか朝廷へ献上してこない理由を、「お仕えします」と答えるナマコが少ないからだとみなしていたのかもしれません。その口を小刀で切ったのがアメノウズメなのだから、その子孫である猿女の君は、まれにナマコが献上された時はおこぼれを頂戴することができたのだといっているようにも思われます。とすると、随分色々な起源譚が（14）の中にはあって、「わからない」「むずかしい」ことが多いこの条も結構楽しくなります。

（15）ニニギの結婚

是《ここ》に、天津日高日子番能邇々芸能命《あまつひたかひこほのににぎのみこと》、笠沙《かささ》の御前《みさき》(＊一)にして、麗《うるは》しき美人《をとめ》に遇《あ》ひき。爾《しか》くして、（ニニギは）問《と》ひしく、「誰《た》が女《むすめ》ぞ」ととひしに、（その美人は）答《こた》へて白《まを》ししく、「大山津見神《おほやまつみのかみ》(＊二)の女《むすめ》、名は神阿《かむあ》多都比売《たつひめ》、亦《また》の名は、**木花之佐久夜毘売**《このはなのさくやびめ》と謂《い》ふ」とまをしき。又《また》、問《と》ひ

（＊一）鹿児島県笠沙《かささ》町の野間岬《のまみさき》

（＊二）三時間目（6）神生みの条で誕生

しく、「汝《なむち》が兄弟《はらから》有《あ》りや（＊三）」ととひしに、答へて白《まを》ししく、「我《あ》が姉《あね》、**石長比売**《いはながひめ》在《あ》り」とまをしき。爾《しか》くして、詔《のりたま》ひしく、「吾《あれ》、汝《なむち》と目合《あひあ》はむと欲《おも》ふ（＊四）。奈何《いか》に」とのりたまひしに、答へて白ししく、「僕《やつかれ》は、白《まを》すこと得《え》ず（＊五）。僕が父《ちち》大山津見神、白《まを》さむ」とまをしき。故《かれ》、（ニニギが）其《そ》の父大山津見神に乞《こ》ひに遣《や》りし（＊六）時に、（父は）大《おほ》きに歓喜《よろこ》びて、其の姉石長比売《いはながひめ》を副《そ》へ、百取《ももとり》の机代《つくえしろ》の物《もの》（＊七）を（娘二人に）持《も》たしめて、奉《まつ》り出《い》だしき。故爾《かれしか》くして、其の姉は、甚凶醜《いとみにく》きに因《よ》りて（＊八）、見畏《みかしこ》みて（＊九）返《かへ》し送《おく》り、唯《ただ》に其の弟《おと》（＊一〇）木花之佐久夜毘売のみを留《とど》めて、一宿《ひとよ》、婚《あひ》を為《し》き（＊一一）。爾《しか》くして、大山津見神（は）、（ニニギが）石長比売を返《かへ》ししに因《よ》りて（＊一二）、大《おほ》きに恥《は》ぢ、白《まを》し送《おく》りて言《い》ひしく（＊一三）、「我《あ》が女二《むすめふたり》並《とも》に立《た》て奉《まつ》りし由《ゆゑ》は、石長比売を使《つか》はば（＊一四）、天《あま》つ神御子《かみみこ》の命《いのち》（＊一五）は、雪零《ゆきふ》り風《かぜ》吹くとも、恒《つね》に石《いは》の如くして、常《ときは》に堅《かちは》に動《うご》かず坐《いま》さむ（＊一六）、亦《また》、木花之佐久夜比売を使《つか》はば、木《こ》の花《はな》の栄《さか》ゆるが如く栄《さか》え坐《ま》さむとうけひて（＊一七）、貢進《たてまつ》りき（＊一八）。此《か》く、石長比売を返《かへ》らしめて、独《ひと》り木花之佐久夜毘売のみを留《とど》むるが故《ゆゑ》に、天つ神御子の御寿《みいのち》（＊一九）は、木の花のあまひのみ坐《いま》さむ（＊二〇）」といひき。故是《かれここ》を以《もち》て、今に至《いた》るまで、天皇命《すめらみこと》（＊二一）等《たち》の御命《みいのち》は、長《なが》くあらぬぞ（＊二二）。

（＊三）姉妹はいるか
（＊四）結婚しようと思う
（＊五）返事を申し上げられません
（＊六）娘を得るため使者を派遣した
（＊七）机上にのせたたくさんの結納品《ゆいのうひん》
（＊八）とても醜かったので
（＊九）ニニギは姉をみておそれをなして
（＊一〇）妹《いもうと》
（＊一一）一晩のセックスをした
（＊一二）返したので
（＊一三）伝言を申し伝えていうことには
（＊一四）妻として召し使うならば
（＊一五）生命
（＊一六）永久に堅固で不動でいらっしゃるでしょう
（＊一七）祈って
（＊一八）娘を二人とも差し出したのです
（＊一九）寿命
（＊二〇） はかなさだけの命でいらっしゃるのでしょう
（＊二一）天皇
（＊二二）長くないのだ

大林《おおばやし》太良《たりょう》氏によると、中央セレベスのポソ地方のアルフール族は、次のような神話を伝えています。(三三)

はじめ天と地の間は近く、人間は創造神が天からおろしてくれるもので暮らしていた。ある日、石がおろされたので人間は「この石をどうしたらよいのか。何かもっと別のものをください」と神に叫んだ。すると神は代わりにバナナをおろした。人間がバナナを食べると天から声がして、「お前たちはバナナを選んだから、お前たちの生命はバナナのようになるだろう（バナナの木は、子を持つと親の木は死んでしまう）。もし石を選んでいたら、お前たちの生命も石のように不変だったろうに」といった。

インドネシアからニューギニアにかけて分布しているバナナタイプと呼ばれる神話です。(15) もそれに含められるとみなされています。比較神話学の授業ではないので、外国の神話を紹介することはほとんどしてきませんでした。古事記神話に中には、このように外国の神話ととてもよく似たものがいくつもあります。世界各地の分布状況・日本への伝播ルートなど、この分野の勉強をしたい方は、大林氏・吉田敦彦氏の著書がたくさんありますからご覧ください。

さて、バナナのない日本では、石の対《つい》として登場するのは花です。コノハナノサクヤビメは「木《こ》の花の咲《さ》くや姫」のことです。この花は何とも記されていませんけれど、桜だといわれています。石の不変に対するはかなさ。また、紹介したバナナタイプの神話とちがって、醜と美の対立もあります。結婚譚《たん》だからです。美しくもはかないのが桜です。

でも、「花といえば桜だ」となるのは次の平安時代からです。萬葉集でも四六首、第六位です。(16) サクラとコノハ

(16) **学生**「一位は何ですか？」
山田「萩《はぎ》です。約一四〇首。以下、約一二〇首の梅、約八〇首の松、約七〇首の橘《たちばな》、約五〇首の菅《すげ》が第五位です。『約』としたのは、不明のものも多いからです」

ナノサクヤビメの「サクヤ」とが関係ありとする意見は、「咲く」は桜に限らないから、ちょっとどうかなと思います。サクラは「サク＋ラ」ではなく、「サ（田の神、あるいは霊力の充実した状態）＋クラ（依代《よりしろ》）」という有力な見解もあります。[三四]また（15）の花が桜だとすると、この神話は春に限定されてしまいます。以上のことから、花一般と考えた方が無難かと思いますがいかがでしょう。

外国のバナナタイプと（15）がちがうのは、花と石、美と醜の対立だけではありません。（15）が全ての人間の死の起源ではなく、「天皇命等《すめらみことたち》」の寿命の起源をいっていることもちがうのです。人類全般のそれについては、すでにイザナミの絶縁の言葉にみられました（三時間目（11））。「天皇命等」の「等」に一般の人が含まれるのではありません。「御命《みいのち》」と敬語がついているから。ではなぜ、ここで天皇の有限の生命のことをいう必要があったのでしょうか？　天皇は天つ神の子孫です。そして、天つ神には死がありません。すると、天つ神の末裔《まつえい》である天皇も死なないことになります。逆からいえば、天つ神の末裔であるためには（天つ神と血のつながりを有することを証明するためには）、天皇も死なないことが求められたのです。ところが、現実（「今に至るまで」の「今」）の天皇は不死ではありません。このことは、おかしいのです。矛盾する出来事なのです。よって、その説明が求められた。正確にいうと、「求められる」前に打って出た作戦だと思われます。「今の天皇の命は無限ではないけれど、それは（15）の起源神話があるからだ。決して、天つ神と異なるわけではないんだよ」というわけです。初代天皇の時に、その起源譚をのせる手もあったかと思われます。しかし、神の行為を語る神話にのせた方が保証になったのです。しかも、天皇は葦原中国（中巻以降は「天《あめ》の下《した》」と呼ばれます）を統治するから、葦原中国へ降臨した最初の神ニニギの時にこの起源神話をもってきたと考えられます。

ここで、あらためて天つ神と国つ神の差について二点振り返っておきます。国つ神の代表であるオホクニヌシ（六時間目（1））の成長については何度かお話しました（五時間目（3）～（5））。成長するということは、やがて頂点に達し、ついには衰えてゆくことも暗示しています。これは、今触れた天つ神の不死をかえって際立たせることになると私は考えています。たしかに天つ神には、死どころか成長するに従い力が衰えるという描写もないのです。これも、天つ神と国つ神との差を表わす手法なのです[三五]。

もう一つ、ヤチホコ（オホクニヌシ）とヌナカハヒメも一晩の共寝《ともね》をしたのに、ここと結果がまるでちがうことを思い出してください（五時間目（7）（8））。ニニギの場合は「一宿妊《ひとよはら》み」と通称されている形式で、〈一晩の共寝→懐妊→出産＝後継者の誕生〉と展開してゆくのです（サクヤビメの出産は次の（16））。これも、やはり国つ神との差を表わしています。

(16) コノハナノサクヤビメの出産

故《かれ》、後《のち》に木花之佐久夜毘売《このはなのさくやびめ》、（ニニギのもとへ）参《ま》ゐ出《い》でて白《まを》ししく、「妾《あれ》は、妊身《はら》みぬ。今、産《う》む時に臨《のぞ》みて、(＊一)是《こ》の天《あま》つ神《かみ》(＊二)の御子《みこ》は、私《わたくし》に(＊三)産《う》むべくあらぬが故《ゆゑ》に、請《まを》す(＊四)」とまをしき。爾《しか》くして、詔《のりたま》ひしく、「佐久夜毘売、一宿《ひとよ》にや妊《はら》みぬる(＊五)。是《これ》は、我《あ》が子に非《あら》じ。必ず国《くに》つ神《かみ》の子ならむ」とのりたまひき。爾《しか》くして、答《こた》へて白《まを》さく、「吾《あ》が妊《はら》める子、若《も》し国つ神の子ならば、産む時に幸《さき》くあらじ(＊六)。若《も》し天つ神の御子ならば、幸くあらむ(＊七)」とまをして、即《すなは》ち戸無《とな》き八尋殿《やひろどの》

（＊一）出産にあたって
（＊二）ニニギ
（＊三）勝手に
（＊四）出産すべきではないのでお伝え申します
（＊五）一晩だけで妊娠したのか
（＊六）無事ではないでしょう
（＊七）出産は平穏でしょう

（＊八）を作り、其の殿《との》の内に入《い》り、土《つち》を以《もち》て（隙間を）塗《ぬ》り塞《ふさ》ぎて、方《まさ》に産《う》まむとする時に、火を以《もち》て其の殿に著《つ》けて（燃える中で）産《う》みき。故《かれ》、其の火の盛《さか》りに燃《も》ゆる時に生《う》める子の名は、**火照命**《ほでりのみこと》（此《こ》は、隼《はや》人《と》の阿多君《あたのきみ》（＊九）が祖《おや》ぞ）。次に、生みし子の名は、火須勢理《ほすせり》命。次に、生みし子の御名《みな》は、**火遠理命**《ほをりのみこと》、**亦**《また》**の名は**、**天津日高日子穂々手見命**《あまつひたかひこほほでみ》（三柱《みはしら》）。

（＊八）扉のない広い御殿
（＊九）南九州地方を本拠地とした豪族

ちょっとひどい話だと思いませんか。ニニギはコノハナノサクヤビメと結婚して以来、つまり一〇箇月と一〇日の間に、一晩の共寝《ともね》しかしていないのです。と、まあそれほど律儀にいわなくてもよいけれど、妻の懐妊を疑うのは許せないと怒る読者は多いでしょう。これは、火の中で出産する最後の話へ結びつけてゆく伏線です。

火中出産と呼ばれているこの神話については、様々に解釈されています。産屋《うぶや》（出産のため別に建てられた小屋）を浄化するため、[三六]火による審判（占いの一種）[三七]、焼くことで新しい植物を誕生させる焼畑農耕の反映[三八]などです。私が気になるのは、松村武雄《まつむらたけお》氏の「火の霊能《れいのう》による聖性保証」という考察です[三九]。

火がおそろしいものであり、うまく使えば有益なものでもあることは、古事記の時代も今も同じでしょう。オホクニヌシはオホアナムヂの時代に火難にあいますが（五時間目（4））、オホクニヌシがクシヤタマに命じた料理は火がないと話になりませんでした（六時間目（9））。火の出現は、イザナミが火の神カグツチを出産したことにさかのぼります（三時間目（7））。この神話は、あたかも火中出産と逆の形といえます。〈火の出産↓死〉と〈火中で出産↓生〉です。イザナミが火の神を生んで火傷《やけど》して神避《かむさ》ることは、「火の霊能」を得たとはいえません。この段階では、まだおそろしいだけの火です。それとちがって（16）での三神の誕生は、火による聖性の獲得を思わせます。七時間目の主人公ホヲリの誕生です。新しい物語を迎えるのです。

思い起してください。これまでの神々の誕生の仕方は、ほとんど異常でした。「異常」といったのは人間に比べてのことだから、神々にとってはそれが普通なのかもしれません。ならば、「神と人間とはちがうんだよ」ということを表わそうとしたのかもしれません。アマテラスはイザナキの左目から、スサノヲは鼻から、オシホミミはアマテラスとスサノヲのウケヒによって誕生します。ニニギ自身は誕生の描写がありませんけれど、次のホヲリの子ウカヤフキアヘズの誕生も大変かわっています。楽しみにしていてください（七時間目（7））。火の聖性獲得を認めたうえであえていうと、考えようによっては、火中での誕生も、神々の世界では驚くにあたらないのかもしれません。

最後に、疑うことについて。実は、疑うことも神々はよくやるのです。現代人にとっては何だかよくない行為に思われがちですけれど。イザナキは黄泉国の殿の戸の前で（三時間目（10））、アマテラスはスサノヲの昇天の鳴動に驚いて（四時間目（3））、また天の石屋の内側でも「あやしい」と思っています（四時間目（9））。「疑う」の定義がはっきりさせられないとはいえ、スサノヲがヤマタノヲロチの尾から大刀《たち》を得た時も（四時間目（12））、タカギが血のついた矢をみた時も（六時間目（3））、やはり疑っていたのでしょう。例は数えきれません。少なくともいえるのは、疑うことは物語が動く発端であるということです。あまり、倫理上のことをとやかくいわない方がいいようにも思えます。

なお、ホヲリは「亦の名」も後に出てきますから、両方を**ゴチック体**にしました（私の解説は「ホヲリ」で統一）。また、兄のホデリが「隼人《はやと》の阿多《あた》一族の祖先だ」という注記は覚えておいてください。

とても長くなってしまいました。やっとこれで六時間目をおえます。

七時間目　ホヲリ・ウカヤフキアヘズ・神武天皇

（1）綿津見神《わたつみのかみ》の宮《みや》訪問（その一）

故《かれ》、火照命《ほでりのみこと》は、海佐知毘古《うみさちびこ》(＊一)と為《し》て、鰭《はた》の広物《ひろもの》・鰭の狭物《さもの》(＊二)を取り、火遠理命《ほをりのみこと》は、山佐知毘古《やまさちびこ》と為《し》て、毛《け》の麁物《あらもの》・毛の柔物《にこもの》(＊三)を取りき。爾《しか》くして、火遠理命、其《そ》の兄《え》火照命に謂《い》はく、「各《おのおの》さち(＊四)を相易《あひか》へて用《もち》ゐむと欲《おも》(＊五)ふ」といひて、三度《みたび》乞《こ》へども、(＊六)（ホデリは）許《ゆる》さず。然《しか》れども、遂《つひ》に纔《わづ》か(＊七)に相易《あひか》ふること得《え》たり(＊八)。爾《しか》くして、火遠理命、海さち(＊九)を以《もち》て魚《うを》を釣《つ》るに、都《かつ》(＊一〇)て一つの魚も得《え》ず。亦《また》、其の鉤《ち》(＊一一)を海に失《うしな》ひき。是《ここ》に、其の兄《え》火照命、其の鉤《ち》を乞《こ》ひて曰《い》ひしく、「山さちも、己《おの》がさちさち(＊一二)、海さちも、己がさちさち。今は各《おのおの》さちを返《かへ》さむと謂《い》(＊一三)ふ」といひし時に、其の弟《おと》火袁理命の答《こた》へて曰《い》ひしく、「汝《なむち》が鉤《ち》は、魚《うを》を釣《つ》りしに、(＊一四)一つの魚も得《え》ずして、遂《つひ》に海に失《うしな》ひき」といひき。然《しか》れども、其の兄《え》、強《あなが》ちに乞《こ》ひ徴《はた》りき(＊一五)。故《かれ》、其の弟《おと》、御佩《みは》かしせる(＊一六)十拳《とつか》の剣《つるぎ》を破《やぶ》り(＊一七)、五百《いほ》の鉤《ち》を作り、償《つくの》へども、（ホデリは）取らず。亦、一千《ち》の鉤を作り、償へども、受《う》けずして、云《い》ひしく、「猶《なほ》其の正《まさ》しき(＊一八)本《もと》の鉤《ち》を得《え》むと欲《おも》(＊一九)ふ」といひき。

(＊一)海の幸《さち》(「サチ」は獲物と道具の意味)で暮らす男
(＊二)鰭《ひれ》の大きい魚・小さい魚
(＊三)毛の荒い獣・やわらかい獣
(＊四)道具
(＊五)交換して使ってみましょうよ
(＊六)お願いしたけれども
(＊七)かろうじて
(＊八)交換することができた
(＊九)魚取りの道具
(＊一〇)全く
(＊一一)釣り針
(＊一二)山の幸も自分の道具でないとうまくゆかない
(＊一三)もう互いの道具を返したいと思う
(＊一四)釣ろうとした時に
(＊一五)強《し》いて釣り針を要求した
(＊一六)お持ちになっていた
(＊一七)鋳直《いなお》して
(＊一八)私の使っていた
(＊一九)返してもらいたい

小見出しの「綿津見神の宮」とは、海の神の宮殿のことです。（1）はその序章になります。「ウミサチ・ヤマサチ」あるいは「海彦《うみひこ》・山彦《やまひこ》」のお話として著名です。近代の児童文学作家が再生産したものもたくさんあります。イナバノシロウサギの話と並んで、誰でも一度はきいたことのある話でしょう。けれども、もとの古事記の中に戻して読むと、およそ子供向けとはいえないことがわかります。主人公ホヲリは天つ神だから、王権と結びつく内容なのです。追い追い明らかにしてゆきます。

まず（1）で注意したいのは、サチという言葉が道具と獲物の二つの意味で使われていることです。後者は、現代語の「海の幸《さち》・山の幸」でお馴染みです。道具で獲物を取るからでしょうか。今でもやるのは、魚を釣るのにまず餌《えさ》となる魚を取ることです。骨は釣り針になります。獣の骨も矢や槍《やり》の材料になることもあったでしょう。獲物が次の道具となるのです。で、その道具がさらに獲物をもたらすのです。二つのサチはもとは一つだったのかもしれません。

サチという名前の人がこの教室にもいるかもしれません。いい響きですね。（1）に一回も出てきます。あわせて、「鰭《はた》の広物《ひろもの》・鰭の狭物《さもの》」「毛の麁物《あらもの》・毛の柔物《にこもの》」というこの時代の常套句（ただし、後者は古事記ではここのみ。前者は六時間目（14））や「山さちも、己《おの》がさちさち、海さちも、己がさちさち」という唱《とな》え言《ごと》のような文句もあり、リズミカルな表現に満ちています。鰭《ひれ》の広さで魚の大きさを表わしたり、毛の荒さで獣の種類をいうのは、一部をほめて全体を称える例の表現（四時間目（13））につながるものです。それにしても面白い所に目をつけたものです。しかも、これで全部の魚・獣を示すのだからなおさらです。「ホデリは色々な魚を取っていた」では、神の行為としてふさわしくないとみなされたからでしょう。

もう一つ注意したいのは、兄ホデリの態度です。とても意地悪なようにみえます。オホアナムヂと八十神《やそかみ》の対立という例もあり、どうも現代人の頭には「意地悪な兄と心やさしい弟」という構図ができあがっているのかもしれません。けれども、はたしてそうでしょうか？　道具は交換すべきではないというのは正論です（二人とも失敗という結果をみてもそれは明らか）。もとの自分のサチ（道具）でないとサチ（獲物）は得られないというのもわかりきったことです。弟をいじめようとしているわけではありません。「もとの釣り針を返せ」という要求も当然なのです。これは、三浦佑之《すけゆき》氏も力説している（と私には思える）通りです(一)。

(2) 綿津見神の宮訪問（その二）

是《ここ》に、其《そ》の弟《おと》(*一)、泣《な》き患《うれ》へて、海辺《うみへ》に居《を》りし時に、**塩椎神**《しほつちのかみ》、来て、問《と》ひて曰《い》ひしく、「何《なに》ぞ(*二)、虚空津日高《そらつひたか》(*三)の泣き患《うれ》ふる所由《ゆゑ》(*四)は」といひき。答《こた》へて言《い》ひしく、「我《あれ》、兄《え》と鉤《ち》を易《か》へて(*五)、其の鉤を失《うしな》ひき。是《ここ》に、（兄は）其の鉤を乞《こ》ふが故《ゆゑ》に、多《あま》たの鉤を償《つくの》へども(*六)、受《う》けずして、云《い》ひつらく(*七)、『猶《なほ》其の本《もと》の鉤を得《え》むと欲《おも》ふ』といひつ。故《かれ》、泣き患《うれ》ふるぞ」といひき。爾《しか》くして、塩椎神の云《い》はく、「我、汝命《ながみこと》の為《ため》に善《よ》き議《はかりこと》を作《な》さむ(*八)」といひて、即《すなは》ち無間勝間《まなしかつま》の小船《をぶね》(*九)を造《つく》り、其の船に載《の》せて、教《をし》へて曰《い》ひしく、「我《あれ》其の船を押《お》し流《なが》さば(*一〇)、差暫《ややしま》らく往《ゆ》け。味《うま》し御路《みみち》(*一一)有《あ》らむ。乃《すなは》ち其の道に乗《の》りて往《ゆ》かば(*一二)、魚鱗《いろこ》の如《ごと》

(＊一)ホヲリは
(＊二)なぜ
(＊三)空から降《くだ》ってきた男神(ホヲリ)
(＊四)理由は
(＊五)私の道具と兄の釣り針とをかえて
(＊六)たくさんの釣り針を代償としたのに
(＊七)兄が私にいったことは
(＊八)よい手を授けよう
(＊九)隙間《すきま》なく編《あ》んだ竹の小船
(＊一〇)流したら
(＊一一)都合よい潮流が
(＊一二)行くと
(＊一三)鱗《うろこ》のように輝き並んで
(＊一四)それこそが
(＊一五)海の神

（*一三）く造《つく》れる宮室《みや》、其《それ》（*一四）綿津見《わたつみ》（*一五）神の宮《みや》ぞ。其の神の御門《みかど》に到《いた》らば、傍《かたはら》の井上《ゐのへ》（*一六）に湯津《ゆつ》香木《かつら》（*一七）有《あ》らむ。故《かれ》、其の木の上《うへ》に坐《いま》さば（*一八）、其の海の神の女《むすめ》、見て相議《あひはか》らむぞ（*一九）」といひき。

（*一六）泉の辺り
（*一七）神聖な桂《かつら》の木
（*一八）いらっしゃると
（*一九）うまく事を成してくれるでしょうよ

泣いていると神がやってくるというパターンは、すでに何度もありました（四時間目（11）・五時間目（2））。シホツチという神は、後に登場する海の神ワタツミのことではありません。海の神は海全体を統率している神で、シホツチはその手下《てした》の神のように思えます。海の神の所へ行ける潮流をホヲリに教えてくれる神です。〈潮《シホ》＋ツ（の）＋霊《チ》〉とみなされています。もっとも、チは道《みち》のチとも関係するでしょう。

無間勝間《まなしかつま》の小船は、潜水艦のようなものを想像してくれればよいでしょう。勝間は竹で編んだ籠《かご》の意味で、無間の状態だから、隙間のないようにきっちりと固く編んだ小船の意味になります。いくら無間とはいえ、「浸水の心配はないの？」というヤボなことはきかないこと。シホツチがその小船を押すだけで、海の神の宮殿への潮流にのるということに対しても、「不可能だ」とはいわないように。これは、この神の不思議な霊力を示す神話なのですから。まずまちがいなく、この神は何度もこの船で海の神の宮殿へ行ったことがあったのでしょう。

シホツチの教えは、「その宮殿の門の所に着いたら、傍らに泉がわいていて、近くに立派な桂《かつら》の木があるのをみつけるでしょう。そうしたら、その木に登って上にいらっしゃると、海の神様のお嬢さんとあえ、うまく事を運んでくれますよ」と続きます。シホツチは予知能力もあるのでしょうか。あるいは、言霊《ことだま》によって、話したことが実現するのでしょうか[1]。これまた、シホツチの不思議な霊力を示しています。ひょっとすると、いつも海の神の宮殿へ行っているから、そこに泉があることや誰が汲みにくるのかということも知っていたのかもしれません。

本文の「井《ゐ》」は、深く掘った今の井戸とはちがい、水のわき出ている所です。「井」のほとりが男女の出会いの場であることは、四時間目(4)で述べました。それにしても、なぜ木に登って待つのでしょうか。「湯津(神聖な)」という語が冠されていて、桂は神の依代《よりしろ》の木であることは認めます。それでもよくわかりません。次を読んでみましょう。

(3) 綿津見神の宮訪問(その二)

故《かれ》、(ホヲリは)教《をしへ》の随《まにま》に少《すこ》し行《ゆ》くに、備《つぶ》さに其《そ》の言《こと》の如《ごと》し(*一)。即《すなは》ち、其の香木《かつら》に登《のぼ》りて坐《いま》しき。爾《しか》くして、海の神の女《むすめ》**豊玉毘売《とよたまびめ》の従婢《つかひめ》**(*二)玉《たま》器《もひ》(*三)を持《も》ちて水を酌《く》まむとする時に、井《ゐ》に光《ひかり》有《あ》り。仰《あふ》ぎ見《み》れば、麗《うるは》しき壮夫《をとこ》(*四)有り。(従婢は)甚《いと》異奇《あや》しと以為《おも》ひき(*五)。爾《しか》くして、火遠理命《ほをりのみこと》、其の婢《つかひめ》(*六)を見て、「水を得《え》むと欲《おも》ふ」と乞《こ》ひき。婢、乃《すなは》ち水を酌み、玉器《たまもひ》に入《い》れて貢進《たてまつ》りき。爾《しか》くして、(ホヲリは)水を飲《の》まずして、御《み》頸《くび》の璵《たま》を解《と》き(*七)、口に含《ふふ》みて其の玉器《たまもひ》に唾《は》き入《い》れき(*八)。是《ここ》に、其の璵《たま》、器《もひ》に著《つ》きて、婢《つかひめ》、璵を離《はな》つこと得《え》ず。故《かれ》、璵を著《つ》け任《なが》ら(*九)、**豊玉毘売命**に進《たてまつ》りき。爾《しか》くして、(トヨタマビメは)其の璵《たま》を見て、婢《つかひめ》を問《と》ひて曰《い》ひしく、「若《も》し、人《ひと》、門《かど》の外《と》に有《あ》りや(*一〇)」といひき。答《こた》へて曰《い》ひし

(*一)全てがシホツチの言葉通りだった
(*二)女性の使用人が
(*三)美しい容器
(*四)青年が
(*五)とても不思議に思った
(*六)使用人
(*七)首飾りの玉を取り
(*八)吐き出して入れた
(*九)つけたまま
(*一〇)いるのですか

く、「人有《あ》りて、我《あ》が井上《ゐのへ》(＊一一)の香木《かつら》の上《うへ》に坐《いま》す。甚麗《いとうるは》しき壮夫《をとこ》ぞ。(私は)水を奉《まつ》れば、水を飲《の》まずして、此《こ》の璵《たま》を唾《は》き入《い》れつ。是《これ》、離《はな》つ
我《わ》が王《きみ》(＊一二)に益《ま》して甚貴《いとたふと》(＊一三)し。故《かれ》、其の人水《ひとみづ》を乞《こ》ひつるが故《ゆゑ》(＊一四)に、

こと得《え》ず。故《かれ》、(玉を容器に)入《い》れ任《なが》ら、将《も》ち来て(ヒメ様に)献《たてまつ》りつ」といひき。爾《しか》くして、豊玉毘売命、奇《あや》しと思《おも》ひ、出《い》で(ホヲリを)見《み》て、乃《すなは》ち見感《みめ》でて(＊一五)、目合《めくはせ》(＊一六)して、其の父に白《まを》して曰《い》ひしく、「吾《わ》が門《かど》に麗《うるは》しき人有《あ》り」といひき。爾《しか》くして、海の神、自《みづか》ら出《い》で(ホヲリを)見て、云《い》はく、「此《こ》の人は、天津日高《あまつひたか》(＊一七)の御子《みこ》、虚空津日高《そらつひたか》(＊一八)ぞ」といひて、即《すなは》ち内《うち》に率《ゐ》て入《い》りて、みち(＊一九)の皮の畳《たたみ》(＊二〇)を八重《やへ》に敷《し》き、亦《また》、絁《きぬ》(＊二一)畳《たたみ》を八重に其の上に敷き、其の上に坐《いま》せて(＊二二)、百取《ももとり》の机代《つくえしろ》の物《もの》(＊二三)を具《そな》へ、御饗《みあへ》(＊二四)を為《し》て、即ち其の女《むすめ》豊玉毘売に婚《あ》はしめき(＊二五)。故《かれ》、三年《みとせ》に至るまで(ホヲリは)其の国に住《す》みき。

(＊一一)泉の辺り
(＊一二)海の神
(＊一三)優ってとても高貴です
(＊一四)求めたので
(＊一五)一目惚《ひとめぼれ》れして
(＊一六)互いにみつめあって
(＊一七)天より降《くだ》った男神(ニニギ)
(＊一八)空より降《くだ》った男神(天は空の上にあると考えられ、ニニギとホヲリに差をつけたいい方。天皇と皇太子の関係と近い)
(＊一九)アシカ
(＊二〇)敷物
(＊二一)絹《きぬ》
(＊二二)ホヲリをすわらせて
(＊二三)机上にのせたたくさんの結納品《ゆいのうひん》
(＊二四)ご馳走(2)
(＊二五)結婚させた

どうもホヲリは、その正体をとらえにくい神です。七時間目(1)(2)を読むと、兄へ我《わ》が侭《まま》をいうだけのようにもみえ、釣り針をなくすという失敗をやらかしたうえに、苦労して弁償するのに報われません。挙げ句のはてに、浜辺で泣いているのです。ところが(3)になったら、姿に「光」の描写があり、「麗《うるは》しき壮夫《をとこ》」「甚貴《いとたふと》し」

(1) **山田**「『言霊』については、四時間目(7)・五時間目(2)を参照してください」
(2) **学生**「やっぱり、魚料理なんでしょうね」

と呼ばれるのです。しかも、玉を容器につけて自分がきたことを海の神の娘に知らせるという離れ業《わざ》もやってのけるのです。（1）（2）の、ちょっとやんちゃで泣き虫のホヲリとは別人（別神）のようです。海という異界にきたからでしょうか。異界訪問で人格（神格）がかわった例にオホクニヌシがいました。でも、どうもちがいます。（3）の最後に、「三年間、海の神の世界に住みついた」とありますから。

「おいおい。釣り針はどうなったの？」コロコロと人格のかわるホヲリを、七時間目がおわるまでにはとらえたいと思うのですが。

木に登っていたので、自分の姿を泉の水面に写し、相手に知らせることができました。水を汲むためには水面を必ずみるのです。ところが、やってきたのは使用人でした。身分の低い者はみればわかるものです。さらにホヲリは、彼女が海の神の娘の使用人だと察しました。持っている玉器《たまもい》のためです。「あの容器はやがてヒメのもとに届くだろう。ならば、自分がここにきた証拠をあの容器に示せば、ヒメに伝わるはずだ」と考えたのでしょう。歌を書きつけた文《ふみ》を結ぶことは、神々はやりません。イザナキがアマテラスに玉飾りを授けて（四時間目（1））以来、玉は天《あま》つ神《かみ》にとって大事な場面で使われる重要な小道具です。尊貴な身分の者の証としての玉を、容器に入れるだけでは取り除かれてしまうおそれもあります。ならば、「いっそのこと、接着させるか」と考えたのです。とまずは、推測をまじえながら二神の出会いまでを解説しておきます。

「麗しき壮夫・人」が三例出てきました（傍線部）。オホアナムヂとスセリビメとの出会いの時も、「（二神は）目《め》合為《はせし》て、相婚《あひあ》ひき。還《かへ》り入《い》りて、其の父（スサノヲ）に白《まを》して言《い》ひしく、『甚麗《いとうるは》しき神、来《き》たり』」でした（五時間目（4））。「麗し」は結婚譚《たん》にまつわる表現です。[二] もうおわかりのように、（3）の二神の出会いの場面はオホアナムヂの根《ね》の堅州国《かたすくに》訪問神話のそれととてもよく似ています。どうして似ているかということについては、本神話を全部紹介してからにします（七時間目（7））。オホアナムヂの場合は、いきなりスセリビメと対面しその場で結婚しています。水鏡《みずかがみ》を使ったこった演出も、仲介の使用人の存在もありません。こうして比べてみると、オホアナムヂの神話は随分筆が省略されているように思えます。というよりも、私たちはオホアナムヂの神話の後に（3）を読むのだから、（3）の方がより念入りだと気づくことになるのです。

「麗しき壮夫・人」の繰り返しをもう少し考えましょう。ホヲリのことは、伝言ゲームのように〈使用人↓トヨタマビメ↓海の神〉と伝わってゆきます。最初の〈使用人↓トヨタマビメ〉は、とても詳しくなっています。次にトヨタマビメが父にホヲリのことを話す時は簡略になっています。でも、いずれの場合も「麗しき壮夫・人」が出てきます。これが肝心だったからでしょう。結婚譚にまつわるこの表現が省かれず繰り返されたことは、本神話の中心は結婚だということになります。このような繰り返しも、本神話が丁寧で念入りなことを表わしています。ここもいつもの古事記らしい手法なのです。

もう一つ、私が「うまい工夫だ」と膝《ひざ》を打つのは、異界《いかい》（根の堅州国・海の世界）において誰が議《はか》りごとをしてくれるかについてです。オホアナムヂは、根の堅州国行きを勧められた時に「スサノヲが議りごとをしてくれるでしょう」といわれました（五時間目（3））。ホヲリの場合は、「海の神の娘が議りごとをしてくれますよ」なのです（七時間目（2））。似ているようで、ここにも大きなちがいがあります。オホアナムヂに試練を与え成長させたのはスサノヲでした。それに対して、ホヲリに取り計らったのはトヨタマビメなのです。このことからも本神話で重要なのは、ホデリ退治だけでなく、ホヲリと海の神の娘との結婚だとわかります。

ここまでしゃべったから、両神話の結果のちがいをいっておきましょう。結婚して子ができたか否か、なのです。ホヲリはトヨタマビメとの間に後継者を得るのです。これが決定的なちがいです。そのため、結婚の描写が詳しいのです。私のいいたいことはもうおわかりでしょう。これも、天つ神と国つ神との差を示す例なのです。

(4) 綿津見神の宮訪問(その四)

是《ここ》に、火袁理命《ほをりのみこと》、其《そ》の初めの事(＊一)を思《おも》ひて(＊二)、大《おほ》きに一《ひと》たび歎《なげ》きき(＊三)。故《かれ》、豊玉毘売《とよたまびめ》命、其の歎きを聞《き》きて、其の父に白《まを》して言《い》ひしく、「三年《みとせ》住《す》めども(＊四)、恒《つね》(＊五)は歎くこと無《な》きに、今夜《こよひ》(＊六)大《おほ》き一《ひと》つの歎きを為《し》つ。若《も》し(＊七)何《なに》の由《ゆゑ》か有《あ》る」といひき。故《かれ》、其の父の大神《おほかみ》、其の聟夫《むこ》(＊八)を問《と》ひて曰《い》ひしく、「今旦《けさ》(＊九)、我《あ》が女《むすめ》が語《かた》るを聞《き》くに、云《い》ひしく、『三《み》年坐《とせいま》せども、恒《つね》は歎くこと無きに、今夜《こよひ》(＊一〇)大《おほ》き歎きを為《し》つ』といひき。若《も》し由《ゆゑ》有《あ》りや。亦《また》、此間《ここ》(＊一一)に到《いた》れる由は、奈何《いか》に(＊一二)」といひき。爾《しか》くして、(ホヲリが)其の大神(＊一三)に語ること、備《つぶ》さに(＊一四)其の兄《え》の失《う》せたる鉤《ち》を罰《はた》りし(＊一五)状《かたち》の如《ごと》し(＊一六)。

(＊一)釣り針を取り戻しにきたこと
(＊二)思い出して
(＊三)ため息をした
(＊四)暮らしているのに
(＊五)いつもは
(＊六)昨夜(解説参照)
(＊七)もしや
(＊八)ホヲリのこと
(＊九)今朝
(＊一〇)昨夜
(＊一一)海の世界
(＊一二)何なのでしょう
(＊一三)海の神
(＊一四)事細かに
(＊一五)なくした釣り針のことで兄が責《せ》めた
(＊一六)仕打ちのこととそっくりそのままだった(主語は「大神に語ったことは」)

竹取物語のかくや姫は、地球という異界にきて天皇と心を通わせるまでになります。この時期が最も幸せなのに「三年ばかりありて」、月をながめ大きく「歎《なげ》く」のです。浦島太郎のお話はすでに八世紀の丹後国風土記《たんごのくにふどき》(逸文《いつぶん》)[3]にあります。やはり海という異界を訪れてそこのお姫様と結婚した主人公は、楽しい新婚生活を送っていたはずです。ところが「三歳《みとせ》のほど」経過すると、悲しみの気持ちが起こり「嗟歎《なげき》」が日々増したとあります。異《い》界訪問譚《かいほうもんたん》は、どんな幸福の絶頂の時でも、三年たったら嘆《なげ》くというのがパターンだったのでしょう。すると、ホヲリを「釣り針のことを忘れ三年間ノホホンとしていたいい加減な奴」と決めつけるのはかわいそうな気もしてきます。

嘆きの語源は、〈長《なが》＋息《いき》〉といわれています。ここは、ため息のことです。できればため息のない生活を送りたいものです。でも、身近な人のため息はよくきこえますし、わざときこえるようにするため息もあります。私もよくやります。ハァー（←ため息）。てなことはさておき、ホヲリのため息により、物語は大きく動きます。妻のトヨタマビメが気づくからです。

「今夜《こよひ》」に注意してください。後の海の神の言葉には、「今朝娘がいうには、『……今夜大きなため息をしました』ということだが」とあります。ここから「今夜」は前日の晩のことだとわかります。かつて、一日は日没からはじまると考えられていました。[三] それで、現代語でいう昨夜のことを「今夜」といっているのです。

最後の一文は、ちとわかりにくいようなので、「其の大神にホヲリが語ることは、其の失《う》せたる鉤《ち》のことを兄が罰《はた》りし状《かたち》の如く備《つぶ》さであった」と順序をかえ、現代語を補っておきます。

（5）綿津見神の宮訪問（その五）

是《ここ》を以《もち》て、海の神、悉《ことごと》く海の大《おほ》き小《ちひ》さき魚《うを》を召《め》し集め、問《と》ひて曰《い》ひ

（＊一）もしや皆の中に
（＊二）鯛《たひ》が
（＊三）のど

（3）**山田**『丹後』は現在の京都府北部の丹後半島のあたり。浦島太郎ゆかりの宇良《うら》神社があります『風土記逸文』については、四時間目（8）を参照してください」

しく、「若《も》(＊一)し此《こ》の鉤《ち》を取《と》れる魚有《あ》りや」といひき。故《かれ》、諸《もろもろ》の魚が白《まを》ししく、「頃《このごろ》は、赤海鯽魚《たひ》(＊二)、『喉《のみと》(＊三)に鯁《のぎた》(＊四)ちて、物《もの》を食《く》ふこと得《え》ず』(5)と愁《うれ》へ言《い》へり。故《かれ》、必ず是《これ》を取《と》りつらむ」(＊五)とまをしき。是《ここ》に、(海の神は)赤《た》海鯽《ひ》魚の喉《のみと》を探《さぐ》れば、鉤《ち》有《あ》り。即《すなは》ち、取り出《い》だして清《きよ》め洗《あら》ひて、火遠理命《ほをりのみこと》に奉《まつ》りし時に、其《そ》の綿津見大神《わたつみのおほかみ》の誨《をし》へて(＊六)曰《い》はく、「此《こ》の鉤《ち》を以《もち》て其の兄《え》に給《たま》(＊七)はむ時に、言《い》はむ状《かたち》(＊八)は、『此の鉤《ち》は、おぼ鉤(＊九)・すす鉤(＊一〇)・貧《まづ》(＊一一)鉤・うる鉤(＊一二)』と、云《い》ひて、後手《しりへで》に賜《たま》(＊一三)へ。然《しか》くして、其の兄《え》(が)高田《たかた》(＊一四)を作《つく》らば、汝命《ながみこと》は、下田《ひきた》(＊一五)を営《つく》れ。其の兄《え》(が)下田を作らば、汝命は、高田を営れ。然為《しかせ》(＊一六)ば、吾水《あれみづ》を掌《つかさど》るが故《ゆゑ》(＊一七)に、三年《みとせ》の間《あひだ》、必ず、其の兄《え》、貧窮《まづ》しくあらむ(＊一八)。若《も》し(兄が)其の然為《しかす》る事(＊一九)を悵怨《うら》みて、攻め戦《たたか》はば、塩盈珠《しほみちのたま》(＊二〇)を出《い》だして溺《おぼほ》(＊二一)せよ。若《も》し其《それ》愁《うれ》へ請《こ》(＊二二)はば、塩乾珠《しほひのたま》(＊二三)を出《い》だして活《い》けよ(＊二四)。如此《かく》惚《なや》み苦《くる》しびしめよ」(＊二五)と、云ひて、塩盈珠《しほみちのたま》・塩乾珠《しほひのたま》を并《あは》せて両箇《ふたつ》授《さづ》けて、即ち悉《ことごと》くわにを(＊二六)召《め》し集め、問《と》ひて曰《い》ひしく、「今、天津日高《あまつひたか》(＊二七)の御子《みこ》、虚空津日《そらつひ》高《たか》(＊二八)、上《うは》つ国《くに》(＊二九)に出幸《いでま》さむと為《す》(＊三〇)。誰《たれ》者か幾日《いくか》(＊三一)に送り奉《まつ》りて覆《かへりこと》奏《まを》さむ」(＊三二)といひき。故《かれ》、各《おのおの》己《おの》が身《み》の尋長《ひろたけ》の随《まにま》(＊三三)に、日《ひ》を限《かぎ》りて白《まを》す(＊三四)中に、一尋《ひとひろ》(＊三五)わにが白ししく、「僕《やつかれ》は、一日《ひとひ》に送りて即ち還《かへ》り来《こ》む」とまをしき。故爾《かれしか》くして、其の一尋わにに(海の神は)告《の》らさ

(＊四)魚の骨が刺さって④
(＊五)鯛が釣り針を取ったのでしょう
(＊六)教えて
(＊七)お渡しになる
(＊八)いう言葉としては
(＊九)はっきりしない釣り針
(＊一〇)すさんだ釣り針
(＊一一)貧しい釣り針
(＊一二)愚《おろ》かな釣り針
(＊一三)背を向けてお渡しなさい(呪《のろ》いの所作。三時間目(11))
(＊一四)高い所の田
(＊一五)低い所の田
(＊一六)そうしたなら
(＊一七)掌握しているから
(＊一八)貧しくなるでしょう
(＊一九)あなた様がする行為
(＊二〇)満潮にする玉
(＊二一)溺れさせなさい
(＊二二)兄が嘆いて許しを乞《こ》うたら
(＊二三)干潮にする玉
(＊二四)溺れさせずにいなさい
(＊二五)こうやって悩ませ苦しめなさい
(＊二六)海に住む霊獣(五時間目(2))
(＊二七)ニニギ
(＊二八)ホヲリは
(＊二九)地上の国
(＊三〇)お出かけになろうとしている
(＊三一)この中の誰が何日で
(＊三二)ホヲリをお送りして帰って報告申せるか

く、「然《しか》らば、汝《なむち》、送り奉《まつ》れ。若《も》し海中《うみなか》を度《わた》らむ時には、惶《おそ》り畏《かしこま》らしむること(＊三六)無《な》かれ」とのらして、即ち其のわにの頸《くび》に載《の》せて送り出《い》だしき。故《かれ》、期《ちぎ》りしが如《ごと》(＊三七)く、一日《ひとひ》の内《うち》に送り奉《まつ》りき。其のわに返《かへ》らむとせし(＊三八)時に、佩《は》ける(＊三九)紐小刀《ひもかたな》を解《と》きて、其の頸《くび》に著《つ》けて返しき。故、其の一尋わには、今に佐比持《さひもち》(＊四〇)神と謂《い》ふ。

(＊三三)各自の体の大きさに応じて
(＊三四)日数を申告する
(＊三五)「尋」は長さの単位(両手を広げた長さ。六時間目(9))
(＊三六)ホヲリにこわい思いをさせる
(＊三七)宣言した通り
(＊三八)帰ろうとした
(＊三九)ホヲリは持っていた
(＊四〇)刀持ちの神(「さひ」は刀のこと)

釣り針は鯛《たい》が飲み込んでいたようです。ということは、ホヲリは素人《しろうと》なのに鯛を釣りあげるところでした。鯛はオメデタイ魚として今も特別視されています。釣る時も、引きがいいので釣り人に喜ばれる魚なのです。脱線します。これが最後です。

鯛と蛇と骨

それにしても、鯛が「ノドに魚の骨が刺さって、食事もノドを通らない」といったのには笑ってしまいます。先ほどは、よくぞツッコミを入れてくれました。そういえば、常陸国風土記《ひたちのくにふどき》というやはり古代の文献に、蛇が涙をぬぐう描写があります(那賀郡《なかぐん》茨城里《うばらきのさと》)。亡くなった私の恩師平野仁啓《ひらのじんけい》先生は、決

(4) **学生**「鯛のくせに！」
(5) **学生**「鯛なのに？」
山田「まあ、そういわずに。鯛は鯨《くじら》(古語で「いさな」)と並んで海の魚の王様なのだから、特別扱いなのです」

して授業中に冗談や脱線をされない先生でした。一度だけ、この風土記を取りあげた時、「蛇がどうやって涙をふいたんでしょうね」とおっしゃったことがありました。今では懐かしい思い出です。

私は以前福井県に住んでいました。うまいものはたくさんある中で、コダイの笹漬《ささづ》けはとくに好物でした。でも、実際食べてみるまでは、古代文学専攻の私は、「笹漬けは古代からあったのか」と信じていました。鯛というと、この耳での勘ちがいをいつも思い起こします。

次は、目での勘ちがい。近所に関先生という接骨医がいらして、出している看板が「関接骨医院」。はじめの二文字は絶対にカンセツと読みますよね。「間接」だけでなく「関節」ともまちがえているのです。いかにも、接骨医らしい看板です。骨で思い出しました。

海の神は、三年間もノドに刺さったままの釣り針を鯛から取ってやり、ホヲリに渡します。そして、兄ホデリに返す時、「おぼ鉤《ち》・すす鉤・貧鉤・うる鉤」といいなさいと教えます。「おぼ」は、ぼんやりとしてはっきりしない様を意味します。「この釣り針は、はっきりしない釣り針だ」とは、「この釣り針を持っていると、ぼんやりしてしまうぞ」ということを表わします。すなわち呪いの言葉です。以下、「すさんだ気分になるぞ」「貧しくなるぞ」「頭が悪くなるぞ」となります。後向きで返すのも、普通とはちがうやり方で、呪いの所作です。

海の神は、次に田んぼのことをいいます。ということは、ホヲリもホデリも兼業農家だったのですね。というより、農業の方が主のようです。ホデリに、「田んぼがダメなら魚取りで」とは考えさせないみたいですから。ひょっとすると、ホデリにそう考えさせないほど、「おぼ」で「うる」な状態にするつもりなのかもしれません。

海の神は「水を掌《つかさど》る」力を持っているとあります。ここは田の水のことですから、明らかに海水ではありません。雨や川の流れのことでしょう。海の神ですから、もちろん潮の干満も支配しています。それが、塩盈珠《しおみちのたま》・塩《しお》乾《ひ》珠です。玉から海水があふれ出てきて、もう一方の玉は海水を吸い込んで、といった機能があるのでしょうか。「これをホヲリに渡してしまって、今後海の干満はどうなるの？」という疑問はもっともです。「これ以後、満潮・干潮は天つ神（その後は天皇）が行なうことになった」という起源譚《たん》になっていると面白いのですが。残念ながら、その後の海の干満の記述は古事記にありません。

ホヲリは、帰りはワニに送ってもらうことになりました。どのワニに送らせるかを決めるのに一悶着《ひともんちゃく》あります。古事記はとくに、「誰にするか」という人選の場面で例のしつこさが出るようです。天つ神を地上まで送るのですから慎重になります。しつこいのにここが繰り返しの形になっていないのは、「一回目・二回目が失敗で、三度目に成功」とするわけにはゆかなかったからでしょう。失敗だとホヲリが溺れてしまいます。また、選ばれた「一《ひと》尋《ひろ》わに」は、泳ぎがはやいから鮫《さめ》のように思えます。背中に刀状の背鰭《せびれ》が立っている銀鮫《ぎんざめ》だという説も、（5）だけから判断すると正しいようにも思えます。でも、七時間目（7）に最後の「わに」が出てきて、イナバノシロウサギ神話（五時間目（2））のそれともあわせると、「わに」はやはり神話上の霊獣とすべきかと考えます。

（6）ホデリの服従

是《ここ》を以《もち》て、（ホヲリは）備《つぶ》さに（＊一）海の神の教《をし》へし言《こと》の如く（＊二）、其《そ》の鉤《ち》を与《あた》へき。故《かれ》、爾《それ》より以後《のち》は、（ホデリは）稍《やをや》く愈《いよ》よ（＊三）貧しくして、更《さら》に荒き

（＊一）細部にわたって
（＊二）教えた言葉のように
（＊三）次第に一層

心を起して迫《せ》め来《き》たり。（ホデリが）攻《せ》めむとせし時には、（ホヲリは）塩盈珠《しほみちのたま》を出《い》だして溺《おぼほ》れしめき。（＊四）其愁《それうれ》へ請《こ》へば、（＊五）塩乾珠《しほひのたま》を出《い》だして救ひき。如此《かく》惚《なや》み苦《くる》しびしめし時に、（＊六）稽首《ぬかつ》きて白《まを》ししく、（＊七）「僕《やつかれ》は、今より以後《のち》、汝命《ながみこと》（＊八）の昼夜《ひるよる》の守護人《まもりびと》と為《し》て仕《つか》へ奉《まつ》らむ」（＊九）とまをしき。故、今に至るまで其の（＊一〇）溺《おぼほ》れし時の種々《くさぐさ》の態《わざ》絶えずして、（＊一一）（皇室に）仕へ奉《まつ》るぞ。

（＊四）溺れさせた
（＊五）ホデリが嘆いて許しを乞えば
（＊六）こうして悩み苦しめた
（＊七）ホデリは土下座《どげざ》して
（＊八）あなた様
（＊九）ボディガードとなってお仕えいたしたい
（＊一〇）ホデリの
（＊一一）仕草《しぐさ》は今日《こんにち》まで伝えられて

もとの国へ帰ったホヲリは、海の神に教えられたことを忠実に実行します。すると、海の神が予想していたように、ホデリは攻めてきました。そこで、これまた計画に従って二つの玉を使いホデリを苦しめたのです。海の神のシナリオ通りになったのです。で、ホデリは降参。土下座《どげざ》して額《ぬか》ずいて、今後「守護人《まもりびと》」として仕えることを宣言します。「よって、溺れた時の仕草は今も伝えられるのだ」となっています。最後は、二つの起源譚《たん》の形になっています。「今より以後《のち》」「今に至るまで」はともに起源譚の常套句で、二つ続いています。ホヲリの警護と溺れる仕草を演じることです。

「今（古事記成立当時）」の隼人《はやと》について、簡単に触れておきましょう。六時間目（16）に、「ホデリは、隼人の阿《あ》多《た》一族の祖先である」という注記が本文の中にありました。当時隼人は皇居のガードマン役を務めていて、その起源を語ったのがこの神話です。「この神話があるから、我々隼人族は皇居の警護をしているのだ。その権利があるのだ」というわけです。もちろん、起源譚は後から考えられたものでしょうけれど、この神話が隼人族にとって重要な保証になっているにちがいありません。もう一ついいたいのは、隼人は天皇の即位式（大嘗祭《だいじょうさい》）に「隼《はや》人舞《とまい》」という踊りを当時奉納していたことです。その起源もこの神話です。このころの隼人の勢力はとても強くて、朝廷も軽視することはできなかったのでしょう。それが「天つ神ホヲリの兄が隼人の祖先だ」というたいそうな神話をのせた理由なのでしょう。

気になることはまだあります。隼人は海洋民族です。ホデリはウミサチビコなのです。ということは、泳ぎは得意なはずです。それなのに溺れさせられたのは、ホデリにとって屈辱的なことでしょう。ならば、その仕草を隼人がずっと「今」に伝えるのはなぜでしょうか？　自分の得意業《わざ》を全面に出すことが自己アピールにつながります。ところが、隼人はまるで逆のことを考えたのでしょうか。得意分野での失敗（溺れること）を演じ続けるのです。私は以下のように考えます。（6）は明らかに、ホデリがホヲリに降伏した場面です。隼人が長い間朝廷に屈しなかったという歴史的事実はともかくとして、隼人が皇室に対して行なう大事なことは、「祖先神ホデリがそうしたように服従し奉仕します」と示すことなのです。隼人の仕事は、天皇が溺れた時に得意の泳ぎで助けることではありません。だから、自分の得意業ではなく、滑稽さを示すことでアピールしたのではないでしょうか。サルタビコの溺れる神話の条でお話ししたように（六時間目（14））、これはやはり滑稽な所作なのです。海洋民族なのに溺れるといういわば弱点を相手に示すことは、「敵意は全くありません。誠心誠意あなた様にお仕えします」ということの表われだと思うのです。

もう一つ気になるのは、海の神から授かった作戦についてです。釣り針を返す時の呪いの言葉と二つの玉とが、とりわけ重要な要素であるとわかります。その前者はどうだったのかを、今一度振り返ってみましょう。「おぼ鉤《ち》・すす鉤・貧鉤・うる鉤」（七時間目（5））のうち、「すす（すさんだ気分になること）」と「貧」については、（6）に傍線を付しました。つまり、実現したのです。残りの「おぼ（ぼんやりすること）」「うる（愚かになること）」はどうなったのでしょうか。前の（5）で私は、「田んぼがダメなら魚取りで」とホデリに考えさせなくしたのでは、と述べました。案外あたっているかもしれません。そして、ホヲリに海水で攻められた時溺れてしまったのも、「おぼ」「うる」の呪いのため、泳ぎすら失念してしまったというのは考えすぎでしょうか。

(7) ウカヤフキアヘズの誕生

是《こ》に、海の神の女《むすめ》豊玉毘売命《とよたまびめのみこと》、自《みづか》ら（ホヲリのもとへ）参《ま》ゐ出《い》でて白《まを》ししく、「妾《あれ》は、已《すで》に妊身《はら》みぬ。今、産む時に臨《のぞ》みて、此《これ》(＊一)を念《おも》ふに、天《あま》つ神《かみ》の御子《みこ》は、海原《うなはら》(＊二)に生むべくあらず。故《かれ》、参ゐ出で到《いた》れり」とまをしき。爾《しか》くして、即《すなは》ち其の海辺《うみへ》の波限《なぎさ》(＊三)にして、鵜《う》の羽《は》(＊四)を以《もち》て（屋根を葺《ふ》く）葺草《かや》と為《し》て、産殿《うぶや》(＊五)を造《つく》りき。是《ここ》に、其の産殿を未《いま》だ葺《ふ》き合《あ》へぬに(＊六)、御腹《みはら》の急《には》かなるに忍《た》へず(＊七)。故、産殿に入《い》り坐《ま》しき。

爾くして、方《まさ》に産《う》まむとする時に、其の日子《ひこ》(＊八)に白《まを》して言《い》ひしく、「凡《およ》そ他《あた》し国の人(＊九)は、産む時に臨みて、本《もと》つ国の形を以《もち》(＊一〇)て産生《う》むぞ。故《かれ》、妾《あれ》(＊一一)、今本《いまもと》の身を以て産まむと為《す》。願《ねが》ふ、妾を見ること勿《なか》れ」といひき。是《ここ》に、（ホヲリは）其の言《こと》を奇《あや》しと思ひて、窃《ひそ》かに其の方《まさ》に産まむとする（様子）を伺《うかか》へば(＊一二)、八尋《やひろ》わに(＊一三)と化《な》りて、匍匐《はらば》ひ

(＊一)出産のこと
(＊二)海の世界(自分の国のこと)
(＊三)波打際《なみうちぎわ》
(＊四)安産の象徴(鵜《う》は、飲んだ魚をつるんと吐き出すから)
(＊五)出産のための小屋
(＊六)おわらないうちに
(＊七)我慢できなくなった
(＊八)ホヲリ
(＊九)自分(トヨタマビメ)のこと(ヒメにとって、ここは自分の国ではないので)
(＊一〇)本国の姿になって
(＊一一)私も
(＊一二)覗くと
(＊一三)大きな海の霊獣

委蛇《もごよ》ひき。(＊一四)即ち（ホヲリは）見驚き畏《かしこ》みて、遁《に》げ退《そ》きき。爾《しか》くして、豊玉毘売命、其の(＊一五)伺ひ見る事を知りて、心（に）恥《はづか》しと以為《おも》ひて、乃《すなは》ち其の御子を生み置きて、（ホヲリに）白《まを》さく、「妾《あれ》は、恒《つね》に海《うみ》つ道《ち》を通《とほ》りて（地上世界に）往来《かよ》はむと欲《おも》ひき。然《しか》れども、吾《あ》が形を伺《うかか》ひ見つること(＊一六)、是甚怍《これいとはづか》(＊一七)し」とまをして、即ち海坂《うなさか》(＊一八)を塞《ふさ》ぎて、（ヒメは自分の国へ）返《かへ》り入りき。是《ここ》を以て、其の産める御子を名《なづ》けて、**天《あま》津日高日子波限建鵜葺草葺不合命《つひたかひこなぎさたけうかやふきあへずのみこと》**と謂《い》ふ。

(＊一四)腹這《はらば》いで体をくねらせていた
(＊一五)ホヲリが
(＊一六)覗きみたことは
(＊一七)とても恥かしいことです
(＊一八)海の世界と地上世界との境界

（7）の冒頭は、「コノハナノサクヤビメは、ニニギのもとに参り出て申し上げるには、『私は妊娠しました。今、出産するにあたって、この天つ神の御子は、勝手に出産すべきではないので、お伝え申します』（六時間目（16））ととてもよく似ています。「私を覗かないでください」というのは、黄泉国のイザナミの言葉を想起させます。イザナキがイザナミの本当の姿を「みておそれをなして逃げ帰る」のも、覗かれたイザナミが恥のことに言及するのも（三時間目（10）（11））、やはり（7）と同じです。

（7）は、これまでに出てきた神話のいくつかの要素を何度も繰り返しています。それだけではありません。既述のように、綿津見神の宮訪問神話が、オホアナムヂの根の堅州国訪問神話と類似の型なのです。比較するため、次頁に一覧表にしてみましょう。

こうして一覧表にしてみると、対応している項目がたくさんあることがわかります。これは私の発見ではなく、以前から指摘されていることです。では、なぜ似ているのでしょうか。この点の研究はほとんどなされていませ

	項目	根の堅州国訪問神話	綿津見神の宮訪問神話
①	異界訪問者	オホアナムヂ	ホヲリ
②	異界の大神《おおかみ》	スサノヲ	海の神
③	②の娘（結婚相手）	スセリビメ	トヨタメビメ
④	異界訪問の原因	兄弟八十神《やそかみ》の迫害	兄ホデリの迫害
⑤	異界訪問を勧める神	オホヤビコ	シホツチ
⑥	異界で議《はか》りごとをしてくれる神	スサノヲ	トヨタマビメ↓海の神
⑦	①と③の仲介者	なし	トヨタマビメの女性使用人
⑧	①の⑦に対する行動	なし	井に光る姿を映す・玉を容器につける
⑨	①と③の出会い	「互いにみつめあって、気に入って結婚した。スセリビメは家に入って、その父に申し上げることは、『麗しい神がきました』」	「一目惚《ひとめぼ》れして、互いにみつめあって、トヨタマビメがその父に申し上げることは、『私の家の門の所に麗しい人がいます』」
⑩	②が①の名をいい表わすこと	「これは、アシハラシコヲというのだ」	「この人は、天津日高《あまつひたか》ニニギの御子《みこ》で、空より降《くだ》った男神である」
⑪	①が②にされたこと	試練	歓待
⑫	①が持ち帰った呪具	生大刀《いくたち》・生弓矢《いくゆみや》（・天《あめ》の沼琴《ぬこと》）	塩盈珠《しほみちのたま》・塩乾珠《しおひのたま》
⑬	①の帰還手段	逃走	一尋ワニに送ってもらう
⑭	葦原中国帰還後の行動	八十神退治（第一の国作り）	ホデリ退治（昼夜の守護人《まもりびと》とする）
⑮	葦原中国に行った③の行動	嫉妬により、オホクニヌシが多くのヒメを娶ることを阻止	出産後、海の国へ帰る
⑯	子の有無	なし	ウカヤフキアヘズ

ん。私はこれも、天つ神と国つ神の差を表わすためだと考えています。古事記は、オホアナムヂ・ホヲリともに〈異界訪問→結婚→異界の神からの行為→帰還後の活躍〉をさせています。つまり、同じ条件を設定しているのに、ホヲリはことごとくうまく事が運んでいるのです。対応している項目も、よくみると内容は随分異なります。④⑭をまず比べてみましょう。八十神の迫害は、「荷物の持たせること・石で焼死・大木で圧死・身柄の要求」と四つでした（五時間目（3））。ホデリは、「釣り針を返せ」の一本槍です。八十神退治は、「刀・弓矢で坂の尾ごとに追い伏せ、河の瀬ごとに追い払って、はじめて国作りをした」（五時間目（6））のたった一文でした。簡略になったのは、国つ神の国作りだからだと既述しておきました（五時間目（11））。ホデリ退治は、「呪いの言葉・田とその水のこと・塩盈珠《しおみちのたま》での攻撃」の三段階になっています。国つ神が受ける迫害は詳細なのに退治する時は簡略、対して天つ神への迫害は簡略で退治は詳細という形になっています。

⑦⑧については前述しました。綿津見神の宮訪問神話の骨子は結婚だから、トヨタマビメとの出会いを詳しくするために下段のみ⑦⑧があるのです。そして、⑯が決定的なちがいです。ホヲリには後継者が必要なのです。逆に、オホクニヌシとスセリビメとの間には子がいないのです。スセリビメは正妻だからオホクニヌシには後継者がいないことになり（五時間目（8））、これまたホヲリとの差を示すことといえるでしょう。

ほかに、根の堅州国訪問神話の⑫が武器になっているのも、天つ神は殺害をしないこと（六時間目（3））の裏返しなのでしょう。また、⑪⑬が正反対になっているのも当然です。⑪をもう少し考えてみましょう。海の神の歓待は、婿《むこ》ホヲリに対する歓待です（七時間目（4）に「其の聟夫《むこ》（ホヲリ）を問ひて」とありました）。そして、ホデリ退治の作戦を授けることも、婿の「歎《なげ》き」の原因を取り去るためです。たしかに、ホデリ退治は本神話のもう一つの骨子です。しかし、トヨタマビメと結婚し、ヒメが父（海の神）に告げること（ヒメの議《はか》りごと）で、歓待（⑪）もホデリ退治（⑭）も行なわれるのです。本神話には二つ骨子があって、トヨタマビメとの結婚がもう一方の骨子（ホデリ退治）をもたらす形なのです。一覧表⑥下段に「トヨタマビメ↓海の神」と記したのはそのためです。あくまで、前者の骨子（結婚）が主なのです。

以上、本神話と根の堅州国訪問神話とのちがい、そして本神話の二つの骨子について述べました。七時間目（4）～（6）を読んでくると、本神話の内容はホヲリが海の神から授けられた作戦と玉とでホデリを退治することだと速断してしまうかもしれません。そして、この（7）はその後日談《ごじつだん》のようにみなされるかもしれません。けれども述べてきたように、ホヲリの結婚・出産の方がより重要な骨子なのです。山の神の娘と結婚したニニギ。その時生まれたホヲリは次に海の神の娘と結婚し、ウカヤフキアヘズという後継者を得ます。さらにその子が、初代天皇となってゆくのです。

それにしても（7）は、かわった出産の仕方とそれにまつわる話になっています。神の出産だから人間とはちがうとすでに述べました（六時間目（16））。でも、まさかワニの出産とは。八尋《やひろ》ワニが彼女の本来の姿ならば、ホヲリを送り届けた一尋《ひとひろ》ワニは弟だったのではないかと勝手に想像しています。

（8）トヨタマビメとホヲリの贈答歌

然《しか》くして（＊一）後《のち》は、其《そ》の伺《うかか》ひし（＊二）情《こころ》を恨《うら》むれども、恋《こ》ふる心に忍《た》へずして、其の御子《みこ》を治養《ひた》す縁《よし》に因《よ》りて、（＊三）其の弟《おと》（＊四）**玉依毘売**《たまよりびめ》に附《つ》けて、（＊五）（ホヲリに）歌を献《たてまつ》りき。其の歌に曰《い》はく、

（＊一）トヨタマビメは海の世界へ帰った
（＊二）ホヲリが覗いた
（＊三）育児をすることを口実にして
（＊四）トヨタマビメの妹《いもうと》
（＊五）伝言して

赤玉《あかだま》は　緒《を》さへ光れど(＊六)
白玉《しらたま》の　君が装《よそひ》し(＊七)
貴《たふと》くありけり(＊八)

爾《しか》くして、其のひこぢ(＊九)、答《こた》ふる歌に曰はく、
沖《おき》つ鳥《とり》　鴨《かも》著《ど》く島(＊一〇)に
我《わ》が率寝《ゐね》し　妹《いも》は忘《わす》れじ(＊一一)
世《よ》の悉《ことごと》(＊一二)に

故《かれ》、日子穂々手見命《ひこほほでみのみこと》(＊一三)は、高千穂《たかちほ》(＊一四)の宮に坐《いま》すこと、伍佰捌拾歳《いほとせあまりやそとせ》(＊一五)ぞ。
御陵《みはか》(＊一六)は、即ち高千穂の山の西に在《あ》り。

(＊六) 琥珀《こはく》の赤玉はその紐《ひも》さえも光っているけれど
(＊七)白玉(真珠《しんじゅ》のこと。海とゆかりのある玉)みたいなあなたの装いこそ
(＊八)高貴でありますよ。
(＊九)夫ホヲリが
(＊一〇)「沖つ鳥」鴨が飛来する島で
(＊一一)私が共寝《ともね》をした妻のことは忘れません。
(＊一二)この世がある限り。
(＊一三)ホヲリの「亦の名」
(＊一四)ニニギが降臨《こうりん》し造営した宮のこと(六時間目(13))
(＊一五)五八〇年
(＊一六)お墓

トヨタマビメは、自分の本当の姿をホヲリにみられたので海の世界へ帰ってしまいました。ホヲリの覗いた行為を恨んでいるものの、やはり恋心は抑えきれません。そこで一計を案じ、「そうだ。生まれたウカヤフキアヘズを養育することを口実に、妹《いもうと》のタマヨリビメをつかわし、妹に私の気持ちである歌を伝えてもらおう」と考えたのです。

「赤玉」は琥珀《こはく》、「白玉」は真珠《しんじゅ》のこと。今でも高価な宝石です。二つの代表的な玉を、しかも赤・白と対《つい》の玉を並べて「琥珀も立派だけど、真珠みたいなあなたの方こそ、もっと高貴よ」というわけです。海の世界と関係を持ったホヲリを真珠にたとえ、その方がすぐれているといったのがミソです。ホヲリもこれまた「沖《おき》つ鳥《どり》」鴨《かも》が飛来する島で」と海に関連する言葉を使って歌を返しています。

もっとも、ホヲリとトヨタマビメが鴨のいる島でデートした描写はなかったので、歌が不自然にきこえるかもしれません。それをいうと、ホヲリが真珠のように装った場面もありませんでした。私なんかは、「海」といわれてピンとくるのは魚しかありません。〈海＝うまいもの〉という食い意地の張った連想しかありません。こんな私ですから、真珠と鴨が海を代表するものという想像力がないのです。そのあたりがこの歌を不自然なものと感じる原因なのかもしれません。おかしな連想や先入観なしに読みましょう。ここは、海の世界における恋の回想の歌だから、真珠・鴨が代表的な景物《けいぶつ》として選ばれたと考えられます。

さて、トヨタマビメの歌は妹が届けました。ホヲリの返歌《へんか》はどうなったのでしょうか。妹タマヨリビメは次の(9)にも出てきますから、海へ帰っていません。つまり、歌を届ける役目がいません。ホヲリは、海岸で海に向かって歌ったのでしょうか。どうも返歌というより、独詠歌《どくえいか》のように思えます。ひょっとして、いつものため息まじりだったのかもしれません。ハァー（↑ため息）。

もう一言。最後の五八〇歳とお墓のことについて。古事記上巻すなわち神話はもう幕を閉じようとしています。中巻・下巻は、基本的に人の世のことが記されています。でも、急にかわると上巻と中巻との間に溝《みぞ》ができてしまいます。そのため、緩衝《かんしょう》装置とでも呼ぶべき工夫がほどこされていると考えられます[四]。中巻冒頭の神武《じんむ》天皇の条は、きわめて「神話」に近いことがすでに指摘されています[五]。その逆のことが、上巻末にもいえるのです。享《きょう》年《ねん》やお墓のことは、人間に属することです。神しかも天つ神に対してこう記すのは唯一の例外です。しかし、これは例外と考えるより緩衝装置とみなすべきでしょう。しかもホヲリの父ニニギは、コノハナノサクヤビメの父神から「命は有限である」と宣告されたのです（六時間目(15)）。そのため、(8)の最後はまるで人間の死のように書かれているのです。ちなみに、中巻以降の天皇が亡くなった時も、享年と御陵《ごりょう》の場所が同様に記されています。

（9）神武《じんむ》天皇の誕生

是《こ》の天津日高日子波限建鵜葺草葺不合命《あまつひたかひこなぎさたけうかやふきあへずのみこと》、其《そ》の姨《をば》(＊一)玉依毘売《たまよりびめ》命を娶《めと》りて、生みし御子《みこ》の名は、**五瀬《いつせ》命**。次に、**稲氷《いなひ》命**。次に、**御毛沼《みけぬ》命**。次に、若御毛沼《わかみけぬ》命、亦《また》の名は、豊御毛沼《とよみけぬ》命、亦の名は、**神倭伊波礼《かむやまといはれ》毘古《びこ》命**(＊二)〈四柱《よはしら》〉。故《かれ》、御毛沼命は、浪《なみ》の穂を跳《ふ》みて(＊三)常世国《とこよのくに》(＊四)に渡《わた》り坐《ま》し、稲氷命は、妣《はは》(＊五)の国と為《し》て、海原《うなはら》に入《い》り坐《ま》しき。

(＊一)叔母《おば》
(＊二)後の神武天皇
(＊三)踏んで
(＊四)海の彼方の不老不死の国
(＊五)亡き母の国

いよいよ最後になりました。神武天皇の誕生を語り、古事記の上巻はおわりになります。とはいえ、この最後もまた一筋縄《ひとすじなわ》ではゆきません。ウカヤフキアヘズは自分の母の妹《いもうと》、つまり叔母《おば》さんと結婚します。四番目に生まれた子が神武天皇となるのです。系図で示すと次のようになります。少しさかのぼったニニギから記します。

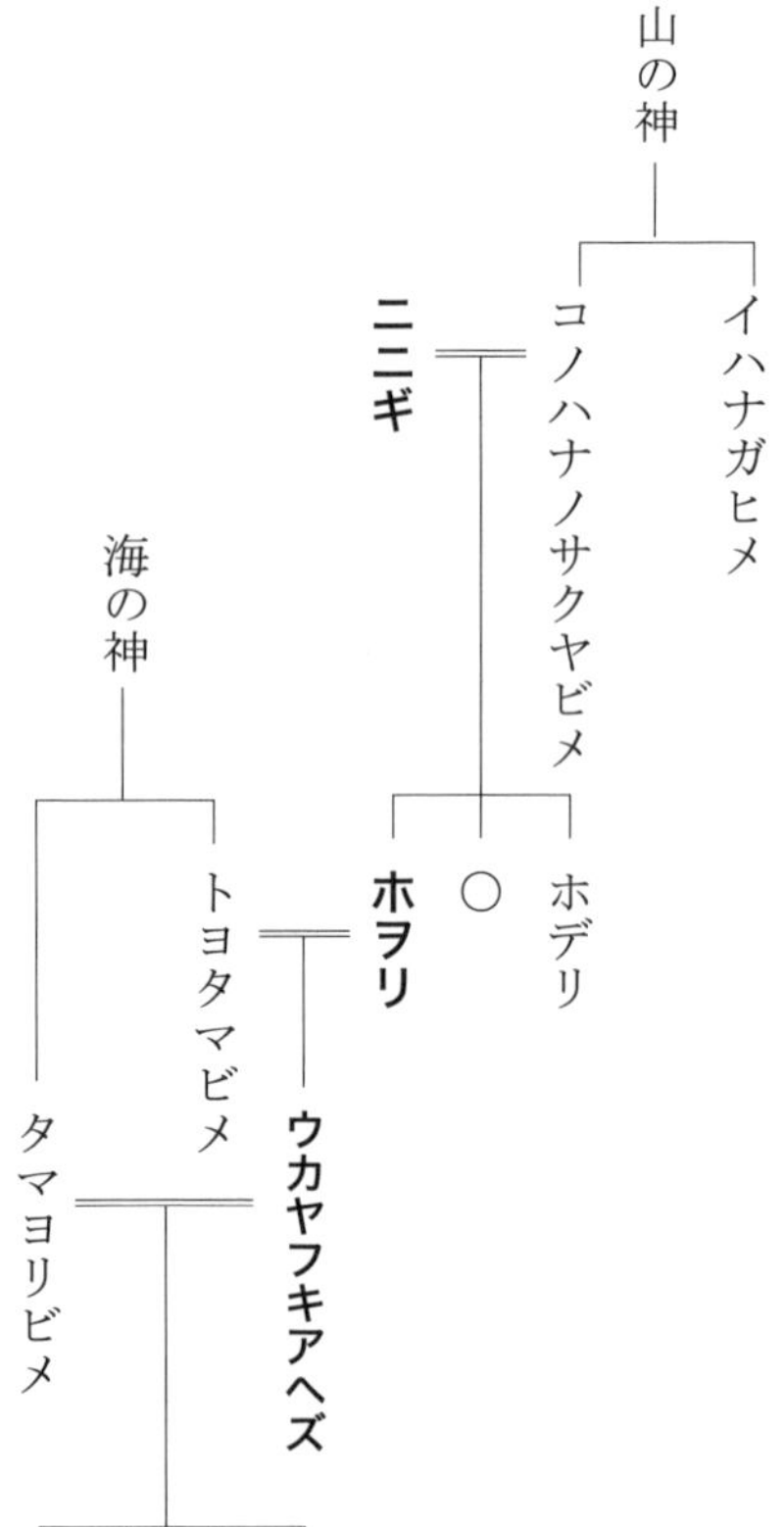

天つ神・天皇を**ゴチック体**にしておきました。○は省略、二重線は結婚を示すこと、前と同じです。それにしても、ウカヤフキアヘズは生まれた時からタマヨリビメに育てられたのだから、随分と年齢差があることになります。養母との結婚・姉《あね》さん女房との結婚・叔母さんとの結婚。色々な観点からこの結婚の意味をさぐってゆくことはできそうです。しかし肝心なのは、海の神の娘との結婚が繰り返されたことだと考えられます。『新全集　古事記』頭注に、「玉依毘売《たまよりびめ》との結婚によって海神とのつながりはいっそう確かにされる」とあります。大事な指摘かと思われます。ホヲリが海の神の娘と結婚して、その子ウカヤフキアヘズが再び海の神の娘と結婚して、海の霊力の保持を確実にし、初代天皇へ受け継がせるわけです。古事記中巻は、その神武天皇が高千穂から倭国《やまと》（奈良県）へ東征《とうせい》する話からはじまります。ほとんど海路です。神武天皇は海とかかわりが深いことが中巻を読むとすぐわかります。そのことも、父ウカヤフキアヘズが海の神とのつながりを再び結ぶ必要があった理由なのでしょ

う。ウカヤフキアヘズの子四人の名前の「稲」「豊」「御毛（「御食《みけ》」の意味）」にどうしても目がゆき、稲作との関係が気になります。けれども、稲作ばかりではありません。海の霊力を掌中におさめれば、稲作も潮の干満・漁・航海もうまくゆくのです。

また、最近遠山一郎《とおやまいちろう》氏が『古事記』における五世の孫」という論文を発表しました（改題し単行本所収）[六]。ホヲリと神武天皇の間にウカヤフキアヘズをおくことで、神武天皇はアマテラスの五世の孫になるというのです。四時間目（14）で、継嗣令《けいしりょう》を紹介しました。その規則によると、天皇の五世の孫までは天皇の親族だということになります。継体《けいたい》天皇26は応神《おうじん》天皇15の五世の孫だったから、皇位を継承できたのです[6]。それにあわせて、神武天皇はアマテラスの五世の孫になっていると遠山氏は考えています。こうすることで、神武天皇はアマテラスの「血すじの内」に位置づけられたというのです。たしかに、神武天皇だけは、天皇なのに「天つ神」と古事記中巻で呼ばれています。神々の巻（上巻）と天皇の巻（中巻・下巻）とのつなぎとして、神武天皇は天皇でもあり天つ神でもあったのです。このことは、先の（8）で触れた緩衝装置の一つでもあります。

（9）の最後の一文がこれまた悩みの種です。「三男が常世国《とこよのくに》へ渡り、次男は妣《はは》の国である海原に入った」とは、唐突です。どんな意味なのでしょうか。妣の国は、すでに四時間目（2）で述べました。亡き母の国で、この場合は海原です。それはまだしも、わからないのは常世国です。この国は、第二の国作りがすんだスクナビコナが渡った国でした（五時間目（10））。スクナビコナと御毛沼命《みけぬのみこと》は、ともに稲作と関係するという共通点はあります。常世国の「よ」とはもともと米（よね）あるいは穀物を指したという折口信夫《おりくちしのぶ》氏の説もあります[七]。しかし、古事

（6）**学生**「継体王朝のはじまりといわれている天皇ですね」
山田「そうですね。でもまあ古代史のことはさておき、古事記によると武烈《ぶれつ》天皇25に後継者がなかったので、近江《おうみ》国（滋賀県）から迎えられたのが継体天皇です」

記の常世国が稲作の国だという記述はありません。[7] しかも、古事記のスクナビコナにも農耕に関する描写はほとんどないと前述しました（五時間目（11））。仮に稲作つながりだとしても、「ではなぜ三男だけが常世国に行ったのか」が説明できません。この点は、「なぜ次男だけが妣の国としての海原に行ったのか」と同じ疑問です。しかも、〈三男→次男〉の順序もわかりません。この一文は、二人が死んだことを表わすのでしょうか（中巻に二人の名はみられません）。このこともまたわかりません。何よりも、（9）がどうしてこんなに簡略な内容なのか。全くわかりません。

　本授業の終了間際なのに、わからないことばかりでおわらせるのも気が引けます。少なくともいえるのは、上述のようにホヲリ・ウカヤフキアヘズそして四人の子も海と関係づけて語られているから、「波の穂を踏んで」や「海原に入り」とあるのでしょう。海の霊力をたしかなものとしたウカヤフキアヘズの子だから、これほど簡略な（9）なのに最後の一文は必要だったのでしょう。

　長い時間つきあってもらいました。これで古事記上巻はおわりです。初代天皇として即位し、日本を統治する神武天皇の起源である先祖の神々のお話を読んできました。「なぜ天皇は日本を統治するのか」という理由を説いたのが、古事記神話です。「だから天皇は日本を統治する」「これから先も統治する権限がある」という保証になっていることをたどってきたわけです。その中にはいくつも工夫がほどこされ、大変面白い読み物になっているのです。その面白さが少しでもわかってくれれば、今回の授業は成功です。

　この授業は、いつもやっているあのテストというものは行ないません。一度も休まず、最後まできいてくれた皆さんに「優」という単位を私の感謝の気持ちとともにお渡しします。次回は古事記中巻を扱った授業になります。いつになるか、まだ決まっていませんけれど、機会があればまた履修してください。

（7）

学生「なら、どうして折口氏は『米』といったのですか？」

山田「折口氏は古事記を研究したというより、もっとその以前の日本人の固有信仰や思想を対象としたからです」

放課後——反省会もかねて

常々こんなことを思っていました。「萬葉集の入門書は多いのに、なぜ古事記のものは少ないのだろう」と。あることはあるのに、むずかしいのです。作家が書いたものもいくつかあって、逆にそれは現在の研究成果を取り入れていないものがほとんどです。創作がまじっていることもあります。目的がちがうからでしょう。それらもやはり私が求めている入門書ではありません。「わかりやすくて本格的——こんな古事記の入門書があればいいのに」「そうだ。なければ自分で書けばいい」ととんでもないことを思いつき、準備しはじめたのが平成一四年春でした。

ところが、その年の六月に三浦佑之氏の『口語訳　古事記』（文藝春秋　二〇〇二年）が出版されたのです。まさに、「わかりやすくて本格的」なのです。「待ってました」と叫ぶとともに、「先を越された」という思いでした。もちろん、三浦氏のような古代文学研究の第一人者と張りあうつもりはありません。でも、ちょっとくじけてしまいました。

ところが、ところが。『口語訳　古事記』は意外なことに大ヒットしたのです[1]。ということは、「世間には古事記に関心があり何か機会があれば読みたいと思っている人がたくさんいるのだ」と私は痛感しました。そんな折、ある飲み友達が「アレもいいけど、どうせなら口語訳ではなく原文（「訓《よ》み下《くだ》し文」のことでしょう）で読みたいよね」といったのです。たしかに、その方が「古事記を読む」ことになります。私は、「古事記の本文をわかりやすくしてのせ、各条ごとに解説をつければ、世間の要求にこたえられるのでは」と思い直したのです。そして、「いっそのこと、授業をやってしまおう」と決めました。その講義録が本書です。

本書を出すにあたり、授業をきいてくれた学生さん以外に、多くの友人に『「作品」として読む　古事記講義』の受講生になってもらいました。彼らが難解だと感じている箇所、あるいは知りたいと思っていることなどを私が把握するためです。これが大変役に立ちました。一々お名前をあげませんが厚く御礼申し上げます。

また、藤原書店の藤原良雄社長をはじめ、編集の皆さんに大変お世話になりました。深謝申し上げます。そして、最後まで授業に出てくれて、時にするどいツッコミを入れてくれた学生の皆さんにも「ありがとう」をいいます。

授業をきいてくれた学生の皆さんはもちろん、この講義録を読んでいただいた方もご意見・ご感想があると思います。時には、反論や、私が「わからない」といった事柄に対するご見解もあるでしょう。ぜひお手紙やEメールでお寄せください。ただ、こういう性格の講義録ですので、先学を注記していない場合も多々あります。また、国文学の授業ですので、他分野の研究の検討はほとんどしていません。そのあたりはご了解ください。

(1) **学生**『意外』なんていったら、三浦先生に失礼ですよ」
山田「あれっ。まだいたの」

参考文献

オリエンテーション

(一) 拙稿「スサノヲ研究史」『古事記スサノヲの研究』所収　新典社　平一三年。

一時間目

(一) 西宮一民『古事記(新潮日本古典集成)』「解説」　新潮社　昭五四年。
(二) 倉野憲司『古事記祝詞(日本古典文学大系1)』「解説」岩波書店　昭三三年。
(三) 西郷信綱「ヤマトタケルの物語」『古事記研究』所収　未来社　一九七三年。
(四) このあたりの日中交渉史と古事記の成立事情については、神野志隆光『古事記(NHKブックス)』(日本放送出版協会　一九九五年)が簡潔にまとめています。
(五) 西郷信綱『日本古代文学史　改稿版』岩波全書　一九六三年。
(六) 以上、壬申の乱と天武天皇および古事記の成立については、西郷信綱『日本古代文学史　改稿版』が参考になります。
(七) 三浦佑之「村建て神話」『村落伝承論』所収　五柳書院　昭六二年。
(八) 山形県最上郡の昔話「塩吹き臼」を、関敬吾『日本昔話大成』第三巻(角川書店　昭五三年)より共通語になおし要約。

二時間目

(一) 吉井巌「古事記の作品的性格(一)」『天皇の系譜と神話　三』所収　塙書房　一九九二年。

（二）神野志隆光「「高天原」と「葦原中国」」『古事記の達成』所収　東京大学出版会　一九八三年。
（三）中村啓信「高天の原について」『古事記の本性』所収　おうふう　平一二年。
（四）古橋信孝「兄妹婚の伝承」『神話・物語の文芸史』所収　ぺりかん社　一九九二年。

三時間目

（一）吉井巖「古事記の作品的性格(一)」『天皇の系譜と神話　三』所収　塙書房　一九九二年。
（二）フレイザー『金枝篇(一)』岩波文庫　一九五一年。
（三）西郷信綱『古事記注釈』第一巻　平凡社　一九七五年。阪下圭八「『古事記』における遊びと笑い」『古事記の語り口』所収　笠間書院　平一四年。
（四）中山千夏『新・古事記伝』（築地書館　一九九〇年）の方法にならいました。
（五）西宮一民『古事記（新潮日本古典集成）』頭注　新潮社　昭五四年。
（六）古事記伝巻五『本居宣長全集』第九巻　筑摩書房　昭四三年。小野田光雄「允恭天皇記」『古事記年報』第六号所収　昭三四年一〇月。菅野雅雄『古事記系譜の研究』「前編概観的考察」　桜楓社　昭四五年。
（七）拙稿「オホゲツヒメ神話にまつわる疑問点」『古事記スサノヲの研究』所収　新典社　平一三年。
（八）以上、泣くことについては、拙稿「泣くことの古代的意味」（同前書所収）をご参照ください。
（九）拙稿「オホゲツヒメ神話にまつわる疑問点」同前書所収。
（一〇）吉田敦彦『小さ子とハイヌウェレ』（みすず書房　一九七六年）・『縄文土偶の神話学』（名著刊行会　昭六一年）など。
（一一）菅野雅雄「須佐之男命の「所₌避追₋」」『古事記構想の研究』所収　桜楓社　平五年。
（一二）関敬吾「海神の乙女」『昔話の歴史』所収　至文堂　昭四一年。
（一三）小松和彦「屍愛譚をめぐって」『増補新版　神々の精神史』所収　北斗出版　一九八五年。
（一四）たとえば、吉田敦彦「山姥とイザナミ」（『妖怪と美女の神話学』所収　名著刊行会　一九八九年）など。
（一五）五来重「牛方山姥と鯖大師」『鬼むかし』所収　角川選書　平三年。

（一六）拙稿「黄泉国と妣の国と根の堅州国」『古事記スサノヲの研究』所収。
（一七）井手至「遠称指示に用いられた「をち・をと」」『遊文録　説話民俗篇』所収　和泉書院　二〇〇四年。
（一八）拙稿「黄泉国と比婆の山」『古事記スサノヲの研究』所収。
（一九）殯については、拙稿「殯儀礼の一考察」（『明治大学大学院紀要』第二二集―四所収　昭六〇年二月。『国文学年次別論文集　上代1　昭和六〇年』に再録）をご参照ください。
（二〇）梅澤伊勢三「記紀の文章における「今」の分析(一)」『記紀批判』所収　創文社　昭三七年。
（二一）古事記伝巻七『本居宣長全集』第九巻。現代語訳してあります。（　）内は宣長自身がつけた注です。
（二二）古事記伝巻六『本居宣長全集』第九巻。

四時間目

（一）夜については、拙稿「神話の夜」（『古事記スサノヲの研究』所収　新典社　平一三年）をご参照ください。
（二）金井清一「三貴子分治の神話について」『古典と現代』第五八号所収　一九九〇年九月。
（三）こういう合理的な解釈は、もちろん宣長です（古事記伝巻七『本居宣長全集』第九巻　筑摩書房　昭四三年）。
（四）拙稿「泣くことの古代的意味」『古事記スサノヲの研究』所収。
（五）拙稿「黄泉国と比婆の山」「黄泉国と妣の国と根の堅州国」同前書所収。
（六）このあたりの研究史は、拙稿「スサノヲ研究史」（同前書所収）をご覧ください。
（七）倉野憲司「古事記に於ける尊皇心」『古典と上代精神』所収　至文堂　昭一七年。
（八）金井清一「神話と歴史」『国語と国文学』第六七巻第五号所収　平二年五月。
（九）拙稿「ウケヒ神話」『古事記スサノヲの研究』所収。
（一〇）山口佳紀「表現と成立」『古事記の表記と訓読』所収　有精堂　一九九五年。
（一一）たとえば、林道義『尊と巫女の神話学』（名著刊行会　平二年）など。
（一二）西條勉「アマテラスとスサノヲ」『古代の読み方』所収　笠間書院　二〇〇三年。
（一三）尾崎暢殃『古事記全講』加藤中道館　昭四一年。

（一四）拙稿「古事記勝ちさび神話考」『仁愛国文（仁愛女子短期大学）』第一一号所収　平五年一二月（『国文学年次別論文集　上代1　平六年』に再録）。
（一五）折口信夫「古代人の思考の基礎」『折口信夫全集』第三巻所収　中公文庫　昭五〇年。
（一六）山口佳紀・神野志隆光『新全集　古事記』頭注。
（一七）古賀精一「古事記の文章」『古事記年報』第二二号所収　昭五五年一月。
（一八）拙稿「オホゲツヒメ神話」『古事記スサノヲの研究』所収。
（一九）西郷信綱『古事記注釈』第一巻　平凡社　一九七五年。
（二〇）拙稿「櫛の古代的意味」『古事記スサノヲの研究』所収。
（二一）吉井巌「古事記の神話」『日本神話必携（別冊國文學16）』所収　学燈社　昭五七年一〇月。
（二二）西宮一民『古事記（新潮日本古典集成）』頭注および「解説」　新潮社　昭五四年。
（二三）西郷信綱『古事記注釈』第一巻。
（二四）古橋信孝「巡行叙事」『古代和歌の発生』所収　東京大学出版会　一九八八年。
（二五）拙稿「古代日本人と雲」『日本文学（明大）』第一二号所収　昭五九年一〇月。
（二六）長野一雄「神代記の出雲」『太田善麿先生追悼論文集　古事記・日本書紀論叢』所収　群書　平一一年。
（二七）たとえば、西郷信綱『古事記の世界』（岩波新書　一九六七年）など。
（二八）菅野雅雄「出雲系神話の構想」『古事記構想の研究』所収　桜楓社　平五年。
（二九）ヤマタノヲロチ神話については、拙稿「ヤマタノヲロチ神話」（『古事記スサノヲの研究』所収）に詳述しましたので、さらに知りたい方はご参照ください。
（三〇）菅野雅雄「須佐之男命の系譜」『古事記構想の研究』所収。

五時間目

（一）守屋俊彦「大国主神の神話について」『記紀神話論考』所収　雄山閣出版　平元年復刻版。
（二）拙稿「浦島子を詠める歌の一疑問点」『北陸古典研究』第六号所収　一九九一年九月。

（三）山口佳紀・神野志隆光『新全集　古事記』頭注。
（四）拙稿「予言を受ける神オホクニヌシ」『仁愛国文』第一九号所収　平一四年三月。
（五）浅見徹『玉手箱と打出の小槌』中公新書　昭五八年。
（六）田村俊介「追い下された赤い猪」『北陸古典研究』第一七号所収　二〇〇二年一〇月。
（七）拙稿「オホクニヌシの成長」『日本文学』第五一巻第六号所収　二〇〇二年六月。
（八）拙稿「黄泉国と妣の国と根の堅州国」『古事記スサノヲの研究』所収　新典社　平一三年。
（九）大脇由紀子「根国訪問物語の構想」『古事記説話形成の研究』所収　おうふう　二〇〇四年。
（一〇）西宮一民『古事記（新潮日本古典集成）』頭注　新潮社　昭五四年。
（一一）西郷信綱『古事記注釈』第二巻　平凡社　一九七六年。
（一二）近藤信義「ぬ」『古代語を読む』所収　桜楓社　昭六三年。
（一三）拙稿「黄泉国と妣の国と根の堅州国」『古事記スサノヲの研究』所収。
（一四）拙稿「オホアナムヂへの祝福の言葉」同前書所収。
（一五）倉野憲司『古事記全註釈』第三巻　三省堂　昭五一年。
（一六）志田諄一「震動・鳴動と神」『古代日本精神文化のルーツ』所収　日本書籍　昭五九年。
（一七）三浦佑之『口語訳　古事記』脚注　文藝春秋　二〇〇二年。
（一八）拙稿「オホアナムヂへの祝福の言葉」『古事記スサノヲの研究』所収。
（一九）吉田敦彦『日本神話と印欧神話』弘文堂　昭四九年。
（二〇）拙稿「古事記オホクニヌシの国作り神話の特色」『名城大学人文紀要』第七五集所収　平一六年三月。
（二一）川副武胤「国作・国譲考」『古事記及び日本書紀の研究』所収　川副研究室　平四年復刻版。長野一雄「神代記の出雲」『太田善麿先生追悼論文集　古事記・日本書紀論叢』所収　群書　平一一年。
（二二）福島秋穂「大年神の系譜について」『記紀神話伝説の研究』所収　六興出版　一九八八年。同氏「「大年神と其の子孫に関わる記事」をめぐって」『紀記の神話伝説研究』所収　同成社　二〇〇二年。

六時間目

（一）矢嶋泉「悪神之音如狭蠅皆満　萬物之妖悉發」『聖心女子大学論叢』第六七集所収　昭六一年六月。
（二）西郷信綱『古事記の世界』岩波新書　一九六七年。
（三）姜鍾植「古事記における「国神」について」『萬葉』第一六八号所収　平一一年三月。
（四）西郷信綱「神武天皇」『古事記研究』所収　未来社　一九七三年。
（五）三品彰英「天孫降臨神話異伝考」『建国神話の諸問題』所収　平凡社　昭四六年。
（六）拙稿「「タカミムスヒ・アマテラス」と「アマテラス・タカミムスヒ」」『北陸古典研究』第一五号所収　二〇〇〇年一〇月（『国文学年次別論文集　上代1　平一二年』に再録）。
（七）菅野雅雄「上巻記載の「亦名」」『古事記系譜の研究』所収　桜楓社　昭四五年。
（八）丸山静「スサノヲ」『無限に延びる糸』所収　きむら書房　一九八九年。
（九）拙著『古事記スサノヲの研究』「終章」「あとがき」新典社　平一三年。
（一〇）折口信夫「上代葬儀の精神」『折口信夫全集』第二〇巻所収　中公文庫　昭五一年。
（一一）たとえば、井之口章次『日本の葬式』（筑摩叢書　一九七七年。）など。
（一二）菅野雅雄「上巻記載の「亦名」」『古事記系譜の研究』所収。
（一三）拙稿「古事記を読む―シタデルヒメをめぐって」『環』第一四号所収　藤原書店　二〇〇三年七月。
（一四）古事記伝巻一一『本居宣長全集』第九巻　筑摩書房　昭四三年。
（一五）中村啓信「あなだま考」『古事記の本性』所収　おうふう　平一二年。
（一六）西郷信綱「黄泉の国とは何か」『古代人と死』所収　平凡社選書　一九九九年。
（一七）毛利正守「古事記に於ける「天神」と「天神御子」」『国語国文』第五九巻第三号所収　平二年三月。
（一八）拙稿「オホクニヌシの成長」『日本文学』第五一巻第六号所収　二〇〇二年六月。
（一九）西宮一民「阿礼の誦習と安万侶の撰録」『古事記年報』第三九号所収　平九年一月。
（二〇）矢嶋泉『『古事記』〈国譲り神話〉の一問題」『日本文学』第三七巻第三号所収　一九八八年三月。
（二一）拙稿「オオアナムヂへの祝福の言葉」『古事記スサノヲの研究』所収。

(二二) 西宮一民「神名の釈義」『古事記（新潮日本古典集成）』所収　新潮社　昭五四年。
(二三) 西郷信綱「大嘗祭の構造」『古事記研究』所収。
(二四) 筑紫申真『アマテラスの誕生』角川新書　昭三七年。上山春平『続・神々の体系』中公新書　昭五〇年。
(二五) 姜鍾植「古事記における「国神」について」『萬葉』第一六八号所収。
(二六) 佐佐木隆「「天石門別神」の素性と機能」『上代語の表現と構文』所収　笠間書院　二〇〇〇年。
(二七) 藤原照等「古事記の語接続について」『国文学攷（広島大学）』第一八号所収　昭三二年一〇月。
(二八) 神野志隆光「一元化への運動」『古代天皇神話論』所収　若草書房　一九九九年。
(二九) 菅野雅雄「「日向」の意義」『古事記構造の研究』所収　おうふう　平一二年。
(三〇) 西郷信綱「稗田阿礼」『古事記研究』所収。
(三一) 松岡静雄『日本古語大辞典』刀江書院　昭四五年復刻版。西郷信綱「稗田阿礼」同前書所収。
(三二) 古事記伝巻一六『本居宣長全集』第一〇巻。
(三三) 大林太良『日本神話の起源』（角川選書　昭四八年）より要約。
(三四) 田の神説は、桜井満『花の民俗学』雄山閣出版　昭四九年。後者は、古橋信孝「村の外の世界」『ことばの古代生活誌』所収　河出書房新社　一九八九年。
(三五) 拙稿「オホクニヌシの成長」『日本文学』第五一巻第六号所収。
(三六) 次田潤『古事記新講』明治書院　大一三年。
(三七) 津田左右吉『日本古典の研究　上』岩波書店　昭二三年。
(三八) 吉田敦彦「山姥と縄文土器および土偶」『縄文の神話』所収　青土社　一九八七年。
(三九) 松村武雄『日本神話の研究』第三巻　培風館　昭三〇年。

七時間目

(一) 三浦佑之『口語訳　古事記』脚注　文藝春秋　二〇〇二年。
(二) 中西進『天つ神の世界（古事記を読む1）』角川書店　昭六〇年。

(三) 柳田國男『日本の祭』(『柳田國男全集』第一三巻所収　筑摩書房　一九九八年)。
(四) 拙稿「古事記における神々の誕生と最後」『仁愛国文』第一八号所収　平一三年三月。
(五) 倉野憲司『古事記祝詞(日本古典文学大系1)』「解説」岩波書店　昭三三年。西郷信綱「神武天皇」『古事記研究』所収　未来社　一九七三年。
(六) 遠山一郎「神から人へ」『古事記』成立の背景と構想』所収　笠間書院　平一五年。
(七) 折口信夫「古代生活の研究」『折口信夫全集』第二巻所収　中公文庫　昭五〇年。

や　行

わ　行

さ　行

索　引

重要語句・神名・人名索引（古事記本文とその脚注は除く）

著者紹介

山田 永（やまだ・ひさし）

1957年愛知県常滑市生まれ。1981年明治大学文学部文学科卒業。1987年明治大学大学院博士後期課程退学（４年間在学）。2001年博士（文学）。古代日本文学専攻。著書に『古事記スサノヲの研究』（新典社）など。

E-mail : wousu@s8.dion.ne.jp

「作品《さくひん》」として読む　古事記講義《こじきこうぎ》

2005年2月28日　初版第１刷発行©

著　者　山　田　　永
発行者　藤　原　良　雄
発行所　株式会社　藤　原　書　店

〒162-0041　東京都新宿区早稲田鶴巻町523
電　話　03（5272）0301
ＦＡＸ　03（5272）0450
振　替　00160-4-17013

印刷・製本　図書印刷

落丁本・乱丁本はお取替えいたします
定価はカバーに表示してあります

Printed in Japan
ISBN4-89434-437-8

『出雲国風土記』通説への挑戦

新・古代出雲史
〔『出雲国風土記』再考〕

関 和彦／写真・久田博幸

気鋭の古代史家による『出雲国風土記』の緻密な読み直しと鋭い論証、そして写真家による〝スピリチュアル〟な映像群が新たな「古代出雲像」を浮き彫りにし、当時の民衆生活の息吹を蘇らせる。古代史再考を促す野心作。

菊変並製　二三二頁　二九四〇円
（二〇〇一年一月刊）
◇4-89434-214-6

いま明かされる日本思想の深層構造

感性としての日本思想
〔ひとつの丸山真男批判〕

北沢方邦

津田左右吉、丸山眞男など従来の近代主義、言語＝理性中心主義に依拠する日本思想論を廃し、古代から現代に至るまで一貫して日本人の無意識、身体レベルに存在してきた日本思想の深層構造を明かす画期的な日本論。

四六上製　二四八頁　二七三〇円
（二〇〇二年一一月刊）
◇4-89434-310-X

フランスの日本学最高権威の集大成

日本仏教曼荼羅

B・フランク
仏蘭久淳子訳

コレージュ・ド・フランス初代日本学講座教授であった著者が、独自に収集した数多の図像から、民衆仏教がもつ表現の柔軟性と教義的正統性の融合という斬新な特色を活写した、世界最高水準の積年の労作。図版多数。

四六上製　四二四頁　五〇四〇円
（二〇〇二年五月刊）
◇4-89434-283-9

AMOUR, COLÈRE, COULEUR
Bernard FRANK

日本文学史の空白を埋める

江戸女流文学の発見
〔光ある身こそくるしき思ひなれ〕

門 玲子

紫式部と樋口一葉の間に女流文学者は存在しなかったのか？ 江戸期、物語・紀行・日記・評論・漢詩・和歌・俳諧とあらゆるジャンルで活躍していた五十余人の女流文学者を発見し、網羅的に紹介する初の試み。

第52回毎日出版文化賞受賞
四六上製　三八四頁　三九九〇円
（一九九八年三月刊）
◇4-89434-097-6